LANG LEVE DE LIEFDE

*Van Jill Mansell zijn verschenen:*

Solo
Open huis
Tophit
Kapers op de kust
Hals over kop
Geknipt voor Miranda
De boot gemist
Millies flirt
Niet storen!
Kiezen of delen
Gemengd dubbel
Geluk in het spel
De prins op het verkeerde paard
Schot in de roos
En de minnaar is...
Ondersteboven
Scherven brengen geluk
Eenmaal andermaal verliefd
Versier me dan
De smaak te pakken
Drie is te veel
Vlinders voor altijd
Huisje boompje feestje
Rozengeur en zonneschijn
Je bent geweldig
Lang leve de liefde

Ook als e-book verkrijgbaar

Jill Mansell

# Lang leve de liefde

UITGEVERIJ LUITINGH-SIJTHOFF

Oorspronkelijke titel: *You and Me, Always*
Vertaling: Marja Borg
Omslagontwerp: Studio Marlies Visser
Omslagillustratie: Ingrid Bockting
Auteursfoto: Bonnita Postma

ISBN 978 90 245 6731 7
NUR 343

www.jillmansell.nl
www.lsamsterdam.nl
www.boekenwereld.com

# 1

Lily zag hem al zitten, in het zonnetje voor de Star Inn. Ze parkeerde de bestelbus voor Goldstone House, naast de pub. Toen Dan haar ook zag zwaaide hij, en net als anders kreeg ze even een steek in haar buik. Hij had gewoon iets, iets zwoels, zoals hij daar zat, met zijn lange benen uitgestrekt voor zich en zijn hoofd een beetje schuin terwijl hij in zijn mobieltje praatte en lachte om iets wat er was gezegd.

Maar die steek betekende niets, dat wist Lily best. Het was een pavlovreactie, een gewoonte die in de loop der jaren was ingesleten, enkel en alleen omdat Dan Rafferty zo aantrekkelijk was. Maar omdat hij wist dat hij aantrekkelijk was en daar ook altijd schaamteloos gebruik van maakte, zou ze het gelukkig niet in haar hoofd halen om ook maar een seconde te overwegen iets met hem te beginnen.

Dus was ze veilig.

'Lily, Lily.' Dan schoof zijn zonnebril omhoog en keek haar lachend aan toen ze uitstapte. 'Het leukste meisje van de wereld.'

Kijk, dat bedoelde ze nou. 'En jij bent de irritantste jongen.'

'Ik ben geen jongen. Ik ben een man.'

Hij was zevenentwintig, twee jaar ouder dan zij. Technisch gezien was hij dan misschien wel een man, maar als je elkaar al van kinds af aan kende, klonk 'man' op de een of andere manier gewoon raar.

'Je hebt nog kikkerdril in mijn capuchon gestopt,' zei ze. 'Dus voor mij zul je altijd een jongen blijven. Waar staat je auto trouwens?'

'In Chipping Norton.' Dan had haar een appje gestuurd met de vraag of ze hem naar zijn auto kon rijden.

'Waarom staat hij daar?' Alsof ze dat niet kon raden.

'Laten we het daar maar niet over hebben. De gebruikelijke reden. Goede wijn en foute vrouwen. Nou ja, één foute vrouw die schaamteloos misbruik van me heeft gemaakt.' Hij gebaarde naar de nog volle kop koffie voor hem. 'Heb je erg veel haast of zal ik ook iets voor jou bestellen?'

Lily keek op haar horloge. Het was tien voor halfzeven. Ze had vanmiddag een tafel met een marmeren blad en drie victoriaanse schoorsteenpotten bezorgd bij een klant in Chippenham, maar nu had ze vrij.

'Oké dan, doe maar een cola.' Nadat ze bij hem aan tafel was gaan zitten, plukte ze haar plakkerige T-shirt van haar schouderbladen en wapperde wat met de voorkant van het shirt voor koelte, terwijl Dan binnen haar drankje ging bestellen.

Toen hij terugkwam pakte ze het glas van hem aan en zei: 'Lekker, dank je. Waarom kon Patsy je trouwens niet even naar je auto brengen?'

'Ze is er niet. Ze heeft een date. Met een mysterieuze man die ze via internet heeft leren kennen.'

Lily schoot overeind. 'O, hoe is hij?'

'Geen idee.' Dan haalde zijn schouders op. 'Daarom zei ik ook dat hij mysterieus was. Ze wil hem niet aan me voorstellen.'

'Nou, dat kan ik haar niet kwalijk nemen, na wat er met die vorige man uit Chepstow is gebeurd.'

'Welshe William.' Hij haalde weer zijn schouders op. 'Daar kon ik niks aan doen. Hij wilde per se armpje drukken. Hij wilde gewoon indruk maken, laten zien hoe sterk hij was.'

'Je had hem toch kunnen laten winnen?' zei ze.

Hij keek haar vol afschuw aan. 'Waarom? Het was een malloot. Patsy had nooit iets met zo'n man gewild.'

Wat ook weer waar was. Nou ja, misschien dat deze nieuwe een verbetering was. Lily liet de ijsblokjes ronddraaien in haar glas en wilde net een slok cola nemen toen haar aandacht werd getrokken door een man op een fiets die door de hoofdstraat recht op hen af kwam rijden. Hij had een oranje fietshelm op die vloekte bij zijn rode gezicht en felblauwe lycra wielerbroek. Onder het fietsen leek hij in zichzelf te praten.

Dan had zich inmiddels omgedraaid en keek ook naar de man. Pas toen de man dichterbij was, drong tot hen door dat hij niet op een gewone fiets reed, maar op een tandem. En hij praatte ook niet in zichzelf, hij sprak luidkeels tegen degene die achter hem zat.

'... en in september tweeduizenddertien... of misschien was het eigenlijk wel oktober... hoe dan ook, ik ben toen van Ravenglass naar South Shields gefietst, langs de Muur van Hadrianus, dat is in totaal zo'n tweehonderdtachtig kilometer, dus dat is een aardige afstand, maar het is zo mooi daar... En in maart van het jaar daarop heb ik die route door Devon gefietst, van kust naar kust, van Ilfracombe tot Plymouth...'

'Oeps,' zei Lily zacht toen de tandem vlak bij hen was en ze eindelijk kon zien wie er achterop zat. Dan spuugde van schrik zijn koffie uit en schoot naar voren in zijn stoel. Patsy, die zich zichtbaar schaamde voor de man die keihard tegen haar bleef oreren, schrok zich wild toen ze hen zag.

En toen reden ze vlak langs hen heen; hun benen draaiden gelijktijdig rondjes en de banden maakten een droog zoevend geluid op de warme, stoffige teerweg. Patsy's date, nog steeds met zijn blik recht vooruit, verkondigde op luide toon dat het heel belangrijk was om een mooi gelijkmatig ritme aan te houden.

Waardoor Dan het natuurlijk bijna uitproestte van het lachen. Toen de tandem voorbij was, keek Patsy nog even achterom. Ze schudde wanhopig haar hoofd en zei zonder geluid te maken: Help me.

Probeer dan maar eens niet te gaan lachen.

Het stoplicht bij het kruispunt aan het eind van de hoofdstraat sprong op rood, en de tandem stopte braaf. Patsy stapte af en draaide zich naar hen om, met een gegeneerde en ongelukkige blik, terwijl haar metgezel zijn monoloog luidkeels voortzette.

'Hoe krijgt ze het toch steeds voor elkaar?' vroeg Dan zich verwonderd af. Hij gebaarde zijn zus dat ze de fiets gewoon moest loslaten.

Patsy liet het stuur los. Het stoplicht sprong op groen en de tandem reed verder zonder Patsy. Blijkbaar geheel in de ban van zijn eigen stemgeluid fietste Patsy's voormalige date verder, zonder te merken dat hij zijn fietspartner was kwijtgeraakt.

Dan nam snel een foto met zijn mobieltje voordat de tandem helemaal uit het zicht was verdwenen. Hij grijnsde naar Lily. 'Fantastisch. De kerstkaart voor dit jaar is al geregeld.'

Patsy keek Derek na, die energiek wegfietste zonder haar. Ze vond het echt ongelooflijk dat hij niet eens had gemerkt dat ze was afgestapt.

Waarom overkwam haar dit soort dingen altijd? In zijn mailtjes had Derek zo aardig geklonken. Ze had echt nergens uit kunnen opmaken dat hij stiekem een fietsfanaat was die alle fietsroutes in Groot-Brittannië uit zijn hoofd kende en het leuk vond om zijn kennis op luide, monotone toon te spuien.

Als ze dat had geweten, had ze deze hele relatie in de kiem kunnen smoren voordat het überhaupt tot een kiem was gekomen. Misschien dat sommige vrouwen het niet erg vonden om achter op een tandem door het land te zwieren, maar Patsy hoorde daar niet bij.

Zuchtend streek ze haar klamme haar van haar voorhoofd. En nu wenkten Dan en Lily haar ook nog. Die vonden het ongetwijfeld allemaal ontzettend grappig. Ze wist best dat ze Derek gewoon op zijn schouder had moeten tikken, hem beleefd uitleggen dat ze er maar beter meteen een punt achter konden zetten, hem een hand geven en hem het beste wensen voor toekomstige dates.

Dat zou de nette manier zijn geweest.

O god, arme Derek. Ze had hem dit echt niet aan mogen doen.

Maar aan de andere kant, arme zij.

# 2

'Oké,' zei Dan toen Patsy bij hen kwam staan. 'Eerst het belangrijkste: weet hij waar je woont?'

'Nee.' Ze schudde haar hoofd. 'We hadden afgesproken in de cafetaria bij het tuincentrum. Hij zat er al toen ik arriveerde, dus dat van die fiets kon ik niet weten.'

Dan trok een wenkbrauw op. 'En je had nog steeds niets door toen je die blauwe lycra wielerbroek zag?'

Patsy keek haar broer boos aan. Hoewel hij acht jaar jonger was, leek hij alles veel beter in de hand te hebben dan zij. 'Hij had zijn benen onder de tafel, als je het precies wilt weten. We hebben zo'n tien minuten met elkaar gepraat en toen zei hij iets over wat lichaamsbeweging nemen en de omgeving verkennen, dus ik dacht dat we gingen wandelen, dat hij daarom had gezegd dat ik een broek en platte schoenen aan moest doen.' Patsy, die het liefst de hele dag op hoge hakken liep, wees naar haar lichtroze leren ballerina's. Die had ze nog wel speciaal voor vandaag gekocht.

'Maar op een zeker moment moet hij toch zijn opgestaan, en toen wist je dus wat hij aanhad. En daarna nam hij je mee naar buiten en liet hij je zijn tandem zien,' zei Dan. 'En daar ben je toen gewoon op gestapt.'

'Ja, dat is nou net het verschil tussen ons. Jij snapt dat niet,' zei Patsy. 'Als jij iets niet wilt, doe je het gewoon niet. Maar als mij zoiets overkomt...'

'Je vond het onaardig om nee te zeggen,' schoot Lily haar te hulp.

'Precies.'

'Je bent een pleaser.'

'Ja.' Wat was daar nou mis mee? Als je kapster was, hoorde dat er gewoon bij. Als je je klanten niet steeds pleasede, hield je er weinig over.

'Ze wilde hem niet kwetsen,' zei Lily tegen Dan, die erom bekendstond dat het hem helemaal niets kon schelen hoe andere mensen over hem dachten.

'Nou, als dat zo is, kun je het zo meteen maar beter aan mij overlaten, want daar heb je hem weer,' zei Dan met een knikje naar het eind van de straat.

Shit, inderdaad, daar had je hem weer. Patsy zei: 'Ik wil niet met hem praten!' Maar als ze nu de pub in rende, zou Derek haar zien.

'Snel, de bus in.' Lily, die blijkbaar snel alle mogelijkheden had overwogen, klikte de automatische deurvergrendeling open. 'Dat kan hij niet zien.'

Het hart klopte Patsy in de keel toen ze achter in de bestelbus stapte en het portier achter zich dichttrok. Ze hoorde zoevende banden, gevolgd door piepende fietsremmen toen Derek op nog geen twee meter afstand van haar stopte. Gelukkig kon ze hem niet zien, maar door de kier in het achterportier Lily en Dan wel.

'Hallo.' Derek schraapte zijn keel. 'Eh... Ik vroeg me af of jullie mijn fietspartner soms hebben gezien. Ze zat net nog achterop. Donker haar, roze shirt, spijkerbroek...'

'Bedoel je dat je haar bent kwijtgeraakt?' Dan keek de man geamuseerd aan.

'Eh, ja. Blijkbaar.'

'We hebben haar inderdaad gezien,' zei Dan. 'Ze rende langs ons heen, die kant uit.' Hij wees naar rechts. 'Ze had nogal veel haast en belde een taxi met haar mobieltje.'

'O. Oké.'

'Nou ja, je weet nu in elk geval zeker dat ze niet van je tandem is gevallen. Dus je hoeft geen zoekactie op touw te zetten of je af te vragen of ze niet ergens dood in een greppel ligt.'

'Hm.' Patsy's voormalige date klonk niet erg opgelucht.

'O god. Is ze je vrouw?' vroeg Dan.

'Allemachtig. Nee. Gelukkig niet,' zei Derek uit de hoogte.

Heel aardig. Hoewel hij natuurlijk alle recht had om een beetje boos te zijn.

'Mooie wielerbroek trouwens,' veranderde Dan op onschuldige toon van onderwerp. 'Waar heb je die gekocht?'

'Deze? O, ik heb hem online bij een speciaalzaak voor fietsspullen besteld en...'

'Nee! Barbara, hier!' riep Lily ineens.

Patsy hoorde het geroffel van hondenpoten, vergezeld van een opgewonden blaf. 'Barbara, laat dat. Zit!'

Te laat. Patsy probeerde het achterportier nog vast te grijpen, maar er zat geen hendel aan de binnenkant. Een grote zwarte poot maakte zonder enig probleem het portier open en daar verscheen Barbara, kwispelend en blaffend van blijdschap.

Patsy kon wel door de grond zakken. Ooit, jaren geleden, had ze een keer in de trein zitten plassen en toen was de deur zonder enige waarschuwing opengegaan...

Maar dit was dus nog erger.

Derek keek de bestelbus in, en Patsy kreeg een rood hoofd. Omdat Barbara de auto in probeerde te klauteren stapte ze maar uit. 'Het spijt me,' zei ze.

'Nou, dat mag ook wel.' Hij zat nog steeds op het zadel en keek haar koeltjes aan. 'Ik dacht dat we gezellig dertig kilometer gingen fietsen.'

Gezellig? Dertig kilometer fietsen?

Toch trok ze een berouwvol gezicht. 'Ik ben gewoon niet echt een fietstype.'

Hij klemde zijn kaken op elkaar. 'Dat had je dan wel eens mogen zeggen.'

'Ik wilde je niet kwetsen.'

'Gewoon even uit belangstelling,' bemoeide Dan zich ermee. 'Waarom heb je haar niet van tevoren verteld dat je op een tandem zou komen?'

Derek wierp hem een ongeduldige blik toe. 'Omdat ze zich er dan met een of ander smoesje van af had gemaakt. Dat overkomt me iedere keer. Fietsen is iets wat je gewoon een keertje moet doen, dan ga je het vanzelf leuk vinden.' Er dropen zweetdruppeltjes van zijn rode voorhoofd toen hij fanatiek begon te knikken. Zijn lichte ogen straalden van enthousiasme. 'Fietsen is zo fantastisch.'

Persoonlijk gaf Patsy de voorkeur aan een lekkere gin-tonic. Schouderophalend zei ze: 'Hoe dan ook, sorry dat ik zomaar ben weggelopen.'

'Ik kan er niet mee zitten,' zei Derek minachtend. 'Je bent sowieso mijn type niet. Eerlijk gezegd val ik niet op vrouwen die make-up dragen. Jij kunt er niks aan doen, hoor,' voegde hij er verontschuldigend aan toe. 'Daar had ik duidelijker over moeten zijn in mijn profiel.'

Patsy knikte. 'Dat was een idee geweest, ja.' En zelf had ze duidelijker te kennen moeten geven dat ze geen belangstelling had voor mannen in blauwe lycra wielerbroeken. 'Nou, dag dan maar.'

'Dag. En even voor alle duidelijkheid, als iemand vraagt hoe onze date was, dan ga ik je echt geen goede beoordeling geven.'

'Dat is prima.' Patsy dacht dat het waarschijnlijk zelfs meer dan prima was, het was een zegen. Hardop zei ze: 'Mijn verdiende loon.'

Samen keken ze Derek na, die voor de tweede keer de straat uit reed.

'En dat was nummer zoveel,' zei Dan.

Barbara, de grote zwarte labrador die van een van de trouwste klanten van het café was, legde haar voorpoot op Patsy's knie, alsof ze haar medeleven wilde betuigen met haar nog steeds manloze staat.

'Ik vroeg hem nog om niet door het dorp te rijden, maar hij luisterde gewoon niet.' Patsy dacht met afschuw terug aan het moment waarop tot haar was doorgedrongen dat hij dat toch ging doen. En als je achter op een tandem zat, had je bar weinig in te brengen.

'Ik geloof niet dat ik je nog wil kennen.' Dan keek haar hoofdschuddend aan. 'Schaamteloze slet, met je gezicht volgesmeerd met... Bah, met van die smerige make-up.'

Patsy pakte een bierviltje en gooide het naar hem alsof het een wapen was. Helaas bracht hij zijn bliksemsnelle reflexen in stelling en ving hij het moeiteloos op, om het daarna weer in de lucht te gooien zodat Barbara het in haar bek kon opvangen.

'Kom.' Lily dronk haar glas leeg en stond op. Ze gebaarde met haar autosleutel naar Dan. 'Dan breng ik je even naar je auto.'

Dan stond ook op en gaf Patsy een kus. 'Tot over een paar weken dan maar. En maak je geen zorgen, er loopt vast wel ergens een man rond die bij je past. Ooit zullen we hem voor je vinden.'

Ze gaf hem ook een kus. Misschien dat ze elkaar eeuwig aan het plagen waren, hij was wel haar kleine broertje – dertig centimeter langer, dat dan weer wel – en ze was dol op hem.

'Maak je over mij maar geen zorgen. Ik red me wel. En pas goed op jezelf.' Ze keek hem hoofdschuddend aan. 'Niet te geloven dat ze jou achter de stuurknuppel van een vliegtuig laten zitten.'

Hij grijnsde. 'Dat stelt helemaal niks voor. Ik vind het niet te geloven dat ik jou mijn haar laat knippen.'

Hij zette zijn koffer achter in de bestelbus, haalde even een hand door Barbara's vacht bij wijze van afscheid en stapte toen in. Lily startte de auto en leunde nog even uit het raampje. 'Ik zie je morgen.'

Lily was morgen jarig; ze werd vijfentwintig. Patsy glimlachte, want ze wisten allemaal dat het een speciale dag zou zijn. Ze knikte en zwaaide naar hen. 'Zeker weten.'

De bestelbus reed de straat uit. Barbara hijgde inmiddels van de warmte en ging het café in, op zoek naar schaduw en een bak water. En Patsy, die onverwacht de hele avond voor zichzelf had, ging op weg naar huis.

Net toen ze haar cottage binnenliep, ging haar mobieltje. Verbaasd over de naam op het schermpje nam ze op. 'Rosa, hé hoi! Hoe gaat het met je? Dat is lang geleden!'

Rosa had jaren geleden als kapster bij haar in de zaak gewerkt. Nu ze met haar man, die taxichauffeur was, en drie jonge kinderen in Londen woonde, hielden ze contact via Facebook, maar ze hadden elkaar niet meer gezien sinds de geboorte van Rosa's tweede kind. Natuurlijk namen ze zich steeds voor om iets af te spreken, maar er kwam steeds van alles tussen.

'Het gaat helemaal te gek!' Rosa klonk vrolijk. 'Maar ik wilde je iets vragen. Misschien klinkt het een beetje raar, maar het is niet naar raar. Echt niet.'

'Okééé...' Patsy pakte het bord vol broodkruimels en de lege

Twix-wikkel op die Dan op de salontafel had achtergelaten; het was gewoon een wonder dat hij zo mager bleef met alle troep die hij naar binnen werkte. Nieuwsgierig vroeg ze: 'Wat dan?'

'Een vriend van een vriend heeft hulp nodig. Niks illegaals of zo. Maar het moet iemand zijn die goed geheimen kan bewaren.' Rosa zweeg even toen er op de achtergrond een andere telefoon overging. 'En daarom dacht ik aan jou.'

# 3

In de kamperfoelie bij het slaapkamerraam van Lily floot een vogel. Coral zou waarschijnlijk wel weten wat voor vogel het was, maar Lily had geen flauw idee. Het klonk in elk geval vrolijk. Ze deed haar ogen open en zag aan het oogverblindende licht dat door de kier tussen de gordijnen naar binnen viel dat het weer een warme, zonnige dag zou worden.

Ik ben jarig. Ik ben vijfentwintig!

En een grote bofkont...

Ze stapte uit bed in de wetenschap dat er voor haar kamerdeur een dienblad zou staan. Dat stond er altijd; het was een traditie geworden.

En ja hoor, op het donkerrode tapijt stond het rechthoekige zilveren dienblad met daarop één roos in een klein zilveren vaasje, een glas verse jus d'orange, een dichte envelop en een klein, plat pakje in zilver met geel gestreept cadeaupapier met krullerige zilveren lintjes eromheen.

Van haar moeder.

Lily bukte zich om het dienblad op te pakken en liep ermee haar kamer in, waar ze het voorzichtig op het nachtkastje neerzette. Beneden hoorde ze iemand lopen, gevolgd door het geluid van rinkelend serviesgoed, mompelende stemmen, deuren die open- en dichtgingen.

Maar dit was privé, iets tussen haar moeder en haar. Samen.

Voor de allerlaatste keer.

Lily nam een slok jus d'orange en maakte de envelop open. Alle andere brieven waren op dik lila schrijfpapier geschreven, maar dit was gewoon een wit vel op A4-formaat. Het handschrift was echter hetzelfde, meteen herkenbaar, met zijn overdreven krullen en lussen. Ze gleed met haar vingers over het papier; ze was de eerste die het aanraakte sinds haar moeder de woorden had opgeschreven. Toen hield ze het vel onder haar neus en probeerde te ruiken of ze nog een geur herkende.

Nee, het rook alleen maar naar papier.

Oké, daar gaan we dan. Ze haalde een keer diep adem en begon te lezen.

Hallo, lieve lieve dochter van me, gefeliciteerd met je verjaardag!

Je bent nu vijfentwintig geworden en ik wens je alle liefde en al het geluk van de wereld toe. (Ik vertrouw er maar op dat je de brieven niet eerder hebt gelezen. Dat zou best kunnen, en het maakt ook helemaal niets uit als dat zo is, maar toch hoop ik eigenlijk dat je je hebt weten te beheersen, zodat ik nu tegen mijn vijfentwintigjarige dochter kan praten. Van vrouw tot vrouw!)

Ik vraag me af of je op me lijkt. Heb je nog steeds van dat lange krullerige haar? Ik vind het heel moeilijk om te bedenken hoe je nu bent, maar ik weet zeker dat je aardig, lief en mooi bent, vanbinnen en vanbuiten. Ik hoop dat je gelukkig bent, want dat verdien je. Heb je al een leuke vriend? Ben je getrouwd? Misschien heb je al wel een kind... Wow, dat is nog eens een raar idee! Misschien ben ik al wel oma! Nou, mocht dat zo zijn, dan weet ik zeker dat je een fantastische moeder bent. (En mocht je geen moeder zijn, dan ben je nog steeds fantastisch.) Ik wist niet hoelang ik nog moest doorgaan met je brieven voor je verjaardag te schrijven, lieverd. Ik zou wel willen doorgaan tot je honderdste! Maar zo te merken is de beslissing me uit handen genomen, want de afgelopen paar dagen heb ik me behoorlijk beroerd gevoeld. Ik schrijf dit in het ziekenhuis (vandaar het nogal saaie briefpapier) en het kost me steeds meer moeite om me te concentreren. Ze gaan me meer morfine geven, dus ik zal van nu af aan veel meer slapen. En ik wil geen onzin uitkramen, dus dat is nog een reden om dit de laatste brief te laten zijn.

En ik heb ook een cadeautje voor je! Zit het erbij? Heb je het al opengemaakt? Zo niet, dan wil ik je even vertellen dat het misschien niet zo duur is, maar het is mijn dierbaarste bezit – op jou na dan, lieve dochter van me – en daarom wil ik dat jij het krijgt. Ik heb het van Declan Madison gekregen, voor mijn negentiende verjaardag. Hij was mijn eerste grote liefde, en ook mijn enige, zoals later bleek. Ik wou echt dat het wat was geworden tussen ons – hoewel ik dan nooit iets met je vader had gekregen en dan zouden we jou niet hebben gehad! (Nog iets wat ik me afvraag – of je je vader ooit zult leren kennen? Of hebben jullie al contact? Is hij misschien toch niet zo'n zak als ik dacht? Wat een vragen allemaal!)

Hoe dan ook, ik geef jou het cadeautje dat ik van Declan heb gekregen en ik hoop echt dat je het mooi vindt. Heeft Coral je al eens iets over hem verteld? Vast wel. Hij was echt een schatje. We hadden het heel leuk samen, maar het was gewoon het verkeerde moment. En mocht het al raar zijn om te bedenken dat jij nu vijfentwintig bent, het is minstens zo raar om me Declan als achtenveertigjarige man voor te stellen. Dat is stokoud!

Ik hoop dat je Coral en Nick nog steeds ziet. En Patsy ook! Ik hoop dat ik de juiste mensen heb uitgekozen om voor je te zorgen, lieverd. Daar heb ik echt mijn best voor gedaan. Het liefst was ik natuurlijk zelf bij je gebleven, maar helaas kan dat niet.

Maar je bent het allerbeste wat me ooit is overkomen, en daar

dank ik je voor. En ik kan je alleen maar veel liefde, gezondheid en geluk toewensen.
Nogmaals gefeliciteerd met je verjaardag, mooie Lily van me.

Ik hou van je, liefje.
Voor altijd.
Mama xxx

Zo, dat was gebeurd. De tranen stroomden over Lily's wangen. Alle brieven eindigden met dezelfde woorden: *Ik hou van je, liefje. Voor altijd.* Haar moeder en zij hadden dat iedere avond voor het slapengaan tegen elkaar gezegd. Het was hun geheime mantra geweest. Wat er ook zou gebeuren – en het allerergste *was* gebeurd – niets kon hun band verbreken.

Ze zou de brief in de toekomst nog vele malen herlezen, maar het zou nooit meer voor het eerst zijn. Daarom had ze de brieven ook altijd in haar eentje willen lezen. Zodra ze dat achter de rug had en ze zichzelf weer wat onder controle had, ging ze naar beneden om aan de rest van haar verjaardag te beginnen.

Nadat ze haar ogen en natte gezicht had drooggeveegd aan de zoom van haar T-shirt pakte ze het cadeautje en maakte voorzichtig het zilveren lint los. Het plakband was in de afgelopen zeventien jaar bruinig geworden en plakte ook niet meer zo goed; toen ze het aanraakte, liet het meteen los.

Ze vouwde het gestreepte cadeaupapier open en vervolgens het vloeipapier daaronder. Het was een smalle zilveren armband, met hier en daar wat glinsterende steentjes die vast geen echte diamantjes waren. Maar het was mooi om te zien hoe de steentjes het licht vingen terwijl ze de armband tussen haar vingers omdraaide. Ze herinnerde zich hem vaag. Langzaam kwamen onduidelijke herinneringen uit haar vroege jeugd naar boven, lades die ze had opengetrokken in de slaapkamer, doosjes met allerlei sieraden, de armband die ze om had gedaan, maar die toen veel te groot voor haar was geweest. In die tijd, toen ze vijf of zes was, had ze het altijd leuk gevonden om kralenkettingen om haar nek te hangen en rond te paraderen op de hoge hakken van haar moeder, alsof ze een volwassen vrouw was.

Een paar maanden daarna was haar moeder ziek geworden en was er een moeilijke tijd aangebroken. Lily begreep inmiddels dat het voor iedereen een hele opgave was geweest om te proberen het ergste voor haar verborgen te houden en te doen alsof het allemaal wel meeviel. Haar moeder had haar best gedaan om zo veel mogelijk met haar te blijven doen in de periodes dat ze niet in het ziekenhuis lag. Coral en Nick hadden haar gevraagd wat ze een mooie kleur vond voor haar nieuwe slaapkamer en hadden hem in die kleur geschilderd, voor als ze bij hen logeerde. En Patsy, haar oppas, had haar ontzettend verwend. Ze had uitstapjes met haar gemaakt, schatten voor haar begraven en haar de hele tijd bezighouden, wat heel bijzonder was, want de meeste meisjes van achttien zouden hun tijd liever met vriendinnen hebben doorgebracht of met achter jongens aan zitten.

Toen haar moeder uiteindelijk was overleden, was Lily door hen drieën met zoveel liefde overspoeld dat ze zich geen seconde zorgen over haar toekomst had hoeven maken. Het was allemaal geregeld, overal was aan gedacht. Coral en Nick hadden haar opgenomen in hun huis, een plek waar ze verdrietig mocht zijn; ze waren er altijd voor haar en hielpen haar met veel geduld aan haar nieuwe leventje wennen. Natuurlijk had ze haar moeder vreselijk gemist, maar ze was omringd door zoveel liefde en aandacht dat het verdriet na een tijd was gesleten. Misschien had ze dan geen echte moeder meer, Coral was de beste vervangster die je je maar kon wensen.

Ze schoof de zilveren armband om haar linkerpols en keek naar de ingelijste foto op haar nachtkastje. De foto was hier genomen, in de tuin van Goldstone House, op haar eerste verjaardag, toen ze nog een stralende kale baby was geweest met maar een paar tandjes in haar mond. Ze zat vrolijk bij haar moeder op schoot, omringd door Nick en Coral en een lachende Patsy die een wazige peuter – Dan –

probeerde te grijpen die voor hen langs rende, met in elke hand een waterpistool en op de hielen gevolgd door een klein hondje.

Natuurlijk kon Lily zich niets van die dag herinneren. Toch was het een van haar lievelingsfoto's, omdat iedereen er zo ontspannen en gelukkig uitzag.

Ze was inderdaad een bofkont. Misschien dat ze iets heel dramatisch had meegemaakt, maar ze had het overleefd. Vooral dankzij Coral.

En daarom was ze nog steeds blij dat ze hier was, vierentwintig jaar nadat die foto was genomen.

# 4

Coral stond op het terras de hangplanten naast de openslaande deuren water te geven. Toen ze Lily's voetstappen hoorde, draaide ze zich zo snel om dat ze een plens water over haar blote voeten kreeg.

'Lieverd, gefeliciteerd met je verjaardag!' Coral zette de gieter neer en liep met gespreide armen op Lily af. Nadat ze Lily had omhelsd, keek ze haar aandachtig aan. 'Gaat het?'

Lily knikte. 'Ja hoor. Nou ja, een beetje emotioneel, maar het was ook fijn.' Ze knikte naar de envelop in haar hand. 'Je mag hem wel lezen. En dit was het cadeau.' Ze liet Coral de armband om haar linkerpols zien. 'Ik kan me vaag herinneren dat hij in de la van haar kaptafel lag.'

'Ja, ik herken hem ook. Ik heb me altijd afgevraagd wat ermee was gebeurd.' Met een bewonderende blik op de armband voegde Coral eraan toe: 'En al die tijd lag hij als een cadeautje op je te wachten.'

'Ze heeft hem van haar vriendje gekregen toen ze negentien was. Declan.'

'Dat klopt.' Glimlachend pakte Coral de brief van haar aan. 'Hij was Jo's eerste grote liefde. Ze zei altijd dat ze hem nooit had moeten laten lopen.'

Lily knikte. Natuurlijk hadden ze het wel vaker over hem gehad, hoewel Coral Declan nooit had ontmoet. Na de middelbare school had haar moeder een tussenjaar genomen. Ze was naar Spanje vertrokken, waar ze Declan had leren kennen toen ze allebei werkten in een restaurant op de Ramblas in Barcelona. Ze hadden elf maanden een relatie gehad en hadden samen genoten van het sociale leven en de bruisende energie van de hoofdstad van Catalonië. Alles was volmaakt geweest tot ze terug moesten naar Groot-Brittannië, waar Declan aan St Andrews zou gaan studeren en haar moeder in Exeter.

Wat had geleid tot de aloude vraag: zouden ze erin slagen om een langeafstandsrelatie te onderhouden, bijna zevenhonderd kilometer van elkaar verwijderd?

Het antwoord op die vraag was nee, hadden ze besloten; het was te ingewikkeld, de afstand gewoonweg te groot. De beslissing was moeilijk geweest, er waren tranen vergoten en ze hadden het steeds weer over de hopeloosheid van de hele situatie gehad. Maar uiteindelijk hadden ze zich erbij neergelegd en besloten om ieder hun eigen weg te gaan. Hun relatie was voorbij.

Natuurlijk had haar moeder na een tijdje iemand anders leren kennen, van wie ze per ongeluk zwanger was geraakt. Toen ze haar nieuwe vriend had verteld over haar zwangerschap, had hij niets meer van haar willen weten. Hoewel haar moeder er kapot van was geweest, had ze niet geprobeerd hem op andere gedachten te brengen. Daar was ze te trots voor.

Maar wat een charmante man.

Hoe dan ook, zo'n man kon je missen als kiespijn. Lily deed wat ze altijd had gedaan en zette de gedachte aan haar biologische vader uit haar hoofd. Ze keek naar Coral die de brief las. Toen ze bij de laatste regels was aangekomen, stonden de tranen haar in de ogen en ze trok Lily even tegen zich aan.

'In haar brieven klinkt ze precies zoals ze was. Het is net alsof ik haar ieder woord hardop hoor uitspreken.'

Lily knikte. 'Ja, hè?'

'Het is een heel mooie brief,' zei Coral. Ze keek op haar horloge. 'We hebben nog veertig minuten voordat we opengaan. Kom, dan gaan we naar binnen. Wie weet liggen er nog wel meer kaarten en cadeautjes op de keukentafel.'

Het bleek een drukke ochtend te zijn; ze mocht dan wel jarig zijn, het werk ging gewoon door. Toen Coral en Nick Goldstone House van Nicks ouders hadden geërfd, hadden ze ook de zaak overgenomen. Goldstone Salvage & Treasure was een antiek- en brocantezaak waar klanten uit de wijde omgeving op afkwamen. Gewone mensen, maar ook stilisten en inkopers kwamen naar Stanton Langley op zoek naar spullen voor hun huizen, tuinen en winkels. Geen dag was hetzelfde; je wist nooit wie er kwam kopen of verkopen, wat er zou binnenkomen of uitgaan. Flagstones, houten balken en antieke Franse radiatoren streden om de voorrang met gigantische kroonluchters, schoorsteenmantels, tuinbeelden en van alles en nog wat uit theaterdepots en van oude filmsets. Naast een verzameling sierlijke ijzeren ledikanten en kerkbanken stond een Tornado-straaljager. Tussen wat raamkozijnen en een gietijzeren tourniquet lagen stenen waterspuwers. Houten wandpanelen en ouderwetse rode brievenbussen stonden zij aan zij met een reusachtig bed in de vorm van een zwaan en levensgrote standbeelden van Adam and the Ants.

Het was inmiddels tussen de middag. Lily had net een man geholpen een Italiaanse marmeren gootsteen achter in zijn Volvo te tillen.

'Ik ben diep onder de indruk.' De vrouw van de man keek haar bewonderend aan. 'Dat je dat kunt.'

'Ik ben sterker dan ik eruitzie. Zo, klaar.' Lily veegde haar handen af aan haar korte broek en zwaaide het echtpaar uit.

De telefoon in haar broekzak ging over.

'Lily! Gefeliciteerd!' zei Dan.

'Hoi! Dank je wel voor de bloemen. Ze zijn echt prachtig.' De bloemist had ze een uur geleden bezorgd, zo'n overdreven bos vol strelitzia's, gele rozen, donkerrode gerbera's en fuchsiaroze klaprozen zo groot als eetborden.

'O, dus ze zijn er al? Mooi. Ik heb speciaal om distels, brandnetels en wat verlepte paardenbloemen gevraagd.'

'Dat is precies wat ik heb gekregen.'

Hij lachte. 'Maar daarvoor belde ik eigenlijk niet. Ik heb iets stoms gedaan en ik heb je hulp nodig.'

'Ben je neergestort met je vliegtuig? Want als je soms wilt dat ik zeg dat ik achter het stuur zat, dan weet ik niet of ze dat wel geloven.'

'Nee, en als je het een stuur noemt, weten ze meteen dat je nooit je vliegbrevet hebt gehaald,' zei hij.

'Als ze daar al over vallen... Maar vertel, wat heb je gedaan?'

'Ik heb voor Patsy's verjaardag kaartjes gekocht voor een concert van Beyoncé en die zijn gisteren gekomen. Ik heb ze daarna in mijn koffer verstopt. Maar toen ik daar vanochtend in keek, kon ik de envelop met kaartjes nergens vinden. Dus moet hij nog ergens in mijn kamer liggen. Waarschijnlijk heb ik hem naast de koffer gegooid en ligt hij op de grond onder het bed.'

'Aha,' zei Lily. Patsy was niet te stuiten als ze eenmaal een stofzuiger in haar handen had; ze zoog zelfs de plekken die niemand zag.

'En als ik haar vertel dat er iets onder mijn bed ligt, maar dat ze niet mag kijken, dan...'

'Gaat ze meteen kijken.' Lily knikte. Patsy en zelfbeheersing waren twee heel verschillende dingen.

'Precies. En op die envelop staan allemaal foto's van Beyoncé. Dus wil jij even in mijn kamer gaan kijken en die kaartjes dan verstoppen? Misschien het best ergens buitenshuis.'

'Geen probleem. Ik doe het meteen vanmiddag.'

'Je bent super.' Na een korte stilte vroeg hij: 'Hoe was de brief van je moeder?'

Het ontroerde haar dat hij ernaar vroeg. 'Heel mooi,' zei ze.

'Fijn. Maar nu moet ik er echt vandoor, de passagiers worden een beetje onrustig omdat we nog steeds niet zijn vertrokken.'

'Ja, vast. Dag.' Ze glimlachte bij zichzelf, want ze geloofde er niks van dat hij haar vanuit het vliegtuig zou bellen als hij al op de startbaan stond.

Alleen kreeg ze een minuut later al een berichtje van hem met een foto erbij: Dan in pilotenuniform, de camera in grijnzend vanaf zijn stoel in de cockpit, met in zijn handen een vel papier dat hij voor haar ophield en waarop met rode viltstift was geschreven: NOGMAALS GEFELICITEERD LIEVE KAARTJESCONTROLEUR VAN ME!

# 5

Patsy kon zich nauwelijks concentreren, want haar hoofd knapte bijna uit elkaar van het enorme geheim dat ze met zich meedroeg. Haar hart sloeg dan ook over toen Erica Braithwaite onverwacht vroeg: 'Wie was die man gisteren?'

Oké, rustig maar, ze had *gisteren* gezegd. Het geheim was nog veilig; Erica had het over Derek. Terwijl Patsy een zucht van verlichting slaakte, zag ze dat ze via de spiegel nauwlettend in de gaten werd gehouden. Ze voelde gewoon dat de andere klanten in de zaak hun oren spitsten. Dat was de pest met al die spiegels hier, je kon je nergens verstoppen.

'Welke man?' Hoewel het natuurlijk geen zin had om eromheen te draaien, probeerde ze het toch. Hopelijk zag ze er alleen maar gegeneerd uit en niet als iemand die een geheim met zich meedroeg.

God, wat een stress. Ze begreep echt niet hoe undercoveragenten dat deden.

'Je weet best wie ik bedoel,' zei Erica. 'Op die tandem.'

Nou ja, een beetje afleiding was nooit weg.

Aan de andere kant van de zaak deed Will net alsof hij niet luisterde terwijl hij Jess Carringtons zojuist geverfde haar kamde.

'Ik had een date,' zei Patsy. 'De eerste en meteen de laatste met die man.'

'Ach, arme meid. Heeft hij je nu al gedumpt?'

'Nee!' Echt, soms had ze gewoon heel veel zin om een stukje uit een oor te knippen. Zogenaamd per ongeluk. 'Ik wilde hém niet meer zien. Hij was mijn type niet.'

'Nou, eerlijk gezegd leek hij me ook wel een beetje een saaie vent,' zei Erica. 'Maar ja, je bent niet echt meer op de leeftijd om kritisch te kunnen zijn, hè?'

Waren alle oude mensen hetzelfde of waren die uit Stanton Langley een slag apart?

'Je wordt bedankt, Erica,' zei Patsy. 'Maar ik ben niet van plan om minder kritisch te worden.'

Bij de rij wasbakken proestte Mary Southam het uit. 'Wat mannen betreft staat jouw kritische vermogen ongeveer gelijk aan nul, of vergis ik me?'

Natuurlijk begon iedereen te lachen. Patsy wist maar al te goed dat ze voor veel van haar vaste klanten een bron van vermaak was. Niet dat ze het kwaad bedoelden; ze vonden het allemaal gewoon hartstikke grappig.

Wat ook weer niet zo gek was; voor een buitenstaander was haar situatie alleen maar komisch.

Will bemoeide zich niet met het gesprek, maar toen ze even zijn kant uit keek, zag ze dat hij zijn best deed om niet te lachen.

'Will?' riep ze door de zaak heen. 'Als je aan Mary's haar begint, vergeet dan niet om haar pony scheef te knippen.'

Nog meer gelach. Terwijl even later de gewone gesprekken weer op gang kwamen, vroeg Patsy zich af of het leven van andere mensen dan wel altijd volgens plan verliep. Toen ze begin twintig was, was ze ervan overtuigd geweest dat alles zou gaan zoals ze wilde. Sommige mensen vonden het leuk om single te zijn, een beetje daten en hoe meer partners hoe beter. Zelf was ze nooit op zoek geweest naar dat soort avontuurtjes, ze had al heel jong geweten dat ze een man wilde, kinderen, een doorsnee leven, zoals de gezinnen in kinderboeken...

Nee, voor het bestaan als single was ze niet echt in de wieg gelegd. Qua relaties was alles een beetje rommelig verlopen tot ze op haar drieëntwintigste Sean had leren kennen en de boekenromantiek haar intrede in haar leven had gedaan. Ze was met wat vriendinnen naar een feest van de rugbyclub gegaan, waar Sean haar met een standaardopeningszin had benaderd. Hij zei dat hij best wist dat ze niets met hem wilde, maar of ze alsjeblieft een drankje van hem wilde aannemen, zodat hij niet voor aap stond tegenover zijn vrienden.

Het was een fantastische avond geworden. Sean was echt heel leuk, met zijn golvende blonde haar en mooie lach. Zijn gebroken neus gaf zijn brede, gebeeldhouwde gezicht net dat beetje extra, en hij had de stevige schouders van een volbloed rugbyspeler. Ze hadden het meteen met elkaar kunnen vinden. Ze moest lachen om zijn stomme grappen en wanneer hij haar een complimentje gaf, klonk het alsof hij het meende. Ze hadden samen gedanst, niet al te goed, maar wel enthousiast. En aan het eind van de avond had hij haar gekust en gezegd: 'God, je bent echt fantastisch... Wie had ooit kunnen denken dat dit de mooiste avond van mijn leven zou worden?'

Patsy beet op haar onderlip, terwijl ze terugdacht aan die avond. Zelfs nu nog, al die jaren later, kon ze zich zijn opmerkingen bijna woord voor woord herinneren. Ze had ze meteen opgeslagen, want ze had gevoeld dat deze ontmoeting haar leven zou veranderen. Ze had zelfs al gefantaseerd dat ze haar tienerdochters ooit zou vertellen over die prachtige avond waarop hun ouders elkaar hadden leren kennen. En dan zouden haar dochters lachen en gillen en doen alsof ze het maar een smerig idee vonden dat hun vader en moeder ooit jong waren geweest, hoewel ze stiekem genoten van de verhalen over hoe het allemaal was begonnen met hun gelukkige gezinnetje.

Alleen was dat gelukkige gezinnetje er nooit gekomen. De eerste paar jaar had ze nog gedacht dat alles prima ging, maar een huwelijk kon alleen maar slagen als beide partners gelukkig waren.

Dat was het struikelblok geweest. Het was een enorme schok

toen ze had ontdekt dat haar grote, luidruchtige, vrolijke rugbyer van een man van haar verliefd was geworden op een ander...

'Daar heb je de jarige job.' Will, die bij het raam stond, verhief zijn stem om boven de herrie van de föhn die hij in zijn hand hield uit te komen. 'Ze heeft toch geen afspraak bij ons?'

'Nee.' Blij met de afleiding keek Patsy ook uit het raam. Lily stak net de straat over, en Patsy voelde iets van ontroering bij het zien van de dansende blonde krullen en de levendige bruine ogen. Lily droeg een donkerblauw Goldstone T-shirt met het Salvage & Treasure-logo op de voorkant, een witte korte broek en lichtblauwe teenslippers. Ze had lange benen, die bruin waren omdat ze zoveel buiten was. Toen ze de kapsalon naderde, zwaaide ze naar Will. En toen ze binnenkwam, draaide iedereen zich lachend naar haar om.

Lily was het lievelingetje van Stanton Langley; iedereen was dol op haar en voelde zich geroepen haar te beschermen, omdat ze al zo jong haar moeder had verloren. De uitdrukking '*it takes a village to raise a child*' bleek in Lily's geval meer dan een kern van waarheid te bevatten. In de loop der jaren had iedereen een bepaalde rol op zich genomen. Kath van Derring's Farm had haar leren paardrijden en lammetjes voeren; Will had haar geholpen met meetkunde; Mary van de banketbakkerij had haar leren taarten bakken. Patsy glimlachte bij zichzelf toen ze dacht aan de keer dat ze Lily de kunst van het valse wimpers opplakken had willen bijbrengen. Toen ze daarna naar de kroeg waren gegaan, was een van de wimpers in een glas cider beland en dat was dat; Lily had nooit meer valse wimpers gedragen.

Nadat Lily Will en de klanten had begroet, kwam ze naar Patsy toe.

'Hoi. Gefeliciteerd.' Patsy gaf haar een kus op de wang. 'Hoe gaat het?' Iedereen wist dat Lily vandaag de laatste brief van Jo had gekregen.

'Goed.' Lily liet haar de armband om haar pols zien. 'Kijk, een cadeautje van mama.' Ze keek Patsy even aan en fluisterde snel: 'Het gaat echt goed.'

'Mooi.' Patsy bewonderde de armband. 'Maar wat kom je doen?'

'Nou, ik wilde vanavond echt heel erg graag mijn donkerblauwe schoenen aan, maar een van de hakken zit los. Dus ik zou die van jou graag willen lenen. Als het mag.'

'Tuurlijk.' Ze zouden elkaar straks in de Star zien en daarna uit eten gaan in Cheltenham. 'Ik neem ze wel mee naar de pub, oké?'

Lily haalde haar schouders op. 'Is het niet makkelijker als je me even je sleutel geeft? Dan kan ik ze meteen halen.'

Dus niet.

'Nee, ik neem ze wel mee, geen probleem,' zei Patsy. Ze voelde zich nu echt een undercoveragent; geen sprake van dat ze Lily haar sleutel gaf.

'O, maar het is toch makkelijker als ik ze gewoon ga halen? Dan kan ik ze eerst even passen.'

Oké, dit moest nu echt afgelopen zijn. 'Je hebt ze laatst al gepast. Je weet best dat het jouw maat is.' Op een toon die geen tegenspraak duldde, voegde ze eraan toe: 'Ik neem ze gewoon vanavond voor je mee.' Ze wendde zich weer tot Erica en haalde de kam door haar haar. 'Hoeveel wilde je er van achteren ook alweer vanaf, zei je?'

# 6

Nou, missie mislukt. Patsy's koppigheid was nogal verbazingwekkend, maar tegen de tijd dat Lily aan het eind van de hoofdstraat was, dacht ze de reden voor Patsy's gedrag wel te kunnen raden. Patsy was heel netjes; waarschijnlijk had ze vandaag niet opgeruimd en schaamde ze zich daarvoor.

Lily vond het wel een grappig idee. Alsof haar dat wat kon schelen. Maar mensen met obsessief-compulsieve neigingen lieten zich niet op andere gedachten brengen. Voor Patsy moest alles schoon, fris en netjes zijn, en ze zou het vreselijk vinden als een ander zag dat ze niet altijd aan haar eigen hoge eisen voldeed.

Nog een reden waarom ze waarschijnlijk onder Dans bed zou

stofzuigen en dan zou ze de envelop vinden die ze beslist niet mocht vinden.

Typisch Dan. Hij kon soms heel attent zijn. Er waren vast niet veel mannen die Patsy met zoiets zouden verrassen. Lily begreep dat ze moest handelen, ze pakte de autosleutel uit de zak van haar korte broek en opende het portier van haar bestelbus. In het handschoenenvak lag een klein leren etui dat ze nodig had. Ze sloot het portier weer en haastte zich de straat uit. Het was zaak om die envelop met kaartjes daar snel weg te halen, dan hoefde ze zich er verder geen zorgen meer over te maken.

Banner Lane, een zijstraat van de hoofdstraat, was smal en bochtig. De cottages daar lagen allemaal iets van de weg en de voordeur bereikte je via een lang tuinpad. Verder zorgden de bomen en struiken in de tuinen voor volledige privacy.

Niet dat de buren zo snel de politie zouden bellen als ze Lily bij Patsy zagen inbreken, maar het zou gewoon gemakkelijker zijn zonder publiek.

Bij de voordeur ritste ze het leren etui open en pakte er twee kleine ijzeren haakjes uit. Nick had haar ooit geleerd hoe je sloten open kreeg, en als je in een tweedehandswinkel werkte, was dat heel handig. Er kwamen regelmatig ladekasten, kisten en bureaus binnen, op slot maar zonder sleutels. Ze had maanden praktijkles van hem gehad, aan de keukentafel, met een verzameling oude sloten voor zich. Als je geen professionele spullen had, kon je standaardsloten open krijgen met een dun stukje metaal dat je uit een colablikje sneed, of met een verbogen paperclip.

Lily boog zich naar het slot toe en stak het eerste haakje erin. Er klonken zachte klikjes terwijl ze langs de binnenkant van het slot schraapte.

Oké, dit was dus niet het allersimpelste slot ter wereld, maar met iets meer inspanning kreeg ze het wel open. Ze gaf met haar linkerhand een duwtje tegen de deur, greep de rand van het slot beet en probeerde het zo ver mogelijk naar zich toe te trekken. Toen pakte ze het andere haakje voor een nieuwe poging. Even kreeg ze een raar gevoel, alsof er iemand naar haar keek, en ze draaide zich om om te kijken of er niemand op het tuinpad stond.

Nee dus. Haar fantasie was gewoon op hol geslagen.

Na nog een halve minuut hoorde ze het klikje waar ze op had staan wachten. Bingo. Het slot ging open, ze duwde tegen de deur en...

Hij werd in haar gezicht dichtgesmeten.

Wat?

Ze staarde naar de deur. Hij was niet gewoon dichtgevallen, iemand had ertegenaan geduwd!

Van binnenuit.

Ze knipperde met haar ogen. Het kon Patsy niet zijn. En Dan ook niet. Toch? Nee, zelfs Dan zou het niet lukken om uit zijn vliegtuig te springen en dan heel snel hiernaartoe te rijden om een geintje met haar uit te halen.

Een beetje geschrokken vroeg ze: 'Wie is daar?'

Geen reactie. Ze bonsde op de deur en riep: 'Wat gebeurt hier allemaal?'

Niets.

Voor de zekerheid, gewoon voor het geval dat Dan alleen maar had gedaan alsof hij vandaag moest vliegen, vroeg ze wat harder: 'Dan, ben jij dat?'

Stilte.

Dit was belachelijk. Was er echt iemand in huis of verbeeldde ze zich dat alleen maar? Stond er misschien ergens een raam open en was de voordeur door de tocht dichtgeslagen en had dat aangevoeld alsof een onzichtbare hand hem had dichtgeduwd?

Want als ze de politie belde en er bleek helemaal niemand te zijn, dan stond ze behoorlijk voor gek.

Hoe langer ze erover nadacht, hoe logischer het leek dat de deur was dichtgewaaid. Ze stopte het tweede haakje weer in het slot om van voren af aan te beginnen.

'Weg bij die deur,' waarschuwde een mannenstem haar vanuit de gang. 'Anders bel ik de politie.'

Wat? Lily maakte een sprongetje alsof ze een elektrische schok had gekregen en staarde ongelovig naar de deur.

'Ik meen het. Als je niet maakt dat je wegkomt, bel ik de politie.'

'Wacht,' zei Lily, ineens woedend. 'Jij belt de politie? Waar heb je het over? Als er al iemand de politie belt, dan ben ik dat!'

'Oké, rustig maar. Niet bellen.' Er viel een korte stilte, en toen vroeg de stem: 'Wie ben je?'

God, wat een lef had die man. 'Maakt niet uit wie ik ben, wie ben jij?'

'Ik logeer hier. Bij Patsy.'

'Nou, daar geloof ik dus geen bal van, want ik heb haar net nog gesproken en ze heeft me daar niets van verteld.' Ze deed een paar stappen naar achteren – want hij mocht dan wel niet gevaarlijk klinken, je kon nooit weten – en pakte haar mobieltje. 'Oké, ik ga nu 112 bellen.'

'Niet doen!'

'Te laat. Ben al bezig.' Haar handen trilden ineens. Ze had nog nooit 112 hoeven bellen, en per ongeluk had ze 221 ingetoetst, en God mocht weten wie je dan aan de lijn kreeg.

Op dat moment ging de voordeur open en de stem zei: 'Niet doen alsjeblieft. Ik lieg niet. Ik logeer hier echt.'

Een paar jaar geleden was Lily met een stapel victoriaanse schilderijlijsten in de weer geweest toen er opeens iemand achter haar had gevraagd hoe duur ze waren. Toen ze zich had omgedraaid om antwoord te geven, bleek ze oog in oog te staan met de vicepremier. Het was echt compleet surrealistisch geweest: iemand die je alleen van tv kende en die dan ineens onverwacht in levenden lijve voor je stond.

En een andere keer, toen ze iets had moeten afleveren in Oxford en ze in haar busje voor het stoplicht had staan wachten, was dat meisje met die wenkbrauwen, dat weermeisje, overgestoken. Alsof ze een gewoon mens was.

Maar die ervaringen waren niets vergeleken met wat hier gebeurde. Een weermeisje en een nerdachtige politicus op sandalen konden hier niet aan tippen.

Als het inderdaad echt gebeurde en ze niet in een of andere levensechte droom zat.

Wat deed Eddie Tessler in vredesnaam in Patsy's cottage?

Met samengeknepen ogen en zonder een spoortje vriendelijkheid op zijn gezicht keek hij even of er verder niemand bij haar was en zei toen: 'Nou, kom dan maar binnen.' Op een toon alsof hij haar het liefst gewoon weer had weggestuurd.

Hij liep het huis in, wachtte tot Lily ook binnen was en sloot de deur toen stevig achter haar.

Eerlijk gezegd was het wel logisch dat hij niet gezien wilde worden. Voor veel mensen stond Eddie Tessler op dit moment boven aan de lijst van meest gezochte personen.

Hij was pas een jaar of twee, drie beroemd, nadat een filmscript dat hij had geschreven was verkocht aan een grote studio, die er een kaskraker van had gemaakt met Eddie zelf in de hoofdrol. Voor die tijd was hij een onbekende acteur geweest, zonder vaste aanstelling, zonder geld, zonder vooruitzichten, en had hij op een eenkamerflatje in Camden gewoond. Maar toen de film was uitgebracht stond Eddie Tessler van de ene op de andere dag opeens in de schijnwerpers. Zijn leven veranderde onherkenbaar, iedereen wilde plotseling alles over hem weten en iets als een privéleven bestond niet meer.

Het had niet lang geduurd of hij was alle aandacht behoorlijk irritant gaan vinden.

De afgelopen week was het pas echt uit de hand gelopen. Het gerucht ging dat hij iets had met een medespeelster uit zijn pas uitgekomen derde film. Die medespeelster was toevallig getrouwd met een megabekende acteur/regisseur, die het niet bepaald leuk vond om te ontdekken dat zijn bevallige jonge vrouw hem bedroog. De pers was door het dolle heen geweest, de paparazzi hadden, in steeds woestere meutes, iedereen gevolgd die bij het schandaal betrokken was. Een van de fotografen was zelfs van zijn motor gereden.

Gisteren had Eddie aan hen weten te ontsnappen. Hij was verdwenen, en niemand wist waar hij was. Er werd zelfs beweerd dat de woedende megabekende acteur/regisseur een van zijn louche maffiamaatjes had ingeschakeld om Eddie uit de weg te ruimen.

Maar dat was dus niet gebeurd, want hij stond hier voor haar.

Hij had Patsy's cottage in Stanton Langley in de Cotswolds blijkbaar als schuilplaats uitgekozen.

Over bizar gesproken.

# 7

'Oké, je moet één ding voor me doen,' zei Eddie Tessler. 'Je mobieltje uitzetten en het ergens neerleggen waar ik het kan zien.'

'Alleen als je het netjes vraagt,' zei Lily. 'Anders niet.'

Per slot van rekening bestond er ook nog zoiets als fatsoen.

Hij nam haar onderzoekend op. 'Sorry. Zou je dat *alsjeblieft* voor me willen doen?'

'Waarom?'

'Omdat ik niet wil dat je een foto van me maakt. Dat is tegenwoordig het enige waar mensen aan denken als ze me zien.' Hij haalde zijn vingers door zijn tamelijk lange lichtbruine haar en zei nog een keer 'alsjeblieft'.

Lily zette haar toestel uit en legde het op de tafel tussen hen in. 'Maar wat doe je hier eigenlijk?'

'Ik verstop me hier, dat lijkt me wel duidelijk. En jij?' Hij knikte nadrukkelijk naar het leren etui in haar hand. 'Waarom wilde je inbreken?'

Oké, logisch dat hij dat vroeg.

Ze keken elkaar behoedzaam en argwanend aan.

'Patsy is een vriendin van me. Ik heb haar net nog gesproken. Ze wilde me haar sleutel niet geven, en ik snapte al niet waarom, maar ik moest hier per se zijn.'

'Waarom?'

Nou, als hij bot kon zijn, dan kon zij dat ook. 'Omdat haar broer per ongeluk iets had laten liggen wat ze niet mocht vinden.'

'Drugs?'

'Nee!' Ze keek hem verbaasd aan.

'Een wapen?'

'Ben je wel goed bij je hoofd?' Verontrust vroeg ze: 'Hoezo, heb je soms een wapen gevonden?'

Hij schudde zijn hoofd. 'Ik vroeg me gewoon af wat het was dat zijn zus niet mocht zien.'

'Nou, dan hoef je niet meteen van die rare conclusies te trekken. Het ligt in zijn kamer. Als je het goedvindt, ga ik het meteen halen.'

'Dat is mijn kamer op het ogenblik,' zei Eddie Tessler. 'Dus ik loop wel even met je mee.'

'Waarom? Ben je soms bang dat ik je onderbroek ga stelen of zo?'

Weer die blik; hij vertrouwde haar voor geen meter, zoveel was wel duidelijk. 'Ik ken je niet. Ik weet niet wat je allemaal zou kunnen uitspoken.'

Hij liep achter haar aan de trap op en de overloop over. Lily rook vaag de geur van zijn aftershave. Het was echt een heel gek gevoel om zo dicht bij iemand te zijn die je alleen maar van films kende. Hoewel hij misschien maar een paar jaar ouder was dan zij, leefden ze in totaal verschillende werelden.

In Dans kamer stond een weekendtas op de vloer, onder het raam. De gordijnen waren dicht, het bed zag er beslapen uit en het dekbed was verkreukeld. Lily ging op haar knieën zitten, tilde de strook op die om de rand van het bed zat en zag de envelop meteen liggen. Ze kon er net niet bij.

En het was ook een heel gek gevoel om languit op de grond te gaan liggen en onder het bed te kruipen terwijl er een Heel Beroemd Iemand naar je stond te kijken.

Het lukte haar de envelop met haar vingertoppen beet te pakken, en ze probeerde weer onder het bed uit te kruipen zonder haar kont in de lucht te steken.

Toen ze weer stond, liet ze de envelop aan Eddie Tessler zien.

'Kijk. En even voor alle duidelijkheid, ik zou echt je onderbroek niet hebben gestolen.'

'Wat zijn dat?'

'Kaartjes voor Beyoncé in de O2. Het is een verrassing voor Patsy's verjaardag. Nou blij?'

'Waarom zou ik blij moeten zijn?'

'Nergens om.' God, wat een neuroot. 'Hoe dan ook, je moet het niet tegen Patsy zeggen, hoor. Dat moet je me echt beloven.'

Hij keek haar even aan. 'Ik beloof het je.'

'Was dat nou zo moeilijk om te zeggen?'

'En jij moet me beloven dat je niemand vertelt dat ik hier ben.'

Schouderophalend zei ze: 'Mij best.'

'Echt helemaal niemand.'

'Ik hoorde je wel.'

'Wat ga je nu doen?' Hij volgde haar de trap af.

'Weer aan het werk.'

'Waarom blijf je niet nog even?'

'Hoezo?'

'Gewoon, dan kunnen we wat met elkaar praten.'

Ze trok haar wenkbrauwen op. 'Want je vertrouwt me niet.'

'Inderdaad.'

'Maar ik heb je net beloofd dat ik niks zal zeggen.'

'Mensen zeggen wel vaker dingen die ze niet menen of ze doen beloftes waar ze zich niet aan houden.'

'Nou, zo ben ik niet.'

Na een korte pauze vroeg hij: 'Kun je niet gewoon nog even blijven? Dan drinken we een kop koffie of zo. Ik weet nog niet eens hoe je heet.'

En hij zei dat allemaal zonder flirterig over te komen.

'Ik heet Lily. Lily Harper.'

'Oké.' Een knikje, en toen een klein lachje alsof hij wilde zeggen dat hij begreep dat het een rare situatie was. 'En ik ben Eddie.'

Wat zoiets was als de koningin die zei: 'Hallo, ik ben de koningin.'

'Maar ik begrijp nog steeds niet wat je hier doet,' zei Lily. Ze gebaarde om zich heen. 'Waar ken je Patsy van?'

Hij liep naar de keuken, plaatste twee mokken onder het koffieapparaat en zette het aan. 'Ik ken haar eigenlijk niet. Ik wilde gisteren naar mijn vader gaan, maar de paparazzi waren daar nog eerder dan ik. En toen hebben we bedacht dat ik me beter bij iemand kon verschuilen die totaal niet met mij in verband kon worden gebracht. Nou, dat heeft dus fantastisch gewerkt,' eindigde hij droog.

'Maar ik snap het nog steeds niet. Heb je gewoon ergens in het telefoonboek geprikt en toen Patsy gebeld om te vragen of je bij haar mocht logeren?'

'Nou, nee. Toen ik gisteren mijn assistente belde om te zeggen dat ik bij mijn vader was aangekomen, maar dat de fotografen daar ook al stonden te wachten, zat ze bij haar zus, om haar haar te laten doen. Haar zus heet Rose... Nee, Rosa...'

'O, maar Rosa ken ik wel! Die heeft hier vroeger gewoond... Ze heeft bij Patsy in de zaak gewerkt!'

'Dat klopt. Dus mijn assistente zei dat ze zou proberen om een ander adres voor me te vinden, en toen kwam haar zus hiermee op de proppen. Ze wist dat het huis veel privacy bood en dat Patsy ook absoluut betrouwbaar is.'

'Dat kun je wel zeggen. Ze heeft het mij niet eens verteld.' Wat zowel indrukwekkend als frustrerend was.

'Mooi zo. Laten we dan maar hopen dat jij net zo betrouwbaar bent.'

'Nou doe je het alweer,' zei ze geïrriteerd. 'Dat helpt echt niet, hoor, als je steeds dat soort dingen blijft zeggen. Je hebt veel meer kans dat ik mijn mond houd als je zegt dat je zo ziet dat ik te vertrouwen ben.'

'Ik weet het. Sorry.' Hij slaakte een zucht. 'Maar ik ben zo geworden door dat rare leven dat ik de afgelopen paar jaar heb geleid.'

'Ach, wat zielig nou.' Lily lachte er een beetje bij om haar sarcasme wat te verzachten.

'Jaja. Maar het is echt niet zo fantastisch als iedereen denkt, hoor, dat alle mensen denken je te kennen en dat ze over alles wat je doet een mening hebben.'

Ze pakte de koffiemok van hem aan. 'Ja, dat is vast heel irritant. Vooral als ze dingen over je ontdekken die ze eigenlijk niet mogen weten.'

Zoals een verhouding hebben met je getrouwde medespeelster.

'Zullen we het voor de verandering eens over jou hebben?' Eddie Tessler ging zitten en vroeg: 'Waar ken jij Patsy van?'

'Nou, om te beginnen is dit Stanton Langley. Hier kent iedereen elkaar. Maar Patsy was vroeger mijn oppas. En nu is ze eigenlijk een soort grote zus van me.'

'Heeft zij je haar gedaan, met al die krullen?' Hij maakte spiraalbewegingen met zijn vrije hand.

'Nee, dat doet mijn haar helemaal uit zichzelf.'

'En waar werk je?'

'Bij Goldstone Salvage & Treasure, op de hoofdstraat. Dat is een brocantezaak.'

'Ik heb de hoofdstraat niet gezien. Mijn assistente heeft me hier gisteravond laat naartoe gebracht. En wat doe je daar precies?'

'Alles wat er maar moet gebeuren. Bestellingen opnemen, leveringen doen, voor klanten naar allerlei dingen speuren, veilingen aflopen, de website bijhouden... We verkopen ook online en verschepen naar de hele wereld.' Ze nam een slok koffie en wierp een blik op haar horloge. 'Coral vraagt zich vast af waar ik blijf. Ik moet echt weg.'

'Oké.' Hij keek haar aan alsof hij nog iets wilde zeggen, maar leek zich toen te bedenken. 'Nou, je hebt gevonden wat je zocht.' Hij gebaarde naar de envelop in haar zak. 'Ik denk dat ik Patsy maar beter niet kan vertellen dat ik je heb ontmoet, hè?'

Oei, dat kon lastig worden; nu ze eenmaal wist dat hij hier was, wilde ze het wel met Patsy over haar geheime logé kunnen hebben. Terwijl ze haar mok neerzette, zei ze: 'Ik heb tegen haar gezegd dat ik de sleutel nodig had om haar schoenen te lenen voor vanavond. Zal ik ze gewoon meenemen? Dan kun jij tegen haar zeggen dat we elkaar hebben ontmoet.'

Hij knikte. 'Dat is wel gemakkelijker. Waar staan die schoenen?'

'In Patsy's kast. Ik haal ze wel even.' Toen hij ook half overeind kwam, zei ze: 'Je hoeft echt niet mee, hoor.'

Boven pakte ze de schoenen – donkerblauw, met hoge hakken, echt heel erg mooi – en liep ermee naar beneden. Eddie Tessler nam haar van top tot teen op, alsof hij er zeker van wilde zijn dat ze niets anders had meegenomen.

Ze klopte op haar broekzakken, hield de schoenen op en liet haar handen zien. 'Zie je wel? Geen onderbroek.'

Ze had nooit gedacht dat ze zoiets nog eens tegen een echte filmster zou zeggen.

Hij trok een wenkbrauw op. 'Tenzij je hem hebt aangetrokken.'

'Tja, dat is voor jou een vraag en voor mij een weet.'

Een heel klein glimlachje. 'Ik kan natuurlijk even naar boven gaan om te tellen hoeveel er nog in mijn tas zitten.'

Onwillekeurig begon ze te lachen. 'Hoe dan ook, ik vond het leuk om je te leren kennen. Ik heb nog nooit eerder met een beroemd iemand gepraat.'

'Ik vond het ook leuk.' Hij wees naar de schoenen die ze in haar linkerhand hield. 'Wat ga je vanavond doen? Iets speciaals?'

'Iets heel speciaals. Ik ga uit eten in Cheltenham, met Coral en Patsy. En daarna gaan we hier waarschijnlijk nog wat drinken in de Star.' Voor iemand als hij moest dit allemaal wel heel suf klinken.

Er ging hem ineens een licht op. 'O ja. Patsy vertelde dat ze vanavond een verjaardag had.'

'Ja, mijn verjaardag. Dus je mag me feliciteren.'

Het was een wonder, maar hij glimlachte alweer. 'Gefeliciteerd.'

'Dank je. En nou moet ik echt weg. Succes met dat verstoppertje spelen van je. Hoelang denk je dat je hier nog blijft?'

'Geen idee. Tot ze me hebben gevonden, denk ik.' Weer die irritante blik, alsof hij wilde zeggen dat het haar schuld zou zijn als zijn schuilplaats werd ontdekt. 'En mocht dat gebeuren, dan moet ik Patsy misschien ook maar over die kaartjes voor Beyoncé vertellen.'

Nu was het Lily's beurt om hem een dreigende blik toe te werpen. Terwijl ze de voordeur opendeed, zei ze: 'Je bent echt heel charmant, zeg.'

Toen Lily thuiskwam van haar werk, tikte ze boven in de slaapkamer de naam Declan Madison op Google in, iets waar ze niet eerder tijd voor had gehad.

Ze bereidde zich geestelijk voor op een teleurstelling. Misschien was hij wel dood, of was hij een seriemoordenaar, of was hij te gewoontjes om überhaupt op internet voor te komen. Ze haalde een keer diep adem en drukte toen op Zoeken...

Als door een wonder verschenen meteen zijn gegevens in beeld. Lily's hart sloeg een keer over en haar vingers tintelden, want hij leefde nog, terwijl ze zo bang was geweest dat hij dood was. Er stond geen foto van hem bij, maar ze wist intuïtief dat ze de goede Declan Madison had gevonden.

Het was hem.

# 8

God, wat was het moeilijk om een geheim te bewaren. Lily merkte dat ze steeds even over de tafel heen naar Patsy keek, en Patsy keek ook steeds even naar haar.

Omdat Patsy wist van Eddie Tessler, en zij het ook wist, en ze wist dat Patsy wist dat ze het wist...

Ondertussen wist Coral van niks en kletste ze honderduit over heel iets anders.

En daarbij kwam ook nog dat er een verjaardag gevierd moest worden.

Dat ze die in dit restaurant in Cheltenham vierden, was nog zo'n traditie die was begonnen in het jaar dat haar moeder was gestorven. Maanden voor haar verjaardag hadden ze haar een keertje meegenomen naar Maria's, en ze had het er zo leuk gevonden en de fettuccine Alfredo zo lekker, dat ze had gevraagd of ze er met haar verjaardag weer mocht eten. Maria, de eigenares, had erg haar best gedaan, ze had gekleurde kaarsjes in het bord fettuccine gestoken en iedereen in het restaurant overgehaald om 'Happy Birthday' te zingen. Maria, die zelf zeven kinderen had, was erin geslaagd om een feest te maken van een avond die voor hetzelfde geld heel moeilijk had kunnen zijn. Het was misschien geen duur en chic restaurant, maar wel het meest gastvrije dat Lily kende. De negenjarige Lily had Maria een kus gegeven en verklaard: 'Ik ga al mijn verjaardagen hier vieren!'

En dat hadden ze ook gedaan. Eerst met zijn vieren, toen Nick nog had geleefd, en nu met zijn drietjes. Ze werden nog steeds warm onthaald door Maria, die, als een trotse en liefhebbende oma, ook nog steeds kaarsjes in het eten stak.

Ook vanavond was het weer leuk geweest, ze hadden heerlijk gegeten en veel wijn gedronken.

Wat niet erg hielp.

'Wie is het?' vroeg Coral toen Patsy's telefoon bliepte ten teken dat ze een sms'je had.

Nadat Patsy op het schermpje had gekeken, legde ze snel het toestel weer neer. 'Wat? O, niemand!' Toen wierp ze een blik op Lily en nam gauw nog een slok wijn.

'Is het de tandem-man?' vroeg Lily belangstellend. 'Gewoon negeren en de berichten wissen. Maar moeten jullie horen, volgens mij heb ik die vriend van mijn moeder gevonden.' Hoewel ze niet van plan was geweest om dat er zomaar uit te flappen, was het hoog tijd om van onderwerp te veranderen. 'Als hij het echt is, denken jullie dat hij het dan raar zal vinden als ik contact met hem opneem?'

Het werkte.

'Daar zat ik ook al aan te denken,' riep Coral uit. 'Ik vroeg me af of je dat niet zou willen. We weten nu pas wat zijn achternaam is. Ik kende hem alleen maar als Declan.'

'Het is een vrij ongebruikelijke naam,' zei Lily. 'En er is maar één Declan Madison in heel Groot-Brittannië. En die woont in Londen.'

'Ik vind dat je het moet doen!' zei Patsy enthousiast, blij dat ze het niet meer over haar geheimzinnige berichtje hadden. 'Dan kun je hem vertellen van de armband. En Londen is niet zo ver weg. Zou je het leuk vinden om hem een keer te ontmoeten?'

Of ze het leuk zou vinden om de man te ontmoeten van wie haar moeder had gehouden? Natuurlijk vond ze dat leuk, ze wilde niets liever. Het was een behoorlijk opwindend idee dat iemand die ook van haar moeder had gehouden haar iets over haar zou kunnen vertellen.

'Ja, heel erg zelfs.' Lily knikte en schraapte met de achterkant van haar vork het laatste restje van Maria's legendarische tiramisu van haar bord. 'Maar stel dat hij zegt dat hij zich haar nauwelijks kan herinneren? Stel dat mama wel van hem hield, maar dat ze voor hem niet zo belangrijk was?' Die gedachte knaagde de hele dag al aan haar. Ze hield de armband omhoog. 'Stel dat mama deze altijd heeft gekoesterd, maar dat hij zelfs is vergeten dat hij hem ooit aan haar heeft gegeven?'

Dat hij zo iemand was als Dan, met zijn eindeloze stoet vriendinnen.

'O Lily, ik durf te wedden...'

'Stel je voor dat hij niks met me te maken wil hebben omdat ik... niks voor hem beteken?'

'Dan is hij gewoon een zak,' zei Patsy. 'Pech voor hem dan. Heb je zijn e-mailadres?'

Lily schudde haar hoofd. 'Nee, maar wel zijn adres. Hij woont in Notting Hill.'

'Nou, stuur hem dan gewoon een brief,' zei Coral. 'Misschien vindt hij het wel hartstikke leuk om je te leren kennen.'

'Zullen we nu meteen naar huis gaan?' stelde Patsy voor. 'Dan helpen wij je met die brief!'

Lily keek haar fronsend aan. 'We zouden toch nog naar de Star gaan?'

'Ja, maar zou je niet liever meteen aan die brief beginnen? Dan kunnen we dat beter bij mij thuis doen.'

Goed, Patsy was nu officieel de weg kwijt. Op veelbetekenende toon zei Lily: 'Beter bij ons.'

'Wat is er?' Coral nam hen onderzoekend op. 'En zeg niet dat er niets is, want ik kan aan jullie zien dat er iets aan de hand is.'

Patsy keek alsof ze elk moment kon ontploffen. 'Oké dan,' flapte ze eruit, alsof Lily de spelbreker was. 'Dan gaan we wel naar jullie lege huis.' Korte stilte. 'In plaats van naar mijn huis, waar zich een filmster heeft verstopt.'

Lily zuchtte.

'Je hoeft me niet zo aan te kijken,' jammerde Patsy. 'Ik kan er niks aan doen. Het brandt me de hele avond al op de lippen!'

'Wacht eens even, ontgaat me soms iets?' vroeg Coral verwonderd. 'Was dat een grap? Snap ik de clou soms niet?'

Lily keek Patsy hoofdschuddend aan. 'De reden waarom ze jou hebben uitgekozen, was omdat ze dachten dat jij wel een geheim kon bewaren.'

'Maar dat kan ik ook! Alleen niet voor Coral! Ik bedoel, het is gewoon niet eerlijk!'

'Eh, hallo? Ik ben er ook nog, hoor,' zei Coral, terwijl ze naar zichzelf wees.

Patsy boog zich over de tafel heen, waarbij ze bijna de kaars omstootte, en fluisterde overdreven: 'Ik heb een filmster in mijn huis!'

'Nee!' Coral sloeg een hand voor haar mond. 'Heb je die kartonnen filmster gestolen die voor de bioscoop stond? O Pats, misschien hebben ze daar wel bewakingscamera's! Wat erg. Je moest je schamen.'

Eddie was inmiddels een dag in Stanton Langley en hij begon zich een beetje opgesloten te voelen. De cottage was dan wel erg schoon, het was ook klein. De internetverbinding was traag, er was geen kabel-tv of een schotelantenne en hij verveelde zich kortom dood.

Zo zag je maar weer, je kon dan soms wel verlangen naar vakantie en absoluut nietsdoen, maar als je niets te doen had terwijl je opgesloten zat in andermans huis, was de lol er gauw af.

Maar ja, het was nog altijd beter dan eindeloos achtervolgd te worden door hordes journalisten en paparazzi.

Eddie legde zijn hoofd tegen de bank en slaakte een diepe zucht. Het was al bijna elf uur, en hij had ook nog geen antwoord op het berichtje dat hij had gestuurd, iets waar hij eigenlijk alweer spijt van had.

Een paar minuten later hoorde hij voetstappen op het tuinpad, gevolgd door het geluid van een sleutel die in het slot werd gestoken. Hij hoorde wat geschuifel, gefluister en gegiechel en moest ondanks alles glimlachen. Patsy was erg aardig, en hij vertrouwde haar ook volkomen. Wat Lily betrof... Nou ja, die was ook erg aardig. Slim en op een eigenaardige manier aantrekkelijk met die rare blonde krulletjes en grote donkere ogen. Toch was het niet alleen dat. Iets in haar had hem geraakt. Ze intrigeerde hem.

En toen vloog de deur van de woonkamer open en kwamen ze op tikkende hoge hakken binnen, Lily voorop, gevolgd door Patsy met een fles wijn en twee grote zakken chips in haar handen...

En door een derde vrouw, waarschijnlijk degene met wie ze uit eten waren geweest. Eddies glimlach verdween meteen van zijn gezicht. De moed zonk hem in de schoenen. Fijn dan, dus toch niet zo betrouwbaar als hij had gedacht.

'Oké, niet boos worden.' Patsy wapperde met haar armen voordat hij wat kon zeggen. 'Ik weet wat we hebben beloofd, maar het is Coral maar. Die telt niet mee. Ze hoort bij ons en ze zal het echt niet verder vertellen.'

'Ik dacht dat jij je mond wel zou kunnen houden.' Aangezien het aardig van haar was dat hij bij haar mocht logeren, wist hij dat hij eigenlijk niet kwaad mocht worden, maar toch kon hij zijn teleurstelling niet verbergen.

'Dat kan ik ook! Echt wel!'

'Alleen deze ene keer niet,' zei Eddie.

'Ja, maar het ging gewoon niet. Ik wist het, en Lily wist het, en we zaten daar met zijn drieën aan tafel... Het voelde gewoon oneerlijk om Coral erbuiten te houden.'

'En ze heeft het best goed gedaan,' zei Lily. 'Ze heeft het wel bijna twee uur voor zich weten te houden.'

'Wel twee uur? O, dan is het goed.'

'Doe niet zo flauw,' zei Patsy. 'Het was gewoon een moment van zwakte. Maar echt, het is nog steeds ons geheim. Verder zal niemand van me te horen krijgen dat jij hier bent!'

'En je had toch gevraagd of we hier na afloop nog wat kwamen drinken?' Lily haalde haar schouders op. 'We zouden eigenlijk naar de pub gaan, maar toen kreeg Patsy dat berichtje van je. En we konden Coral toch niet in de steek laten? Dat zou flauw zijn.'

'Je wilde gezelschap,' bracht Patsy hem in herinnering. 'En nou heb je gezelschap. Alleen wat meer dan je had verwacht.'

Ze had het een moment van zwakte genoemd. Zoals hij in een zwak moment dat berichtje had gestuurd met de mededeling dat hij het niet erg zou vinden als Patsy en Lily nog even een afzakkertje bij Patsy thuis zouden nemen.

Toch bleef het irritant. 'Maar je snapt zelf toch ook wel waar het op uit zal draaien?' zei hij. 'Gisteravond wist alleen jij maar dat ik hier was. Vanmiddag wisten ineens twee mensen het. En nu zijn het er al drie.'

'Weet je,' zei Lily ineens, 'volgens mij kunnen we beter gaan.'

'Ach, lieverd, jij hoeft toch niet weg.' Coral, die de hele woordenwisseling vanuit de deuropening had gevolgd, keek Lily hoofdschuddend aan. Toen richtte ze het woord tot Eddie. 'Het spijt me. Echt. Ik ga al.'

'Ik ga met je mee,' zei Lily.

'Oké, kappen allemaal.' Eddie schudde ongelovig zijn hoofd. 'Dit is gewoon stom. Je hebt me nu toch al gezien, dus dan kun je net zo goed blijven ook.'

'Hoor eens.' Als hij geen blad voor zijn mond nam, dan hoefde zij dat ook niet, vond Lily. 'Ik ben jarig. Jij bent zacht gezegd in een rotbui, en wij hebben tot nu toe een heel leuke avond gehad die ik niet wil laten bederven door een of andere chagrijn die ik niet eens ken.'

'Nou, als jullie gaan, dan ga ik mee. Ik wil niet alleen bij hem blijven,' zei Patsy.

'Ho eens even, dit loopt behoorlijk uit de hand.' Hij bedacht dat het nogal wonderbaarlijk was dat hij het nu moest ontgelden, terwijl Patsy degene was die haar belofte had verbroken. 'Sorry dat ik zo uitviel. Zullen we afspreken dat jullie allemaal blijven en dat we dan die fles wijn opentrekken?' Hij keek van Patsy naar Lily en toen naar Coral. 'Sorry sorry sorry. Blijf alsjeblieft.'

En omdat hij de charmante Eddie Tessler was, en een glimlach had die ijs kon doen smelten, bleven ze.

Toen om halftwee de klok in de kamer sloeg, zei Lily: 'Misschien moeten we maar eens naar huis gaan. Ik ben allang niet meer jarig en sommigen van ons moeten morgen weer werken.' Ze trok een gezicht. 'Degenen van ons die geen filmster zijn, bedoel ik.'

Eddie grijnsde, want je zag niet iedere dag een meisje met blonde krulletjes Michael Jacksons moonwalk doen op de keukenvloer, met gestreepte sokken, speciaal voor de gelegenheid geleend om de juiste gladheid te verkrijgen. En het was helemaal indrukwekkend dat ze erin was geslaagd om dat te doen zonder ook maar een druppel van haar felroze drankje te morsen.

'Wat een maf idee dat ik over een paar uur alweer het haar van klanten sta te doen,' zei Patsy. Ze maakte overdreven knipgebaren met beide handen. 'Echt maf!'

Coral knikte. 'Ja, we moeten gaan. Het is al later dan ik dacht.' Ze keek een beetje verbaasd om zich heen. 'Waar heb ik mijn schoenen gelaten?'

'Die heb je uitgetrokken toen je de tango danste.' Eddie pakte ze voor haar van de vensterbank.

'Nou ja, zeg, wat een rare plek om schoenen neer te zetten!' Hoofdschuddend begon Coral haar rode hoge hakken aan te trekken, waarbij ze de linker aan haar rechtervoet schoof. 'Wie heeft die daar in godsnaam neergezet?'

Eddie moest bij zichzelf lachen, terwijl hij haar hielp haar evenwicht te bewaren. Hij had de afgelopen paar uur niet graag willen missen. Nu hij hun verhaal kende, begreep hij ook de innige band tussen de drie vrouwen. Coral was twaalf jaar ouder dan Patsy, die op haar beurt weer tien jaar ouder was dan Lily, maar het overlijden van Lily's moeder had hen samengebracht, en in de loop der tijd was hun onderlinge band steeds hechter geworden.

Ondanks de waarschijnlijk funeste mengelmoes van drankjes die ze hadden gedronken, was hij heel blij dat hij ze had weten over te halen om te blijven, want hij had in tijden niet zoveel gelachen. En gedanst.

En hij was ook heel blij dat hij morgen zijn haar niet door Patsy zou hoeven laten knippen.

# 9

Eddie Tessler wilde haar kussen, dat merkte Lily gewoon. Ze zag het aan de manier waarop hij naar haar keek. En het ergste was nog wel dat hij leek te weten dat ze ook wilde dat hij haar kuste. Ze hoorde zelf dat ze sneller ging ademen, en ze wendde haar blik af om zich weer op het meetlint in haar handen en op de paarse velours gordijnen te concentreren.

'Wat ben je aan het doen?' Hij kwam achter haar staan.

Ze voelde zijn warme adem langs haar hals strijken. 'Ik meet de gordijnen op.'

'Waarom?'

Lily wist niet wat ze moest zeggen; ze had geen idee waarom ze dat deed en nu kwam hij nog dichter bij haar staan. Zijn mond raakte haar kaak even toen hij zachtjes zei: 'Trouwens, dat is geen meetlint, hoor. Het is een telefoonoplader. En misschien kun je ook beter je telefoon even opnemen.'

De telefoon bleef rinkelen, en toen Lily haar ogen opende, besefte ze met een mengeling van teleurstelling en opluchting dat het maar een droom was geweest. Aan de ene kant was het vooruitzicht gekust te worden natuurlijk heel opwindend geweest, maar aan de andere kant was ze blij dat ze niet echt zo stom was geweest om de gordijnen in Patsy's woonkamer met een telefoonoplader te willen opmeten.

O god. Haar hoofd.

Kreunend draaide ze zich om in bed en pakte haar telefoon van de vloer, waardoor de hoofdpijn nog veel erger werd. Ze verdiende eigenlijk een medaille voor haar doorzettingsvermogen.

'Huh...' Meer kreeg ze er gewoon niet uit.

'Ook goedemorgen! Begroet jij mensen altijd zo vrolijk? Gefeliciteerd met de dag na je verjaardag!' zei Dan, die 's ochtends vroeg altijd walgelijk opgewekt was.

'Wacht even.' Ze had gelukkig de vooruitziende blik gehad om een groot glas water op haar nachtkastje te zetten, hoewel het misschien slimmer was geweest om dat voor het slapengaan leeg te drinken. Het glas tikte hard tegen haar tanden toen ze het gulzig in één slok leegdronk.

'Leuke avond gehad, neem ik aan?'

'Ik wou dat jij had gedronken wat ik heb gedronken, dan zou ik me een stuk minder beroerd voelen.' Ze liet zich weer in de kussens vallen en vervolgde: 'Je weet toch wat Patsy allemaal in de drankkast heeft staan? Nou, volgens mij is alles nu op.'

'O god. Cocktails.'

'Zo kun je ze ook noemen.' Ze hadden allebei wel eerder te maken gehad met Patsy's avontuurlijke smaak op drankgebied. Wanneer de gewone drank op was – en die ene fles wijn van gisteravond was zo op geweest – vond Patsy het leuk om creatief aan de slag te gaan met alles wat er aan exotische drank in de kast stond. Deze keer was het blue curaçao geweest, Tia Maria, wodka met limoensmaak, een of andere rare likeur van granaatappels, Jack Daniel's... o, en frambozenlikeur van Chambord.

Heel veel Chambord.

Hoe kon het dat je je de volgende dag zo beroerd voelde van iets wat zo verrukkelijk was geweest?

'Hoe laat was je thuis?'

'Drie uur, geloof ik.' Ze wreef over haar slapen. 'Je zus heeft een heel slechte invloed.'

'Vertel mij wat. Maar waarvoor ik bel, heb je die kaartjes nog gevonden?'

'Ja, ik heb ze hier. Ze lagen inderdaad onder je bed.'

En hij had geen flauw idee wie er de afgelopen twee nachten in zijn bed had geslapen.

'Natuurlijk lagen ze daar. Maar je had beloofd me te appen als je ze had gevonden.'

'O ja, sorry. Helemaal vergeten. Ik was er niet helemaal bij met mijn hoofd.' Want ik was met mijn hoofd bij de beroemde man die in jouw bed slaapt. 'Heb je haast? Ben je op je werk?'

'Nog niet. Ik ben in Milaan. Ik lig in bed, in het hotel. Zonder kater.'

'Fijn voor je.'

'En zonder kleren.'

Ze hoorde hem gewoon grijnzen. 'Dat wil ik niet eens weten. Maar hou nou even je mond, ik moet je wat vertellen.' Ze vertelde hem over de brief van haar moeder en zei daarna dat ze er bijna zeker van was dat ze Declan Madison had gevonden. 'En ik ga hem een brief schrijven,' eindigde ze.

'Echt? Waarom?'

'Om hem te vertellen dat ik de armband heb die hij aan mijn moeder heeft gegeven. En om hem te vertellen dat hij heel veel voor haar heeft betekend... en dan kan hij me dingen over haar vertellen die ik nog niet weet.'

'Okéééé,' zei Dan langzaam.

'Waarom zeg je dat zo?'

'Stel je voor dat hij zegt dat hij zich jouw moeder niet kan herinneren. Het is zo lang geleden. Ze waren achttien. Voor mij is het negen jaar geleden dat ik achttien was en ik zou niet weten met wie ik toen iets had.'

'Je had iets met Janice Frayn,' bracht ze hem geduldig in herinnering. 'En met Tonda Whittington. En met dat meisje met dat blonde stekeltjeshaar... Ze had een gele Fiat en ze had jouw naam op haar heup laten tatoeëren... Toe, hoe heette ze ook alweer?'

'O ja, ik herinner me die tatoeage nog,' zei hij. 'Het was niet mijn schuld, hoor, dat ze die tatoeage had laten zetten. Ze wilde me ermee verrassen. Heette ze niet Ellie of Alla of zoiets?'

'Ania.' Lily wist het ineens weer. Die arme Ania, met op haar heup voor eeuwig de naam van iemand die niet eens meer wist hoe ze heette.

'O ja. Maar wat ik wil zeggen is dat die Declan zich jouw moeder misschien niet eens herinnert,' zei hij op wat zachtere toon.

'Ik snap wat je bedoelt, maar ze hebben bijna een jaar een relatie gehad, dus hopelijk herinnert hij zich haar wel,' zei ze, eraan toevoegend: 'Hopelijk was hij niet zo'n koele kikker als jij.'

Paracetamol. Lange douche. Grote mok thee. Beslist geen ontbijt.

Lily liep door de achtertuin naar het kantoor, waar Coral al druk bezig was de post open te maken.

'Goedemorgen, lieverd!' Coral was al net zo opgewekt als Dan. Ze stond erom bekend dat ze zonder wat voor gevolgen dan ook allerlei dubieuze cocktails achterover kon slaan. 'Je voelt je beroerd zeker?'

Lily liet zich op de stoel achter de computer zakken. 'Ik overleef het wel.'

'Je bent lijkbleek. Voel je je niet te ziek om te werken?'

'Ik ben nooit te ziek om te werken.' Als ze het maar met voldoende overtuiging zei, zou het allemaal wel loslopen.

Met glinsterende ogen vroeg Coral: 'Of kan ik je opbeuren met een lekker glas Chambord?'

'Doe niet zo gemeen.' De gedachte alleen al.

'Maar het was wel lachen, hè, gisteravond?' Nadat Coral om zich heen had gekeken of niemand hen kon horen, liet ze er fluisterend op volgen: 'Met Eddie.'

Bij het horen van zijn naam moest Lily meteen weer aan haar droom denken. Gordijnen opmeten en gekust worden door Eddie

Tessler. Ze streek haar nog steeds vochtige haar uit haar nek en bedacht ineens dat dat het plekje was waar zijn lippen haar huid hadden gestreeld. Zwakjes zei ze: 'Ja, het was... leuk.'

'Ga je in je lunchpauze nog naar hem toe?'

'Naar wie?'

'Naar Eddie! Je wilt toch die brief schrijven? Hij heeft aangeboden je te helpen.'

O god, dat was waar ook. Het begon haar langzaam weer te dagen. Ze hadden het over de brief gehad, vervolgens had ze zich hardop afgevraagd hoe ze dat het best kon aanpakken, en toen had Eddie gezegd: 'Zal ik je er anders mee helpen?'

Wat op dat moment een heel goed idee had geleken, want per slot van rekening was hij een woordenkunstenaar.

Na de droom van afgelopen nacht voelde het echter alleen maar gênant.

'Ik weet het niet, hoor. Ik moet het eigenlijk zelf doen,' zei ze.

Coral keek teleurgesteld. 'Ach, laat hem toch helpen. Ik denk dat hij een beetje om gezelschap verlegen zit. Trouwens, je kunt nu niet meer nee zeggen, dat zou onbeleefd zijn.'

Om kwart over twee klopte Lily op Patsy's voordeur, deed toen de brievenbus open en riep: 'Hoi, ik ben het.'

De deur ging open en ze glipte naar binnen, waarbij ze heel erg niet aan de droom probeerde te denken.

'Je bent laat,' zei Eddie Tessler.

'Het was druk. Sommige mensen moeten werken.'

'Oké, die zit. Hoe voel je je na gisteravond?'

'Beroerd.' Het werd al gemakkelijker om hem aan te kijken, maar het bleef raar om te bedenken dat hij beroemd was. Vandaag was hij blootsvoets en droeg hij een donkerblauw poloshirt en een surfbroek, zodat ze zelfs zijn beroemde benen kon zien. Mooie benen, slank en bruin, en met op zijn linkerknie een wit litteken.

'En, weten al meer mensen dat ik hier ben? Heb je het al aan de rest van het dorp verteld?'

'Natuurlijk. Ik heb met een luidspreker door het dorp gelopen, heb je dat niet gehoord?'

Er verscheen een klein lachje om zijn mond. 'Ik ga water opzetten. Zin in thee en toast?'

'Heerlijk.'

Vanuit de deuropening keek ze naar hem terwijl hij theezette, brood sneed en boter uit de koelkast pakte. Hij had echt heel mooie benen, niet overdreven behaard, niet overdreven gespierd, met welgevormde kuiten en...

'Ik zie wat je doet, hoor.'

Ze schrok. 'Wat?'

'Je staat mijn rug te bestuderen.' Hij wees naar het raam om aan te geven dat hij haar reflectie in de ruit kon zien.

'Nou, je hebt het mis,' zei ze. 'Ik stond namelijk naar je benen te kijken.'

'En, kunnen ze ermee door?'

'Ze zien er niet slecht uit.'

Lachend smeerde hij boter op de warme toast. 'Heb je al nagedacht over wat je precies wilt schrijven?'

'Zo'n beetje. Ik heb wat aantekeningen gemaakt. Het is wel moeilijk, ik wil hem niet de stuipen op het lijf jagen.'

Eddie zette alles op een dienblad en liep ermee naar de woonkamer. Ze gingen tegenover elkaar aan tafel zitten, en hij schoof een van de borden en een mok thee naar haar toe. 'Oké, vertel. Ik heb het gisteravond al in grote lijnen gehoord, maar vertel me nog eens precies hoe het zat met je moeder en die vriend van haar. Die Declan.'

# 10

Coral was degene die het hele verhaal over Declan rechtstreeks van Jo had gehoord. Maar Lily had het in de jaren na haar moeders dood ook beetje bij beetje te horen gekregen. Ze was altijd blij als ze weer nieuwe details over haar moeders leven te weten kwam, vooral de vrolijkere dan. Inmiddels kende ze het verhaal uit haar hoofd.

'Nou, ze hebben elkaar in Barcelona leren kennen. Ze waren allebei achttien en hadden een tussenjaar genomen, voordat ze zouden gaan studeren. Mijn moeder werkte als serveerster in een restaurant op de Ramblas en Declan stond daar achter de bar. Blijkbaar vonden ze elkaar meteen heel leuk... Nou ja, mijn moeder was heel mooi en ook heel grappig, dus logisch dat hij haar leuk vond. En hij was de aantrekkelijkste jongen die ze ooit had gezien, echt een stuk. Dus toen begonnen ze met elkaar uit te gaan en ze pasten hun dienstroosters op elkaar aan, zodat ze samen Barcelona konden gaan ontdekken. Ze gingen naar het strand, zwommen in zee, ze beleefden van alles en probeerden van elke dag te genieten.'

'Omdat ze wisten dat er een eind aan zou komen,' zei Eddie, toen ze even stopte om een hap te nemen.

Lily kauwde, slikte en knikte. 'Precies. Mijn moeder zou in Exeter Engelse literatuur gaan studeren, en hij was al toegelaten tot St Andrews. Ik bedoel, verder van elkaar weg kun je gewoon niet bedenken. Echt honderden kilometers bij elkaar vandaan. Ze waren gek op elkaar, maar wat moesten ze doen? Ze konden proberen een langeafstandsrelatie in stand te houden of gewoon meteen verstandig zijn en het uitmaken.' Ze haalde haar schouders op; ze wisten allebei al wat de uitkomst was. 'Dus toen het zover was, hebben ze het uitgemaakt. Mijn moeder was er in het begin kapot van. Ze heeft het heel moeilijk gehad. Maar uiteindelijk is ze eroverheen gekomen.'

'Ze waren negentien,' zei Eddie. 'Op die leeftijd gebeurt dat. Het leven gaat gewoon door.'

'Precies. Maar mijn moeder vergat hem niet. Na dat eerste jaar schreef ze hem een brief met het voorstel om samen in de zomervakantie naar Barcelona te gaan, maar Declan zei dat hij niet kon, dat hij al een vakantiebaantje had genomen. Maar een paar dagen later kreeg ze een brief van een meisje dat Theresa heette, ze schreef dat ze Declans vriendin was en dat het niet eerlijk was om hem lastig te blijven vallen; ze kon maar beter verdergaan met haar eigen leven en hem loslaten.'

Hij knikte. 'Dat zal niet gemakkelijk zijn geweest.'

'Nee. Maar mijn moeder wist ook wel dat het beter was zo. Ze zou hem echt niet gaan smeken. En het jaar daarop kreeg ze zelf ook een nieuwe vriend.' Lily trok een gezicht en nam een slok thee. 'Keir Bourne.'

'Jouw vader.'

'Helaas wel.'

'Maar zonder hem was je er niet geweest.'

'Dat weet ik ook wel. Ik wou alleen dat hij wat minder egoïstisch was geweest, wat fatsoenlijker.' Ze blies een verdwaalde krul van haar voorhoofd. 'Dus wat mijn moeder en Declan betreft, was dat het. Daarna heeft ze nooit meer contact met hem gehad.'

'Hoe zijn jullie eigenlijk hier terechtgekomen? Sorry, als je niet wilt, hoef je me dat niet te vertellen.' Hij haalde zijn schouders op. 'Ik ben gewoon nieuwsgierig. Ik stel mensen altijd veel vragen.'

'Geeft niet. Mijn moeder kreeg een soort knipperlichtrelatie met Keir. Hij was geen student; hij woonde bij zijn ouders in Exeter en werkte in het autobedrijf van zijn vader. Niet lachen.' Ze stak waarschuwend een vinger op en vervolgde: 'Ach, waarom ook niet? Lach maar zoveel als je wilt. Ik ben de biologische dochter van een foute tweedehandsautoverkoper.'

'Geeft niks.' Eddie lachte niet, maar hij zag eruit alsof hij dat graag zou doen. 'Daar kun jij ook niks aan doen.'

'Hoe dan ook, mijn moeder studeerde af, maar met slechtere cijfers dan ze had gehoopt. En toen vertrok de kantoormanager van Keirs ouders, en ze boden haar die baan aan, en omdat ze het allemaal even niet meer zo goed wist, is ze daar gaan werken.'

'Bij je schoonouders werken.' Eddie schudde zijn hoofd. 'Dat is volgens mij nooit een goed idee.'

'Ik weet het. Ze wist het een paar maanden vol te houden, maar het was verre van ideaal. En toen ontdekte ze eind oktober ook nog dat ze zwanger was. Wat het nog minder ideaal maakte. Ze vertelde het aan Keir, die het weer aan zijn ouders vertelde. Ze waren geschokt.'

'En toen?'

'Ze beschuldigden mijn moeder ervan dat ze het expres had gedaan, om hun zoontje te strikken, alsof hij de beste vangst van de wereld was. Ze zeiden dat ze het weg moest laten halen. Ze zeiden dat zij dat wel zouden betalen en boden zelfs aan om haar naar een abortuskliniek te brengen. Maar mijn moeder zei dat dat niet hoefde.' Lily draaide een krul om haar vinger en vervolgde: 'Nou, en toen gaven ze haar geld voor de abortus met de bedoeling dat mijn moeder meteen naar een kliniek zou gaan, maar mijn moeder zei toen dat ze het kind wilde houden. Ze vonden dat natuurlijk een ramp, maar ze konden er niks aan veranderen.'

Er schemerde iets van medeleven door in Eddies zilvergrijze ogen. 'Ik hoop dat ze iets leuks met dat geld heeft gedaan.'

'Ze heeft er een aftandse blauwe Ford Escort van gekocht. Niet bij hen natuurlijk... En van de rest van het geld heeft ze babykleertjes en een tweedehands wiegje gekocht. En toen is ze uit Exeter vertrokken zonder te weten waar ze naartoe moest.'

'Had ze geen familie?'

Lily schudde haar hoofd. 'Ze had geen broers en zussen. Alleen maar een moeder die dronk en gokte. Nadat mijn moeder was gaan studeren, heeft haar moeder hun flat verkocht om haar gokschulden mee af te betalen. En daarna is ze met een of andere kerel getrouwd die ze in het casino had leren kennen. Ze weigerden mijn moeder in huis te nemen. Dus nee, ze had niemand bij wie ze terechtkon.'

'Toch heeft ze je gehouden. Dat is bewonderenswaardig. Zo te horen was je moeder geen doetje.'

Lily knikte glimlachend. 'O nee. Bij een tankstation op de M5 heeft ze toen een kaart van Groot-Brittannië gekocht en heeft daar met haar ogen dicht met een speld in geprikt.'

'Logisch,' zei hij.

'Nou ja, waarschijnlijk niet echt met een speld. Ik denk dat ze gewoon met haar vinger heeft gewezen. En ze kwam uit bij Nottingham, dus besloot ze om daarnaartoe te gaan. Maar onderweg drong tot haar door dat ze vlak langs het deel van de Cotswolds zou komen waar Coral woonde. Dat was toen ze studeerde haar beste vriendin, en ze had al veel van haar gehoord over Stanton Langley, maar ze was er nog nooit geweest. Het leek haar wel een leuk idee om bij Coral langs te gaan, om haar te vertellen wat er was gebeurd.' Lily spreidde haar handen en zei vrolijk: 'Nou, de rest weet je zo'n beetje wel. Mijn moeder kwam hier aan, Coral haalde haar over om een nachtje te blijven logeren... en dat was dat, ze is hier nooit meer weggegaan.'

'Het lot,' zei Eddie, die net zijn laatste stuk toast ophad.

'Precies. Voor hetzelfde geld was ik in Nottingham geboren en opgegroeid.'

Hij schoof zijn lege bord opzij. 'Zullen we dan nu maar aan de slag gaan?'

Door zijn woorden moest ze ineens weer aan haar ongepaste droom denken en ze voelde haar nekhaartjes rechtop gaan staan van schaamte. Snel stond ze op om de borden naar de keuken te brengen en haar pen en notitieblok uit haar schoudertas te pakken. Toen ze weer ging zitten, haalde ze de dop van haar pen en zei op zakelijke toon: 'Goed, laten we beginnen.'

Wonder boven wonder waren ze er zo mee klaar. Eddie zei dat ze gewoon moest schrijven wat ze op haar hart had, en dankzij zijn aanmoedigingen leken de woorden uit haar pen te stromen. Twintig minuten later had ze de brief af.

'Wauw, dat was makkelijker dan ik had verwacht.' Diep onder de indruk van zichzelf leunde ze achterover. 'Ik dacht dat we er heel lang over zouden doen.'

Hij glimlachte naar haar. 'Ik wist wel dat je het kon.'

'Denk je echt dat die brief zo oké is?'

Hij keek haar aan. 'Hij is beter dan oké. Hij is perfect.'

'O, dank je wel. Maar jij hebt me erg geholpen door de juiste vragen te stellen.' Lily tikte op het opengeslagen notitieblok, dat was volgekrabbeld met de woorden die ze haastig had opgeschreven. 'Ik zal het thuis in het net overschrijven en dan later op de post doen. Echt heel fijn dat je me hebt willen helpen.'

'Graag gedaan.'

'Maar nu moet ik weer aan het werk.' Ze sloeg het notitieblok dicht.

'Jammer.' Eddie leunde naar achteren. 'Het is wel leuk om wat gezelschap te hebben.' Droog voegde hij eraan toe: 'Als het het juiste gezelschap is tenminste.'

Oeps, ze kreeg het alweer een beetje warm. 'Ach, Patsy komt om vijf uur thuis.'

Hij knikte. 'Patsy is heel aardig. We hebben het niet over haar exman gehad, maar Rosa heeft mijn assistente verteld wat er is gebeurd. Dat is vast heel moeilijk voor haar geweest.'

'Ja, dat was het ook.'

Na een korte aarzeling vroeg hij: 'Heb je vanavond iets te doen, of heb je misschien zin om weer hiernaartoe te komen?'

'God, jij verveelt je echt, hè,' zei ze grijnzend.

'Nou?' Hij grijnsde ook.

'Mag ik je iets vragen? Hoe groot is de kans dat die vriendin van je hier haar opwachting maakt?'

'Welke vriendin?'

'Toe zeg,' zei ze. 'De vriendin die er de reden van is dat je je hier moet verschuilen. De vriendin die getrouwd is met die enge filmproducent.'

'Oké, dat is dus niet mijn vriendin. Ik ben niet met haar naar bed geweest. Ze heeft zich zo'n beetje op me gestort om haar man jaloers te maken, omdat ze weet dat hij iets met een andere vrouw heeft.' Eddie schudde wanhopig zijn hoofd. 'Echt, die lui zijn allebei knettergek. Voor hen is het alleen maar extra publiciteit voor de film, dus niks aan de hand. Wat het met mij doet, kan ze geen zak schelen.'

'O.' Nou, hij klonk in elk geval wel alsof hij de waarheid sprak.

'Leuke mensen dus.'

'Tja. Nou ja, laat maar. Maar kom je nou of niet?'

Oké, hoe vaak kwam het nu voor dat een aantrekkelijke beroemdheid je zo'n beetje smeekte om bij hem langs te komen? 'Ik zal eerst mijn volle agenda moeten raadplegen,' zei Lily terwijl ze opstond en haar tas over haar schouder gooide. 'Dus wie weet.'

Eddie Tesslers ogen glansden. 'En mocht je onderweg hiernaartoe toevallig langs de winkel komen, ik ben gek op Magnums, die met witte chocola.'

## 11

Patsy's eerste klant van die ochtend werkte niet erg mee. Ze heette Tamsin en vond dat haar haar precies goed was zoals het was.

'Neeee,' jammerde ze, toen Patsy voorzichtig kwam aanlopen met de schaar. 'Nee! Ik wil niet!'

De moeder van het meisje schudde haar hoofd. 'Zo kan het niet blijven, Tamsin,' zei ze vermoeid. 'Dus wees lief en zit stil.'

De avond ervoor had de vierjarige Tamsin zich in de badkamer opgesloten met een botte schaar en had daar een halfuur lang vrolijk en vastbesloten op haar steile blonde haar ingehakt.

Aan één kant van haar hoofd.

'Liefje, je moet echt stilzitten, hoor.' Patsy legde haar handen op Tamsins magere schoudertjes. 'Want mijn schaar is ontzettend scherp, en ik wil je geen pijn doen.'

Er verschenen tranen in Tamsins ogen. 'Maar ik vind het mooi!'

'Tam, het kan niet zo blijven,' riep haar moeder wanhopig uit. 'Ze zullen je allemaal uitlachen. Je haar moet aan allebei de kanten goed zitten, anders ziet het er stom uit.'

'Het is niet stom!' brulde Tamsin terwijl ze zich uit de stoel wierp. Als een minisuperheld trok ze het klittenband van haar kapmantel los en gooide hem op de grond. 'Niet stom. Niet stom. Laat me los... laat me los...'

'O, mijn god, Tamsin, je bent echt onmogelijk.' Haar moeder rolde met haar ogen. 'Sorry, maar ze wil het niet,' zei ze tegen Patsy. 'We kunnen maar beter gaan.'

'Geen probleem.' Patsy raapte de kapmantel van de vloer. 'Misschien dat ze over een paar dagen van gedachten verandert.'

'Laten we het hopen. Echt, volgens mij wil ze me een zenuwinzinking bezorgen. Kinderen, je snapt niet waarom je ze eigenlijk wilt.'

Het was een van die nonchalante opmerkingen waar mensen de hele tijd mee strooiden, maar voor Patsy klonk het altijd alsof er met een krijtje over een schoolbord werd gekrast. Ze kreeg een brok in haar keel. Toen ze even om zich heen keek, ving ze Wills blik, maar hij sloeg meteen zijn ogen weer neer.

'Jij hebt geen kinderen toch?' vroeg Tamsins moeder.

Patsy slikte de brok in haar keel weg. 'Nee.'

De vrouw, die er duidelijk helemaal doorheen zat, schudde haar hoofd. 'Bofkont.'

Een uur later stond Patsy folie in het haar te wikkelen van nog een moeder, deze keer een vrouw van achter in de twintig, een niet helemaal natuurlijke blondine van wie het drie weken oude dochtertje in een nieuw roze met grijs autostoeltje lag te slapen. Iedereen had de kleine Ella al bewonderd; ze was echt een schatje, met zacht donker haar, een klein roze mondje en fijngetekende wenkbrauwen die bewogen terwijl ze haar babydromen droomde.

Haar moeder, duizelig van blijdschap omdat ze moeder was geworden, maar uitgeput door de nachtelijke voedingen, was na twee minuten in de kappersstoel al in slaap gevallen.

Patsy kon het niet helpen, ze moest steeds even naar de volmaakte Ella kijken, met haar kleine vingertjes en donkere wimpers. Ze wist precies hoe ze zou aanvoelen en ruiken als ze haar optilde, met dat donzige haar en die zijdezachte huid...

Misschien zou het ooit nog gebeuren. Misschien dat haar leven ooit nog eens volgens plan zou verlopen in plaats van dat het sputterde als een ouwe auto. Terwijl ze het haar van de moeder van Ella vaardig met de punt van haar kam scheidde, het blauwe bleekmiddel aanbracht en de lokken in folie wikkelde, keerde ze zoals wel vaker in gedachten terug naar vroeger.

Toen ze Sean had leren kennen, was dat zo'n goed gevoel geweest, het had zo perfect geleken allemaal. Ze was nog nooit zo gelukkig geweest als in dat eerste jaar met hem. En toen waren ze getrouwd en verdergegaan met gelukkig zijn – nou ja, dat dacht ze toen tenminste – en ze had zich verheugd op het volgende stadium, dat van een gezin stichten. Zodra de renovatie van hun cottage achter de rug was, zou het gebeuren. Maar ze hadden geen haast, want ze genoten ook van hun leven samen, en ze hadden nog tijd zat voor al dat andere.

En zo leefden ze hun leventje, ze waren vaak op de rugbyclub te vinden, gingen op vakantie in het buitenland, gaven feesten en organiseerden barbecues met hun vrienden en aten vaak buitenshuis. Haar kapsalon liep goed en Seans bouwbedrijf had ook altijd genoeg opdrachten. Ze werkten hard, maar daar stond veel plezier tegenover. Goed, misschien dat de seks na een tijdje wat minder was geworden, maar dat was logisch. Dat overkwam de meeste getrouwde stellen.

Maar het huwelijk op zich voelde goed. Ze leken een stevige basis te hebben. Ze hadden eigenlijk nooit echt ruzie; ze konden het gewoon goed met elkaar vinden. Er was echt nooit de geringste aanleiding voor haar geweest om te kunnen bedenken dat ze op een dag zou thuiskomen uit haar werk en dat haar man haar dan zou vertellen dat hij homo was.

Het was een moment dat voor eeuwig in haar geheugen stond gegrift: Sean, wit van ellende, die haar geen verdriet wilde doen, maar niet anders kon, omdat hij gewoonweg niet meer met zijn geheim kon leven. Het had die dag geregend; de geur van droge aarde die water opzoog deed Patsy nog steeds aan die avond denken. Sean had gespannen geklonken toen hij had gezegd: 'Sorry, maar ik ben homo.' En zij had gezegd: 'Doe niet zo gek, dat ben je niet,' omdat het voor haar net zoiets onwaarschijnlijks was als wanneer hij haar zou vertellen dat hij Superman was en kon vliegen.

Ze had het gevoel gehad alsof ze in een doos van plexiglas was opgesloten, zonder lucht, terwijl ze zag hoe haar man in een totaal ander wezen veranderde, zonder dat ze er ook maar iets aan kon doen. Hij had zijn cargobroek aangehad en het donkerblauwe katoenen overhemd dat ze hem die kerst daarvoor had gegeven, en hij had gezegd: 'Het spijt me zo, ik wilde dit echt niet. Ik dacht dat het wel goed zou komen, dat ik het wel zou kunnen, maar ik kan het niet.'

Dat was het ogenblik waarop ze alle waardigheid had laten varen en was gaan smeken, iets waar ze met schaamte op terugkeek, maar als verzachtende omstandigheid kon ze aanvoeren dat ze totaal in shock had verkeerd. Ze had tegen hem gezegd dat hij het best kon, als hij maar beter zijn best deed; hij vergiste zich, hij was in de war, natuurlijk was hij geen homo... Jemig, je hoefde alleen maar naar hem te kijken om te weten dat hij geen homo was: hij dronk bier, hij speelde rugby, en hij had totaal geen gevoel voor mode...

In de vijf jaar die waren verstreken sinds die avond die haar hele wereld op de kop had gezet, was haar opmerking over zijn modegevoel een soort eeuwige grap tussen hen geworden, maar op het moment zelf was het totaal niet grappig geweest. Ze had Sean wanhopig graag willen bewijzen dat hij een grote vergissing beging.

De deur van de zaak ging open, en Wills volgende klant kwam met een vrolijke begroeting binnen, zodat Ella wakker werd en begon te jammeren. Haar uitgeputte moeder sliep gewoon door. Patsy legde haar haarverfkwast neer, trok haar wegwerphandschoenen uit en ging op haar hurken voor het babystoeltje zitten. Ze streelde het wangetje van de baby en maakte sussende geluiden om haar weer in slaap te krijgen.

Wat een mooi kindje toch...

Toen Ella weer was bedaard, ging Patsy verder met het aanbrengen van de folie. Ach ja, de babykwestie; dat was op dat moment totaal niet belangrijk meer geweest. Hoe kapot ze er ook van was, het was haar niet gelukt om Sean te haten. Zelf was hij er ook kapot van geweest. Op zijn manier had hij nog steeds van haar gehouden. En de sympathie van de meeste dorpsgenoten was naar haar uitgegaan, niet naar hem. Vooral de ouderen onder hen hadden het schandalig van hem gevonden dat hij zich inliet met iets waar hij zich volgens hen verre van moest houden. Een paar vrouwen hadden hem er luidruchtig van beschuldigd dat hij alleen maar met de mode mee wilde doen en George Michael en Elton John na-aapte. Hij was gewoon een aandachtstrekker, vonden ze, en dat was helemaal nergens voor nodig.

Hoe dan ook, ze waren uit elkaar gegaan. Sean was in een van de kleine huisjes een eindje verderop in de straat gaan wonen, wat niet echt ideaal was, maar het was nu eenmaal moeilijk om in het dorp een huis te vinden. Later had hij de Star overgenomen; zijn vrienden waren langzamerhand gewend geraakt aan het idee dat hij homo was, en in het dorp werd er ook nauwelijks meer over gesproken.

Tot hij veertien maanden later iemand had leren kennen op wie hij verliefd was geworden. Een man.

Ironisch genoeg had hij die kennismaking aan Patsy te danken gehad; zonder haar zouden beide mannen elkaar nooit hebben ontmoet. En toen Patsy zich er eenmaal mee had verzoend, had ze tegen Sean gezegd: 'Je kunt niet beweren dat ik nooit iets voor je doe.'

Patsy was blij voor hen geweest, maar met zichzelf was ze minder blij. Ze voelde zich een hopeloos geval, emotioneel niet in staat om nog een keer iets met een man te beginnen. Na een tijdje was ze echter voorzichtig weer gaan daten, waarbij ze zich iedere keer opnieuw afvroeg of dit misschien De Ware zou zijn.

Waarop het antwoord onveranderlijk nee luidde. Iedere date was tot nu toe rampzalig geëindigd, hetgeen betekende dat ze óf ontzettend veel pech had... óf er misschien deels zelf schuld aan had.

En nu was ze vijfendertig, nog steeds single en verder verwijderd van een gezin stichten dan ooit. In de loop der jaren was haar pech met mannen een bron van vermaak voor de rest van het dorp geworden. Misschien niet ideaal, maar altijd nog beter dan hun medelijden.

Toch bleven al die teleurstellingen vervelend, vooral als je wist dat je eitjes almaar kleiner en schaarser werden, dat ze verschrompelden als oude druiven. Vanbuiten was misschien weinig aan haar te merken, ze was de eerste die grappen maakte over zichzelf en haar manloze bestaan, maar vanbinnen vroeg ze zich regelmatig af: waarom ik?

Ze was klaar met de folie, en haar volgende klant, Tess, was net binnengekomen voor haar wekelijkse was- en föhnbeurt. Patsy liet Ella's moeder lekker slapen en begon bij de wasbak Tess' haar met shampoo in te wrijven. Terwijl ze daarmee bezig was, werd Ella weer wakker. Ze begon te huilen. Will, die net zijn laatste klant had uitgezwaaid, tilde haar uit haar stoeltje, samen met het flesje melk dat naast haar lag. Binnen een paar seconden had hij zich al in een stoel geïnstalleerd, met de baby in zijn arm, en gaf hij haar de fles alsof het de gewoonste zaak ter wereld was.

'Moet je nou eens zien,' zei Tess verwonderd. 'Alsof je nooit anders hebt gedaan.'

Will grinnikte. 'Tja, dat krijg je ervan als je zeven neefjes en nichtjes hebt. Geen gebrek aan oefening.'

Ella zoog luidruchtig aan haar flesje; het leek haar helemaal niets uit te maken dat ze door een onbekende werd gevoed. Patsy voelde een steek van jaloezie toen ze zag dat Ella met haar kleine handje Wills wijsvinger beetgreep en hem vol vertrouwen aankeek.

O god, hoeveel eitjes had ze eigenlijk nog? Zou ze het ooit nog meemaken?

'Trouwens, ik hoorde van die vent van je, op de tandem,' zei Tess, met haar hoofd nog steeds achterover in de wasbak. 'Een beetje een loser, hè?'

Met haar gedachten nog steeds bij baby's zei Patsy: 'Ja, een beetje wel.'

'Nou, dat is niet voor het eerst, hè? Maar maakt niet uit, op ieder potje past een deksel. Weet je wat, Fred heeft dit weekend afgesproken met zijn vrienden van de stoomtreinclub... Misschien kan hij eens rondvragen of er iemand op zoek is naar een date.'

'O, dat weet ik niet, hoor...' Patsy aarzelde; hoe kon ze dit nu eens op een nette manier brengen? Ze had afgelopen zomer op de plaatselijke braderie van die stoomtreinfanaten gezien, en ze hadden allemaal nylon jacks en petten gedragen en ook nog eens van die onverzorgde baarden gehad. Bovendien waren ze allemaal boven de vijftig.

'Wat is er?' wilde Tess na een paar seconden van ongemakkelijke stilte weten.

'Nou, eh...' En de meesten hadden pijp gerookt, en ze had ook veel grijs borsthaar boven hun veel te krappe, nogal smoezelige geruite overhemden uit zien piepen. O god, nee, dat kon ze echt niet...

'Nou, dan niet,' zei Tess beledigd. 'Nog kieskeurig ook. Alsof de leuke mannen voor je in de rij staan!'

Tess had natuurlijk gelijk, maar het was wel een beetje een gemene opmerking. Patsy keek naar Will, die Ella op zijn schouder legde en als een ware expert op haar rugje klopte tot ze een boertje liet. Ze vroeg zich af wat Tess zou zeggen als ze plotseling zou verkondigen dat ze op dit moment een leuke man in haar cottage had zitten.

Maar ja, die man had geen belangstelling voor haar, dus dat telde niet.

Nu ze hem drie dagen had meegemaakt, begon ze te vermoeden dat Eddie Tessler een oogje op Lily had.

# 12

Je reactie op iets onverwachts hangt soms helemaal af van hoe je dag is geweest.

Declan Madison had geen prettige dag achter de rug, om allerlei kleine redenen. Door het idioot drukke verkeer in Londen was hij te laat op een vergadering gekomen, en toen hij daarna terugkwam bij zijn auto had er een dikke kras op het portier aan de passagierskant gezeten. Twee uur later, na nog een afspraak, die vijf minuten was uitgelopen, had hij een parkeerboete te pakken gehad.

Het enige wat hij nu nog wilde, was thuis domweg voor de tv gaan zitten en wat te eten bestellen.

Alleen ging dat niet, want Gail had weer eens een etentje georganiseerd, in zijn huis, hetgeen betekende dat hij beleefd moest gaan zitten doen tegen vier andere stellen die hem de hele avond zouden uithoren over huizenprijzen en die tegen elkaar zouden opbieden over wie de mooiste vakantie had gehad, wie de mooiste auto had, en over al het andere moois dat ze hadden bereikt in hun leven.

Want Gail betrok haar vrienden uit een groep die Declan bij zichzelf de Volmaakten noemde. De vrouwen waren overwegend mager en kattig, de mannen gezet en rijk. Ze woonden liefdadigheidsbijeenkomsten bij, vooral om de indruk te wekken liefdadig te zijn, want ze leken bitter weinig oprechte belangstelling te kunnen opbrengen voor mensen met een minder fantastisch leven dan het hunne.

Maar ja, hij kon er nu toch niets meer aan veranderen; de voorbereidingen waren al in volle gang. De catering was bezig met het eten en Gail hield een oogje in het zeil bij de tafelschikking.

'Schat, je bent laat, ga je gauw even omkleden.' Ze wees naar boven toen ze Declan in de gang zag. 'De drankjes worden om half-acht geserveerd. Ik wil dat je om kwart over zeven weer beneden bent.'

'Prima.' Hij pakte het stapeltje post dat op de tafel in de gang op hem lag te wachten. 'Wat eten we?'

'Gerookte forelsalade. En varkensfilet met mosterdsaus.'

Mosterdsaus. Declan wist een zucht te onderdrukken. Hij was niet zo van de mosterd.

Boven schopte hij zijn schoenen uit en liet zich op het bed vallen. Hij was erg dol op Gail, en ze bezat veel goede eigenschappen, maar haar enthousiasme voor het geven van etentjes hoorde daar niet bij. Wat zou ze doen als hij in slaap viel en zich niet vertoonde?

Oké, hij kende het antwoord op die vraag al.

Hij bladerde de post door en legde de enveloppen op volgorde van belangrijkheid. Rekening... bankafschrift... nog een parkeerboete... autobrochure... en eindelijk ook iets in een echte envelop met zijn adres er met de hand geschreven op.

Hij scheurde de envelop lichtelijk nieuwsgierig open; wie stuurde er tegenwoordig nog met de hand geschreven brieven?

Nou ja, deze afzender dus. Hij vouwde de vellen lichtgroen schrijfpapier van goede kwaliteit open en vatte meteen sympathie op voor het handschrift.

Nog geen seconde later viel zijn oog op een naam en zijn hart sloeg even over. Wat? Jo? Maar hoe kon de brief nu van Jo zijn terwijl het niet haar handschrift was?

En toen begon hij te lezen.

Beste Declan,

Hallo, je kent me niet, maar ik hoop dat ik dit naar de juiste persoon stuur. Ik heet Lily Harper, en ik ben de dochter van Jo Harper. Goed, laat ik er maar gewoon van uitgaan dat je de goede Declan Madison bent. Dan zou ik graag willen weten of je je mijn moeder nog herinnert. Weet je nog? Toen jullie allebei achttien waren en in Barcelona werkten? O, ik hoop echt dat je het nog weet, want je hebt heel veel voor haar betekend. Het idee dat je haar bent vergeten, zou ik echt vreselijk vinden.

Hoe dan ook, het droeve nieuws is dat mijn moeder al een hele tijd geleden is overleden. Zeventien jaar om precies te zijn.

En ik weet dat jullie het hebben uitgemaakt toen jullie twintig waren en dat jullie daarna geen contact meer hebben gehad, dus je zult je wel afvragen waarom ik je in hemelsnaam schrijf. Ik zal het je uitleggen. Een paar dagen geleden ben ik vijfentwintig geworden, en mijn moeder had voor die dag een brief voor me geschreven. (Dat heeft ze voor elke verjaardag gedaan, maar dit was de laatste.) In die brief noemde ze voor het eerst je achternaam, en daarom kon ik je ook googelen. Ze vertelde me in die brief dat je haar grote liefde was. En ze gaf me haar dierbaarste bezit, een zilveren armband die ze van jou had gekregen. Ik vraag me af of je je dat ook nog herinnert. Ik draag hem op dit moment!
Ik hoop dat je het niet erg vindt dat ik je zomaar schrijf. Ik ben opgegroeid bij de beste vriendin van mijn moeder, Coral, en haar inmiddels overleden man, Nick, en ik heb een erg fijne jeugd gehad. Ik ben gelukkig hier in Stanton Langley, met mijn leven en met mijn werk, maar ik zou het ontzettend fijn vinden om meer over mijn moeder te weten te komen en ik hoop dat jij me nog wat over haar zou kunnen vertellen. Je kunt me mailen, maar anders wil ik met alle plezier naar Londen komen. Zeg het maar.
Ik zou het erg leuk vinden om je te leren kennen, maar mocht je dat om een of andere reden niet willen, zou je me dat dan even per mail kunnen laten weten? Anders blijf ik me eeuwig afvragen of je deze brief wel hebt gekregen.

Hartelijke groet en alvast bedankt,
Lily Harper x

Declan las de brief nog twee keer door, en steeds wanneer hij bij het stukje kwam waarin hem werd verteld dat Jo dood was, voelde hij een steek in zijn hart. En ze was al zo lang dood. Geen wonder dat het hem nooit was gelukt haar op te sporen. Hij had altijd gedacht dat het kwam omdat ze getrouwd was en een andere achternaam gebruikte. Maar dat was de reden helemaal niet geweest; het kwam doordat ze was overleden.

Het nieuws overviel hem. Het was geen brief die je verwachtte te zullen ontvangen. Het kostte hem moeite om alles te...

'Allemachtig, wat ben jij nou weer aan het doen?' De slaapkamerdeur was opengegooid en Gail stond ongelovig naar hem te kijken.

'Ik moest de post even doornemen.' Hij wees op de enveloppen die op het bed lagen.

'Vergeet de post nou maar, je hebt je nog niet eens gedoucht! En over tien minuten is iedereen er al!'

Hij hield de vellen briefpapier op. 'Ik heb een brief gekregen van de dochter van iemand die ik heb gekend.'

'Declan, ben ik soms onzichtbaar of zo? Hoor je wel wat ik zeg? Je moet je nu klaarmaken!'

Gail werd altijd een beetje hysterisch als ze gestrest was, en dit was duidelijk niet het moment om haar over Jo te vertellen. Declan vouwde de brief weer op en stond op van het bed. 'Over acht minuten ben ik beneden.'

## 13

Het was zaterdag, zeven uur 's avonds, en Patsy zat net te lachen om iets wat Eddie had gezegd, toen er werd aangebeld.

Ze hadden inmiddels een routine voor dit soort gevallen. De trap en de bovenverdieping kraakten te erg, dus naar boven kon Eddie niet. Het was het eenvoudigst als hij gewoon buiten beeld bleef tot Patsy degene die op de stoep stond vakkundig de deur had gewezen. Dus stond Eddie op, pakte zijn bord en zijn wijnglas en verdween, stil als een spook, de keuken in.

Patsy deed open. 'O, hoi!' zei ze, toen ze zag wie er op de stoep stonden.

Haar ex-man.

Met zijn nieuwe man.

Sean en Will.

'Hoi, hoe gaat het?' Sean kuste haar op haar wang. 'Kunnen we even binnenkomen?'

'Eh...'

'Heel even maar.'

'Nou, eerlijk gezegd heb ik niet zoveel tijd.' Patsy keek nadrukkelijk naar haar pols, maar het effect daarvan werd ietwat verpest door het feit dat ze haar horloge in de keuken had laten liggen.

'Ik ook niet, ik moet zo naar de pub. Maar we wilden je iets zeggen. Kom,' Sean duwde haar met zachte hand naar binnen, 'vijf minuutjes maar, dan zijn we weer weg.'

Will en Sean, het gelukkigste stel dat ze kende. Patsy ging op het puntje van de stoel bij de open haard zitten en de mannen namen op de bank tegenover haar plaats. Sean droeg een grijs poloshirt en een zwarte broek waarin zijn gespierde gestalte goed uitkwam. Will had de kleren die hij vandaag in de kapsalon had aangehad verruild voor een zwart T-shirt en een spijkerbroek; aangezien het zaterdag was zou hij zo meteen wel naar zijn bokstraining gaan.

'Oké, zeg het maar.' Ze was beslist niet van plan hun iets te drinken aan te bieden.

'Nou, laat ik dan maar meteen met de deur in huis vallen.' Sean steunde met zijn ellebogen op zijn knie en had zijn vingers stijf verstrengeld. 'Jij wilt een kind. Misschien heb je niet veel tijd meer. Mocht je besluiten om een... Nou ja, ik wil met alle plezier de... donor zijn.'

Patsy viel bijna van haar stoel. Wauw. Dit was wel het laatste wat ze had verwacht. Na een korte stilte vroeg ze: 'Waar komt dit ineens vandaan?'

Hij haalde zijn schouders op. 'Het is gewoon een aanbod. Een ideetje, meer niet. Iets om over na te denken.'

Dat kon je wel zeggen.

'Ik maak je steeds mee in de salon,' deed Will een duit in het zakje. 'Gisteren bijvoorbeeld, zoals je naar Ella keek. Ik hoor wat ze tegen je zeggen, al die grapjes over dat je geen man kunt vinden. En jij lacht er dan om, je doet alsof ze je daar niet mee kwetsen. Maar dat doen ze wel. Dat weet jij en dat weten wij.'

'Oké.' Ze keken haar oprecht meelevend aan, als ouders die het beste met hun kind voorhebben.

'En vaak worden vrouwen dan zo wanhopig dat ze in blinde paniek een kind krijgen van de eerste de beste kerel die ze tegenkomen, zonder zich zelfs maar af te vragen of hij wel geschikt is,' zei Sean ernstig. 'Ik zeg niet dat jij dat zult doen, maar het gebeurt. En bovendien kennen wij elkaar goed. Je weet dat ik gezond ben.' Na een korte aarzeling vervolgde hij: 'Oké, wat ik eigenlijk wil zeggen is dat het voor ons alle drie de oplossing kan zijn. Jij krijgt de baby die je wilt... en wij ook.'

'Wij? Je bedoelt Will en jij?'

'We hebben er wel vaker over nagedacht,' zei Sean. 'We zouden er erg graag bij betrokken worden. Er zijn meer mensen in onze situatie die dat zo hebben gedaan, en daar werkt het ook...'

'Jemig.' Patsy verstrengelde haar vingers terwijl ze het allemaal probeerde te verwerken.

'Het is een mogelijkheid,' zei Will schouderophalend. 'Je hoeft natuurlijk niet meteen te beslissen. Maar je weet het nu, en wat je ook beslist, het is oké. En dat geldt voor ons allebei,' eindigde hij op nadrukkelijke toon.

'Oké, nou... Dank je, Sean.' Nog steeds als verdoofd stond ze op. 'Ik zal erover nadenken.'

'Doe dat.' Terwijl de beide mannen ook opstonden om weg te gaan, zei Sean: 'Het heeft geen haast.' Hij kneep nog even in haar arm. 'Maar wie weet is het voor ons allemaal een goede oplossing.'

Will glimlachte en voegde er bemoedigend aan toe: 'Het kan fantastisch worden.'

'Nou,' zei Eddie, toen ze weg waren en Patsy de keukendeur opendeed, 'er gebeurt hier van alles.'

Patsy slaakte een zucht, blij dat hij tenminste niet deed alsof hij niks had gehoord. 'Wauw.' Ze schudde haar hoofd. 'Dat kwam onverwacht.'

'Maar is het een fijne verrassing?' Hij schonk haar nog een glas wijn in.

'Geen idee. Ik kan het nog niet helemaal verwerken.'

Ze gingen weer in de woonkamer zitten, Patsy niet meer op het puntje van de stoel, maar lekker achterover. Eddie nam plaats op de bank. Het was gek hoe snel ze eraan gewend was geraakt dat ze een beroemde man in huis had. Voor haar was hij inmiddels gewoon Eddie.

'Dat waren je ex en zijn wederhelft?'

Patsy knikte; ze had hem in het kort al iets over Sean en Will verteld.

'Ze klinken wel aardig.'

'Dat zijn ze ook. En ze passen perfect bij elkaar.'

'Hoe hebben ze elkaar eigenlijk leren kennen?'

'Dankzij mij.' Ze glimlachte, hoewel ze behoorlijk gemengde gevoelens had gehad toen Sean en Will iets met elkaar waren begonnen. 'Ongeveer een jaar nadat Sean en ik uit elkaar waren gegaan. Daar had ik veel verdriet van, maar het hielp dat ik de kapsalon had. En op een gegeven moment had Rosa ons opgegeven voor de nationale kapperscompetitie in Birmingham, maar op de dag dat we daarnaartoe moesten, begaf mijn versnellingsbak het. En toen bood Sean aan om ons te brengen. Hij hielp ons daar met de spullen naar binnen dragen en alles installeren.' Ze nam een slokje wijn. 'En de kapper die naast mij zat, was Will.'

'Alsof het zo moest zijn,' zei Eddie.

'Ja. Maar ze zagen er allebei in de verste verte niet gay uit. En hun gaydar was ook waardeloos. Ik zag ze de hele tijd stiekem naar elkaar kijken, maar ze hadden allebei echt geen flauw idee. De bokser en de rugbyer. De schatjes,' zei Patsy. 'En aan het eind van de dag zei Will terloops iets over mijn "man" en toen vertelde ik hem dat Sean mijn ex-man was. Will zei "Sorry", en ik zei: "Hij is namelijk homo." En toen ik zijn blik zag, wist ik het meteen. Ik zei dat hij

Sean maar om zijn nummer moest vragen als hij hem zo leuk vond, en dat heeft hij gedaan, nadat hij genoeg moed had verzameld. En zo is het allemaal begonnen.'

'Wat een verhaal. En nu werkt hij bij jou.'

'Ze probeerden elkaar zo vaak mogelijk te zien, maar omdat Will in Manchester woonde, was het verre van ideaal. En toen Rosa me vertelde dat ze ontslag nam, dat ze terugging naar Londen, leek het me wel een idee om Will in dienst te nemen.' Ze haalde haar schouders op. 'En het heeft perfect uitgepakt. Hij is een fantastische kapper. De klanten zijn gek op hem. En ik ook.'

'Hm.' Terwijl Eddie zijn wenkbrauwen optrok, werd er twee keer op de deur geklopt, wat betekende dat Lily er was.

Patsy stond op om haar binnen te laten, maar voordat ze de kamer uit liep, zei ze nog: 'Op een non-seksuele manier natuurlijk.'

Het was halftwaalf toen Patsy hun gapend welterusten wenste en naar boven verdween.

'Welterusten.' Lily zwaaide even en zette haar kop koffie neer. 'Ik moet ook maar eens gaan.'

'Waarom?' vroeg Eddie. 'Dat hoeft toch niet? Blijf nou nog even.'

'Je zit wel erg om aandacht verlegen, hè?' zei ze grijnzend.

Ze hoorden boven de vloerplanken kraken en daarna de deur van Patsy's kamer dichtgaan.

'Ik vind het gewoon leuk om met je te praten.'

Wat behoorlijk vleiend was.

'Nee,' zei Lily. 'Je vindt het gewoon leuk om te praten, maar je hebt hier weinig keus qua publiek.'

'Zelfs als er honderd man publiek was, dan nog zou ik jou uitkiezen.' Hij hield zijn hoofd een beetje scheef, zijn grijze ogen schitterden.

'Hou die filmsterrengrijns maar voor je.'

'Dit is niet mijn filmsterrengrijns. Dít is mijn filmsterrengrijns.' Hij trok zijn mond wijd open.

'Nou lijk je net de Grote Boze Wolf.'

Hij lachte. 'Er zijn maar weinig mensen die dat soort dingen tegen me zeggen. Misschien dat ik je daarom zo leuk vind.'

'Ja, en omdat ik mini-Magnums voor je heb meegebracht.' Ze wees naar de lege wikkels die op de salontafel voor hen lagen.

'Ja, dat helpt ook.' Geamuseerd vroeg hij: 'Waarom heb jij geen vriend?'

'Dat heb je al gevraagd. En ik heb gezegd dat het er gewoon nog niet van is gekomen.'

'Maar je hebt niet gezegd waarom niet. Ik heb het ook aan Patsy gevraagd. En zij heeft me de echte reden verteld.'

'Dat ik een vreselijk mens ben en dat niemand me aardig vindt?'

'Ze zei dat ze het ontzettend zwaar had toen haar huwelijk op de klippen liep en dat jij twee jaar lang haar steun en toeverlaat bent geweest.'

Ze haalde haar schouders op. 'Logisch toch? Patsy heeft mij ook geholpen toen mijn moeder doodging. Vriendjes komen en gaan, maar vriendschap is voor altijd.'

'En ze zei verder dat je toen het met haar weer goed ging een vriend kreeg en dat dat allemaal heel leuk was. Maar toen stierf Corals man.'

Ze knikte. 'Dat klopt. Het was vreselijk. Nick was kerngezond, niemand had kunnen denken dat hij zomaar dood zou gaan. Maar toen kreeg hij die hartaanval. Die arme Coral, ze was zo verdrietig, ze zat er helemaal doorheen. Ze kon zich nergens meer op concentreren, ze had geen idee hoe het zonder Nick verder moest met de zaak. Nick was alles voor haar.'

'En toen moest je haar bijstaan,' zei Eddie.

Ze schudde haar hoofd. 'Dat moest niet, ik wilde het.'

'Maar voor jou moet het toch ook erg zijn geweest? Ze waren je surrogaatouders.'

'Het was verschrikkelijk. Maar voor Coral was het het ergst. Ze had echt hulp nodig.'

'Dus dumpte je je vriendje om haar te kunnen helpen.'

Ze glimlachte even. 'Zo klinkt het wel heel erg edelmoedig. Het was meer dat de ware aard van Phil naar boven kwam. De eerste paar weken na de begrafenis was hij echt fantastisch, maar hij begon al snel te klagen als ik niet met hem uit wilde gaan, omdat ik Coral niet alleen wilde laten.'

'Aardige man,' zei Eddie.

'Ja, echt. Hij zei dat ik me niet zo met haar moest bemoeien, dat ze er toch aan zou moeten wennen om alleen te zijn.' Droog voegde ze eraan toe: 'Inderdaad een aardige man dus. Het was ook niet zo moeilijk om het uit te maken.'

'Kon hij ook eens voelen hoe het was om alleen te zijn,' zei Eddie. 'Nam hij het een beetje goed op?'

'Niet echt. Het duurde even voordat hij de boodschap begreep. Daar mis ik dus niks aan.'

'En je hebt ontzettend hard gewerkt om de zaak drijvende te houden en Coral te blijven steunen. Dat is nogal wat. Je kunt trots zijn op jezelf.'

'Ach, iedereen zou dat toch doen? Tenminste, als je een beetje gevoel hebt?'

'En geen egoïstische klootzak bent,' zei Eddie.

Hij streek licht met zijn vingers over haar knokkels. Er trok een scheut adrenaline door haar heen. Ze hield haar adem in, terwijl ze zich afvroeg wat zijn gebaar te betekenen had. Hij streelde nog steeds haar hand en keek haar in de ogen. Zijn mondhoeken gingen iets omhoog toen hij mompelde: 'Jij hebt in elk geval gevoel.'

Ze kon niet meer helder denken en kreeg een droge mond. De onderhuidse aantrekkingskracht die er steeds was geweest leek naar de oppervlakte te stijgen. Ze kon alleen nog maar denken aan zijn vingers op haar hand, aan haar gevoeligheid voor zijn aanraking. Toen Eddie ineens vroeg: 'Wat is dat?' dacht ze dan ook dat hij een of ander knobbeltje of een dikke ader had gevonden.

Vlak daarna hoorde ze voetstappen over het tuinpad, gevolgd door het geluid van een sleutel die in het slot werd gestoken.

# 14

'Verdomme, wie kan dat nou zijn?' Eddie ging meteen rechtop zitten en liet haar hand los.

'Ik ben het,' zei Dan, terwijl hij de deur opende. 'Ik dacht dat je al wel in bed zou liggen, daarom heb ik ook niet gebeld om... O!'

Er viel een veelbetekenende stilte die een paar lange seconden duurde, tot Lily opgewekt zei: 'Hoi!'

'Hoi.' Dan keek eerst naar haar en toen naar Eddie Tessler. 'Woont Patsy hier niet meer?'

'Ze is al naar bed. We zaten gewoon nog wat te kletsen.' Lily gebaarde naar Eddie en vervolgde met een rood hoofd: 'Eh, dit is Eddie.'

'Dat weet ik. Hallo.'

'Hoi,' zei Eddie.

'We hadden je helemaal niet verwacht,' begon Lily te ratelen. 'Je had niet verteld dat je nu alweer terug zou komen. We hebben zelfs geen auto gehoord.'

'De auto staat een eindje verderop, onder een straatlantaarn. We hebben maandag een chic etentje, dus ik heb mijn smoking nodig. Ik ga hem meteen even halen; Anna zit in de auto te wachten.' Terwijl Dan aan het praten was, keek hij haar strak aan. Toen liep hij naar de trap.

'Ik loop wel even met je mee.' Lily stond op en liep ook de trap op. Pas voor zijn slaapkamerdeur haalde ze hem in.

'Wat is hier aan de hand?' Dan bleef abrupt staan, precies zoals ze al had verwacht. Zijn bed was onopgemaakt, op de stoel hingen wat kleren van Eddie en hier en daar lagen andere spullen van hem.

'Hij logeert hier gewoon een paar dagen.'

'In mijn slaapkamer? En niemand die het nodig vond om mij daarvan op de hoogte te stellen?'

'Het was geheim. We mochten aan niemand vertellen dat hij hier was.'

'Zelfs niet aan mij? Terwijl hij mijn kamer gebruikt?' Dan, die normaal gesproken overal een grapje van maakte, maakte deze keer geen grap. Op een verre van geamuseerde toon vroeg hij: 'Denk je ook niet dat het beleefder was geweest om het me wel te vertellen?'

'Misschien wel,' zei Lily. 'Maar het was niet de bedoeling dat je erachter zou komen.'

Hij schudde ongelovig zijn hoofd. 'Een volstrekte vreemde.'

'Dat is hij toch niet echt? Hij is Eddie Tessler, dat weet je best.'

'Ja, en ik weet ook dat hij in mijn bed slaapt. Met jou waarschijnlijk. Mijn god...'

'Wat? Ik ben helemaal niet met hem naar bed geweest!' Oeps, zou Eddie dit beneden allemaal kunnen horen? Wat zachter vervolgde ze: 'Echt niet.'

'Wat doe je dan wel met hem? En wat doet hij hier eigenlijk?'

'Ik hou hem gewoon een beetje gezelschap. Hij had een schuiladres nodig. Zijn assistente is de zus van Rosa en Rosa kwam met dit idee op de proppen. Patsy vond het goed, dus zo is het gegaan. En verder weet helemaal niemand dat hij hier is. Het is geheim!'

'Jaja, dat heb ik inmiddels begrepen.' Dan klonk geïrriteerd. 'Dat hoef je niet steeds te herhalen.' Hij trok de deur van de kleerkast open, pakte zijn smoking en een wit overhemd en haalde een strikje van het dassenrekje. Lily had hem maar één keer in smoking gezien; hij had er fantastisch uitgezien. Natuurlijk.

'Sorry. Niet boos worden,' zei ze toen hij de kastdeur weer dichtdeed.

Dan draaide zich om en keek haar aan. 'Weet je zeker dat je geen seks met hem hebt?'

Ze schudde haar hoofd, blij dat hij niet kon zien dat haar handen helemaal zweterig werden bij het idee alleen al. 'Honderd procent zeker.'

'Nou, houden zo. Want ik garandeer je dat hij het gaat proberen.'

'Ik ben echt niks van plan,' zei ze. 'Je moet niet zo wantrouwend zijn.'

'En jij moet niet zo naïef zijn.' Hij stak een waarschuwende vinger op. 'Want vergeet niet waarom hij überhaupt een onderduikadres nodig heeft. Zulke mannen doen precies waar ze zin in hebben.'

'Mannen als jij, bedoel je.' Ze verzachtte haar opmerking door er een beetje bij te lachen, maar de boodschap kwam wel aan.

'Oké, maar daarom heb ik des te meer recht van spreken. Ik weet waar ik het over heb.' Zijn mobieltje ging en hij keek er even op; het was algemeen bekend dat zijn nieuwste verovering erg ongeduldig was. 'Anna zit op me te wachten. Ik moet ervandoor. Maar vergeet niet wat ik heb gezegd.'

'Dat zal ik niet doen. En vergeet jij dan niet wat ik heb gezegd.' Ze deed alsof ze haar mond dichtritste.

Toen ze de trap af liepen, dacht Lily even aan Patsy, die altijd overal doorheen sliep; als ze eenmaal in dromenland was, kon je een houseparty voor haar kamerdeur houden zonder dat ze er iets van zou merken.

'Dag.' Dan stak even zijn hand op naar Eddie.

'Dag,' zei Eddie. 'Sorry dat we het je niet hebben verteld. En bedankt voor...'

'Oké, ik moet ervandoor.'

Nadat Dan de deur uit was, schudde Eddie zijn hoofd. 'Die gaat echt zijn mond niet houden.'

Een beetje in de war van wat Dan allemaal had gezegd, besloot Lily om ook maar eens te gaan. Ze pakte haar tas en keek Eddie aan; het minste wat ze kon doen was hem geruststellen. 'Jawel hoor.'

'Trouwens, je had daarnet niet zo geschokt hoeven klinken. Zo erg is het nou ook weer niet om met mij naar bed te gaan, hoor.'

Dus hij had inderdaad alles kunnen horen. En nu zat hij haar nog uit te lachen ook. Ze maakte dat ze wegkwam voordat hij kon zien dat ze bloosde.

De volgende dag stonden de eerste paparazzi op de stoep, aan het eind van de ochtend. Een uur later maakten een paar journalisten hun opwachting. Lily vond het onbegrijpelijk; ze had echt gedacht dat Dan zijn mond wel zou kunnen houden. Maar omdat ze zeker wist dat Patsy en Coral het nooit zouden doorvertellen, moest het Dan gewoon zijn geweest. Want verder wist niemand het. Gekwetst stuurde ze Dan een sarcastisch berichtje, maar een reactie bleef uit.

Om twee uur kwam Patsy naar Goldstone House, waar Lily buiten plantenpotten stond te stapelen.

'Nou, hij is weg.'

'Eddie?' Lily had het wel verwacht; hij had geen reden meer om te blijven nu zijn schuilplaats was ontdekt.

'Rosa's man heeft hem opgehaald. Ze zijn terug naar Londen. Het voelt straks vast raar dat hij er niet meer is.'

'Dat denk ik ook.' Ze hadden het allebei wel leuk gevonden om Eddie Tessler voor zichzelf te hebben. 'Was hij kwaad op Dan?'

'Niet echt. Hij was eerder gelaten. Hij zei dat hij in elk geval vijf dagen rust had gehad en dat dat beter was dan niets. O, en ik moest je de groeten doen en je bedanken voor alles.'

'Oké.' Was het stom om stiekem te denken dat hij best even langs had kunnen komen om afscheid van haar te nemen? Waarschijnlijk wel, maar toch dacht ze het. Aan de andere kant, waarom zou hij? Eddie Tessler ging terug naar Londen, naar zijn filmsterrenleven vol paparazzi en glamour en mooie meisjes. Hij had zich hier verveeld, zij had hem een beetje gezelschap gehouden, en nu was hij weer weg. Terwijl zij hier vastzat en met zware victoriaanse plantenpotten liep te slepen. Over glamour gesproken.

'En hij wenste je succes bij het zoeken naar Declan,' voegde Patsy er nog aan toe. 'Hij hoopt dat je iets van hem hoort.'

Ze had de brief donderdag op de bus gedaan, per expresse. Maar hoewel ze sinds vrijdag als een idioot haar mailtjes had zitten checken, had ze nog geen reactie gekregen.

'Ja.' Toen ze zich bukte om de grootste en zwaarste pot op te tillen en op een betere plek tegen de muur te zetten, schoot er een spin over haar arm. 'Ja, ik ook.'

# 15

De brief was weg.

Vrijdagavond had hij nog op zijn bed gelegen. Daarna was hij verdwenen. Declan had overal tevergeefs gezocht, en hoe meer tijd hij aan het zoeken had besteed, hoe geïrriteerder Gail was geworden.

En hoe geïrriteerder Gail was geworden, hoe meer hij haar ervan verdacht de brief te hebben weggegooid.

'Dus ze is de dochter van een meisje met wie je ooit iets hebt gehad, en de moeder is al jaren dood, en toch wil je haar ontmoeten. Terwijl ze niet eens je dochter is.'

'Inderdaad,' zei Declan.

'Je weet zeker dat ze niet je dochter is?'

'Dat weet ik helemaal zeker.'

'Nou, dan snap ik het dus niet. Waarom zou je haar willen leren kennen? Wat heeft dat nou voor zin?'

'Het lijkt me gewoon leuk,' zei hij. Hij zou niet eens weten hoe hij het moest uitleggen, want hij begreep het zelf eigenlijk niet goed.

'Nou, mij lijkt het pure tijdsverspilling. Maar ik kom nog te laat op mijn werk zo. Ik zie je vanavond, hè? Dan eten we bij mij.'

Hij knikte afwezig. 'Eh... goed.'

'Zullen we, omdat het weekend erop zit, even een dagje gezond inlassen? Gestoomde vis met groente?' Nadat Gail een natte kus op zijn lippen had geplant, ging ze weg.

Zou ze de brief echt hebben weggegooid, in de hoop dat hij zou afzien van zijn plan om een afspraak met Jo's dochter te maken?

Toen Declan haar nakeek door het raam, zag hij dat ze even halt hield bij de kartonnen doos met papierafval die over een paar uur zou worden opgehaald. Ze gooide er iets in en liep toen de straat uit, op weg naar de bushalte.

Zodra ze de hoek om was, liep hij naar buiten. Hij voelde zich net een spion toen hij in de doos keek, waarin een stapel oude kranten lag, een paar tijdschriften en wat reclamefolders. Als Lily's brief erbij zat, zou hij het meteen uitmaken met Gail, nam hij zich voor.

Tien minuten later had hij de brief nog niet gevonden. Terwijl hij zorgvuldig de glossy doorbladerde die Gail gisteren bij het papierafval had gelegd, begon hij te vermoeden dat ze alleen maar de pizzafolder had weggegooid die gisteren in de brievenbus was gestopt. Bovendien, als ze de brief echt voor hem wilde verstoppen, zou ze toch wel zo slim zijn om hem in een afvalbak een eindje verderop te gooien.

Er werd getoeterd en toen Declan opkeek, zag hij een zilverkleurige SUV stoppen.

'Hoi!' Carly stapte uit en omhelsde hem. 'Nog bedankt voor vrijdag! Wat een avond! We hebben genoten!'

'Graag gedaan. Ja, het was leuk, hè?' Carly en haar man waren na het etentje als laatsten vertrokken. Benieuwd wat ze kwam doen, vroeg Declan: 'Heb je soms iets laten liggen?'

'Voor de verandering eens een keertje niet. Integendeel! Ik snap zelf niet hoe het kan!' Carly had de gewoonte om te praten alsof haar woorden met een machinegeweer werden afgevuurd. 'Nou ja, ik weet natuurlijk wel hoe het kan. Na een paar glazen drank kan ik niet meer helder denken. Maar inmiddels weet ik hoe het moet zijn gegaan. De badkamer was bezet toen ik mijn make-up wilde bijwerken en toen ben ik stiekem naar je slaapkamer gegaan, om een spiegel te kunnen gebruiken, en toen kon ik die stomme lippenstift niet vinden en heb ik mijn hele tas leeggegooid op je bed!'

Het was voor Declan alsof hij na dagen broeden op een lastige cryptogramvraag ineens de oplossing had.

'En toen heb ik alles er weer in gepropt, maar pas vanochtend ontdekte ik dat er ook iets van jou bij zat. Het spijt me echt en ik hoop maar dat je niet de hele boel overhoop hebt gehaald omdat je hem kwijt was.' Onder het praten pakte ze de lichtgroene envelop uit haar tas en gaf die aan hem.

'Dank je,' zei hij met een brede lach. Hij was niet van plan haar te vertellen dat hij er inderdaad heel lang naar had gezocht. 'Ik vroeg me al af waar hij gebleven was. Maar het geeft niet, hoor, ik ben gewoon blij dat ik hem terug heb.'

'Nou, ik vind het echt rot, maar het was per ongeluk. Nou ja, je hebt hem in elk geval weer terug. En ik heb hem niet gelezen, hoor.'

'Oké.' Hij knikte.

'Ach, ik kan helemaal niet liegen! Ik heb hem wel gelezen!' bekende ze. 'Volgens mij zou iedereen dat doen. Toch? Een echte ouderwetse handgeschreven brief? Wie wil die nou niet lezen?'

'Maakt niet uit.' Hij kon het haar niet kwalijk nemen, waarschijnlijk had hij hetzelfde gedaan. Belangstellend vroeg hij: 'Wat vind jij dat ik moet doen?'

'Eerst even een vraag: kan dat meisje jouw dochter zijn?'

Was dat soms het eerste wat iedereen dacht? Hij schudde zijn hoofd. 'Nee, echt niet.'

'O, jammer. Maar ik vind toch dat je een afspraak met haar moet maken,' zei Carly. 'Ze klinkt heel leuk! Hoezo?' Voor zover de botox het toeliet, trok ze haar wenkbrauwen op. 'Wil je dat dan niet?'

'Juist wel. Maar Gail lijkt niet te snappen waarom ik dat wil.'

'Nee? Nou, misschien is ze gewoon niet zo nieuwsgierig aangelegd. Dat hebben sommige mensen. Maar het heeft toch niets met Gail te maken?'

'Nee, eigenlijk niet.' Hij glimlachte. 'Je hebt gelijk, ze heeft er helemaal niets mee te maken.'

'Gail is een schat. Jullie passen goed bij elkaar. Maar nu moet ik er weer vandoor.' Rammelend met haar autosleutels gaf ze hem een kus op de wang. 'Pilates – ze doen me wat als ik daar te laat kom!'

Weer binnen opende Declan zijn laptop en handelde de mails van die ochtend af, hoewel zijn gedachten steeds afgleden naar de brief die naast hem op tafel lag. Arme Gail, dat hij haar ervan had verdacht dat ze de brief had weggegooid! Natuurlijk had ze dat niet gedaan; Gail was niet achterbaks, ze was juist heel eerlijk, op het botte af zelfs.

Bovendien had het niets uitgehaald als ze de brief had weggegooid, hij zou sowieso contact hebben opgenomen met Jo's dochter. Misschien dat hij zich haar adres niet meer precies kon herinneren, hij wist nog wel dat ze in Goldstone House in Stanton Langley woonde, dus zo moeilijk zou het niet zijn geweest om haar te vinden. Hij had het plaatsje al opgezocht op internet en wat hij ervan had gezien, beviel hem wel.

Maar nu de brief weer boven water was, kon hij haar een mailtje sturen en een afspraak met haar maken in Londen, zoals Lily zelf had voorgesteld.

Hij leunde achterover en keek uit het raam. Maar toch... maar toch... Sinds hij via Google Earth Stanton Langley had bekeken, leek een mailtje ineens niet meer genoeg.

Hij keek op zijn horloge. Het was pas halfnegen en het beloofde een zonnige dag te worden. Hij zou er best naartoe kunnen rijden, dan kon hij er tegen elven zijn. Hij had vandaag toch geen zakelijke afspraken of andere verplichtingen.

En dat was zo'n ongebruikelijke situatie voor hem dat hij het maar als een teken van het lot beschouwde.

Bovendien had ze geschreven dat ze in Stanton Langley werkte, dus het zou hem geen enkele moeite kosten om haar te vinden...

Nadat hij eenmaal het drukke verkeer van Londen achter zich had gelaten, verliep de rit soepel. Om halfelf reed hij het dorp al in, door een brede straat met aan weerszijden bomen en bloemen en pittoreske huizen van gele natuursteen. De lucht was knalblauw, het zonlicht schitterde in de ramen en het was redelijk druk – Stanton Langley was een populaire toeristische bestemming in de Cotswolds, en hij zag dan ook veel souvenirwinkeltjes. Toch hing er een aangename sfeer, wat erop duidde dat de bewoners het er ondanks de vele bezoekers nog steeds naar hun zin hadden. De mensen groetten elkaar, bleven staan om even een praatje te maken, kwamen winkels uit en zwaaiden naar bekenden. Behalve de souvenirwinkeltjes zag hij ook een bakker, een kapsalon die Rafferty's heette, een kleine supermarkt, een paar restaurantjes, een theesalon en een paar antiekzaken. Voor een grote pub, de Star Inn, was een terras uitgezet, waar bij de ingang een zwarte labrador in de schaduw lag.

Toen Declan plotseling een fietser achter zich hoorde bellen, drong tot hem door dat hij heel langzaam was gaan rijden. Hij stak verontschuldigend een hand op en liet de oudere vrouw voorgaan, die hem minachtend aankeek terwijl ze als een koningin te paard langs hem heen fietste.

Hij moest onwillekeurig lachen. Het was alsof hij in zijn computer was gestapt en Google Earth tot leven zag komen. Naast de Star Inn zag hij Goldstone House al, met links een poort met daarachter een korte oprijlaan die naar het huis leidde. Boven de poort hing een donkerblauw bord met daarop in eenvoudige gouden letters de tekst: GOLDSTONE SALVAGE & TREASURE.

Aangezien hij nergens kon stoppen reed hij verder en sloeg aan het eind van de straat rechts af, waar hij een klein parkeerterrein vond. Gewend aan de parkeertarieven in Londen vond hij het gewoon grappig om te merken dat het hier maar een pond kostte om twee uur te kunnen staan.

Nadat hij een parkeerkaart had gekocht liep hij terug de hoofdstraat in. Toen hij vlak bij Goldstone House was, zag hij twee mensen de poort uit komen met tussen hen in een witte smeedijzeren tuintafel die ze in een grijze bestelbus laadden. De man was ergens in de zestig, de vrouw zo'n twintig jaar jonger. De man was aan de dikke kant en had grijs haar; de vrouw was slank en blond en droeg een spijkerbroek en een donkerblauw T-shirt. Ze praatte en lachte met de man, terwijl ze de tafel met blauw nylon touw vastmaakten aan de houten latten aan de binnenkant van het busje.

Toen de klus was geklaard en de blonde vrouw het busje uit sprong, zag Declan het logo van Goldstone voor op haar shirt. Pas toen besefte hij dat ze niet de veel jongere vrouw van de man was, maar iemand die hier werkte.

Ze had blauwe ogen, golvend haar en het slanke figuur waar veel andere vrouwen van haar leeftijd alleen maar van konden dromen. En aangezien ze eind veertig leek, was de kans groot dat ze Coral heette.

# 16

'Hallo.' Toen de vrouw merkte dat er iemand naar haar keek, veegde ze haar handen af aan haar spijkerbroek en vroeg vrolijk: 'Kan ik u ergens mee helpen?'

'Ik hoop het.' Plotseling wist Declan niet meer waar hij zijn handen moest laten. Zijn hartslag ging omhoog. Hij pakte zijn autosleutels uit zijn zak om iets te doen te hebben en liet ze prompt vallen. Waardoor hij zich moest bukken om ze op te rapen. Gelukkig schoot het hem niet in zijn rug, anders had hij eruitgezien als een bejaarde. Toen hij weer rechtop stond, zei hij: 'Ik ben op zoek naar Lily.'

'O, die is er niet. Heeft u haar aan de telefoon gehad? Waar gaat het over... iets van de website? Misschien kan ik u wel helpen.'

'Eh, nou, hoe laat denkt u dat ze weer terug is?' Declan, die meestal niet om woorden verlegen zat, verbaasde zich over zijn eigen aarzelende gedrag. Hij wist niet of Lily aan iemand had verteld dat ze contact met hem had gezocht. Misschien wilde ze het wel geheimhouden.

Maar terwijl hij zich paniekerig afvroeg wat hij moest zeggen, keek de vrouw hem ineens met een andere blik aan. Ze stak weifelend een vinger op, als een kind dat denkt dat ze misschien wel het antwoord weet op de vraag van de juf. 'Wacht eens even.' Met een onderzoekende blik op hem vroeg ze op verbaasde en ongelovige toon: 'Ben jij soms Declan?'

Ze had een mooie stem, helder en vriendelijk, zonder duidelijk accent. Hij vond het mooi zoals ze zijn naam had uitgesproken.

'Zou kunnen.' Hij nam haar geamuseerd op. 'En ben jij dan Coral?'

Precies op dat moment liep er een stoere bouwvakker langs die haar op haar schouder sloeg en zei: 'Zij is Coral en ik ben Ted en ik sterf van de honger.'

Coral keek hem hoofdschuddend aan. 'Ted, jij sterft altijd van de honger. Zonder jou zou er hier een overschot aan worstenbroodjes zijn. Ga maar gauw.'

Ted liep de straat uit. Voor de pub bleef hij even staan om de labrador te aaien die voor de deur lag.

Coral, met haar handen voor haar borst, wendde zich weer tot Declan. 'Je komt voor Lily! Ik kan het bijna niet geloven. De afgelopen vier dagen heeft ze om de vijf minuten haar e-mail gecheckt. Ze begon al te denken dat ze nooit antwoord zou krijgen.'

'Ik heb de brief gekregen, maar was hem toen meteen weer kwijt. Pas vanochtend dook hij weer op. Ik weet dat ik eigenlijk had moeten mailen, maar ik wilde haar gewoon met eigen ogen zien,' zei hij. 'Ik kon gewoon niet wachten.' Teleurgesteld zweeg hij even. 'Maar als ze er niet is...'

'Ach, ik verwacht haar rond een uur of drie terug. Je kunt hier wel wachten als je wilt. Als je tenminste tijd hebt.'

Hij knikte. Hij hoefde alleen Gail maar even te bellen om te zeggen dat hij niet op tijd terug zou zijn voor de gestoomde vis met groente. 'Graag, ik heb alle tijd.'

'Fantastisch! Ze zal zo blij zijn! Kom eens hier jij.' Coral spreidde haar armen en kuste hem op zijn wangen. 'We zijn allemaal blij! Je moest eens weten hoeveel dit voor haar betekent.'

Declan was zich bewust van haar handen op zijn schouders, van de voorkant van haar T-shirt tegen zijn borst, van de frisse, houtachtige geur van haar parfum. 'Dank je. Voor mij betekent het ook heel veel.' Met een scheef lachje voegde hij eraan toe: 'Ik weet niet eens waarom het zo belangrijk is. Maar het voelt wel zo.'

Ze deed een stap naar achteren om hem aan te kunnen kijken. 'Ik heb de brief gelezen die Lily je heeft geschreven. Je was echt Jo's grote liefde, weet je.'

Overspoeld door emoties zei hij na een korte aarzeling: 'En het is gebleken dat Jo ook mijn grote liefde was.'

Klonk dat niet al te melodramatisch? Maar het was zo. Hij had altijd gedacht dat hij wel een andere vrouw zou tegenkomen; in de loop der jaren was hij ook heel veel andere vrouwen tegengekomen, maar niemand had bij hem het gevoel opgeroepen dat hij bij Jo had gehad.

'O, en waarschijnlijk wist je niet dat ze was overleden. Dat moet een behoorlijke schok voor je zijn geweest.' Ze raakte zijn arm even aan.

'Ja. Ik bedoel, het is gewoon nooit bij me opgekomen. Natuurlijk, we hadden elkaar al jaren niet meer gezien, maar ik ging er gewoon van uit dat ze nog ergens rondliep.' Hij haalde zijn schouders op. 'Ik heb altijd gehoopt dat ze gelukkig was.'

'Kom, laten we naar binnen gaan.' Ze nam hem mee de geplaveide binnenplaats over, langs allerlei spullen die te koop waren, en toen een laag gebouw in dat het kantoor bleek te zijn.

'Marty, wil jij de boel buiten in de gaten houden? Ik moet even met iemand praten. Een minuut of tien.'

Marty, van middelbare leeftijd en ook gekleed in het blauwe T-shirt van Goldstone en een spijkerbroek, knikte en liep weg.

Coral bood Declan de draaistoel aan en ging zelf op het randje van het bureau zitten, naast de computer.

'Zoals ik al zei, ik verwacht Lily om een uur of drie terug. Ik ga haar niet bellen om te zeggen dat je er bent, want ik wil niet dat ze halsoverkop naar huis wil en dan als een gek gaat rijden. En ik wil het ook niet met jou over haar hebben, want dat zou niet eerlijk zijn. Lily is degene die je alles moet vertellen.'

'Absoluut.' Hij knikte.

'Maar ik kan je wel zeggen dat je niet teleurgesteld zult worden.' Ze glimlachte naar hem. 'Ze is een heerlijk kind. En ik laat je ook geen foto's van haar zien. Je ziet het allemaal wel als ze terug is.'

'Oké.' Nu hij wist dat het ging gebeuren, vond hij het niet erg meer om nog even te moeten wachten.

'Maar als je wilt, kunnen we het wel over Jo hebben.'

'Jij was haar beste vriendin,' zei hij. 'Dus dat zou ik erg fijn vinden.'

'Jo was fantastisch. We hebben elkaar leren kennen in een studentenhuis in Exeter, meteen de eerste dag dat we er kwamen wonen. Ik hoorde steeds een raar klapgeluid in de kamer naast de mijne, gevolgd door een stem die zei: "O shit." Na een tijdje ben ik maar eens gaan kijken wat er aan de hand was, en toen zag ik Jo staan. Ze probeerde met een tijdschrift een vlieg dood te slaan, maar ze sloeg steeds mis. Het eerste wat ze tegen me zei was: "O, hoi, kom je soms kijken hoe ik mijn kamergenoot vermoord?" En precies op dat moment vloog de vlieg een rondje om haar heen en landde midden op haar hoofd.'

'Ha.' Declan glimlachte. Hij was nu al blij dat hij was gekomen, het was fijn om verhalen over Jo te horen. 'Ik zie het zo voor me.' Het was alsof hij het Jo kon horen zeggen, ondeugend en droog tegelijk. Ze was altijd erg grappig geweest.

'En toen waren we vriendinnen,' zei Coral. 'Het is gewoon eng om te bedenken dat we elkaar ook niet hadden kunnen tegenkomen. Als een of andere kantoorpik ons een andere kamer had toegewezen, in een ander studentenhuis.'

'De eerste keer dat ik Jo zag, was ik net aan mijn shift begonnen in dat restaurant in Barcelona,' vertelde Declan. 'Een tasjesdief had de tas van een oude Schotse vrouw gejat en rende ermee weg over de Ramblas. Jo had het zien gebeuren en zette de achtervolging in. Met haar dienblad nog in haar hand. De tasjesdief had een handlanger die hem op de hoek van de straat stond op te wachten op een brommertje, maar toen de dief achterop wilde springen, wierp Jo het dienblad als een soort frisbee naar hem toe. Ze raakte hem achter zijn knieën. De tasjesdief struikelde en liet de tas vallen, en de jongen op de brommer ging er zonder hem vandoor. Jo pakte de tas en het dienblad en liep terug naar het restaurant. De oude vrouw stond te snikken van blijdschap en wilde haar bij wijze van dank wat geld geven, maar Jo zei: "Geen sprake van. Ik heb in geen tijden zoveel lol gehad."'

'Ja, zo was ze.' Coral zat te lachen. 'Ze heeft me wel eens verteld dat ze in Barcelona een dienblad naar een dief had gegooid, maar het hele verhaal heb ik nooit te horen gekregen.' Ze schudde haar hoofd. 'Dit is leuk. Zo kunnen we elkaar aanvullen. Ik zou hier nog uren mee door kunnen gaan.'

'Ik heb foto's bij me.' Declan gebaarde vaag in de richting van het parkeerterrein. 'Maar daar wacht ik wel mee tot Lily terug is. Ik bedoel, ik weet dat Jo ook foto's had, maar...'

'Van jou en haar samen? Nee, die had ze niet. Nou ja, ooit wel natuurlijk,' verbeterde Coral zichzelf snel. 'Die heb ik tijdens ons eerste jaar op de universiteit wel eens gezien. Maar in het tweede jaar was ze ze ineens kwijt. Zomaar. Jo vond het heel erg toen ze merkte dat ze weg waren. Ik weet bijna zeker dat haar vriendje erachter zat. Hij heeft dat altijd ontkend, maar ik durf te wedden dat hij het was. Maar hoe dan ook, Lily kent die foto's dus niet, ze zal er heel blij mee zijn.'

'Wat voor vriendje was dat?' Aan haar gezicht kon hij zien dat ze de jongen in kwestie niet erg graag mocht.

'Keir. Lily's biologische vader.' Corals gezicht betrok nog meer. 'Echt, ik heb zo'n bloedhekel aan die man. Toen hij hoorde dat Jo zwanger was, heeft hij haar gewoon laten stikken en zijn ouders het vuile werk voor hem laten opknappen. Afschuwelijk gewoon.'

Declan deed zijn ogen even dicht. Waarom had Jo zich in vredesnaam ingelaten met iemand die haar zo duidelijk niet waard was?

Hardop vroeg hij: 'Waarom was ze überhaupt iets met hem begonnen?'

'Nou ja, het punt met sommige mensen is dat je er pas later achter komt hoe ze eigenlijk zijn. En dan is het te laat. In het begin leek hij wel oké,' zei ze schouderophalend. 'Hij zag er goed uit, hij was charmant. En ik moet eerlijk toegeven dat hij heel leuk kon zijn. Anders was Jo natuurlijk nooit iets met hem begonnen. En ze leken ook gelukkig samen, tot Jo zwanger raakte en Keir besloot dat hij daar niets mee te maken wilde hebben. Dus dat was dat. Einde relatie.'

'God. En nu? Ziet Lily hem nog vaak?'

'Wie, Keir? Die heeft ze nog nooit gezien.'

Geschrokken vroeg hij: 'Echt nooit, bedoel je?'

'Zijn ouders hebben Jo geld gegeven om "het" te laten weghalen. Ze zei dat ze dat nooit zou doen. En toen heeft ze van dat geld een auto gekocht en is uiteindelijk hier beland.'

Hij vond het een onverdraaglijke gedachte. 'Die arme Jo. Om dat te moeten meemaken. Ze was er vast kapot van.'

Coral schudde haar hoofd. 'Misschien in het begin wel, maar dat heeft niet lang geduurd. Tegen de tijd dat ze hier aankwam, had ze al een beslissing genomen. Als Keir niets met het kind te maken wilde hebben, dan was hij het niet waard om lang over te treuren. Ze was niet van plan haar leven daardoor te laten bederven.'

'Maar heeft Keir ooit geweten dat hij een dochter had?'

'Ja hoor. Vlak na Lily's geboorte heeft Jo hem een brief geschreven om hem dat te vertellen, want ze vond dat hij het recht had om dat te weten. Als hij een band met zijn dochter had willen opbouwen, dan had ze dat toegestaan, omwille van Lily. Maar zo is het niet gegaan. Hij schreef een brief terug waarin hij zei dat het haar beslissing was geweest om het kind te houden en dat hij er niets mee te maken wilde hebben.'

'Heel aardig.'

Coral haalde haar schouders op. 'Ach, zoals ik al zei, hij toonde zijn ware aard. Daarna is er nooit meer contact geweest.'

'Hij heeft zelfs nooit kinderalimentatie hoeven betalen?'

Ze schudde haar hoofd. 'Je weet hoe Jo was. Als die eenmaal een besluit had genomen, was ze daar niet meer van af te brengen. Als Keir geen belangstelling had, nou, dan maar niet.'

Declan keek naar een wesp die steeds tegen een van de kleinere ramen in het kantoor vloog. Hij wist inderdaad hoe Jo was. Als haar besluit vaststond, was ze niet meer op andere gedachten te brengen, daar kon hij over meepraten.

'Eh, Coral?' Marty stak zijn hoofd om de hoek van de deur. 'Sorry, maar het wordt nogal druk. Er zijn nieuwe spullen binnengekomen, en er vraagt iemand naar die Venetiaanse kroonluchter. En mevrouw Ingalls heeft iemand nodig die haar kan helpen die kerkbanken in haar bestelwagen te laden.'

'Ik kom al.' Coral liet zich van het bureau glijden en keek Declan aan. 'Sorry, maar ik moet weer aan de slag. Misschien kun je even het dorp bekijken en dan om drie uur weer terugkomen?'

Door de openstaande deur heen hoorden ze een vrouw zeggen: 'Ik heb het echt geprobeerd, maar het lukt me gewoon niet in mijn eentje.'

'Als ik jullie in de weg loop, wil ik best het dorp gaan bekijken,' zei Declan. 'Maar ik zou jullie natuurlijk ook een handje kunnen helpen, als het zo druk is.'

'Echt?' vroeg Coral. 'Meen je dat?'

'Natuurlijk.' Hij stond op. 'Zeg maar wat ik moet doen.'

De drieënhalf uur daarna hielp Declan Marty met alles wat er op zijn weg kwam. Hij verplaatste grote voorwerpen, hij laadde zware spullen in auto's en busjes en hij gaf zijn eerlijke mening als klanten geen keuze konden maken.

Aan de andere kant van de binnenplaats deed Coral hetzelfde. Om de zoveel tijd stopte Declan even om naar haar te kijken. Hij zag hoe ze met de klanten omging, hij zag hoe haar blonde haar glansde wanneer ze haar hoofd bewoog. Soms ving ze zijn blik en vroeg dan zonder geluid te maken *Gaat het?* En dan knikte hij, want het ging allemaal meer dan goed. Tot nu toe vond hij het al een behoorlijk volmaakte dag.

En dan had hij nog niet eens Lily ontmoet.

## 17

Om tien over halfdrie stond hij op straat een laatste lading Cotswolds-dakpannen in een oude Volvo te laden toen er een bestelbus kwam aanrijden die half op de stoep parkeerde, naast een sportieve zilverkleurige Toyota. De eigenares van de Toyota, met haar armen vol bloemen en boodschappen, stond naast de auto in haar tas naar haar sleutels te zoeken.

De bestelbus was donkerblauw, met op de zijkant het Goldstone-logo. Met ingehouden adem wachtte Declan af.

Het kon niet anders of het meisje dat uitstapte was Lily. Declans hart sloeg een keer over. Op precies hetzelfde moment reed de zilverkleurige Toyota de stoep af en viel er iets met een bons op de grond. Het meisje dat Lily moest zijn bukte zich om de roze leren handtas op te rapen die de bestuurster van de Toyota op het dak van haar auto had laten liggen, en ze rende meteen achter de auto aan, als een gek zwaaiend. In de verte sprong het stoplicht op rood en de Toyota minderde vaart. Declan zag dat het meisje dat Lily moest zijn op het raampje klopte. Het raampje ging naar beneden, de tas werd aan de rechtmatige eigenaar overhandigd en het meisje lachte om iets wat de bestuurster zei. Toen sprong het stoplicht weer op groen, de Toyota reed weg en het meisje dat Lily moest zijn kwam teruglopen naar Goldstone House.

Er was geen twijfel mogelijk, ze was Jo's dochter. Ze had de blonde krullen van haar moeder, de dansende donkere ogen en de aanstekelijke lach. God, het was echt ongelooflijk.

Coral was inmiddels naast hem komen staan. 'Precies Jo, hè?' zei ze zacht, alsof ze zijn gedachten kon lezen.

Hij knikte. 'Ja.'

Toen Lily vlak bij hen was, zei ze vrolijk tegen Coral: 'Zag je dat? Ze had haar tas op het dak van haar auto laten liggen. Als het stoplicht niet op rood was gesprongen, was ze zonder tas doorgereden naar Sheffield.'

'En als jij niet als Usain Bolt achter haar aan was gerend.' Coral gaf Declan een zacht duwtje.

Declan keek Lily aan. 'De eerste keer dat ik je moeder zag, deed ze precies hetzelfde.'

Lily bleef als door een wesp gestoken staan, een veelvoud aan emoties trok over haar gezicht terwijl ze de woorden van de haar onbekende man tot zich door liet dringen. Ze staarde hem ongelovig aan. Toen wierp ze een snelle blik op Coral, die breeduit stond te grijnzen.

'O mijn god.' Weer keek ze hem met haar donkerbruine ogen aan. 'Ben jij... Declan?'

'Ja.' Hij knikte en begon ook te lachen. 'En jij bent Lily. Hallo.'

'O, maar dit is fantastisch.' Lily sloeg een hand voor haar mond. 'Ik heb net nog mijn mail gecheckt om te zien of er al bericht van je was, en nu ben je hier. In het echt. Hoi!'

Ze omhelsde hem, en voor hem was het alsof hij de dochter omhelsde die hij nooit had gehad. Toen ze zich weer van elkaar losmaakten, pakte hij haar linkerpols beet om haar armband te bestuderen.

'Ja, dat is 'm. Ik heb hem gekocht bij een zilversmid die een kleine werkplaats had in een achterafstraatje in Barcelona.' Hij knikte. 'Niet te geloven dat ik hem nu al die jaren later terugzie. Hij was niet duur, hoor,' voegde hij eraan toe. 'We hadden toen niet zoveel geld. Misschien dat hij wel groen afgeeft.'

'Dat maakt me niets uit, ik vind hem hartstikke mooi.' Ze bewoog haar arm even zodat de kleine steentjes glinsterden in het zonlicht. 'Het was een goeie keus van je.'

'Gaan jullie maar naar huis,' zei Coral. 'Marty en ik houden de boel hier wel in de gaten.'

'Maar je hebt het heel druk,' zei Declan. 'We kunnen wel wachten tot sluitingstijd, als je wilt.'

'Nou zeg, dat lijkt me niet.' Lily deed alsof ze nauwelijks kon geloven dat hij dat had gezegd. 'Misschien dat jij drie uur wilt wachten, maar ik niet!'

Lily was er gewoon duizelig van. 'Ik weet echt niet wat ik het mooiste vind,' zei ze toen Coral om halfzes de achtertuin in kwam lopen. 'Al die verhalen of de foto's.'

'Gelukkig hoef je niet te kiezen,' zei Declan met een glimlach naar haar. 'Ik heb ze allebei.'

'Ja. Het is zo gaaf.' Lily vroeg zich af of Coral en Declan wel snapten wat dit voor haar betekende. 'Dit is een van de mooiste dagen van mijn leven.'

'Willen jullie nog even alleen zijn?' vroeg Coral. 'Dan ga ik wel wat te eten voor ons klaarmaken.'

'Nee, blijf. Je moet de foto's zien.' Lily klopte op de door de zon verwarmde kussens op de tuinbank. 'Ik zou er wel eeuwig naar kunnen kijken.'

Coral ging naast haar zitten. 'Nou, laat maar eens zien dan.'

'Deze vind ik echt heel mooi.' Lily draaide het fotoalbum zo dat Coral kon meekijken. Toen keek ze Declan aan. 'Vertel jij maar. Het zijn jouw verhalen.'

Ze vond het heerlijk om naar hem te luisteren. Misschien dat alleen iemand die precies hetzelfde had meegemaakt kon begrijpen hoe fijn het was om meer te weten te komen over iemand van wie je had gehouden en die al zo lang dood was. Het was alsof je een schat had opgegraven.

'Dat was de eerste die van ons samen is gemaakt,' vertelde Declan. 'Ik was eigenlijk al meteen verliefd op Jo, vanaf het moment waarop ze dat dienblad naar die tasjesdief gooide. En ik had de indruk dat ze mij ook wel leuk vond, maar dat ze eerst nog een beetje moest wennen. Ze was nog maar net aangekomen in Spanje.'

'Ze vond jou meteen heel leuk,' zei Coral grijnzend. 'Maar ze wilde het zeker weten voordat er iets zou gebeuren. Ze zei dat het net zoiets was als op een nieuwe school met de eerste de beste in gesprek raken en er dan na een paar maanden achter komen dat je met een complete debiel zit opgezadeld waar je nooit meer van afkomt.' Ze zweeg even. 'Niet dat jij een debiel was, maar je snapt wat ik bedoel.'

'Bovendien had ik min of meer al een vriendin,' bekende Declan. 'Hoewel ik het twee dagen nadat ik Jo had leren kennen al met haar heb uitgemaakt. En weer een week later vertelde ik Jo dat zij de reden was dat ik het had uitgemaakt. En de dag daarna gingen we na ons werk met een groepje naar een strandfeest in Barceloneta.'

'En daar zijn ze toen de hele nacht gebleven. Deze foto is om zeven uur 's ochtends genomen door een vriend van Declan.' Lily keek dromerig naar de glanzende foto, waar op de voorgrond de restanten van een barbecue te zien waren en op de achtergrond de opkomende zon die de hemel roze en de zee zilver kleurde. Haar moeder en Declan lagen met hun hoofden dicht bij elkaar, steunend op hun ellebogen, en haar moeder raakte met haar linkervoet de rechterenkel van Declan aan. Hun verliefdheid sprak uit alles, uit hun ogen, uit de mysterieuze lach op hun gebruinde gezichten, en uit de gloed van geluk die om hen heen hing. Ze waren jong, ze waren gezond, en ze konden doen wat ze wilden. Haar moeder droeg een kort plooirokje en een oversized T-shirt dat van één schouder was gegleden, zodat er een roze bikinibandje te zien was. Declans korte broek en shirt waren nat van het zeewater.

'Ik herinner me nog dat Jo me over die nacht op het strand vertelde.' Corals ogen lichtten op. 'Iemand had een gettoblaster meegenomen en jullie dansten allemaal op Fairground Attraction. Herinner je je dat nummer nog? *It's got to be-ee-eeee-eee...*'

'*Perfect*,' vulde Declan aan. 'Ja, inderdaad. En we hebben ook gedanst op dat nummer van Bros. "I Owe You Nothing".'

'Bros?' Het kostte Lily moeite haar gezicht in de plooi te houden. 'Dat is behoorlijk gênant, zeg.'

Hij haalde opgewekt zijn schouders op. 'Vertel mij wat.'

Om hem te plagen zong Lily '*I owe you nothinnnggg...*' terwijl ze wat met haar vingers in de lucht priemde, tot ineens tot haar doordrong wat ze aan het doen was, en ze haar handen weer liet zakken.

'Zo danste Jo ook op dat nummer,' zei Declan. 'Echt exact hetzelfde.'

'Ze had er een cassettebandje van,' vertelde Coral. Tegen Lily vervolgde ze: 'Toen je klein was, was het een van je lievelingsliedjes. Ze moest het steeds van je draaien.'

Lily keek haar aan. 'Echt waar?'

'En dan dansten jullie er samen op.' Coral priemde haar vingers in de lucht. 'Zo. Toen je drie was. Het was zo grappig om te zien... Je nam het allemaal heel serieus en je werd boos als je een fout maakte.'

'Zo kan het wel weer. En dan te bedenken dat ik het gênant noemde wat jij deed,' zei ze tegen Declan.

'Ach, jij was drie, ik was negentien.'

Lily zag het helemaal voor zich, haar moeder en Declan samen, wild dansend op het strand, terwijl de sterren verbleekten en de zon opkwam aan de horizon, en de vogels begonnen te fluiten en probeerden de minstens zo vrolijke noten van Matt en Luke Gross te overstemmen.

Er waren nog meer foto's, van Declan en van haar moeder, samen of apart, afhankelijk van wie erbij waren geweest om foto's te nemen. Soms waren ze met een stel vrienden, die allemaal volop genoten van hun jaartje Barcelona, stoeien in zee, bergen beklimmen, wat drinken op terrasjes.

'Je kunt gewoon zien dat jullie een speciale band hebben.' Lily keek Declan aan. 'Je kunt het voelen! Ik bedoel, dat is toch geen verbeelding van me? Het is er echt.'

'Ik geloof van wel.' Hij knikte. 'Toen voelde het in elk geval wel zo.'

'Ik vind het echt jammer dat jullie het toen hebben uitgemaakt. Behalve dat ik er dan niet zou zijn geweest. Als jullie bij elkaar waren gebleven, bedoel ik.' Dat was een maffe gedachte. Ze had op de een of andere manier het idee dat als Declan en haar moeder wel bij elkaar waren gebleven en samen een kind hadden gekregen, zij toch dat kind zou zijn geweest, alleen dan met ouders die van elkaar hielden. Goh, wat zou dat leuk zijn.

'Ik weet het. Als we niet zo ver bij elkaar vandaan hadden gestudeerd, was het ons denk ik nog wel gelukt ook. Maar...'

Zijn telefoon ging. Toen hij hem uit zijn zak pakte en de naam op het schermpje las, kromp hij even ineen. 'O god.'

Coral stond meteen op. 'We gaan wel even naar de keuken, dan kun jij in alle rust je gesprek voeren.'

'Dat is nergens voor nodig. Het is mijn eigen schuld.' Declan drukte op Beantwoorden. 'Gail, sorry, het lukt me niet om bij je te komen eten.' Pauze. 'Ik weet het, ik was het ook van plan, maar het is me totaal ontschoten.' Pauze. 'Nee, ik ben niet in Londen.' Lange pauze. 'Ik ben in de Cotswolds. In Stanton Langley.' Een nog langere pauze, waarin Lily en Coral de verbaasde kreetjes van Gail hoorden, gevolgd door een woordenstroom die ze niet konden verstaan.

Wat waarschijnlijk maar beter was ook.

'Dat weet ik, maar ik ben toch gegaan,' antwoordde Declan geduldig. 'En ik heb een fantastische dag gehad. Luister, ik spreek je morgen wel, dan zal ik je alles vertellen.'

'O jee,' zei Coral toen het gesprek was beëindigd. 'Ik voel me nu net een geheime minnares!' Toen tot haar doordrong wat ze eruit had geflapt, bloosde ze.

'Is je vriendin heel jaloers?' vroeg Lily nieuwsgierig.

Hij schudde zijn hoofd. 'Nee, echt niet. Ze is gewoon heel georganiseerd en efficiënt. Ze heeft voor me gekookt, en nu ben ik er niet. Daar kan ze slecht tegen.'

'Heel begrijpelijk,' zei Coral. 'Maar als je toch geen haast hebt om terug te gaan, wil je dan niet bij ons blijven eten?'

Ja, blijf alsjeblieft, dacht Lily. Blijf!

Zonder te weten wat Lily dacht, glimlachte Declan en zei: 'Klinkt goed.'

Hoera!

'Laten we het hopen,' zei Coral met glinsterende ogen.

## 18

Ze gingen naar binnen. Er werd een fles wijn opengetrokken, en Coral begon het eten te bereiden op haar eigen nonchalante maar hopelijk succesvolle manier. Een uur later namen ze plaats aan de kale eikenhouten tafel in de keuken en aten garnalen met pepertjes en knoflook, gevolgd door gebraden kip met boontjes, nieuwe aardappels en hollandaisesaus. Goed, misschien was de kip ietwat aangebrand en waren de boontjes ongaar, maar wat maakte het uit? Het ging om het gezelschap, en dat was goed. Als toetje waren er Jaffa cakejes.

'Maar waarom hebben mijn moeder en jij het precies uitgemaakt?' Lily haalde de sinaasappeljam van haar cakeje af.

'Nou, het kwam erop neer dat we gewoon te ver uit elkaar woonden en dat we allebei te trots waren.' Schouderophalend roerde Declan in zijn koffie. 'We hebben het keer op keer besproken, met elkaar en met onze vrienden. Zou het ons lukken, terwijl we zo ver uit elkaar woonden? Het was tien uur rijden van Fife naar Exeter, als een van ons al een auto zou hebben gehad, wat niet zo was. In die tijd had je nog niet van die goedkope vliegtickets, en zelfs de trein of de bus was te duur voor ons. Wat betekende dat we elkaar soms maanden niet zouden zien.'

Coral knikte meelevend. 'Ja, dat vertelde Jo me. Het moet voor jullie allebei vreselijk zijn geweest.'

'Dat was het ook.' Declan zuchtte. 'Iedereen zei dat we gek zouden zijn als we het probeerden, ze vonden dat we gewoon van het studentenleven moesten genieten. Uiteindelijk zei Jo dat het misschien beter was om ons bij de situatie neer te leggen en het gewoon uit te maken. Ik vond het verschrikkelijk, maar ze zei het op een toon alsof ze dat echt wilde, en ik was niet van plan om te gaan smeken. Dus deed ik alsof ik het met haar eens was.'

'Ze zei het alleen maar omdat ze dacht dat jij dat stiekem eigenlijk wilde,' zei Coral.

'Dat is toen geen moment bij me opgekomen. Jo was kwaad op mij, ik was kwaad op haar, en het eindigde ermee dat we allebei iets deden wat we helemaal niet wilden.' Hij hield verslagen zijn handen op. 'En dat was dat. We konden niet meer terug. Het besluit was genomen.'

'O god.' Lily zag het helemaal voor zich.

'Het was vreselijk,' zei Declan. 'We spraken af om geen contact meer met elkaar op te nemen. Uit was uit. Dus ik ging naar St Andrews en Jo naar Exeter, en we hielden ons aan ons woord. Het eerste halfjaar was een ramp, maar daarna werd het wat gemakkelijker. In mei van het jaar daarop kreeg ik iets met een ander meisje. En datzelfde jaar in juni hoorde ik ineens weer iets van Jo. Ze stuurde me een brief waarin ze me vroeg of ik het leuk zou vinden om de zomer met haar in Barcelona door te brengen. Maar ik had al een vakantiebaantje, bij de vader van een huisgenoot van me, en die kon ik niet zomaar laten stikken. Bovendien las mijn vriendin die brief, en ze vond het niet zo leuk.'

'Heette ze soms Theresa?' vroeg Lily.

Verbaasd zei Declan: 'Ja! Hoe weet jij dat?'

'Ze heeft mijn moeder een brief geschreven. Ze zei dat ze geen contact meer met je moest opnemen.'

'God, echt waar? Ik had geen flauw idee.' Hij haalde zijn schouders op. 'Ze was inderdaad erg bazig. Een paar weken later hebben we het uitgemaakt.'

Gemiste kansen.

'Dus hebben mijn moeder en jij elkaar nooit meer gezien,' zei Lily.

Declan aarzelde even en zei toen: 'Nou, ik heb Jo nog wel gezien. Eén keer. Maar ze zag mij niet.'

Coral schoot overeind. 'Heb je haar gezien? Wanneer dan?'

'Halverwege het tweede jaar. Ik miste haar zo.' Hij schudde zijn hoofd. 'Het was een opwelling.'

'Net zoals je vandaag in een opwelling hiernaartoe bent gekomen,' zei Lily.

'Ja, maar met een minder gelukkige afloop,' zei hij op spijtige toon. 'Ik besloot om te spijbelen van college en toen heb ik geld van iemand geleend en een hele vrijdag in een bus van Fife naar Exeter gezeten. Daarna heb ik bijna vijf kilometer moeten lopen naar een kroeg die The Parrot heette, omdat de zus van een vriend van me had verteld dat Jo daar op vrijdagavond altijd heen ging.'

Coral knikte. 'Ja, daar zaten we altijd.'

'Hoe dan ook, het regende. Tegen de tijd dat ik er aankwam, was het halfelf en zag ik eruit als een verzopen kat.'

Lily nam nog een slok wijn. Ze wist al dat het verhaal niet goed zou aflopen. Aan de andere kant van de tafel zat Coral met haar hand tegen haar borst gedrukt.

'Het was er stampvol,' ging Declan verder. 'Er hingen overal vlaggetjes en ballonnen, omdat er iemand jarig was, en eerst dacht ik nog dat Jo er vast niet was. Iedereen was aan het dansen, maar ik zag

Jo nergens. Toen stopte de muziek ineens, en de dj zei: "Nou, waar zijn de tortelduifjes?" En toen verschenen ze op het podium. Jo en de jongen die zijn verjaardag daar vierde. En ze kusten elkaar.'

'Neil...' zei Coral zwakjes.

'Ja.' Declan knikte. 'Hij was lang en had rossig haar en droeg een rood rugbyshirt en een spijkerbroek.' Het beeld stond in zijn geheugen gegrift. 'Ze kusten elkaar heel lang, terwijl de dj grapjes maakte over... Nou ja, dat doet er niet toe.' Hij keek Lily verontschuldigend aan. 'Dat kun je vast wel raden.'

'Ik was ook op dat feest,' zei Coral.

'Nou ja, ik snapte meteen dat ik het verkeerde moment had uitgekozen om Jo met een bezoekje te verrassen. Ik had het niet slechter kunnen uitkiezen. Jo stond met Neil op het podium te dansen en te kussen alsof ze geen genoeg van elkaar konden krijgen. Jo zag er zo gelukkig uit.' Declan greep zijn koffiekopje wat steviger beet. 'En ik had het gevoel alsof ik doodging.' In zijn kaak vertrok een spiertje. 'Dus toen ben ik weer weggegaan. Ik heb de nacht doorgebracht op een plastic bank in het busstation en ben de volgende ochtend teruggegaan naar Schotland. Niet echt het leukste weekend van mijn leven.'

Het was een paar seconden stil aan tafel. Toen vroeg Lily: 'Maar wie was die Neil dan? Zoveel vriendjes heeft mijn moeder niet gehad, en van Neil heb ik nog nooit gehoord.'

'O jee,' zei Coral. 'Dat komt omdat hij nooit haar vriendje is geweest.'

Lily fronste. 'Maar waarom...'

'Neil was een vriend van ons. Zijn laatste vriendin had hem gedumpt en zijn veel aantrekkelijker broer, die in Bristol studeerde, was voor zijn verjaardag naar Exeter gekomen. Je weet hoe grote broers zijn... Hij plaagde Neil er continu mee dat hij nooit zulke mooie meisjes kon krijgen als hij. Dus deden Jo en Neil net alsof ze iets hadden, om die broer de mond te snoeren. En het werkte fantastisch,' zei Coral. 'Maar het was alleen maar spel; ze hebben nooit echt iets gehad. Neil was gewoon een goede vriend.'

Declan schudde zijn hoofd. 'Nou, ik ben er ook in gestonken. Dat ik uitgerekend dat weekend naar haar toe ben gegaan...'

'Als ze elkaar niet hadden gekust, had alles dus heel anders kunnen lopen,' merkte Lily verwonderd op.

'En maar een paar weken na dat feest leerde Jo Keir kennen,' zei Coral.

De tranen prikten Lily achter haar ogen. Over slechte timing gesproken. Alleen moest ze eens ophouden met zo te denken. Want als haar moeder niet iets met Keir had gehad, zou zij nooit zijn geboren.

Declan vertrok vlak na middernacht. Bij de voordeur omhelsde hij hen even. 'Dank jullie wel voor alles. Ik heb een fantastische dag gehad.'

'Ik moet jou bedanken,' zei Lily. 'Want jij bent hier helemaal naartoe komen rijden om ons te bezoeken.' Ze glimlachte, hoewel ze ook bang was dat ze hem nooit weer zou zien. Hij had zijn nieuwsgierigheid bevredigd, dus misschien vond hij het wel voldoende zo. Maar ze kon hem toch moeilijk vragen of hij nog eens terugkwam...

'Ik vond het heel leuk om je te leren kennen,' zei Coral. 'En voor Lily betekent het ook heel veel.'

'Voor mij ook.' Declan keek even naar de armband om Lily's pols. 'Het is bijna alsof Jo dit zo heeft gewild.'

'Als je nog een keer komt, zal ik je aan Patsy voorstellen,' zei Coral. 'Ik vind het zo jammer dat ze nou net vanavond in Oxford is... Ze had hier vast heel graag bij willen zijn.'

Leuk geprobeerd, dacht Lily, maar waarom zou Declan Patsy willen leren kennen?

'Wat kijk je bezorgd,' zei Declan tegen haar. 'Is er wat?'

Ach, wat maakte het ook uit.

'Misschien zien we je wel nooit meer...' flapte ze eruit. 'En ik heb je de verjaardagsbrieven van mijn moeder nog niet eens laten lezen!'

Hij glimlachte, eerst naar Coral en toen naar haar. 'Maak je maar geen zorgen. Ik kom heus weer terug.'

Het was drie uur 's nachts. Coral hoorde de grootvadersklok beneden in de gang slaan en ze gaf het idee op. Van slapen kwam voorlopig niets. Ze ging rechtop in bed zitten, pakte haar mobieltje en klikte de foto's aan.

Nick was nu iets meer dan twee jaar dood, en als ze niet kon slapen, troostte ze zichzelf door langs de foto's op haar toestel te scrollen. Het was zo raar om te bedenken dat ze altijd een halfjaar jonger dan hij was geweest en nu ineens anderhalf jaar ouder was dan hij. Ze had rimpeltjes om haar ogen die er niet hadden gezeten toen hij nog leefde. En zo zou het blijven, ze zou steeds ouder worden, zonder hem.

'O Nick.' Zacht raakte ze zijn lieve, vertrouwde gezicht op haar schermpje aan. 'Ik mis je nog steeds. Heel erg.'

De afgelopen twee jaren waren heel moeilijk voor haar geweest, zonder enige twijfel de moeilijkste tijd van haar leven. Vlak na Nicks dood had ze nauwelijks normaal kunnen functioneren. Maar inmiddels had ze de verschillende stadia van rouw doorlopen en was ze langzaam weer deel gaan uitmaken van de menselijke soort, hoewel ze zich nog vaak een toneelspeelster voelde, vanbuiten glimlachend en pratend alsof ze een normaal mens was, terwijl ze zich vanbinnen vreugdeloos en kil voelde. Dingen die ze altijd leuk had gevonden om te doen, zoals tekenen en schilderen, interesseerden haar totaal niet meer. Spontane weekendjes weg waren verleden tijd, want degene met wie ze het liefst uitstapjes maakte was er niet meer. De weken en maanden vergleden in een ijzige traagheid. Het enige wat ze wilde was zich weer normaal voelen, maar dat bleek gemakkelijker gezegd dan gedaan.

Want Nick was haar grote liefde geweest, haar enige liefde. Er was nooit iemand anders geweest. Ze hadden elkaar ontmoet toen ze zestien was en ze hadden meteen gevoeld dat ze soulmates waren. Mensen hadden lachend tegen hen gezegd dat ze gek waren, hoe konden ze nu weten dat ze de ware hadden gevonden terwijl ze geen enkele ervaring op liefdesgebied hadden? Maar het idee om het uit te maken om de critici tevreden te stellen leek nog gekker. Dus staken ze figuurlijk gezien twee vingers naar hen op en bleven ze gewoon bij elkaar.

Tot de dood ons scheidt.

Die verdomde dood. Zo compromisloos. Zo definitief.

Want een tweede kans zat er niet in bij de dood. Je kon je niet verontschuldigen bij God of bij wie het dan ook was die over zulke dingen ging. Je kon het niet op een akkoordje gooien en zeggen: 'Luister, we wisten best dat we gelukkig waren, alleen hebben we daar niet vaak genoeg bij stilgestaan. Maar nu snap ik het, dus kun je hem alsjeblieft terugsturen, al is het maar voor een paar jaartjes?'

Zo werkte het helaas niet. Weg was weg.

Hoe dan ook, de kou had ingezet en ze had gedacht dat het altijd zo zou blijven. Het afgelopen jaar werd er af en toe wel weer voor de grap tegen haar gezegd dat ze heus wel weer een leuke man zou ontmoeten, maar dat had ze echt een belachelijk idee gevonden; het was net zoiets als tegen iemand zeggen dat hij heus wel kon vliegen, als hij zijn armen maar snel genoeg op en neer bewoog.

Dat zou echt niet gebeuren.

Coral scrolde langs nog wat foto's van Nick en toen naar die van vanavond. Ze had er een paar van Lily en Declan samen genomen, foto's waarop ze lachend poseerden, maar ook wat ongedwongener kiekjes.

Dus toch. Tegen alle verwachtingen in was het toch gebeurd. Vanmiddag had ze op de binnenplaats naar Declan Madison gekeken en een aantrekkelijke man gezien die haar niets deed. En vanavond had ze aan tafel naar hem gekeken en ineens een steek in haar buik gevoeld, zo onverwacht dat ze eerst helemaal niet had doorgehad wat het was.

Een beetje aan de late kant had ze het begrepen. Die kriebels in haar buik waren dezelfde kriebels die ze de eerste keer bij Nick had gevoeld. Na een paar maanden met Nick waren die kriebels natuurlijk verdwenen, want je kon je niet je hele leven zo voelen. Toch had dat gevoel haar soms op onverwachte momenten weer overvallen: wanneer ze Nick uit de verte zag of wanneer ze hem terugzag nadat ze een paar dagen weg was geweest of zo. Ze herinnerde zich nog dat ze, jaren geleden, toen ze terugkwam op Heathrow, na een bezoek aan haar nicht in Zwitserland, Nick had zien staan en toen opeens kriebels in haar buik had gekregen, omdat ze van hem hield en stapelgek op hem was en hij op haar. En ze wist ook nog dat ze op dat moment dacht dat ze een gelukkig mens was, omdat hij in haar leven was.

Tot twee jaar geleden haar geluk plotseling op was geweest.

Zou dit de manier van de natuur zijn om haar te laten weten dat ze aan de beterende hand was? Maar dan speelde de natuur wel een beetje een vals spelletje.

Want ze kon toch moeilijk iets gaan voelen voor de man die ooit de grote liefde van haar beste vriendin was geweest?

Om maar te zwijgen van het feit dat die man al een relatie had!

Oké, genoeg. Coral zette haar toestel uit en ging weer liggen. Maar misschien, dacht ze nog even voordat ze probeerde te gaan slapen, was het wel beter om de eerste gevoelens van verliefdheid van na Nick op iemand te projecteren die onbereikbaar was. Dan kon ze er weer aan wennen zonder dat er echt iets hoefde te gebeuren.

Net zoiets als leren fietsen op een fietsje met zijwieltjes. Dan kon je nooit vallen.

Een soort oefening.

Bovendien, misschien zag ze hem wel nooit meer. Declan had dan wel gezegd dat hij zou terugkomen, maar dat was misschien alleen maar uit beleefdheid geweest.

Misschien zat haar oefening er al wel weer op.

# 19

Het was zo'n beslissing die je zonder nadenken neemt. Het ene moment stond Dan op een vrijdagse barbecue nog gezellig met vrienden te kletsen en een koud biertje te drinken, en het volgende moment liet hij het flesje vallen en rende hij over het gazon, met een fontein van bier in zijn kielzog, om te voorkomen dat er een driejarig kind zou worden geplet door een gewicht van bijna honderddertig kilo dat van grote hoogte naar beneden viel.

Nou ja, van vier meter hoog. Hoog genoeg in elk geval.

Big Al had een kleefmuur gehuurd voor zijn verjaardag. Nadat hij zich met moeite in het grootste klittenbandpak had gehesen, had hij een aanloop genomen, zich afgezet op de trampoline, een salto gemaakt, en was toen op indrukwekkende hoogte tegen de muur geknald, op de kop. Hij slaakte een triomfantelijke kreet, zonder te merken dat zijn dochtertje Maisie op de opblaasmatras vlak onder hem was geklauterd. In de tussentijd liet het klittenbandpak langzaam los van de muur, zodat Al onvermijdelijk zou vallen.

'O, mijn god!' De vrouw van Big Al, die even was afgeleid door hun terriër die er met een kippenpootje vandoor ging, zag wat er gebeurde, net toen Dan zich naar voren wierp en Maisie razendsnel wegduwde. Vlak daarna klonk boven zijn hoofd het steeds hardere geluid van loslatend klittenband, en Big Al, met zijn gewicht van bijna honderddertig kilo, landde boven op hem in plaats van op zijn dochtertje.

Een scheut van pijn trok door Dans rechterschouder. Terwijl hij een vloek probeerde te onderdrukken – er waren per slot van rekening kleine kinderen bij – klom Big Al van hem af, waarbij hij nog eens flink op Dans linkervoet ging staan. 'Ku... lere!' schreeuwde Dan. Hij wist niet wat meer pijn deed, zijn schouder of zijn voet. Als klap op de vuurpijl prikte Big Al hem ook nog met zijn elleboog in zijn oog toen hij wankelend van de opblaasmatras liep. 'Au au au au!'

'God, man, sorry. Gaat het?'

Voor een intelligente wiskundeleraar kon Al soms bijzonder dom uit de hoek komen. Met zijn kiezen op elkaar – waarschijnlijk mocht hij blij zijn dat hij überhaupt nog tanden in zijn mond had – vroeg Dan: 'Wat denk je zelf?'

Maisie, veilig in de armen van haar moeder, toonde geen enkel medelijden. Ze klapte in haar handen en riep vrolijk: 'Nog een keertje, papa! Nog een keertje!'

'Is het je schouder?' Maisies moeder keek bezorgd naar Dan.

'Volgens mij is mijn sleutelbeen gebroken. Ik hoorde een krak.' Hij werd een beetje duizelig. 'En er is ook iets in mijn voet gebroken.'

'O fuck,' zei Big Al.

Maisie keek haar vader stralend aan. 'Papa, dat mag je niet zeggen!'

Lily was de volgende dag op de binnenplaats aan het werk toen ze een gele Kever voor de poort zag stoppen. Ze wilde net naar buiten lopen om te zeggen dat ze daar niet mochten parkeren, toen ze tot haar schrik Dan naast de bestuurder zag zitten.

Hun grappige app-uitwisseling was tot stilstand gekomen na de beslist niet grappige uitwisseling die had plaatsgevonden na Eddie Tesslers abrupte vertrek uit Stanton Langley.

Zij had geschreven: *Je hebt doorverteld dat Eddie hier was. Nou, bedankt.*

En Dan had teruggeschreven: *Dat was ik niet. Maar fijn dat je me meteen de schuld geeft.*

Maar ze wist gewoon dat hij het was geweest, en daarom hadden ze daarna ook geen contact meer gehad.

Ze draaide zich om, zich bewust van Dans ogen in haar rug. Haar mobieltje zoemde in haar zak. Ze haalde het eruit en las het berichtje van Dan: *Sorry x*

Dacht hij nou echt dat ze zo snel te lijmen was? Ze stopte het toestel weer in haar zak en ging verder met de pas geleverde glas-in-loodramen die naar de opslagruimte achter het kantoor gebracht moesten worden.

Een paar minuten later hoorde ze iemand over het grind lopen. Het klonk als een schuifelend oud mannetje. Ze draaide zich om en schrok zich wild toen ze ineens oog in oog stond met Dan. O god, wat had hij nou weer?

'Nogmaals sorry,' zei hij. Na een korte stilte voegde hij eraan toe: 'Het bleek toch mijn schuld te zijn.'

Hij zag er verschrikkelijk uit. Hij had een blauw oog en om zijn rechterarm zat een mitella. Zijn linkervoet bungelde boven de grond, terwijl hij zich staande hield met behulp van een metalen kruk.

Maar blijkbaar wilde hij het eerst over zijn bekentenis hebben. 'Natuurlijk was jij het. Dat wist je zelf toch ook wel?' zei ze.

Hij slaakte een zucht. 'Anna was die avond bij me, weet je nog? Ze zat in de auto op me te wachten, en toen ik weer instapte zag ze meteen aan me dat er iets was. En ze bleef me maar aan mijn kop zeuren, dus uiteindelijk moest ik het haar wel vertellen. Maar ik heb haar wel laten beloven dat ze het niet verder zou vertellen.' Hij verplaatste zijn gewicht op zijn goede voet. 'En ze zei dat ze dat niet zou doen. En toen het de dag daarna bekend werd, bezwoer ze me dat het niet van haar kwam.'

'Maar dat was wel zo,' zei Lily.

'Dat ontdekte ik gisteravond pas. Anna had het aan haar huisgenote verteld en die heeft het weer aan haar broer verteld. En die broer blijkt sinds kort voor een persbureau in Londen te werken.'

'Aha.'

Hij hield zijn hoofd scheef. 'Ik weet het. Het is mijn schuld, hoewel het niet mijn bedoeling was dat het zo zou gaan. En het spijt me echt heel erg.'

Oké, inmiddels barstte ze echt van nieuwsgierigheid. Ze wilde dolgraag weten hoe hij gewond was geraakt. Bovendien begreep ze dat hij natuurlijk niet naar zijn flat op de vierde verdieping in Bristol kon, met uitzicht op de Suspension Bridge. 'Wie heeft je gebracht?' vroeg ze. De Kever was in elk geval niet van Anna, zoveel wist ze wel.

'Big Al. Een vriend van me.'

'Waar is hij nu?'

'Hij brengt mijn koffers naar de cottage. Ik denk dat ik hier wel een tijdje zal blijven. Tenzij Patsy mijn kamer inmiddels weer aan iemand anders heeft verhuurd.'

Dat laatste negerend vroeg ze: 'Hoelang blijf je?'

'Tot ik weer kan vliegen. Een maandje of twee, schat ik.'

Ondanks alles vond ze het fantastisch dat hij hier weer was. Niet dat ze hem dat aan zijn neus ging hangen.

'Oké, dan mag je me nu vertellen wat er is gebeurd.'

Er trok een triomfantelijk lachje over zijn gezicht. 'Ik dacht dat je het nooit zou vragen.'

'Dus wel.'

'Maar misschien vertel ik het je wel niet,' zei hij.

'En misschien jat ik die kruk wel van je en geef ik je dan een duw. Wie heeft je zo toegetakeld? O wacht, ben je soms in elkaar geslagen door de jaloerse vriend van een of ander meisje?'

'Je bent warm. Ik heb een kind gered dat geplet dreigde te worden door een groot rotsblok.'

'O, mijn god! Echt waar?'

'Nou ja, niet een echt rotsblok. Big Al.' Hij begon te grijnzen. 'Maar dat neemt niet weg dat ik een held ben. Dat zegt iedereen.'

Hij mocht dan een held zijn, zo gemakkelijk kwam hij niet van haar af. 'Een held die geen geheimen kan bewaren.'

'Tenzij ik een geheime verhouding heb.' Zijn donkere ogen glansden ondeugend. 'Dan ben ik namelijk heel discreet.'

'Ja, als het eigenbelang is, dan wel.'

Hij glimlachte. 'Heb je me vergeven? Kunnen we weer vrienden zijn?'

Hij wist allang dat ze zich gewonnen had gegeven. Bovendien was hij niet de enige die moeite had gehad om dat geheim te bewaren. Lily slaakte een diepe zucht. 'Je bedoelt nu je gehandicapt bent en niet kan rijden en overal heen gebracht moet worden.'

'Wat denk jij slecht over me! Nee, echt, dat zal ik niet van je vragen.' Hij legde zijn hand op zijn hart en de kruk bungelde even in de lucht. 'Zelfs als ik over straat loop te hinken en jij komt toevallig langsrijden, dan zou ik nog niet willen dat je stopte om me een lift te geven. Ik wil dat je me nu belooft dat je dat niet zult doen.'

'O, maak je daar maar geen zorgen over, dat ben ik echt niet van plan. En mocht het toevallig regenen, dan zal ik ook nog eens extra gas geven zodat je lekker onder de modder komt te zitten.'

'Ik had niet anders verwacht. Dat is mijn verdiende loon.'

Er kwam een klant aan die een marmeren beeld over het grind achter zich aan sleepte, en Lily zei: 'Ik moet weer aan het werk.'

'Ik weet het. Maar zijn we weer oké? Vrienden?'

'Misschien.' Ze hield haar duim en wijsvinger een paar millimeter van elkaar. 'Zo'n klein beetje dan.'

'Heb je zin om vanavond wat met me in de Star te gaan drinken?'

'Vooruit dan maar. Hoe laat?'

'Zeven uur?'

Ze knikte. 'Goed. Zeven uur.'

Hij keek haar ondeugend aan. 'Wat betekent dat je om halfacht komt aankakken, alleen om mij te pesten en me te laten weten dat ik überhaupt van geluk mag spreken dat je bent gekomen.'

Ze kenden elkaar al zo lang dat ze elkaar niks wijs konden maken.

'Ik was eigenlijk van plan om pas kwart voor acht te komen.'

'Prima, dan heb ik ruim de tijd om te flirten met wie er dan ook achter de bar staat.'

'Sean werkt vanavond.'

'Geen probleem. Ik ben voor gelijke kansen voor mannen en vrouwen,' zei hij met een knipoog.

# 20

Om halfacht 's avonds, toen Lily zich net had gedoucht, een roodwit gestreept jurkje had aangetrokken en boven in haar kamer serum in haar nog vochtige krullen deed, zag ze Dan door de hoofdstraat naar de Star lopen.

Ze snapte niet hoe hij het voor elkaar kreeg. Hij droeg een donkerpaars poloshirt, een strakke gebleekte spijkerbroek en een gymschoen aan zijn rechtervoet. Om zijn linkervoet, die hij iets boven de grond hield, zat lichtgroen gips. Hij kwam inderdaad nauwelijks vooruit en bleef om de paar passen staan om zijn linkerhand aan zijn broek af te vegen. En zijn oog – jezus. Maar zelfs met dat paarse oog zag hij er nog steeds uit als een aantrekkelijke, stoute man en niet als een of andere loser die een pak op zijn donder had gehad.

Ze voelde het vertrouwde steekje in haar buik. En zoals altijd negeerde ze het, want anders zou ze gek worden.

Toch kon ze niet ontkennen dat ze het hartstikke leuk vond dat Dan de hele zomer zou blijven. Hij mocht dan heel irritant zijn af en toe – oké, vaak – maar het was nooit saai met hem.

Precies op dat moment keek hij naar boven en zag hij haar achter het raam staan. Grijnzend stak hij de arm met de metalen kruk in de lucht en deed alsof hij wankelde als een clown op een evenwichtskoord.

Ze leunde uit het raam en riep: 'Als je valt en ook je andere voet breekt, is dat je eigen schuld.'

Toen ze tien minuten later de pub binnenkwam, zat hij op een kruk aan de bar en deed zijn waarzeggersact voor Tanya, die vanavond samen met Sean dienst had.

'Je bent avontuurlijk aangelegd en verlangt naar liefde. Er is een lange, donkere man... Je hebt al jaren stiekem een oogje op hem, maar dit kon wel eens het moment zijn dat jullie een onstuimige romantische verhouding beginnen...'

'Die lange donkere man,' zei Tanya, 'heeft die toevallig een mitella om en loopt hij een beetje mank?'

Fronsend onderwierp Dan haar handpalm aan een nader onderzoek. Toen trok hij verbaasd zijn wenkbrauwen op. 'Ja, verdomd!'

De nuchtere Tanya, die in de veertig was en een man, vijf kinderen en twee kleinkinderen had, begon te lachen. 'Ik vraag me af of de rest van hem het nog wel doet.'

'O Tanya, wat ben je ook een wrede vrouw.' Dan liet haar hand los en schudde verslagen zijn hoofd. 'Je breekt links en rechts harten zonder het zelfs maar door te hebben. Ik loop helemaal vol...'

'Ja, daar heb je nogal snel last van, heb ik gehoord.' Grinnikend liep Tanya weg om een andere klant te helpen.

Lily zei: 'Twee-nul voor Tanya.'

Hij slaakte een spijtige zucht. 'Ik kan gewoon niet tegen haar op.'

Maar dat was natuurlijk alleen omdat hij dat zelf liet gebeuren. Dat hij soms de rol van zielige underdog speelde, was nog zo'n truc van hem om vrouwen voor zich te winnen. Gelukkig wisten Tanya en hij allebei dat hij het niet meende.

'Ik ken al je trucjes,' bracht Lily hem in herinnering.

'Nou, dan wordt het tijd dat ik een paar nieuwe verzin. Maar dat is voor een andere keer. Ik hoorde van Patsy dat je Declan hebt ontmoet. Vertel.'

Een paar van de goede eigenschappen van Dan waren zijn belangstelling en enthousiasme; als hij aandacht aan je schonk, dan was het meteen zijn volle aandacht. Hij was oprecht geïnteresseerd in wat je hem vertelde en stelde precies de goede vragen. Dus het uur daarop vertelde Lily hem alles over Declan, ze liet hem de foto's op haar mobieltje zien en herhaalde wat hij haar over haar moeder had verteld.

'O, dat is waar ook, ik heb mijn oplader in Bristol laten liggen.' Hij pakte zijn eigen toestel en keek somber naar het schermpje. 'Nog maar twee procent. Een ramp gewoon. Heb jij toevallig nog ergens een oplader liggen?'

'Nee, en die van mij heb ik vanavond nodig, maar morgen kun je hem wel lenen.'

'Afgesproken. Maar mag ik dan nu je telefoon even gebruiken om online een nieuwe oplader te bestellen?'

'Tuurlijk.' Terwijl ze zich van de kruk liet glijden, schoof ze hem over de bar haar toestel toe. 'Ik ben zo terug. Trouwens, je oog wordt steeds donkerder. Doet het erg pijn?'

'Natuurlijk doet het erg pijn. Ik zeur daar alleen maar niet over omdat ik zo ongelooflijk stoer ben.' Hij raakte de huid om zijn oog even aan. 'Moet je voelen. Hartstikke warm.'

Voorzichtig legde Lily haar vingers op de donkerblauwe plek. De huid voelde dik en strak aan.

'Au,' zei Dan. 'Au au.'

'Je wilde het zelf.'

'Ik wilde dat je zou snappen hoe stoer ik ben.'

'Nou, dat weet ik dan,' zei ze. 'Misschien moet ik maar een brief naar de koningin sturen. Je komt vast wel in aanmerking voor een lintje of zo.'

Toen ze drie minuten later terugkwam van de wc, kocht Dan net zijn nieuwe oplader online. Terwijl hij zijn gegevens intoetste, bestelde Lily nog wat te drinken voor hen.

'Dank je.' Hij gaf haar haar toestel terug. 'Dinsdag heb ik hem.'

'Komt Anna je hier niet een keer opzoeken? Dan kan zij je oplader toch meenemen?'

'Ik denk dat we met enige zekerheid kunnen zeggen dat ze me niet zal komen opzoeken,' zei hij.

'O. Heb je haar gedumpt?' Dat zorgde voor gemengde gevoelens bij Lily; Anna was weliswaar hét voorbeeld van een dom blondje, maar ze was ook manager van een fantastische kledingzaak in Bristol, en ze had Lily haar persoonlijke code gegeven, waarmee ze met zestig procent korting een paar jurkjes had kunnen bestellen.

Aan de andere kant, ze kende de code nu. Zou het heel erg slecht van haar zijn om die te blijven gebruiken nu het uit was tussen Anna en Dan?

'Wij noemen het niet gedumpt,' zei Dan. 'Maar ja, het is uit. Het leek tijd om er een punt achter te zetten. Maar is er verder nog iets gebeurd terwijl ik weg was?'

Die arme Anna, uit zijn leven verbannen. De zoveelste.

'Niet veel. We hebben het druk gehad in de zaak. O, we hebben die gigantische kroonluchter verkocht aan een hotel in Miami. Daar hebben we drieduizend voor gekregen! Ze hebben niet eens geprobeerd af te dingen!'

'Heel goed. En hoe zit het met Eddie Tessler? Heeft hij nog wat van zich laten horen?'

Een kleine adrenalinestoot. Nonchalant schudde ze haar hoofd. 'Eddie? Nee.'

'Wat, heb je helemaal niets meer van hem gehoord?' Dan klonk verbaasd.

Ze keek hem met grote ogen aan. 'Waarom zou hij iets van zich moeten laten horen? Hij heeft een paar daagjes bij Patsy gelogeerd en zit nu weer in Londen. Einde verhaal.'

'Ja, maar je bent vaak bij hem geweest. Dat vertelde Patsy. Ze zei dat jullie het heel goed met elkaar konden vinden.' Hij trok een wenkbrauw op. 'Echt heel erg goed.'

Lily voelde het zweet in haar nek prikken. Patsy had gelijk, ze hadden het goed met elkaar kunnen vinden. En dan die keer dat ze had gedacht dat hij haar zou gaan kussen – o god, wat was dat een opwindend moment geweest – maar toen hadden ze een sleutel in het slot van de voordeur horen steken en was Dan onverwacht thuisgekomen.

Je wordt bedankt, Dan.

'We konden het inderdaad goed met elkaar vinden, maar meer ook niet.' Het kostte haar geen enkele moeite om te doen alsof het haar weinig kon schelen.

'Maar had je niet gewild dat het meer was geworden?'

'Nee!'

'Je hoeft niet zo verontwaardigd te doen.' Hij stak zijn handen in de lucht. 'Hij ziet er goed uit. Vrouwen zijn dol op hem. Je bent vast wel een beetje voor hem gevallen.'

'Echt niet.' Al zei ze het zelf, ze kon vanavond goed toneelspelen. Ze kreeg eens een keer geen rood hoofd, ze keek niet schuldbewust en ze klonk ook heel cool.

'Ook niet een heel klein beetje?'

Met steeds meer zelfvertrouwen zei ze: 'Echt totaal niet. Ik bedoel, hij was best aardig, maar helemaal niet mijn type.'

'Nou, dat verbaast me,' zei Dan. 'Ik dacht echt dat hij de zoveelste zou zijn op wie je stiekem verliefd was, en dat je dan weer zou gaan fantaseren over dat hij ook op jou viel.'

'Hoe bedoel je dat nou weer? Om te beginnen zou ik nooit over hem gaan fantaseren,' zei ze. 'En ten tweede, wat bedoel je met de zoveelste? Wanneer ben ik volgens jou dan voor het laatst verliefd geweest?'

'Weet je nog die film die je steeds opnieuw wilde zien? *The Proposal.* Ryan Reynolds,' zei hij. 'Man, wat was jij verliefd.'

'Toe zeg, dat was niet echt! Hij is een filmster.'

'Eddie Tessler ook.'

'Ja, des te meer reden dus om niet verliefd op hem te worden.'

'Zelfs niet stiekem?'

'Zelfs niet stiekem. Waarom blijf je daar maar over doorgaan?'

'O sorry, dat was ik me niet bewust.' Hij haalde zijn schouders op en keek haar met een verontschuldigend lachje aan. Toen zei hij: 'Ik vroeg me gewoon af waarom je hem in de afgelopen vier dagen zevenentwintig keer hebt gegoogeld, meer niet.'

Shit. Ze had het kunnen weten. Hij lachte alleen maar zo als hij wist dat hij ging winnen.

Hardop zei ze koeltjes: 'Dus je hebt gekeken wat ik allemaal op mijn telefoon uitspook. Heb je ook mijn mailtjes gelezen soms? Een behoorlijke rotstreek, vind je ook niet?'

Ze voelde dat ze bloosde en het zweet stond haar in de handen. Ze durfde niet eens haar glas op te pakken, bang dat het uit haar handen zou glijden.

Wat Dan vast heel grappig zou vinden, de vuilak.

'Nee, echt niet. Zo ben ik niet,' protesteerde hij. 'Dat zou heel fout zijn.'

'Gelukkig ken je mijn wachtwoord niet.'

'Dat zou ik niet eens willen weten.' Hij keek bezeerd. 'Ik heb alleen maar Safari geopend om die oplader te bestellen, maar je had hem nog openstaan. Dat moet je echt niet doen, hoor, dat vreet energie.'

Ze wou dat iemand zijn energie eens wegvrat. 'Maar ik had vast niet zevenentwintig pagina's openstaan.'

'Nee, vijf. Maar ik heb je zoekgeschiedenis bekeken om te zien of er soms iets mis was met je toestel. En toen zag ik die lijst en wist ik hoe vaak je zijn naam had ingetypt.' Hij trok zijn goede schouder op. 'Ik bedoel, zevenentwintig keer. Dat is behoorlijk vaak voor iemand voor wie je totaal geen belangstelling hebt.'

Hij probeerde niet eens zijn gezicht in de plooi te houden.

'God, je geniet hier wel heel erg van, hè?' zei ze.

'Nee hoor. Ik vind alleen dat je maar beter eerlijk kunt zijn. Je vond hem leuk en misschien vond hij jou ook wel leuk. Je hoopte dat hij contact zou opnemen, maar dat is niet gebeurd. Dat is toch niet iets om je voor te schamen?'

'Ik schaam me helemaal niet.'

'Waarom heb je dan zo'n rode kop? Bovendien, wat geeft het nou dat je een beetje aan het internetstalken bent?'

'Ik ben niet aan het internetstalken! Ik heb hem opgezocht op Google, meer niet!'

'Zevenentwintig keer,' mompelde hij.

Ze haalde diep adem; de verleiding om hem haar drankje in zijn gezicht te smijten was groter dan ooit. Maar wat ze het ergst vond, was het besef dat ze Eddie dus zo vaak had gegoogeld. Zonder iets te zeggen keek ze expres langs Dan heen.

'Heeft hij je soms verleid?'

'Jezus, nee!'

'Maar je wou dat hij dat wel had gedaan.'

'Wil je daar nou eindelijk eens over ophouden? Ik kan altijd nog je andere voet breken, hoor.' Ze meende het niet echt, maar ook weer wel. Dan en zij plaagden elkaar al hun hele leven. Maar deze keer voelde het anders, misschien omdat hij gelijk had. Ze wilde echt dat er wat tussen haar en Eddie was gebeurd en ze had ook stiekem gehoopt dat hij contact met haar zou opnemen. Een kort berichtje zou al genoeg zijn geweest.

Maar dat was niet gebeurd en ja, dat zat haar behoorlijk dwars.

Bovendien was het erg irritant om daarop te worden gewezen door een man die ervan genoot om haar voor schut te zetten.

Om toch nog iets terug te doen, doopte ze haar vingers in haar glas en spatte wat van haar witte wijn in Dans gezicht. Niet te veel, dat zou zonde zijn.

'Slecht ben je.' Dan bukte zich om Barbara te begroeten, die was komen aanwaggelen. 'Zag je dat, Barb? Ze probeerde me te verdrinken.'

Barbara kwispelde.

'Ik haat je,' zei Lily.

'Af en toe maar.'

'Dat dacht je.'

'Maar stiekem ben je blij dat ik terug ben.'

'Waarom zou ik blij zijn?' Ze wees naar zijn verbonden arm en naar zijn voet in het gips. 'We hebben zo toch niks aan je.'

'Je hoeft niet zo neerbuigend te doen. Misschien kan ik wel meer dan je denkt,' zei hij ondeugend. 'Je weet pas wat ik wel of niet kan als je me het laat proberen.'

## 21

Om halftwaalf de volgende ochtend stond Lily in een volle veilingzaal in Bristol. Terwijl ze wachtte tot ze kon bieden op twee levensgrote koeienbeelden van kunsthars, begon haar mobieltje te trillen in haar broekzak.

'En dan nu kavel 88,' zei de veilingmeester. 'Mocht u een boerderij willen beginnen, maar bent u te lui om de koeien te melken, dan hebben we hier een paar stuks vee die helemaal in uw straatje passen. Of beter gezegd: op uw boerderij. Hahaha!'

De veilingmeester beschouwde zichzelf als een soort komiek en kon het niet laten om continu grappen te maken. Hij keek stralend de zaal in. 'Wie biedt driehonderd pond?'

Lily was natuurlijk niet van plan op te nemen, ze wilde alleen even kijken wie het was. Maar toen ze de naam op het schermpje zag, slaakte ze onwillekeurig een gilletje.

Eddie.

Eddie Tessler.

O god o god o god.

'Kom op, laten we de situatie nou niet gaan uitmelken!' De veilingmeester grinnikte om zijn eigen grap.

'Driehonderd,' riep iemand achter in de zaal.

Eddie belde haar, nu, op dit moment. Als verlamd staarde ze naar haar mobieltje, dat voor de derde keer begon te trillen. Op veilingen was ze altijd al behoorlijk opgewonden, maar met deze dubbele aanval op haar denkvermogen hield ze het helemaal niet meer. Als het iemand anders was geweest, had ze gewoon niet opgenomen. Maar dit was niet zomaar iemand, dit was Eddie. Wat als ze hem later terugbelde en hij nam niet op? Wat als dit haar enige kans was om hem nog eens te spreken?

'Kom, dames en heren, niet zo boe-scheten, hoor ik daar drie vijftig?'

Wat als hij zich beledigd voelde en haar nummer blokkeerde? Hij was een filmster; dat soort mensen vond het vast niet leuk om genegeerd te worden.

'Drie vijftig,' werd er links van Lily geroepen.

'Drie zeventig,' riep iemand anders.

'Dat begint erop te lijken,' zei de veilingmeester. 'Er zit boe-weging in! Hoor ik...'

'Vierhonderd!' gilde Lily, wat harder en hoger dan de bedoeling was. In haar hand trilde het toestel voor de vijfde keer.

'Wat hoorde ik daar?' zei de veilingmeester. 'Vierhonderd van die muis?'

Boven het gelach uit riep iemand: 'Vier twintig.'

Lily had al een koper voor de levensgrote zwartbonte koeien; een van hun vaste klanten vond het leuk om van dit soort maffe beelden in zijn enorme tuin te zetten. Terwijl ze de zaal uit liep, riep ze: 'Vier vijftig.' Toen drukte ze op Beantwoorden en zei: 'Hallo?'

Gelukkig kwam dat er wel normaal uit, en niet alsof ze net helium had ingeademd.

'Hoi, ik ben het, Eddie.'

'Ja, dat weet ik.' Terwijl ze zich tussen twee grote mannen in kriebelige tweedjasjes door wurmde, verscheen er een brede grijns op haar gezicht. 'Hoi.'

'Vier zeventig,' werd er achter haar geroepen.

O shit. Snel draaide ze zich om, stak een hand op en schreeuwde: 'Vijfhonderd!'

'Sorry?' zei Eddie.

'Vijfhonderd van de muis met de krullen,' zei de veilingmeester. 'Dames en heren, wie biedt er meer?'

'Vijf twintig,' riep ze verward.

'Ho, je bent nog niet aan de beurt, muizenkind!' zei de veilingmeester. 'Of kan ik beter zeggen koeienkind? Pardon, kalf?'

De zaal lag in een deuk.

'Waar ben je in godsnaam?' vroeg Eddie.

Gelukkig kon hij niet zien dat ze door het dolle heen was. Ze moest het toestel stevig tegen haar oor drukken om hem te kunnen verstaan. 'Ik ben op een veiling,' zei ze.

'Klinkt meer als een lawaaiige kroeg. Wat koop je?'

'Twee koeien.'

'Serieus?'

'Geen echte. Levensgrote beelden. Wacht even.' Er werd nu vijfhonderdtwintig geboden. Met haar hand op haar mobieltje riep ze snel: 'Vijf vijftig.'

'Hoe durven ze jou te overbieden,' Eddie klonk geamuseerd, 'dat is erg onbeleefd.'

'Ja hè, totaal geen manieren.'

'Zal ik je later terugbellen?'

'Ik ben zo klaar, als je het niet erg vindt om even te wachten. Zeshonderd!'

'Au. Mijn oor.'

'O, sorry.' Deze keer was ze vergeten om haar hand op het toestel te leggen.

'Zeshonderdtwintig,' zei de veilingmeester.

'Zevenhonderd,' zei Eddie.

'Niet doen, dan raak ik weer in de war.'

'Zeventienhonderd.'

'Hou op.'

Hij lachte. 'Zeventienduizend.'

'Zevenhonderd pond,' riep Lily, om de vrouw aan de andere kant van de zaal te overbieden die net zes vijftig had geboden.

'Iemand meer dan zevenhonderd?' De veilingmeester keek om zich heen, met zijn hamer in de lucht. 'Is dat het? Het blijft zevenhonderd?'

'Yes!' schreeuwde Eddie, zodat Lily het uitproestte.

Er werd niet meer geboden. De hamer kwam neer en de veilingmeester zei: 'Goed gedaan, muizenkind, de koeien zijn van jou. Daar mag je wat mij betreft wel het glas op heffen! Een glas melk welteverstaan!'

In haar oor zei Eddie: 'Wat een komiek. Hij zou er zijn beroep van moeten maken.'

Lily perste zich langs de mensen die achterin stonden en liep naar buiten. 'Zo, ik sta op het parkeerterrein. Ik kan je nu goed horen.'

'Ga even lekker ergens zitten.'

'Ik zei parkeerterrein, niet het Savoy.' Maar aan één kant van het gebouw liep een stenen richel, zag ze. Ze liet zich erop zakken en strekte haar benen. Het was tegelijkertijd surrealistisch en fantastisch om Eddies stem weer te horen. 'Waar ben je trouwens?'

'In L.A.'

'Wauw, echt?' Ze wist natuurlijk best waar hij was, dankzij haar ijverige gegoogel. Hij was er drie dagen geleden naartoe gevlogen en was in bespreking met James Cameron over een rol in zijn volgende film, met als tegenspeelster Reese Witherspoon.

Onvoorstelbaar toch?

'Wil je soms beweren dat je me niet hebt gegoogeld? Om te kijken waar ik mee bezig was? Oei, dat is heel slecht voor mijn ego.'

'Misschien dat ik een paar keer heb gekeken. Maar beslist niet vaker dan zevenentwintig keer.' Waarom flapte ze er dat er nou weer uit? Dat werkte echt niet in haar voordeel. Ze schopte haar teenslippers uit en keek droevig naar haar stoffige voeten. Hij vond haar nu vast een stalker.

Maar Eddie lachte. 'Fijn om te horen. Dat doet weer wonderen voor mijn ego. Ook al zeg je het alleen maar om me een goed gevoel te bezorgen. Mag ik je iets vertellen?'

'Als je wilt.' Ze ontspande zich al wat.

'Ik heb onze gesprekken gemist. Ik dacht dat je me misschien wel zou appen of bellen. Maar dat heb je niet gedaan.'

'Ik dacht dat je mij misschien wel zou bellen, maar dat heb je ook niet gedaan.'

Als ze dan toch bezig waren.

'Ik wachtte op jou,' zei hij.

'Ik ben een meisje.'

'Kom op, zeg. Zo verlegen ben je niet.'

'Nee, ik ben niet verlegen,' gaf ze toe. 'Maar jij bent de beroemdheid. Ik ben maar een gewoon meisje.'

'Oké dan.' Hij klonk verbaasd.

'Wacht je dan altijd tot meisjes jou bellen?'

'Ja.'

Ja, logisch.

'Nou,' zei ze. 'Duidelijk dus.'

'Die zit.' Hij glimlachte, dat kon ze gewoon voelen. 'Misschien is dit wat ik heb gemist. Trouwens, heb je nog iets van die man gehoord?'

'Johnny Depp? Ja, die bleef maar bellen en langskomen, maar hij heeft nu een straatverbod.' Nu de schok over het feit dat hij had gebeld wat was weggeëbd, kon ze weer grapjes maken.

'Gelukkig maar. Maar hoe zit het met dat vriendje van je moeder?'

'Welke?' Om de een of andere reden beschouwde ze het als een test. Als hij zich de naam van haar moeders vriend nog herinnerde, had hij echt belangstelling voor haar.

'Wil je soms controleren of ik wel heb geluisterd? Declan,' zei Eddie. 'Declan Madison. En ik wil bonuspunten voor de achternaam.'

Tevreden zei ze: 'Tien bonuspunten en een zoen van de juffrouw.'

'Eentje maar? Waarom niet meteen twee?'

'Die krijg je alleen als je weet wanneer hij jarig is.'

Hij lachte. 'Maar heeft hij nog wat van zich laten horen?'

'Nog beter. Hij stond ineens op de stoep en is toen de hele dag gebleven. Het was echt te gek. Hij had foto's bij zich van mijn moeder en hem samen. En hij had ook allemaal verhalen, echt zoveel. Het was echt te gek. We konden het heel goed met elkaar vinden. Zelfs als we het niet over mijn moeder hadden, was het leuk om met hem te praten.' Omdat ze wilde dat Eddie het begreep, vervolgde ze: 'Hij vertelde over zijn zussen en zijn neefjes en over wat hij allemaal gedaan heeft in zijn leven. Je kent dat toch wel, dat je iemand leert kennen en dan meteen het gevoel hebt dat je hem al je hele leven kent? Heel raar, maar zo was het met hem ook. En zoals hij over mijn moeder praatte... O god, ik weet gewoon niet hoe ik het moet zeggen. Maar het deed me heel veel.'

'Dat merk ik.' Hij klonk geamuseerd. 'Dat is fantastisch. Ik ben blij voor je. Dus jullie houden contact?'

'Ik hoop het. Hij zei van wel.' Ineens bedacht ze iets. 'Hoe laat is het trouwens bij jou?'

'Kwart voor vier 's nachts.'

'O mijn god, waarom ben je eigenlijk wakker?'

'Jetlag. Verschrikkelijk.'

'Lig je in bed?' Om de een of andere reden had ze zich hem voorgesteld in een mooi pak, in een kantoor.

Hij lachte. 'Ja. Je klinkt geschokt.'

'Dat ben ik ook. Ik dacht dat je kleren aanhad.'

'Sorry. Maak jezelf maar gewoon wijs dat ik een gestreepte pyjama draag.'

'Een lange wollen ochtendjas. En pantoffels.' Het werkte totaal niet. Haar hersens wisten wel beter.

'Hoe gaat het met Patsy?'

'Goed. Ze heeft morgenavond weer een date. En deze heeft geen tandem. Dat heeft ze nog gecontroleerd.'

'Heel slim.'

'O, en Dan is voor een paar weken terug. Hij heeft een ongeluk gehad en zijn sleutelbeen is gebroken. En zijn voet. En het was trouwens zijn vriendin die heeft verraden dat je bij Patsy ondergedoken zat. Dan heeft dat nu pas ontdekt. Het spijt hem heel erg.'

'Maakt niet uit. Het zou vroeg of laat toch wel zijn gebeurd.'

Lily hoorde dat ze in de veilingzaal al een eind waren opgeschoten met de kavels; ze wilde nog op meer spullen bieden. 'Ik moet terug naar de veiling... Coral vermoordt me als ik niet met de dingen thuiskom waar ze een oogje op heeft.'

'Oké, ga maar.' Zijn stem klonk wat zachter. 'Het was leuk om je weer gesproken te hebben. Misschien kun jij mij de volgende keer bellen.'

'Misschien. Wat ga je later vandaag doen?'

'Niet veel. Ik heb een lunchafspraak met Reese Witherspoon.'

Natuurlijk. Wat een rotleven toch, dat van een filmster.

'Naar voor je,' zei Lily vrolijk. 'Terwijl ik me hier sta af te vragen hoe ik twee levensgrote koeien, een eettafel en zestien victoriaanse schoorsteenpotten achter in de bestelbus krijg. En met een beetje geluk bestaat mijn lunch uit een donut en een kop thee.'

## 22

Patsy controleerde haar gezicht in de achteruitkijkspiegel en werkte haar lippenstift nog even bij voordat ze uitstapte. Hoewel het eng bleef, had ze op dit soort momenten ook altijd het gevoel dat alles mogelijk was. Stiekem verwachtte ze veel van de blind date van vanavond. Wie weet, misschien was hij de ware wel.

Bovendien was het niet echt een blind date. Haar date heette James en ze had genoeg foto's van hem gezien om te weten hoe hij eruitzag. Bovendien hadden ze zo vaak met elkaar gemaild dat ze in elk geval wist dat hij charmant, intelligent en grappig was, én dat hij kon spellen. Al met al leek hij behoorlijk fantastisch. En toen ze hem had gevraagd of hij van fietsen hield, had hij geantwoord dat hij sinds zijn dertiende niet meer op een fiets had gezeten. Dus het kon eigenlijk al niet meer misgaan.

Oké, daar gaan we dan.

Ze stak de straat over en liep het restaurant in. Hij zat al aan een tafel op haar te wachten. Wat altijd een goed begin was. Hij droeg een mooi donkerrood met wit gestreept overhemd en – oef – geen blauwe lycra wielerbroek. Een donkere broek, dat was prima. Gepoetste schoenen ook. En hij glimlachte.

'Patsy. Eindelijk. Leuk dat je er bent.'

Hij begroette haar met een vriendschappelijke kus op haar wang en Patsy vroeg zich even af of ze in de verre toekomst samen nog eens zouden terugdenken aan deze eerste ontmoeting. Was dit de man met wie ze haar leven zou delen? Zouden ze samen kinderen krijgen? Was het idioot om dit soort dingen te denken als je iemand pas tien seconden kende?

En weet hij dat ik dit allemaal denk?

Een uur later had ze alle antwoorden die ze nodig had, en nog één gang te gaan.

'... dus toen belde mijn ex me en zei dat ze weer in Oxford ging wonen. En ze vroeg me weer om geld, en ik zei dat het zo niet kon doorgaan. Ik bedoel, ik had ook haar reis naar Santorini al betaald, dat is waar we altijd samen op vakantie gingen.'

'O, Santorini is fantastisch,' zei Patsy. 'Ik ben daar met...'

'Dus ik zei tegen haar, hoe kun je nou zo onnadenkend zijn? En zij zei toen dat ik niet zo overgevoelig moest doen, maar ik bedoel, hoe wil ze dan dat ik reageer?'

'Nou, dan heb ik geluk met mijn ex,' zei Patsy. 'We zijn nog steeds vrienden en...'

'Ze doet het expres, om me op te fokken,' zei James. 'Ze is altijd al een aandachtstrekker geweest. Voor onze huwelijksreis zijn we naar New York geweest en toen zat ze de hele vlucht te flirten met de man die aan de andere kant van het gangpad zat.'

Misschien hielp het om een ander onderwerp aan te snijden. 'Waar ging je als kind altijd naartoe op vakantie?' vroeg Patsy. 'Waar namen je ouders...'

'En toen we terugkwamen van onze huwelijksreis vond ik een nieuw nummer op haar mobieltje, met alleen een P erbij, en toen ik dat nummer belde, herkende ik zijn stem meteen. Het was die man uit het vliegtuig. Hij heette Paolo. Snap je, zo is ze dus, daar heb ik vijf jaar mee te dealen gehad.' Hij schudde zijn hoofd, bestormd door herinneringen aan zijn ex-vrouw.

'Wij gingen altijd kamperen in Zuid-Wales.' Patsy deed nog een laatste poging. 'Op een camping vlak bij Tenby. Toen mijn broer vier was, had hij een Superman-pak en op een dag sprong hij zo van de havenmuur...'

'Ze zei dat ze van me hield,' zei James, met tranen in zijn ogen. 'En ik was zo stom om haar te geloven.'

'Ja, maar...'

'Ik vind het gewoon ongelooflijk dat ze nog steeds van die spelletjes speelt. En dat mensen er nog steeds in trappen.' Hij opende zijn telefoon. 'Wil je foto's van onze trouwdag zien?'

Het stel aan de tafel naast hen had zitten meeluisteren; ze stopten met praten en hielden hun bestek boven hun bord in de lucht. Patsy keek even op haar horloge – bijna negen uur – en zei: 'Nee, dank je.'

Het was de eerste keer dat hij haar niet onderbrak. Maar dat kwam omdat hij foto's op zijn toestel zat te bekijken; blijkbaar wilde hij haar hoe dan ook foto's van zijn trouwdag laten zien. 'Ja, ik heb hem. Moet je haar kijken!'

Aan de tafel naast hen klonk onderdrukt gelach. Hoewel Patsy geen foto's van haar trouwdag op haar toestel had staan, vroeg ze, puur voor de lol: 'Wil je foto's van mijn trouwdag zien?'

'Drieduizend pond heeft die trouwjurk me gekost. Ze zei dat ze eruit wilde zien als een sprookjesprinses en toen heb ik gezegd dat ze altijd mijn sprookjesprinses zou blijven.'

Precies op de afgesproken tijd ging Patsy's mobieltje over. Verontschuldigend zei ze: 'Ik moet echt even opnemen.' Ze drukte op Beantwoorden.

'Hoi,' zei Lily. 'Dit is je telefoontje van negen uur. Hoe gaat het? Is hij net zo leuk als je dacht?'

Hoe was het in godsnaam mogelijk dat ze zich alweer zo had vergist? Ze wist het antwoord op die vraag echter wel: als je mailde, kon je niet halverwege een zin onderbroken worden. James had haar geschreven, zij had geantwoord en zo was het keurig om en om verdergegaan. Pas nu ze elkaar in levenden lijve zagen, kwam zijn chronisch onvermogen om iemand anders zijn zin te laten afmaken aan het licht.

'O nee! Dat meen je niet!' Patsy liet zich tegen de rugleuning van de stoel zakken en keek ontzet. 'Wat erg! En dat andere been is echt gebroken? Vreselijk! Arme Dan. Is hij bij bewustzijn?'

'Zo erg?' vroeg Lily meelevend. 'Nou, maken dat je daar wegkomt dan maar.'

'Ja, zal ik doen. Ik zie je bij de Spoedeisende Hulp. Tot zo.' Nadat Patsy de verbinding had verbroken, zei ze: 'Het spijt me echt heel erg, maar ik moet weg. Mijn broer ligt in het ziekenhuis... Ik moet er meteen heen.'

'Maar je hebt de trouwjurk nog niet gezien! Moet je kijken. Mooi is ze, hè?'

'Heel mooi. Maar ik moet echt gaan.'

'Zo gek, dat gebeurt me nou altijd.' James lette nauwelijks op haar, hij keek nog steeds naar zijn schermpje. 'Steeds als ik een nieuwe vrouw ontmoet, wordt ze halverwege ons afspraakje gebeld en dan moet ze ineens weg.'

O.

De ongemakkelijke stilte werd verbroken door geproest aan de tafel naast hen.

'Nou.' Patsy pakte wat briefjes van twintig en legde ze naast haar bord. 'Misschien dat het komt omdat je nooit naar iemand luistert en het alleen maar over je ex hebt.'

Ze zei het vriendelijk, niet gemeen. Maar James had het te druk met zijn toestel om op haar te letten. Zuchtend streelde hij het schermpje. 'Maar dat is toch logisch? Ik weet zeker dat ze wel weer bij me terugkomt. Ze is mijn prinses.'

'Het is net babysitten, maar dan zonder ervoor betaald te worden,' zei Lily, nadat ze zichzelf had binnengelaten.

'Maar gelukkig ben ik al wel zindelijk,' zei Dan.

'Dat mag ik hopen.' Hij had haar tien minuten geleden gebeld en smekend gevraagd of ze hem alsjeblieft kon komen helpen. 'Maar wat is het probleem precies?'

'Ik heb zin in een kop thee. In de kamer. Ik bedoel, ik kan wel naar de keuken strompelen om thee te zetten, dat red ik nog wel.' Hij gebaarde hulpeloos naar zijn been, zijn kruk, zijn mitella en niet te vergeten zijn blauwe oog. 'Maar hoe krijg ik de thee naar de bank?'

'Och, wat zielig. Heb je al geprobeerd de mok op je hoofd te dragen?'

Hij keek haar bedroefd aan. 'Wil je echt dat ik dat doe?'

'Of anders kopen we zo'n plastic speelgoedauto voor je, met zo'n laadbak, dan kun je die aan een touwtje achter je aan trekken. Je kunt het touw tussen je tanden houden,' zei ze.

'Of ik kan net als Sneeuwwitje doen en kleine dieren uit het bos leren om thee in een mandje naar de kamer te brengen. Of je kunt natuurlijk ook gewoon aardig zijn en je arme gehandicapte vriend helpen.'

'Mijn held van een vriend. Je vergat het held-gedeelte.'

'Dat heet bescheiden,' zei hij.

Lily zette twee mokken thee, nam ze mee naar de woonkamer en spoorde hem in stilte aan om een of andere flauwe grap te maken over Eddie Tessler, over dat hij vast nog steeds niks van zich had laten horen. Ze wilde heel graag dat hij dat deed, want dan kon ze hem vertellen dat hij haar had gebeld.

Maar Dan had het over de thriller die ze hem had geleend, en die hij vreselijk slecht vond. Ze pakte haar telefoon, keek even op het schermpje en draaide het toestel een paar keer om in haar handen, terwijl hij maar bleef doorpraten over moorden en bedriegers en over wie volgens hem de moordenaar was.

'Oké, die vent had dus een brood bij zich.' Wanneer Dan eenmaal opging in een thriller, ging hij er ook echt helemáál in op. 'Dus dan denk ik, wat als hij dat brood heeft uitgehold en daar een pistool in heeft verstopt...'

'Waarom vertel je me dat?' vroeg Lily. 'Je hebt het boek nog niet uit, dus ik ga echt niet zeggen of je gelijk hebt of niet.'

'En later, als hij uit de trein springt... Ik durf te wedden dat hij zijn pistool in de tas heeft gestopt van die vrouw die naar de wc was...'

'O, trouwens, had ik je dat al verteld, Eddie belde me.' Ze probeerde het beheerst te brengen, maar de woorden barstten gewoon uit haar mond. Ze had ze dan ook al meer dan drieëndertig uur binnengehouden.

'En toen kwam die vrouw terug van de wc en toen stopte ze het pistool in de zak van die man met dat rode haar die net was ingestapt. En dat verklaart dan weer de broodkruimels in zijn zak wanneer ze hem later dood op het spoor vinden.'

Aan de muur boven Dans hoofd hing een ingelijst schilderij, een mooi tuintafereel dat Coral een paar jaar geleden had geschilderd, in acryl, nog voor Nicks overlijden, want daarna was ze ineens met schilderen gestopt. Even fantaseerde Lily erover hoe het zou voelen om dat schilderij van de muur te pakken en Dan ermee op zijn kop te slaan...

'O! Tenzij die kruimels iets met die papegaai te maken hebben...' zei Dan.

'Luister je eigenlijk wel naar me?' vroeg Lily. 'Heb je wel gehoord wat ik net zei?'

Hij keek haar aan. Toen knikte hij. 'Hij heeft je gebeld.'

'Ja!'

'En dat is interessant omdat?'

'Het is interessant omdat jij had gezegd dat hij niet zou bellen. Maar dat heeft hij dus wel gedaan. Ik bedoel, het is niet echt belangrijk...' Ze haalde haar schouders op om Dan te laten zien hoe totaal onbelangrijk het was dat Eddie Tessler haar had gebeld. 'Maar ik dacht, ik zeg het je maar even, aangezien jij zo zeker wist dat hij dat niet zou doen.'

'Dus jij had gelijk en ik niet.' Hij glimlachte even. 'En ik zie dat jij daar blij van wordt.'

'Ik ben altijd blij als jij het eens een keer mis hebt.'

'Maar vertel. Klopt het wat ik zei? Zat dat pistool in dat brood?'

O, hij dacht van onderwerp te kunnen veranderen? Nou, mooi niet. 'Ja, zo zat het precies. Heel slim van je. Maar Eddie belde me dus gisteren vanuit L.A., toen ik op de veiling was. Hij was heel grappig. En toen hebben we een hele tijd gepraat. Echt een hele tijd. En hij wilde ook alles over Declan horen.'

'Hoe laat was dat? Laat in de ochtend? Tussen de middag?'

'Ja. Hoezo?'

'Vrij standaard,' zei Dan. 'Hij zit in L.A., heeft last van een jetlag, ligt klaarwakker in bed en heeft daar niemand die hij kan bellen.'

Ze keek hem met samengeknepen ogen aan. 'Hij belde me omdat hij onze gesprekken miste.'

'Correctie, hij zei dat hij jullie gesprekken miste.'

'En daarna heeft hij me geappt.' Dat was echt zo; ze had hem de foto van haar moeder en Declan op het strand gestuurd, en hij had meteen een appje teruggestuurd: *Te gek!*

Wat misschien niet veel woorden waren, maar wel telde als reactie. En bovendien had Eddie daar wel andere dingen aan zijn hoofd.

'Geappt,' zei Dan. 'Leuk.'

'Hij heeft gisteren met Reese Witherspoon geluncht.' Haar logische kant wist best dat Dan expres deed alsof hij niet onder de indruk was. Maar diep vanbinnen was hij dat echt wel. En ze moest het gewoon aan hem kwijt. Het was net zoiets als wanneer iemand op een feestje heel terloops tegen je zei: "O ja, ik zag Shakin' Stevens een keer bij een tankstation, we stonden samen in de rij voor de kassa... en toen zei ik hoi tegen hem en hij zei hoi terug, echt een aardige kerel, zo te merken.'

Alleen dan beter.

Shakin' Stevens of Eddie Tessler?

Over wie zou je liever opscheppen?

'In het Chateau Marmont,' ging ze verder, ondanks Dans gebrek aan belangstelling. Hoewel Eddie haar niet had verteld waar hij ging eten, was het niet moeilijk geweest om erachter te komen. En het was ook niet moeilijk geweest om haar zoekgeschiedenis daarna te wissen, iets wat ze in de toekomst altijd zou doen. 'Ze gaan waarschijnlijk samen in een film spelen. Met James Cameron als regisseur. Wat?' vroeg ze ongeduldig, toen hij haar met opgetrokken wenkbrauwen aankeek.

'Zeg, ben je eigenlijk al lid geworden van de Eddie Tessler-fanclub? En ga je dan ook op het vliegveld staan met zo'n groot bord en dan een beetje dansen en springen en gillen als hij terugkomt?'

'Ja, dat was ik inderdaad van plan.' Ze merkte dat haar irritatie toenam. Als Dan had kunnen horen op welke toon Eddie gisteren tegen haar had gezegd dat hij hun gesprekken miste, zou hij nu niet de draak met haar steken.

'Hé, je hoeft niet boos op me te worden.' Met zijn niet-gewonde been raakte hij haar voet even aan. 'Ik wil alleen maar zeggen dat je er niet te veel achter moet zoeken.'

'Dat doe ik heus niet.'

'Misschien ben je je daar niet van bewust, maar ik merk het gewoon aan je. Maar jij moet het diep vanbinnen ook weten. Zoals je zondagavond over hem praatte. Zoals je dat nu doet. Het is niet erg om een beetje verliefd te zijn op iemand die onbereikbaar is, maar ik ben bang dat je verwacht dat het... Nou ja, dat het iets zal worden.'

'Je bedoelt dat ik zo onaantrekkelijk ben dat dat toch nooit zal gebeuren?' Oké, haar geduld met hem was nu echt op. 'Je bedoelt dat ik zo lelijk ben dat een beetje leuke man nooit belangstelling voor me zou kunnen hebben?'

'Doe normaal, je weet best dat ik dat niet bedoel. Ik heb het over hem, niet over jou.'

'Je hebt hem hooguit een halve minuut gezien,' zei ze.

'Hij is een man. Een man die eraan gewend is om veel aandacht van vrouwen te krijgen.'

'Je bedoelt dat hij precies op jou lijkt,' wees ze hem erop.

'Misschien. Maar ik probeer je alleen maar te helpen.'

'Wat je eigenlijk zegt is dat iemand als Eddie mij nooit leuk zou kunnen vinden.' Dans gewoonte om altijd zijn ongezouten mening te geven was een stuk minder innemend als het over jouzelf ging, ontdekte Lily.

'Dat zeg ik niet. Ik wijs je er alleen maar op dat het voor hem niet per se een relatie hoeft te zijn die veel om het lijf heeft. En ik wil niet dat je ongelukkig wordt.'

'Hallo?' Ze spreidde ongelovig haar handen. 'Waar heb je het eigenlijk over? We hebben helemaal geen relatie!'

'Oké.' Zichtbaar opgelucht leunde hij naar achteren. 'Nou, dat is mooi. En hopelijk blijft dat zo.' Toen hij de vervaarlijke glans in haar ogen zag, voegde hij er glimlachend aan toe: 'Dat zeg ik voor je eigen bestwil, hoor. Je verdient beter.'

Het was erg irritant, en ze zou het ook nooit hardop toegeven, maar misschien had hij wel gelijk. Tijd om van onderwerp te veranderen. 'Over beter verdienen gesproken, Patsy's date was geen succes. Ze komt zo naar huis.'

'Vertelde ze ook wat er mis met hem was?'

'Dat kon ze niet. Hij was bij haar toen ik haar belde.'

'Zullen we een weddenschap afsluiten?' Dans ondeugende lach was terug, het was haar gelukt om zijn aandacht van de volgens hem onbereikbare Eddie Tessler af te leiden. 'Eén pond per reden, en degene die er eentje goed heeft krijgt de pot.' Terwijl hij op de vingers van zijn goede hand begon af te tellen, zei hij: 'Oké, ik eerst.

Hij zei dat hij veertig was, maar blijkt zestig te zijn.'

'Hij weet niet wat deodorant is,' zei Lily.

'Hij draagt een toupetje dat niet past bij de rest van zijn haar.'

'Hij is nog steeds getrouwd.'

'Hij smakt.'

'Hij beschrijft zijn dromen tot in detail.'

'Hij heeft make-up op,' zei Dan. 'Niks overdrevens, gewoon een beetje eyeliner, wat mascara en een mooie kleur lippenstift.'

Kijk, dat bedoelde ze nou. Eerst maakte hij haar woest, en meteen daarna wist hij haar weer aan het lachen te maken. Het was echt bijzonder irritant dat ze nooit langer dan vijf minuten boos op hem kon blijven.

'En hij draagt een enkelband,' zei Lily.

Dan dacht even na en zei toen: 'Of een luier.'

Weaver's Cottage was vervallen, maar er viel nog wel wat van te maken. Er waren drie slaapkamers, waarvan eentje zo groot als een hamsterkooi. De keuken was klein, de formicakastjes lelijk en goedkoop. Het behang dateerde waarschijnlijk uit de jaren zeventig, en elke kamer was in een andere tint paars geschilderd, op de badkamer na, waar alle accessoires groen waren en onder het stof zaten.

Veel mensen zouden zich bij zo'n huis meteen omdraaien en gauw gaan kijken naar een nette twee-onder-een-kap in een nieuwbouwwijk. Maar Declan, die al twintig jaar in de huizenhandel zat, schrok niet zo snel. Er zaten geen gaten in het dak, de overwoekerde tuin was weliswaar klein maar lag op het zuiden en het uitzicht vanuit de hooggelegen cottage over het dal was spectaculair te noemen.

Dit was natuurlijk nooit gebeurd als Lily het niet terloops over de cottage had gehad. Het leek bijna alsof het zo had moeten zijn. Ze hadden elkaar geappt en gemaild en gisteren had hij haar verteld over een huis in Kensington dat hem door de neus was geboord, omdat iemand anders op het allerlaatste moment een hoger bod had geplaatst. Hij zocht dus een andere investering, had hij gezegd. En toen had Lily gezegd dat ze, als hij iets buiten Londen zocht, misschien wel iets wist. Er werd een huis geveild dat aan de rand van hun dorp stond. Ze had eraan toegevoegd dat het in nogal slechte staat verkeerde, maar dat het uitzicht fantastisch was en dat er ook een bouwvergunning was afgegeven, dus na een renovatie kon het wel eens heel mooi worden.

Toen Declan het huis op internet had opgezocht, moest hij het wel met haar eens zijn. Hij had al eerder onroerend goed op het platteland gekocht, maar dat was al enkele jaren geleden. Misschien zou het wel leuk zijn om de drukte en de verkeersopstoppingen en de parkeerproblemen achter zich te laten. Bovendien zou het een goede investering zijn, dat wist hij nu al; rijke Londenaars vonden het heerlijk om in het weekend naar een mooi gerenoveerde cottage in de Cotswolds te gaan waar ze even konden ontsnappen aan hun hectische stadsleven.

De adem stokte Coral in de keel toen ze Declan Madison door de poort zag wandelen die ze net had geopend. 'Hallo! Wauw, toen je zei dat je vandaag zou komen, wist ik niet dat je zo vroeg bedoelde!'

Goh, wat was het leuk om hem weer te zien. Ze wist dat Lily en hij regelmatig contact hadden, en toen hij Lily gisteren had gebeld om te zeggen dat hij kwam, had Corals hart een sprongetje gemaakt, wat tegelijkertijd opwindend en eng was geweest. Maar haar gezonde verstand had weer de overhand genomen; zoals ze in die slapeloze nacht na zijn eerste bezoek al had besloten, zou ze hem, omdat het toch niks kon worden, gewoon als oefenmateriaal beschouwen en genieten van het feit dat haar lichaam weer tekenen van leven vertoonde.

Ze wist dat Nick het niet erg zou vinden. Hij zou het alleen maar toejuichen.

Ze begroette Declan met een kus op de wang en snoof zijn geur op. Hopelijk discreet genoeg, want hij mocht het natuurlijk niet merken.

'Het heeft een reden dat ik zo vroeg ben. Waar is Lily?'

'Ze is met een lading pakketten naar het postkantoor. Om tien uur zal ze wel weer terug zijn. We hadden je niet voor elven verwacht.'

'O, maar dan ben ik wel klaar.' Hij keek op zijn horloge en wierp toen een blik op Marty die in het kantoor koffie stond te zetten. 'Moet je hier per se zijn of kan Marty het fort drie kwartier voor je bewaken?'

Coral merkte dat ze werd betoverd door zijn blik, door iets onuitgesprokens dat hij haar met zijn staalgrijze ogen leek te willen zeggen. Een fractie van een seconde vroeg ze zich af of hij soms voorstelde om Marty het fort te laten bewaken zodat hij haar mee naar haar slaapkamer kon nemen om drie kwartier wilde seks met haar te...

Nee, nee, natuurlijk was dat het niet. Wat bezielde haar in godsnaam? Het was alsof haar hormonen na honderd jaar weer waren ontwaakt en nu compleet van slag waren.

Zenuwachtig zei ze: 'Natuurlijk kan hij dat. Marty kan het wel langer dan drie kwartier...' Geschrokken hield ze haar mond.

Grote god, ze leek wel een tiener die overal seks in zag en hoorde.

'Ik bedoel, het is nog niet zo druk. De eerste klanten komen meestal pas tegen tienen. Wat wil je precies met me gaan doen?'

O, daar ging ze weer. En hij lachte ook weer dat lachje. God, hij had echt iets.

Ja, een vriendin bijvoorbeeld.

'Als je met me meegaat, zal ik het je laten zien.' Onder het praten raakte hij even haar arm aan. 'Ik heb je geoefende oog nodig.'

Het Valentine Hotel lag vlak buiten Stanton Langley. Als je bij het stoplicht aan het eind van de hoofdstraat linksaf Norton Road insloeg, lag het hotel vijfhonderd meter verderop, aan de rechterkant. Toen Declan het parkeerterrein van het hotel op reed, schoot even door haar heen dat hij daar een kamer voor hen had geboekt.

Oké, dit moest echt ophouden!

Vlak daarna zag ze een bord waarop een huizenveiling werd aangekondigd.

Zie je nou wel? Doe normaal, mens.

De veiling werd gehouden in de Trouwzaal, compleet met glimmende kroonluchters, ivoorkleurige zijden gordijnen, en met op de eikenhouten parketvloer hier en daar nog confetti van het feest van de avond ervoor. De meeste aanwezigen daarentegen zagen er verre van glamoureus uit.

'Deze,' fluisterde Declan, terwijl hij naar een kavel in de catalogus wees. 'Lily heeft me er gisteren over verteld. Wat denk jij?'

Ze waren achterin gaan zitten. Zijn warme adem in haar oor was niet goed voor haar hartslag. Hij overwoog om een huis in het dorp te kopen? Hier in Stanton Langley?

Doe normaal, mens, hij handelt in onroerend goed.

'Om op te knappen en door te verkopen? Een goed idee!' Ze boog zich over de catalogus heen zodat hij niet aan haar kon zien wat ze allemaal dacht. 'Het is een beetje verwaarloosd, maar het zal niet veel werk zijn om het op te knappen. De oude Malcolm heeft er altijd gewoond. Hij is met Pasen overleden. Droevig natuurlijk, maar hij was al drieënnegentig.'

'Ken je de mensen die hier zijn?' Declan knikte discreet naar de andere aanwezigen. 'Ik ben hier de buitenstaander. Alle informatie is welkom.'

Hij had dezelfde lekkere aftershave op als de eerste keer, rook ze. Zichzelf tot de orde roepend keek Coral om zich heen. 'Die drie mannen bij de ingang zijn aannemers,' fluisterde ze. 'Die lange vrouw met die rode blouse verhuurt vakantiehuizen. Die twee daar zijn een echtpaar, ze kopen huizen om ze te verhuren. En die magere man voorin werkt voor zijn vader; ze zitten ook in de onroerendgoedbusiness.'

'Dank je.'

'De anderen ken ik niet.'

'Dat geeft niet. Als ik tegen de mensen moet opbieden die jij net noemde, kan het niet echt misgaan. De prijs wordt altijd opgedreven door lui die verliefd op een huis zijn geworden.'

Ze knikte, onder de indruk van zijn professionele houding. 'Krijg je nooit vlinders in je buik bij het bieden?'

Hij schudde zijn hoofd. 'Daar doe ik het al te lang voor. Dat komt niet meer voor. Ik ben eraan gewend.'

Natuurlijk was hij eraan gewend. Goh, wat was hij cool.

Lily zag Declan en Coral de binnenplaats op lopen. 'Hé! Waar waren jullie nou?'

'Hallo.' Declan omhelsde haar. 'Sorry, maar ik moest eerst even iets doen.'

'Wat dan?' vroeg Lily, want Declan leek erg in zijn nopjes.

Hij hield een sleutelbos aan een goedkope plastic ring op. 'Ik heb net een huis gekocht.'

Ze staarde hem aan. 'Wat?'

'Weaver's Cottage,' zei Coral grijnzend.

'Echt? O mijn god!' Lily slaakte een kreet van vreugde. 'Je hebt het echt gedaan!'

'Je had gelijk,' zei Declan. 'Die plek heeft potentieel.' Hij rammelde met de sleutels. 'Ik ga er nu naartoe.'

Goh, wat opwindend allemaal. 'Mag ik mee? Het is niet zo druk hier.' Ze keek naar Coral. 'Vind je dat goed?'

'Ga maar.'

'Maar schrik niet,' zei Declan. 'De kamers zijn erg paars.'

Toen ze eenmaal bij het huis waren, bleken er weinig nare verrassingen te zijn. Na de veiling had Declan Bill Dempsey benaderd, die volgens Coral de beste aannemer uit de buurt was, en hij had hem gevraagd of hij ook naar het huis wilde komen. Nog geen twintig minuten later, nadat ze met zijn drieën alle kamers hadden bekeken, ideeën uitgewisseld, maten opgenomen en aantekeningen gemaakt, had Declan Bill aangenomen voor het restauratiewerk. Nog eens tien minuten later had hij de beste tuinontwerper, de beste schilder en behanger en het beste keukeninstallatiebedrijf uit de buurt gebeld.

'Jemig,' zei Lily vol ontzag. 'Jij weet van wanten, zeg.'

'Ach ja, tijd is geld.' Hij keek haar geamuseerd aan.

Lily wees naar een smal raam aan de zijkant van de cottage, waar 's ochtends de zon op zou schijnen. 'Daar zou je een glas-in-loodraam in kunnen laten zetten. Uitzicht heb je toch niet vanuit dat raam.'

'Zou jij zo'n raam voor me kunnen vinden?' vroeg hij.

'Tuurlijk. En anders weet ik wel een man in Chipping Norton die het kan maken. Dan kun je het naar eigen ontwerp laten maken... O, dat zal Coral zijn die wil dat ik terugkom.'

Het was Coral niet. Toen Lily zag wie er belde, zei ze: 'O, ik moet echt even opnemen.' Ze glipte naar buiten en liet het aan Declan en Bill over om nog wat over balken en deurkozijnen door te praten.

'Hoi,' zei Eddie Tessler.

'Bel je me alweer midden in de nacht? Nog steeds last van je jetlag?'

'Zou kunnen, maar ik ben bezig dat probleem op te lossen.'

Haar oor tintelde van het geluid van zijn stem. 'En hoe wou je dat doen?'

'Door terug te vliegen naar de tijdzone waar ik thuishoor. Heb je plannen voor morgenavond?'

Een beetje overrompeld vroeg ze: 'Kom je terug naar Stanton Langley?' O god, wat een stomme opmerking. Natuurlijk kwam hij niet terug.

Toen hij begon te lachen, voelde ze zich nog stommer.

'Niet precies, ik land op Heathrow. Maar luister, heb je morgenavond tijd?'

Voorzichtig vroeg ze: 'Wat wou je gaan doen dan?'

'Je zei laatst dat het je altijd zo leuk had geleken om eens naar een filmpremière te gaan, weet je nog?'

'Ja, dat weet ik nog. En jij zei dat die altijd heel saai waren.'

'En toen zei jij dat ik ze misschien wel saai vond omdat ik zelf zo'n saaie ouwe zak was.'

O ja, ze herinnerde zich vaag dat ze zoiets had gezegd. Terwijl ze een wesp wegsloeg, zei ze: 'Dat was een beetje onaardig van me. Sorry.'

'Geeft niks. Dus wat zeg je ervan?'

'Waarvan?' Met ingehouden adem wachtte ze af; ze ging echt niks zeggen waarmee ze zichzelf nog een keer voor schut zou zetten.

'Ik ga naar de première van *Catcher* op Leicester Square, morgenavond.' Geduldig legde hij het uit. 'En jij zei dat je altijd al eens naar een première wilde. Dus heb je zin om met me mee te gaan?'

Wat een vraag.

'Meen je dat? Heel graag. Bedoel je dat ik dan ook echt over de rode loper mag lopen?'

Wauw, wat spannend.

'Nee, ik laat je stiekem binnensmokkelen door de achterdeur.'

Wat?

Teleurgesteld zei ze: 'O. Oké.'

'Grapje,' zei Eddie. 'Natuurlijk ga je over de rode loper. Maar ik moet je wel vast waarschuwen: iedereen zal willen weten wie je bent.'

'Dat maakt me niks uit. Zodra ze doorhebben dat ik niemand ben, hebben ze toch geen belangstelling meer voor me. God, maar wat leuk dat ik mee mag. Hoe laat begint het? En hoe laat is het afgelopen? Dan kan ik alvast treinkaartjes bestellen.'

'Dat is nergens voor nodig. Ik stuur wel een auto die je om een uur of drie komt ophalen, als je dat goedvindt, en ik boek meteen ook een hotelkamer voor je. Moet je de dag daarna werken?'

Lily probeerde te bedenken wat er op de kalender stond die in het kantoor hing. 'Ja, ik moet om een uur of tien, uiterlijk halfelf weer terug zijn.'

'Dat regelen we wel. Dan zie ik je morgenmiddag. Wat ga je met je haar doen?'

Wat ze met haar haar ging doen? Toen haar hand automatisch naar haar haar vloog, voelde ze een plakkerige dot spinrag. Dat moest van de zolder van de cottage komen. 'Waarschijnlijk ga ik het wassen,' zei ze.

Hij lachte. 'Zul je wel een beetje genieten van de première?'
'Natuurlijk!'
'In dat geval kan ik je beloven dat ik ook zal genieten.'

# 23

Het leukste van alles was nog om het nieuwtje tussen neus en lippen door aan Dan te kunnen vertellen.

Ze hadden een tafel gereserveerd bij de Star zodat Declan ook met Patsy, Sean en Will kon kennismaken. Dan had zichzelf ook uitgenodigd, want als invalide kon hij natuurlijk niet koken, en het was zulk lekker weer dat ze buiten aten, onder de bomen, waarin lichtjes en potjes met citronellakaarsen hingen.

Lily gloeide van geluk terwijl ze naar Declan en de anderen keek. Ze leken hem allemaal aardig te vinden, en omgekeerd leek hij zich ook bij hen op zijn gemak te voelen. Terwijl de duisternis inviel en de sterren aan de hemel verschenen en ze herinneringen en verhalen uitwisselden, zei Dan, die de glazen bijvulde: 'Ik herinner me nog dat Lily's moeder me een keertje, ik moet toen vijf of zes zijn geweest, uitlegde hoe een katrolsysteem werkt. Ze gooide een touw over een van de lage takken van de es in onze tuin om het me te laten zien, en toen ze weer naar binnen ging, heb ik het touw om Lily's middel gebonden en probeerde ik haar in de boom te hijsen.'

'Alleen liet je toen los en viel ik op de grond,' zei Lily, terwijl de anderen begonnen te lachen. 'Je verzon eeuwig manieren om mij te kwellen en ik kon nooit echt iets terugdoen, omdat ik twee jaar jonger was.'

Dan sloeg zijn goede hand ongelovig tegen zijn borst. 'Dat meen je niet! Jij zat mij juist altijd te pesten! Weet je nog die keer dat ik in slaap was gevallen op de bank, vlak voordat ik mijn eerste afspraakje met Cara Mason had, en dat jij toen met viltstift grote wimpers op mijn gezicht had getekend?'

O ja, dat was echt te gek geweest.

'Nou, zoveel stelde dat afspraakje toch niet voor, anders was je niet twee uur van tevoren op de bank in slaap gevallen,' zei ze. 'Bovendien is het niet mijn schuld dat je toen de deur uit bent gegaan zonder nog even in de spiegel te kijken.'

'Waarom zou ik in een spiegel moeten kijken?' Hij deed alsof hij haar niet begreep. 'Ik ben geen meisje.'

Patsy stootte hem even aan. 'En die keer dat ik het te druk had om je haar te knippen. Toen bood Lily aan om dat te doen, herinner je je dat nog?'

Dan rilde. 'Hoe zou ik dat ooit kunnen vergeten? Ik trapte er nog in ook toen ze zei dat ze dat kon.'

Lily grinnikte. 'Je had nog iets tegoed van me, omdat jij in de schoolbus tegen iedereen had verteld dat ik voor het eerst een beha droeg.'

'Wat?' Hij keek haar stomverbaasd aan. 'Maar dat was toen je twaalf was. Dat met mijn haar was wel een jaar later.'

'Maar weet je dan niet meer dat alle jongens me continu plaagden door van achteren steeds aan mijn behabandje te trekken? Dat hebben ze maanden volgehouden,' vertelde Lily. 'Hoe dan ook, de wraak was zoet. Het was de moeite van het wachten wel waard.'

'En weet je nog die keer dat we met school naar dat waterpretpark gingen?' Dans ogen glansden in het kaarslicht, terwijl hij bedroefd zijn hoofd schudde. 'Ik weet nog steeds niet hoe je het voor elkaar hebt gekregen, maar ik weet gewoon dat jij het was die mijn zwembroek toen voor een bikini had omgeruild.'

'Ik zou niet weten waarom je denkt dat ik dat was.' Tien jaar na die triomfantelijke gebeurtenis schonk ze hem een onschuldig lachje. Ze was de nacht voor het schoolreisje stiekem zijn huis binnengeslopen, had zijn zwembroek uit zijn tas gepakt en er een ouderwetse roze bikini voor in de plaats gelegd die ze voor vijftig cent bij de kringloop had gekocht.

'Misschien was dat omdat Dan toen overal had rondgebazuind dat je verliefd was op Moggy Blake.'

'O, Moggy.' Lily kreunde bij de herinnering aan de jongen die naar kattenpis stonk en miauwend achter de meisjes aan liep. Ze had zich toen doodgeschaamd bij het idee dat iedereen dacht dat ze verliefd op hem was.

'Je weet best dat je echt gek op hem was,' zei Dan.

Over de tafel heen gooide Lily een frietje naar hem toe. 'Je was vreselijk toen. Dat ben je nog steeds.'

Dan pakte het frietje van zijn overhemd en at het op. 'Mooi is dat, jij verstopt mijn fiets in een boom, en dan ben ik degene die vreselijk is.'

'Jullie zijn net een komisch duo,' merkte Declan op. 'Echt, een soort Tom en Jerry.'

Iedereen begon te lachen. 'Zo noemde mijn moeder ons ook altijd,' vertelde Lily hem.

'Ik was Tom,' zei Dan. 'En zij was Jerry. Voornamelijk vanwege haar grote oren.'

'Ik was Jerry omdat ik de kleinste was,' zei Lily. 'En omdat ik geen vlooien had.'

'Maak je geen zorgen, zo doen ze altijd,' zei Patsy. 'Maar eigenlijk houden ze heel veel van elkaar.'

'Op de niet-lichamelijke manier,' zei Lily. 'Want zo stom ben ik nou ook weer niet.'

'Lily geeft tegenwoordig de voorkeur aan filmsterren,' zei Dan op plagende toon. 'Als zo'n filmster duizenden kilometers weg zit en haar even belt, dan is dat voor haar het hoogtepunt van de dag.'

Lily wist een triomfkreet te onderdrukken. Ze had gewoon geweten dat hij het niet zou kunnen laten om over Eddie te beginnen. Het had haar grote moeite gekost om niets over de première te zeggen, maar nu kon ze helemaal losgaan. Zoals altijd was het weer helemaal de moeite van het wachten waard geweest.

Ze nam een slok van de ijskoude witte wijn en wierp Dan toen het onverschillige lachje toe dat ze voor de spiegel had staan oefenen. 'O, dat is waar ook, hij heeft weer wat van zich laten horen.'

Zo, en deze keer had ze het er niet uit geflapt als een kleuter die nog geen twee minuten een geheim kon bewaren.

O ja, onverschillig doen was echt het beste.

'Echt? Een appje zeker?' Dans ogen straalden ondeugend. 'Had hij dat echt zelf geschreven of door zijn assistente laten doen?'

O, wat was hij toch tevreden met zichzelf. Langzaam haar glas ronddraaiend zei Lily nonchalant: 'O nee, hij belde. Hij komt vanavond aan op Heathrow. Hij belde om te vragen of ik zin had om morgen naar Londen te komen.'

Zo! Eén-nul voor mij.

Dan, die een beetje onderuitgezakt had gezeten, schoot overeind. 'O, wat gaan jullie doen dan?'

'Hij vroeg of ik zin had om mee te gaan naar de première van *Catcher*. Op Leicester Square.'

Twee-nul.

'Wat spannend!' riep Coral uit. 'Weet je al wat je aantrekt?'

'Misschien die gele jurk met de kraaltjes of anders die rode.' Alsof ze zoveel keus had.

'Ja, die rode moet je doen,' zei Patsy. 'Die vind ik het mooist.'

'Ja, ik ook, maar we gaan over de rode loper. Dus dat maakt me misschien... je weet wel...' Lily gebaarde naar zichzelf. 'Een beetje onzichtbaar.'

'*Catcher* speelt zich af in de toekomst,' zei Dan. 'Je houdt helemaal niet van films die zich in de toekomst afspelen.'

'Dat maakt niet uit,' zei Coral tegen hem. 'Het is de première! Dan gebeurt er vast van alles!'

'En hoe kom je 's avonds weer thuis?' Dan zette zijn glas op tafel.

'Hij heeft een hotelkamer geboekt.'

Drie-nul.

'En een auto komt me halen en brengen.' Ze kon het niet laten en voegde eraan toe: 'Nou ja, een limo dan om precies te zijn.'

'O ja, logisch.' Dan had niets ondeugends meer, in het halfdonker leek hij precies op Mr. Darcy, met zijn hoge jukbeenderen en misprijzende blik.

Fantastisch. Deze keer had zij gewonnen.

'Ik verheug me er zo op,' zei ze. 'Het wordt vast fantastisch.'

'Als je maar niet...' Hij maakte zijn zin niet af.

'Als ik maar niet vergeet om lol te hebben?' Ze keek hem triomfantelijk aan. 'Maak je geen zorgen, dat zal ik echt niet vergeten.'

Nadat iedereen afscheid van elkaar had genomen, waren Lily, Coral en Declan nog even naar Goldstone House gegaan voor een kop koffie. Declan had die van hem net op toen Lily beneden kwam met de doos waarin ze de verjaardagsbrieven van haar moeder bewaarde.

Toen Declan ze allemaal had gelezen, moest hij even tot zichzelf komen voordat hij iets kon zeggen. Na een tijdje zei hij: 'Dank je wel dat je ze me hebt laten lezen.'

'Dat wilde ik graag.' Lily zat te spelen met het gekrulde lint dat om de doos had gezeten. 'Mooi zijn ze, hè?'

Declan knikte langzaam, want ze waren meer dan mooi. Jo had haar best gedaan om elke brief zo te schrijven dat hij geschikt was voor de leeftijd waarop Lily ze zou lezen. Naarmate ze ouder was geworden, waren de woorden en zinnen langer geworden. 'Haar stem klinkt er zo duidelijk in door,' zei hij verbaasd. 'Het is alsof ik haar hoor praten.'

'Ja, hè? Dat geldt voor ons allemaal,' zei Coral glimlachend.

In een van haar vroegste brieven had Jo geschreven: *Lieve Lily, ik weet dat je altijd gelukkig zult zijn bij Coral en Nick. Ze houden heel veel van je! En misschien zullen ze ooit zelf een kindje krijgen en dan zullen jullie allemaal samen gelukkig zijn! Zou dat niet leuk zijn?*

'Mag ik iets vragen, of is dat te persoonlijk?' Declan tikte op de brief en keek Coral aan. 'Jullie hebben zelf geen kinderen gekregen?' Hoewel hij het zelf bijna té persoonlijk vond, leek de vraag vanavond wel gepast.

Coral glimlachte kort. 'We hebben het wel geprobeerd, maar het is gewoon nooit gebeurd. Misschien hadden we beter ons best moeten doen, andere methoden proberen... maar we hadden Lily al, dus het leek niet zo belangrijk. Dankzij deze lieverd hier raakten we er ook niet wanhopig van.' Liefdevol raakte ze Lily's schouder even aan. 'Zij was Jo's cadeau voor ons. Ze was van ons en dat was genoeg.'

Hun blikken vonden elkaar over de tafel heen en Declan zei zacht: 'Dat is mooi.'

'En jij?' vroeg Coral. 'Heb jij nooit kinderen gewild?'

Ze wisten al dat hij die niet had. Declan zei: 'Ik heb vijftien jaar geleden met een schat van een vrouw samengewoond. We zijn vier jaar samen geweest. We hebben het wel geprobeerd, Meg is zelfs twee keer zwanger geweest, maar beide keren eindigde het in de tiende week in een miskraam.'

'O, wat erg. Dat moet vreselijk zijn geweest,' zei Lily. 'Voor jullie allebei.'

'Het was een moeilijke tijd,' gaf hij toe. 'Meg was er kapot van. Een jaar na de tweede miskraam zijn we uit elkaar gegaan. Maar het goede nieuws is dat ze daarna met een Italiaan is getrouwd met wie ze een gezonde tweeling heeft gekregen.' Hij haalde zijn schouders op. 'Daar ben ik blij om.'

'Toch zal het niet gemakkelijk zijn, hè?' Coral had tranen in haar ogen.

'Ach, dat is allemaal lang geleden. Ik heb ermee leren leven.'

Het was halftwee 's nachts toen Declan thuiskwam in Notting Hill. Hij zag dat er licht brandde, dus blijkbaar was Gail naar hem toe gekomen en zat ze op hem te wachten. Het was óf dat, óf de inbreker was zijn zaklantaarn vergeten en had de lampen aangedaan.

Hij ging de trap op en deed de deur van de slaapkamer open. Gail zat rechtop in bed.

'Hoi,' zei hij.

'Schat, het spijt me.' Ze sloeg haar laptop dicht en zette hem op het nachtkastje. Haar lange haar glansde in het flatteuze licht van de lamp, en ze droeg een elegante groene zijden nachtjapon. 'Ik weet niet wat ik moet zeggen. Het was een rotdag op het werk, iedereen was strontvervelend, en ik had zin om tegen ze te schreeuwen, maar dat ging natuurlijk niet. En toen kreeg ik jouw berichtje en heb ik het op jou afgereageerd.'

'Oké. Ik dacht al dat het zoiets zou zijn.' Hij sprak op neutrale toon. Toen ze hem eerder die dag had geappt met de vraag waar hij was, had hij verteld dat hij in Stanton Langley zat, zonder verdere details te geven. Ze had meteen gereageerd: *Het lijkt wel of je liever daar zit dan hier. Het was leuk om je gekend te hebben. Dag.*

Hij had haar berichtje om drie uur 's middags gekregen, toen hij in Weaver's Cottage aan het overleggen was met de keukeninstallateur die hem door Coral was aanbevolen. Hij had zijn toestel zonder te antwoorden uitgezet.

'Kom hier.' Gail stak haar pezige sportschoolarmen naar hem uit. 'Ik meende het niet. Dat weet je toch wel?'

Hij aarzelde even en knikte toen. Hij zag dat ze tranen in haar ogen had en wist dat ze hem zonder het met zoveel woorden te zeggen om vergeving vroeg. Iets wat haar nooit makkelijk afging.

'Ja. Luister, er is niets om je druk over te maken. Ik was bij Lily en haar familie en vrienden. Ze zijn allemaal heel aardig. En Stanton Langley zelf is heel leuk. Het is een fantastische plek. Als je erbij was geweest, zou je meteen snappen wat ik bedoel.'

Gail knikte enthousiast, want ze wilde het graag goedmaken. 'Dat geloof ik meteen. Dus je wilde Lily én het dorp zien. Ik zou het heel leuk vinden om haar te leren kennen. Zullen we er anders volgend weekend naartoe gaan?'

'Laten we dat doen. Ik heb daar vanochtend een huis gekocht.'

Ze was even met stomheid geslagen. 'Echt?'

'Het is mijn werk. Ik ben naar een veiling geweest en heb het gekocht.' Hij haalde zijn schouders op. 'Het is een goede investering.'

'Ga je er wonen?'

'Nee.' Hij schudde zijn hoofd; ze wist dat hij er vaak over dacht om uit Londen weg te gaan en ergens in Kent of Berkshire te gaan wonen. Zelf was ze een echt stadsmens, dus het idee alleen al vond ze gruwelijk.

'Dus het is gewoon iets om op te knappen en door te verkopen.' Ze keek opgelucht.

'Ik weet het nog niet. Misschien dat ik het doorverkoop, maar het kan ook zijn dat ik het in mijn portfolio houd en ga verhuren. Als we er zijn, kun je me vertellen wat je ervan vindt.'

'Oké. En nogmaals sorry.' Ze pakte zijn gezicht beet en trok hem naar zich toe voor een kus. Toen klopte ze op het bed. 'Het is al laat. Kom.'

'Ik ben behoorlijk moe,' zei hij, voordat ze op ideeën zou komen. 'Hier, ik heb wat foto's van de cottage gemaakt.' Hij gaf haar zijn toestel en begon zijn overhemd los te knopen.

'Ziet er behoorlijk vervallen uit.' Gail scrolde langs de foto's.

Ze had nooit echt veel belangstelling getoond voor zijn werk. 'Ja, anders had ik het niet gekocht,' legde hij uit. 'Maar moet je dat uitzicht over het dal eens zien! Daar zit het geld in. Op een huis met zo'n uitzicht lijd je nooit verlies.'

'En dat zijn dus Lily en haar vrienden.' Omdat de foto's van afbladderend paars behang en plafonds vol scheuren haar alweer verveelden, scrolde ze verder door de fotogalerij. 'Lijkt me wel leuk daar, waar het dan ook is.'

'We hebben buiten gegeten, in de tuin van de plaatselijke pub, de Star Inn.'

'Ze zien er ook allemaal erg aardig uit.' Gail deed extra enthousiast, omdat ze het gevoel had dat ze nog iets had goed te maken. 'Dus dat is de vrouw die haar heeft geadopteerd? Carol?'

'Coral.'

'O ja. En die brunette?'

'Dat is Patsy, ze is kapster. Ze is de vroegere oppas van Lily en ze hebben nog altijd een hechte band.'

'En deze hier?' Gail wees naar Dan. 'Is dat Lily's vriend?'

'Nee, ze zijn gewoon vrienden. Hij is de jongere broer van Patsy.'

'Hij ziet er goed uit.'

'En dat weet hij zelf maar al te goed.' Declan stapte in bed. 'Hij is piloot.'

'O verdorie, kapster!' zei Gail ineens wanhopig. 'Dat was ik helemaal vergeten. Ik heb zaterdagmiddag een afspraak bij Fenn Lomax.'

'Nou, dan zeg je die toch af?' zei hij. 'Patsy heeft haar eigen zaak in Stanton Langley. Ze kan vast wel een gaatje voor je vinden.'

Gail gooide haar hoofd in haar nek en schaterde het uit. 'Ik moet mijn afspraak bij Fenn Lomax afzeggen en een of andere dorpskapster op mijn haar loslaten? O schat... hahaha. Daarom hou ik nou zoveel van je!'

## 24

Lily kreeg er maar niet genoeg van om door het getinte glas van de limousine naar buiten te kijken. Leicester Square was afgeladen, ze zag overal lichtjes en opgewonden mensen. De rode loper strekte zich als een rivier voor hen uit, afgezet met ijzeren hekken waarachter de fans zich verdrongen. Er waren tv-camera's en verslaggevers, en overal liepen beveiligers rond met oortjes in en walkietalkies in hun hand.

'Nou?' zei Eddie, die naast haar op de achterbank zat. 'Wat vind je ervan?'

'Het ziet er precies zo uit als op tv. Moet je al die mensen zien!'

Hij glimlachte. 'Daar gaat het om. Als er niemand naar de filmsterren komt kijken die naar de première gaan, kunnen ze net zo goed met premières stoppen.'

'Ik wist wel dat het druk zou zijn,' zei Lily. 'Maar zo druk...'

'Nou ja, het scheelt dat het niet regent. Ben je er klaar voor?' voegde hij eraan toe toen de auto voor de rode loper stopte. 'Wij zijn aan de beurt.'

O wauw, dit was zo surrealistisch. De glimmende auto met chauffeur had hen bij het hotel, een paar straten verderop, afgehaald, en was toen met een slakkengang door het drukke verkeer hiernaartoe gereden, terwijl ze er lopend allang hadden kunnen zijn.

En nu ging het portier open. Lily haalde een keer diep adem om de vlinders in haar buik in bedwang te krijgen en streek de rok van haar favoriete rode jurk glad om er zeker van te zijn dat niemand haar slipje zou zien.

In een regen van flitslichten verstrengelde Eddie zijn vingers met de hare. De fotografen riepen naar hem toen ze door een vrouw van de organisatie met een klembord in haar hand naar de meute verslaggevers werden gebracht.

'Wacht jij even hier bij mij,' fluisterde de vrouw tegen Lily, met haar hand op Lily's onderarm. 'Dan kunnen ze foto's van Eddie maken.'

Eddie moest voor een enorme achtergrond gaan staan met daarop logo's van de verschillende bedrijven die het hele gebeuren sponsorden. Hij droeg een perfect op maat gesneden donkerblauw pak en een crèmekleurig overhemd en hij had zijn haar uit zijn gebruinde gezicht gekamd. Lily vond hem er echt als een filmster uitzien; eerlijk gezegd kreeg ze gewoon kriebels in haar buik wanneer ze naar hem keek.

Na een paar minuten gebaarde hij dat ze bij hem moest komen staan, en de vrouw van de organisatie bracht haar naar hem toe.

'Hoe heet je, schat?' riep een van de fotografen.

Ze schudde haar hoofd. 'Dat doet er niet toe. Ik ben niemand.'

'Toe, zeg nou wie je bent,' zei een andere man.

De vrouw van de organisatie knikte haar afwezig toe. 'Zeg maar even hoe je heet.'

Ze gaf dus haar toestemming. Nou ja, zeg.

'Ik heet Patsy,' zei Lily voor de grap. En het was echt heel grappig, want de fotografen begonnen meteen te roepen: 'Kijk even deze kant uit, Patsy!'

'Hier, Patsy!'

'Patsy, lach eens lief naar ons!'

Vanuit haar mondhoek zei Lily tegen Eddie: 'Dit is echt heel bizar.'

Hij had zijn arm om haar middel geslagen en zijn heup raakte de hare. 'Vind je het leuk dat ze je fotograferen?'

'O ja. Hoewel ze me waarschijnlijk toch uit alle foto's zullen knippen.'

Hij boog zich iets naar haar toe en fluisterde: 'Ik weet niet of ik er straks wel aan denk om je Patsy te noemen.'

Ze keek hem grijnzend aan. 'Maak je geen zorgen, ik verander zo weer van naam. Maar hoor je al die meisjes die naar je gillen?'

'Ja, nu je het zegt. We moeten trouwens zo de loper over.'

'Zo.' De vrouw van de organisatie keek op haar stopwatch en gebaarde dat ze door moesten lopen. 'We zijn hier klaar.'

De volgende gasten stapten al uit hun limo's, klaar om hun plek voor de fotografen in te nemen.

Toen Eddie en Lily over de rode loper liepen, werden de flitslichten van de professionele fotografen afgewisseld door die van de mobieltjes van de opgewonden fans. Lily hield zich een beetje op de achtergrond, terwijl Eddie met de fans achter de ijzeren hekken kletste en met hen op de foto ging.

'Mag ik hier een handtekening?' Een dikkig meisje in een T-shirt met een heel diep decolleté gaf hem een zwarte viltstift en wees naar haar boezem. Ze keek Eddie vol aanbidding aan, terwijl hij gehoorzaam deed wat ze vroeg. Toen hij klaar was, zei ze: 'Morgen laat ik er een tatoeage van maken. O mijn god, ik hou zoveel van je!'

'Het lijkt me geen goed idee om die tatoeage daar te laten zetten.' Lily kon zich niet beheersen, ze moest het gewoon zeggen. Bovendien was Eddies handtekening compleet onleesbaar!

'Heeft iemand jou wat gevraagd?' Het dikkige meisje nam haar brutaal op. 'Het kan mij geen ene reet schelen wat jij vindt.'

Eddie was al doorgelopen voor een selfie met een groepje gillende meisjes. Lily zag dat de jaszak van het dikkige meisje bewoog. Ze wees ernaar. 'Wat heb je daar?'

Het meisje verstijfde. 'Mijn muis. Wat gaat jou dat aan? Mag ik toch zelf weten of ik mijn muis meeneem?'

Waarom schoot dat kind steeds zo in de verdediging? 'Ik zei toch niet dat dat niet mocht? Hoe heet hij?'

'Sneeuwbal.'

Lily glimlachte. 'Ik heb ook een muis gehad toen ik zo oud was als jij.'

'Hoe heette die van jou?'

'William.'

'Dat is een stomme naam voor een muis.'

'Ik weet het. Ik snap zelf ook niet wat me bezielde. Mag ik Sneeuwbal even zien?'

'Nee.' Het meisje schudde haar hoofd. Toen boog ze zich over het ijzeren hek heen naar Lily toe en fluisterde: 'Ik ben bang dat iemand hem ziet en dan begint te gillen. Dan word ik misschien wel weggestuurd.'

'Dat is ook weer waar.' Lily knikte begripvol. 'Ik heb William een keer meegenomen naar het kerstfeest op school en toen werd ik van het podium gestuurd.'

Het meisje wist er een flauw lachje uit te persen. 'Ben jij Eddies vriendin?'

'Nee.'

'Ben je actrice?'

'Nee.' Lily aarzelde; Eddie stond op haar te wachten, klaar om door te lopen naar het volgende groepje. 'Luister, je moet zijn naam echt niet op je borst laten zetten, hoor. Dan zit je er de rest van je leven mee opgescheept.'

De gelaatsuitdrukking van het meisje veranderde meteen. 'Hou daar nou maar over op. Ik wil juist dat hij er de rest van mijn leven op staat!'

'Maar als je een vriend krijgt, vindt die het misschien wel niet zo leuk als je de naam van een andere jongen op je borst hebt staan.'

Het meisje haalde haar schouders op. 'O, ik krijg toch nooit een vriendje. Jongens vallen niet op me.'

'Kom, je moet naar Eddie toe.' De vrouw van de organisatie pakte Lily's arm beet en fluisterde: 'Doorlopen. Ik kwam je even redden.'

'Ze wil Eddies handtekening op haar borst laten tatoeëren. Ik probeerde haar op andere gedachten te brengen.'

'Ach, dat is niet ons probleem.' Het was de vrouw er vooral om te doen iedereen te laten doorlopen om plaats te maken voor de ster van de avond, Mira Knowles.

Lily moest zich beheersen om zich niet steeds even om te draaien om naar Mira Knowles te kijken, want dat was waarschijnlijk niet erg cool als je zelf ook over de rode loper liep. Mira, die halverwege de dertig was, speelde al van kinds af aan in films en hoorde echt bij de Hollywood-royalty. Vanavond straalde ze een en al koele glamour uit, met haar ingewikkelde donkere wrong en haar oogverblindende lange jurk die bezet was met pareltjes. Zonder te blijven staan had ze naar haar fans gewuifd en nu werd ze geïnterviewd door een televisieploeg.

'En hoe heet jij?'

'Sorry?' Lily merkte een beetje aan de late kant dat de vraag aan haar was gericht. 'O, ik ben niemand. Ik ben hier alleen maar met Eddie.'

De journalist hield een microfoon op. 'Maar je hebt toch vast wel een naam!'

'Ik heet Coral. Maar ik ben niet zijn vriendin,' zei Lily.

'En wat heb je aan?'

'Dit? Dat is vintage. Dior, geloof ik.' Konden ze haar aanklagen voor zo'n grove leugen? Oeps, nu maakte dat meisje dat bij de journalist was ook nog een foto van haar. Snel zei ze: 'Eerlijk gezegd is het geen Dior. Het is New Look.'

'Maar Coral, zou je niet graag Eddies vriendin willen zijn? Vast wel, hè?' zei de journalist.

'Echt niet,' zei ze. 'Hij snurkt.'

Oké, dat had ze beter ook niet kunnen zeggen. Gegeneerd wendde ze haar blik af en betrapte zich erop dat ze alweer naar Mira Knowles keek. Meteen daarna zag ze iets heel kleins over de rode loper rennen, op topsnelheid, recht op...

'Aaaaaaah!' Het was een oorverdovende gil, en de sprong in de lucht die ermee gepaard ging was behoorlijk indrukwekkend. Mira Knowles gilde nog een keer en begon in paniek rond te hupsen. Bij iedere sprong werd de kans groter dat ze de muis zou doorboren met haar stilettohak.

Op de een of andere manier had niemand anders gezien wat de oorzaak van alle consternatie was.

Lily, die op zo'n drie à vier meter afstand stond, rende naar Mira toe en wist de muis met een soort rugbyduik van de ondergang te redden. Nadat ze hem voor Mira's dodelijke hakken had weggegrist, liet ze zich opzij rollen, met Sneeuwbal tegen haar borst geklemd.

'Is hij weg? Is hij echt weg? O mijn god, wat smerig!' Mira rilde van afschuw en slaakte weer een gil toen een paar beveiligers Lily wat al te hardhandig omhooghesen, zodat ze haar evenwicht verloor en met de muis in haar handen bijna tegen de actrice aan viel.

Het zou niet zo slim zijn om Sneeuwbal in Mira Knowles' befaamde decolleté te laten glijden...

Toen Lily haar evenwicht weer had hervonden, zei ze: 'Niks aan de hand, ik breng hem wel even weg.' Ze draaide zich om en keek of ze het meisje met Eddies handtekening op haar borst nog ergens zag staan.

Het meisje was doodsbleek van schrik, en vlak voordat Lily haar Sneeuwbal teruggaf, pieste het beestje nog even in haar hand. Nou ja, het was allemaal natuurlijk erg stressvol voor hem geweest, het was niet niks om bijna te zijn vermorzeld door een Jimmy Choo.

'Hij heeft gelukkig niks. Maar dat heeft hij niet aan jou te danken!' Lily aaide Sneeuwbal over zijn kleine kopje en keek het meisje streng aan.

Het meisje bloosde betrapt. 'Ik dacht dat Mira het wel leuk zou vinden. In films doet ze altijd heel stoer en is ze nergens bang voor.'

'Dacht je soms dat ze Sneeuwbal zou oppakken en aan jou zou teruggeven, zodat je even een babbeltje met haar kon maken?'

'Misschien. Zoiets.'

'Weer zo'n niet al te slim idee van je.' Lily kreeg medelijden met haar. 'Weet je, kan die tatoeëerder die handtekening niet gewoon overtrekken en dan ergens anders op je lichaam zetten? Wil je daar alsjeblieft over nadenken?'

Het meisje liet haar hoofd even hangen en zei toen: 'Oké. Dat zal ik doen.'

'En pas op dat Sneeuwbal niet weer ontsnapt.'

'Dat zal niet gebeuren.'

Pas toen Lily zich omdraaide om zich weer bij Eddie te voegen, merkte ze dat er heel veel foto's van haar werden gemaakt. Flits-flits-flits gingen de lampen, en ze zag even niet waar ze was, tot Eddie grijnzend haar hand beetpakte.

'Je leek wel een marinier, zoals je je op de grond wierp. Heel indrukwekkend.'

'Ik was bang dat ze boven op hem zou gaan staan.'

'Dat had ze bijna gedaan ook.' Zijn grijns werd nog breder. 'Je bent een echte held.'

'Iedereen kijkt naar me.' Lily vond het behoorlijk zenuwslopend om in het middelpunt van de belangstelling te staan. 'Nou weet ik ook eens hoe dat voelt.'

'Wil je het goede nieuws horen of het slechte?'

'Allebei.'

'Je zult morgen waarschijnlijk op alle voorpagina's staan.'

Was dat het goede of het slechte nieuws? Ze keek hem aan, op zoek naar aanwijzingen. 'En?'

'Toen je je als een marinier op de loper wierp, vloog je jurk van achteren omhoog.'

O.

O!

Ze zuchtte. 'Heb ik weer. Kon je mijn onderbroek zien?'

'Niet helemaal. Er zat nog een centimeter jurk voor.' Hij grijnsde. 'Maar wees blij dat je in elk geval een onderbroek aanhad.'

Oei, stel je voor...

'Kom,' zei Eddie. 'Maak je daar nou maar niet druk over. Mira wil je gedag zeggen, en ik weet zeker dat alle journalisten ook heel graag even met je willen praten.' Hij nam haar mee naar Mira. 'Nou, daar is ze dan.'

Inderdaad.

'Zo, het meisje dat de show stal,' riep Mira uit.

'Sorry.' Bij zichzelf vervloekte Lily haar Britse beleefdheid.

Mira schonk haar haar stralende filmsterrenlach – van dichtbij waren haar tanden echt adembenemend mooi – en zei: 'Grapje! Je hebt me gered, en ik ben je heel erg dankbaar! Ik ben mijn hele leven al doodsbang voor kleine beestjes, en muizen zijn zo'n beetje het ergst. Ik vond het echt heel moedig van je, om hem gewoon met je handen op te pakken.' Ze rilde bij de gedachte alleen al. 'Bah, zo vies. Hoe dan ook, dank je wel.'

'Graag gedaan. Ik vind muizen leuk.' Lily was zich nog steeds hyperbewust van de camera's die op haar waren gericht, van de journalisten die haar aandacht probeerden te trekken en van het publiek dat zich hardop afvroeg wie ze was.

Ze hoorde mensen zeggen: 'Ze heet Patsy nog wat.'

Waarop anderen zeiden: 'Nee, nee, ze heet Coral.'

'Kunnen we wat foto's van jullie drieën samen krijgen?' De vrouw van de organisatie gebaarde dat ze tegen elkaar aan moesten gaan staan. Voor Lily goed en wel besefte wat er gebeurde werd ze bijna platgedrukt tussen Eddie en Mira in. Een soort filmsterrensandwich. En Mira had haar arm om haar middel geslagen.

Ergens links van haar hoorde ze iemand vragen: 'Hebben we een shot van de jurk die opwaaide?'

En het antwoord: 'Ja.'

Toen kwam er een cameraploeg op hen af en een verslaggever vroeg: 'Mira, hoe voel je je nu na deze bijna-aanvaring?'

'Dankbaar! Mijn redder is mijn nieuwe beste vriendin!' Terwijl Mira dat zei, kneep ze als een beste vriendin even in Lily's hand. Dit was waarschijnlijk niet het juiste moment om haar te vertellen dat het de hand was waarop Sneeuwbal zijn paniekerige plasje had gedaan.

'Hé Coral, hier!'

'Patsy! Hier!'

De vrouw van de organisatie keek Lily bevreemd aan en zei: 'Wie van de twee ben je precies?'

'Geen van beiden,' zei Eddie. 'Ze is Lily.'

'O, ben jij Lily!' riep Mira uit, terwijl ze haar stralend aankeek. 'Dat wist ik niet! Eddie heeft me zoveel over je verteld!'

Toen de film was afgelopen, vroeg Mira: 'Wat gaan jullie nu doen?'

'Ik wilde Lily mee uit eten nemen,' zei Eddie. 'Ik heb een tafel gereserveerd bij...'

'Doe nou niet. Nee nee nee,' protesteerde Mira, terwijl ze alweer Lily's hand beetgreep.

'Maar ik heb honger.' Lily voelde zich verscheurd. 'Jij niet dan?'

'Meen je niet! Moet je me zien.' Mira wees op haar smalle middel en heupen. 'Ik heb altijd honger. Maar we hoeven toch niet uit eten te gaan? We zitten allemaal in hetzelfde hotel, dan kunnen we toch wat in mijn suite eten?'

'Nou...' Eddie klonk niet al te enthousiast.

'O alsjeblieft,' smeekte Mira. 'Mijn chauffeur staat achter te wachten, hij kan ons er meteen naartoe brengen. Ik ga dood van verveling als jullie me geen gezelschap houden. Toe nou, zeg nou ja,' vervolgde ze, terwijl ze haar vingers met die van Lily verstrengelde. 'Het wordt vast hartstikke leuk!'

## 25

Het was één uur 's nachts, en Eddie Tessler vroeg zich verbaasd af hoe zijn zorgvuldig voorbereide verleidingsplan zo de mist in had kunnen gaan.

Hoe vaker hij Lily had gesproken, hoe leuker hij haar was gaan vinden. Alles aan haar. Haar eigenzinnigheid sprak hem aan. Ze was grappig en slim, en met die grote bruine ogen en die goudblonde krullenbol leek ze bijna een tekenfilmfiguur. Ze was mooi, maar totaal niet ijdel, wat een pluspunt was. De afgelopen paar jaar had hij het gevoel gehad dat hij alleen maar meisjes tegenkwam die obsessief met hun uiterlijk bezig waren, van hun nepnagels tot aan hun nepbruine kleurtje.

Dus hij kon niet ontkennen dat hij, toen hij haar voor de première had uitgenodigd, van plan was geweest om haar te versieren. Wanneer een meisje van vijfentwintig nog steeds thuis woonde, bij de vrouw die in feite als haar moeder fungeerde, was het lastig om verder te komen dan leuke gesprekken. De uitnodiging van vanavond had dat probleem moeten wegnemen. Hij had een romantisch etentje voor twee in gedachten gehad waarbij ze elkaar nog wat beter zouden leren kennen, met daarna een minstens zo romantische wandeling in het maanlicht langs de Theems, dan terug naar het hotel, misschien nog gevolgd door een glas champagne aan de bar voordat ze, hand in hand, naar boven gingen, naar zijn kamer of naar de hare...

Waar hij niet op had gerekend was dat een beroemde filmster die zich snel verveelde en dol was op woordspelletjes roet in het eten zou gooien.

Het ergste was nog wel dat het min of meer zijn eigen schuld was. Toen Mira en hij de week daarvoor de première van *Catcher* in de VS hadden bijgewoond, had hij haar over Lily verteld. Hij had gezegd dat ze zo naturel was, zo totaal niet gemaakt, en dat ze ook heel erg te vertrouwen was, want ze had niemand verteld over zijn verblijf in Stanton Langley, terwijl veel andere mensen vast hun mond niet hadden kunnen houden.

Op Mira, die al veel langer beroemd was dan hij, had dat grote indruk gemaakt. Dat je als beroemdheid ontspannen met iemand kon omgaan zonder je te hoeven afvragen of er dingen zouden worden doorverteld kwam niet vaak voor, en toen Lily ook nog tegen haar had gezegd: 'Maak je geen zorgen, ik verklap geen geheimen,' was Mira's opluchting gewoon tastbaar geweest.

En daarna had Mira zich laten ontvallen dat ze dol was op scrabble, en toen kon Eddie het helemaal wel schudden, want het bleek dat Lily daar ook van hield. Ze hadden twee uur lang whisky gedronken en geroddeld en een spannend spelletje scrabble gespeeld, dat Lily had gewonnen. Met moeite. Vervolgens had Lily hun een ander spel geleerd, Word Squares, en Mira was meteen verslaafd geraakt. Met nog meer whisky en gelach en luidruchtige gesprekken als gevolg...

Het was natuurlijk een fantastische avond geweest, maar om nu te zeggen dat het het soort avond was dat Eddie in gedachten had gehad... nee.

'O god, we hebben de hele fles whisky leeggedronken!' Lily wees ongelovig naar de lege fles op tafel.

'Maakt niet uit,' zei Mira. 'We kunnen roomservice wel bellen en nog een fles bestellen.'

Lily schudde een beetje wild haar hoofd, zodat haar krullen als springveren om haar hoofd dansten. 'Nee nee, we willen niet meer. Ik bedoel, we hebben al een hele fles op. En ik moet over vijf uur alweer opstaan om naar mijn werk te gaan en ik drink eigenlijk niet eens whisky...'

'Nou, inmiddels dus wel.' Mira had een hele tijd geleden haar schoenen uitgeschopt en haar avondjurk met pareltjes verruild voor een topje en een korte broek.

Lily grinnikte. 'Ja, hè? En ik vind het nog lekker ook.'

'Nou, dan staan we quitte. Ik heb jou leren whisky drinken en jij hebt mij Word Squares geleerd.'

'Ik moet maar eens naar bed.'

Ja, dat moesten we maar eens doen, dacht Eddie.

'O nee! Nog één spelletje, alsjeblieft alsjeblieft!' smeekte Mira. 'Ik wil over jouw beste score heen gaan.'

'Dat lukt je toch niet.' Lily schudde haar hoofd. 'Drieënveertig is echt een topscore.'

Mira zat bijna te springen op de bank. 'Maar ik wil het zo graag proberen! Ik vind dit zo'n leuk spelletje!'

'Nou, vooruit dan. Nog één spelletje. Teken je hokjes maar,' zei Lily, een gaap onderdrukkend. 'Maar daarna moet ik echt naar bed.'

'Wacht, even snel een plaspauze.' Mira stond op van de bank en stak haar wijsvinger in de lucht. 'Ik ben over één minuutje weer terug.'

In de tussentijd ging Eddie een fles water uit de minibar in de kamer ernaast halen, wat hooguit veertig seconden duurde, maar tegen de tijd dat hij terugkwam, was bij Lily de grens bereikt. Het notitieblok en de pen lagen nog op haar schoot, maar ze had haar blote benen onder zich getrokken en haar hoofd was naar één kant gevallen. Ze had haar ogen dicht, haar mond stond een klein beetje open, en ze ademde langzaam en regelmatig.

Ze was diep in slaap.

Mira, terug uit de badkamer, keek verontwaardigd naar haar. 'O man, waarom heb je dat laten gebeuren?'

Eddie schudde zijn hoofd. 'Ik kan er niks aan doen. Ik was even een fles water gaan halen en toen ik terugkwam sliep ze al.'

'Nou, dat kan zo niet. Maak haar wakker, ik wil nog één spelletje doen!'

Mira was eraan gewend om haar zin te krijgen. Eddie zei: 'Ze is kapot. Ik breng haar wel naar haar kamer.'

'En dan kom je toch terug voor nog een spelletje Word Squares?'

Hun biologische klokken waren nog in de war, omdat ze net terug waren uit L.A. Eddie was ook nog niet moe. Alleen teleurgesteld.

Hij zei: 'Ik zit er ook doorheen. Ik ga naar bed.'

Alleen. Dankzij jou.

'Wat flauw,' klaagde Mira. 'Nou, dan moet ik Monty maar bellen, dan moet hij maar Word Squares met me komen spelen.'

Monty was haar altijd even geduldige assistent, die overal met haar mee naartoe reisde en nu ook wel zou liggen slapen.

'Doe dat,' zei Eddie. 'Dat zal hij vast niet erg vinden.'

Hij boog zich voorover, legde de pen en het notitieblok op de met zilver ingelegde salontafel en trok Lily zachtjes omhoog. 'Kom, dan breng ik je naar je kamer.'

Lily deed haar ogen half open en knikte. 'Oké.'

'Dag liefje! Ik vergeef het je, hoor, dat je zomaar in slaap bent gevallen!' Mira was inmiddels Monty aan het bellen en wachtte vol ongeduld tot hij opnam.

'Dag.' Lily knipperde met haar donkere wimpers, terwijl ze tegen Eddie aan leunde en zich door hem de hotelsuite uit liet helpen. In zijn linkerhand droeg hij haar schoenen en avondtasje. Ze rook naar whisky en shampoo en naar de chocola uit de minibar waar ze zich met hun drieën tegoed aan hadden gedaan.

Toen ze bij hun kamers waren, die naast elkaar lagen, pakte Eddie Lily's sleutelkaart uit haar tas en maakte de deur voor haar open.

'Ik ben zo moe,' fluisterde ze, terwijl ze haar armen om zijn nek sloeg. Met haar ogen nog steeds bijna helemaal dicht gaf ze hem een onhandige kus op zijn wang. 'Zo moe. Dank je wel voor alles. Ongelooflijk gewoon dat ik heb gescrabbeld met Mira Knowles.'

'En met mij,' bracht hij haar in herinnering. Hij kwam duidelijk niet op de eerste plaats vanavond.

Ze knikte. 'Sorry, en met jou.' Met haar hoofd tegen zijn borstkas gaapte ze. 'Ik heb nog nooit zo'n bijzondere avond meegemaakt.'

'Fijn om te horen.' Dit was niet het moment om haar te vertellen dat het nog veel bijzonderder had kunnen worden. Met een spijtig lachje zei hij: 'Als er iets is, kun je me altijd roepen. Ik zit in de kamer hiernaast.'

Ze knikte weer, waarbij haar haar zijn hals streelde. Hij besefte dat dit vannacht het enige lichamelijke contact tussen hen zou zijn. Toen maakte ze zich los, pakte haar schoenen en tasje van hem aan en zei slaperig: 'Nog bedankt voor alles. Trusten.'

'Trusten,' zei hij, terwijl ze de deur achter zich dichtdeed.

Lily schrok om halfzeven wakker. Oké, tijd om op te staan, een beetje hoofdpijn, maar verder niets wat een volwassen vrouw van vijfentwintig niet aankon. Knipperend met haar ogen keek ze naar de barokke kroonlijst van het plafond en vervolgens liet ze haar blik door de kamer glijden, zich afvragend waarom er geen kleren over de stoel lagen. Zou ze ze vannacht echt in de kast hebben gehangen? Dat mocht wel in de krant.

Toen ze het dekbed van zich af wierp, zag ze dat ze nog steeds de jurk van de première aanhad. Nou, weer een mysterie opgelost. Te veel opwinding, te weinig slaap de nacht ervoor en een snelcursus whisky drinken met als resultaat complete bewusteloosheid. Wat in een bepaald opzicht goed was, maar in een ander een beetje teleurstellend, aangezien ze zich iets anders had voorgesteld van gisteravond.

Maar ja, dat was puur haar idee geweest, en niet dat van Eddie, dus misschien was het ook maar beter zo. Stel je voor dat ze hem had proberen te versieren en dat hij dan had gezegd dat hij haar alleen maar als een goede vriendin had uitgenodigd. En met al die whisky die ze had gedronken, had ze zich misschien nog wel gewoon op hem gestort ook.

Die vernedering was haar gelukkig bespaard gebleven.

Om niet meer aan Eddie te hoeven denken liet ze onder de douche alle gebeurtenissen van gisteravond de revue passeren: de première... de muis... haar jurk die opwaaide... pizza eten met Eddie en Mira terwijl ze hun leerde hoe je Word Squares moest spelen...

Gek, gewoon knettergek allemaal.

Om zeven uur had ze haar spijkerbroek en T-shirt aan en was ze klaar om weg te gaan. De auto die haar naar huis zou brengen zou om kwart over zeven voorrijden. Zou ze nog even bij Eddie aankloppen om gedag te zeggen? Of lag hij nog te slapen en zou hij het niet leuk vinden om wakker te worden gemaakt?

Maar terwijl ze haar spullen verzamelde en niet te vergeten alle gratis hebbedingetjes uit de luxueuze marmeren badkamer – shampoo, een klein naaisetje, een kartonnen nagelvijltje, wegwerpslippers! – hoorde ze geluiden uit de kamer naast de hare komen. Twee minuten later klopte ze aarzelend op Eddies deur.

Hij deed vrijwel meteen open. Blijkbaar kwam hij net onder de douche vandaan, want hij had alleen een wit badlaken om zijn middel geslagen.

Zo bloot had ze hem nog nooit gezien, en ze vond het behoorlijk indrukwekkend.

'Hoi, hoe voel je je?' vroeg hij.

Ze reageerde niet meteen, want het eerlijke antwoord zou luiden: Ik heb een beetje een droge mond nu ik jou daar zo zie staan.

Hardop zei ze opgewekt: 'Prima. God, ik was echt kapot gisteravond! Maar ik wilde je nog even bedanken. Ik heb het ontzettend leuk gehad.'

'Mooi zo,' zei hij met een droog lachje. 'Daar ben ik blij om.'

Er was nog een klein dingetje dat haar dwarszat. 'Ik kom toch niet echt op de voorpagina van alle kranten, hè? Dat meende je toch niet toen je dat zei?'

'Ik zou het niet weten,' zei hij schouderophalend. 'Het lijkt me waarschijnlijker dat ze foto's plaatsen van Mira die de lucht in springt als ze die muis ziet. Met daarnaast een foto van de muis zelf.'

Lily knikte gerustgesteld. 'Ja, logisch.'

'Wil je nog even binnenkomen?' Hij deed een stap opzij.

'Beter van niet. Het is tien over zeven. Mijn auto staat te wachten.'

Hoor mij nou, alsof ik mijn hele leven al een auto met chauffeur heb.

'Oké. Nou, tot ziens dan maar.' Hij legde zijn hand in haar nek en trok haar tegen zich aan. 'En dank je dat je mee bent geweest. Meestal is zo'n première niets aan, maar nu heb ik ervan genoten.'

Zijn mond bevond zich een paar centimeter van haar wang, en zijn adem was warm en tandpasta-achtig. Terwijl ze zijn geur inademde, kuste hij haar op haar wang... en toen nog een keertje... en nog een keertje...

Zijn mond kwam steeds dichter bij de hare, tot hun lippen elkaar raakten. De korte kussen veranderden in één lange kus, en een golf van warmte overspoelde Lily, want ze had zich al heel vaak afgevraagd hoe het zou zijn om te worden gekust door Eddie Tessler.

Ze had hem in films wel andere meisjes zien kussen, maar nu kuste hij eindelijk haar.

Alleen hoopte ze dat hij nu niet acteerde.

De laatste keer dat het erop had geleken dat hij haar zou gaan kussen was Dan plotseling thuisgekomen.

Maar Dan was er nu niet.

Wat een bizar moment trouwens om aan Dan te denken! Toen ze Eddie in de ogen keek, vroeg hij: 'Dus je komt toch maar binnen?'

Het was een heel verleidelijk aanbod.

Ze schudde haar hoofd. 'Kan niet. De auto staat beneden te wachten.'

'Die blijft wel wachten. Daar worden ze voor betaald.'

'Dat weet ik, maar ik moet echt naar huis. Ik moet werken.' Het zou een drukke dag worden; Marty had vandaag vrij, en ze kregen bezoek van een van hun belangrijkste buitenlandse klanten.

'Je kunt toch wel een heel klein beetje te laat komen?' zei hij.

'Nee, echt niet.'

'Je breekt mijn hart.'

Ze glimlachte. 'Nee, echt niet.' Natuurlijk kon ze de auto even laten wachten, dan moesten ze straks gewoon wat sneller terugrijden naar Stanton Langley. Maar als ze met Eddie naar bed ging, moest het meer zijn dan een vluggertje.

'Als ik hier niet moest blijven voor interviews, zou ik met je meegaan,' fluisterde hij.

'Dan had ik nog steeds moeten werken.'

'Toch niet de hele tijd?' Met een spijtig lachje streelde hij haar wang. 'Oké, ik zal je laten gaan. Voorlopig.'

Lily's hart maakte een sprongetje toen ze zag hoe hij haar aankeek, wat ongetwijfeld ook de bedoeling van zijn blik was. 'Oké.'

'Maar we zijn hier nog niet klaar mee, dat weet je toch? Ik vind je leuk,' zei Eddie. 'En ik bel je later vandaag, oké?'

Toen Lily beneden de foyer in stapte ging haar mobieltje. Ze zag Eddies naam opflitsen.

Nadat ze op Beantwoorden had gedrukt, zei ze: 'Hoi, ben ik iets vergeten?'

'Nee, maar wacht nog even op me. Ik ben onderweg naar beneden.'

'Eh, is dat wel zo slim? Aangezien je halfnaakt bent?' Ze zag al een scène uit een klucht voor zich, liftdeuren die weer dichtschoven, een badlaken dat ertussen bleef hangen...

Toen zag ze hem de trap af komen; in nog geen twintig seconden tijd was het hem gelukt om een spijkerbroek en een T-shirt aan te trekken, hoewel hij nog steeds op blote voeten liep.

'Ik mis je nu al.' Hij glimlachte. 'Plus dat het heel onbeleefd van me was om je niet even naar je auto te brengen.'

Hij pakte haar kleine koffer, sloeg zijn arm om haar middel en liep met haar mee naar buiten, het bordes af.

Toen de koffer in de kofferbak lag, kuste hij haar nog een keer.

'Wat doe je?' Lily maakte zich van hem los. 'Er staan mensen te kijken!'

'Laat ze maar kijken. Maakt mij niet uit.'

Opgetogen, maar ook vastbesloten om daar niets van te laten merken, zei ze: 'Nou, misschien dat jij niet aan je reputatie hoeft te denken, maar ik wel!'

## 26

'Dus je bent er wel,' zei Dan toen Lily om vijf voor tien het kantoor in liep.

Bloosde ze soms? Het voelde alsof ze bloosde. Het was ontzettend moeilijk om cool te doen terwijl de adrenaline door je lijf joeg.

'Natuurlijk ben ik er.' Ze pakte de telefoonoplader die op het bureau lag en sloot haar toestel erop aan. 'Dat zei ik toch? Wat doe jij hier trouwens?'

'Coral belde me een uur geleden. Ze kon je niet bereiken en was bang dat je niet op tijd terug zou zijn. En toen heb ik aangeboden om haar te komen helpen. Ik weet dat ik niet veel kan,' voegde hij eraan toe toen Lily iets wilde zeggen, 'maar ik kan wel de telefoon opnemen, mailtjes afhandelen en bonnen uitprinten.'

'Maar waarom zou ik niet komen? Heb ik Coral ooit laten stikken? Ik was mijn oplader vergeten en mijn batterij was leeg, meer niet. Als ik had gewild, had ik nog wel wat langer in Londen kunnen blijven, maar dat heb ik niet gedaan, omdat ik me aan mijn woord houd. Als ik iets beloof, doe ik het. Dat weet je best.'

Ze keken elkaar zwijgend aan.

Oeps, kwam het door Dans blik of haar eigen overdosis adrenaline dat ze zo in de verdediging schoot? En waarom voelde ze zich in vredesnaam zo schuldig?

Na een tijdje vroeg hij: 'Heb je het leuk gehad?'

'Ja, het was fantastisch.'

'Hoe was de film?'

'Mooi!' Nou ja, zo mooi had ze hem ook weer niet gevonden, want het was een sciencefictionfilm, maar daar ging het niet om. 'En na afloop zijn we met Mira Knowles teruggegaan naar het hotel, we hebben pizza gegeten in haar suite en samen gescrabbeld.'

'Heel wild allemaal,' zei Dan. 'En daarna?'

'Waarom kijk je me zo aan?'

'Ben je met hem naar bed geweest?'

'Dat gaat je helemaal niks aan,' zei ze.

'Dat is dus een ja.'

'En wat dan nog?'

'Niks. Ik dacht alleen dat je verstandiger zou zijn. Want hij heeft je alleen maar gebruikt.'

'O, daar gaan we weer.' Waarom kon hij niet gewoon blij zijn voor haar? Waarom probeerde hij altijd alles te verpesten? 'Maar misschien vergis je je wel, en gebruik ik hem juist.'

Voordat Dan kon reageren, ging de deur open. Coral riep: 'Je bent er! O, mijn god! Is het niet ongelooflijk? Je staat op de voorpagina van de krant! Ik heb gewoon staan gillen toen ik het zag!'

'Sta ik echt in de krant?' vroeg Lily geschrokken. 'Ik heb nog niks gezien. Ik bedoel, Eddie zei wel dat die kans erin zat, maar ik dacht dat hij een grapje maakte.'

'Laat haar eens zien!' Coral knikte enthousiast naar de krant die naast de computer lag, en Dan schoof hem naar Lily toe.

Ze keek verbaasd naar de foto's en las toen het artikel dat erbij hoorde.

'Je hebt echt de goede jurk uitgekozen. Je ziet er fantastisch uit.' Coral stroomde over van enthousiasme. 'En er staan er nog een paar op de volgende pagina! Ze willen allemaal weten wie je bent! Er staat dat je steeds een andere naam noemde, waardoor je nog interessanter bent geworden, en nu willen ze weten of je Eddies nieuwe vriendin bent!'

Op dat moment ging Lily's telefoon. Ze zag dat het Eddie was.

'Hoi.' Ze had het gevoel dat haar ogen letterlijk straalden terwijl ze naar hem luisterde. 'Ik weet het, de batterij was leeg. Ik heb het net gezien.'

Even later zei ze: 'Ik ook. Echt.'

En weer iets later: 'Klinkt goed. Ja, ik weet het. Natuurlijk! Ja, dat is perfect... Ja, het zal... fantastisch... ik kan bijna niet wachten. Dag... ja, oké. Dag.' Eindelijk hing ze op, zich ervan bewust dat ze als een gek stond te grijnzen.

'Verkeerd verbonden?' vroeg Dan.

'Helemaal goed verbonden juist. Eddie komt morgenavond hiernaartoe.'

'O mijn hemel.' Coral sloeg haar handen in elkaar. 'Je vindt hem echt leuk, hè? Dat merk ik aan alles!'

Lily knikte. 'Ja, ik vind hem leuk.'

Dan had zijn aandacht op de computer gericht en leek verdiept in wat hij las.

'Hoe dan ook, ik ben er weer,' vervolgde Lily vrolijk tegen hem. 'Je kunt wel naar huis met je arrogante en afkeurende blik.' Met een weids gebaar gaf ze hem de kruk die hij tegen het bureau aan had gezet. 'Dag.'

Oké, het was wel een klein beetje raar geweest om een date te hebben onder de discrete, maar oplettende blik van je ex-man. Maar het voordeel van een afspraak in de plaatselijke pub was dat ze haar auto had kunnen laten staan en bovendien wist dat het eten in elk geval goed was.

Alleen jammer dat de date in kwestie online met zoveel vrouwen had gechat dat hij Patsy verwarde met een paar andere vrouwen die beslist geen kinderen wilden. Toen hij zijn vergissing bemerkte, had hij niet geweten hoe snel hij zich uit de voeten moest maken, blijkbaar doodsbang dat ze hem zou dwingen om haar diezelfde avond nog te bezwangeren.

Ook had hij precies uitgerekend wie wat had gegeten en wie wat moest betalen, om vervolgens trots te verkondigen dat hij geen fooi gaf, omdat hij niet in fooien geloofde.

'Nou ja, gelukkig heb je het meteen ontdekt en niet pas over een jaar.' Nadat de droomprins was vertrokken, had Sean gevraagd of ze even bij hem aan de bar kwam zitten. 'Je hebt niet al te veel tijd aan hem verspild.'

Patsy trok een gezicht. Maar wel deze avond dus. Finola, een vriendin van haar uit Chipping Norton, had haar uitgenodigd voor een barbecue en daar had ze nee tegen moeten zeggen vanwege deze date. Ze vroeg zich af hoe de avond zou zijn verlopen als ze wel naar Finola was gegaan. Misschien was daar wel de perfecte man voor haar geweest, een man die zelf op zoek was naar de perfecte vrouw voor hem.

Niet dat ze ooit een antwoord op die vraag zou krijgen, want het was nu te laat om er nog naartoe te gaan, vond ze.

'Kop op. Neem nog een glas wijn.' Sean opende de wijnkoeling. 'Chablis?'

Chablis was haar lievelingswijn. Toch schudde ze haar hoofd. 'Nee, dank je.'

'Trek het je niet zo aan,' zei Sean. Wat zachter voegde hij eraan toe: 'Heb je nog nagedacht over... je weet wel, waar we het over hebben gehad?'

'Natuurlijk heb ik daarover nagedacht,' zei ze met een flauw lachje. 'Het is geen aanbod dat je snel vergeet.'

'En?'

'Ik weet het gewoon niet. Ik bedoel, het is fijn om te weten dat die mogelijkheid er is...'

'Oké, ik geloof niet dat we het er al over hebben gehad, maar mocht je het willen doen, dan geven we de voorkeur aan een spuit in plaats van... je weet wel, de natuurlijke methode.' Sean ging steeds zachter praten.

'O! Ja, prima. Dat had ik niet eens overwogen zelfs, ik ben meteen van inseminatie uitgegaan,' zei Patsy.

'Oké. Nou, dat is mooi. Zolang we dat allebei maar weten. Maar zoals we al zeiden, we willen geen enkele druk op je uitoefenen.' Hij gaf haar hand een geruststellend kneepje. 'Tijd zat.'

Patsy knikte. Natuurlijk zou ze liever een kind krijgen met een eigen partner, met iemand die van haar hield. Maar neem nou die date van vanavond weer – stel dat haar partner zo'n vrek zou blijken te zijn die geen fooien wilde geven?

Sean stond intussen nog steeds met de fles chablis in zijn hand. 'Zeker weten dat je niet wilt? Van het huis.'

'Nee, ik weet het zeker.' Ze glimlachte naar haar ex, ontroerd door zijn bezorgdheid. 'Ik ben gewoon niet in de stemming voor een drankje.'

## 27

Dan was wel in de stemming voor een drankje. Voor meerdere zelfs. Toen hij vanmiddag boodschappen was gaan doen, had hij even staan praten met Maggie Bennett, die aan de wandel was met haar hyperactieve driejarige kleinzoontje op zijn nieuwe driewieler. Het jongetje, dat ongeduldig was geworden omdat ze op weg waren naar de speeltuin, was boos tegen zijn oma's kuiten aan gereden, zodat ze haar evenwicht had verloren en zich aan Dans schouder had vastgegrepen.

Wat normaal gesproken niet zo'n probleem zou zijn geweest, alleen was ze daarbij op zijn voet gaan staan. En natuurlijk waren het net zijn zere voet en schouder geweest. Als ze hem daarbij ook nog eens op zijn blauwe oog had geslagen, had je van een zuivere hattrick kunnen spreken.

En de arme Maggie had het allemaal zo erg gevonden dat hij zich genoodzaakt had gevoeld om te doen alsof het wel meeviel.

Gelukkig had haar kleinzoontje het reuze grappig gevonden. Die jongen was beslist een Hannibal Lecter in de dop.

Hij had dus de hele middag en avond vreselijk veel pijn gehad. En omdat de kroeg verboden terrein voor hem was, omdat Patsy daar met haar zoveelste internetdate had afgesproken, had hij wat pijnstillers genomen en was op de bank gaan liggen om naar *Star Wars* te kijken.

Zijn lievelingsfilm had voor deze ene keer echter niet het gewenste effect; hij moest continu aan Lily en Eddie Tessler denken. En hoe meer hij aan hen dacht, hoe meer hij zich opwond. Lily had wel vaker vriendjes gehad – niet veel, maar toch wel een paar – en hij had zich daar nooit echt druk over gemaakt, misschien omdat hij meestal na één blik al had geweten dat er geen reden tot zorg was; het waren geen van allen blijvertjes.

Daar had hij zich ook nooit in vergist. Lily verloor na een paar weken altijd weer haar belangstelling; zodra haar duidelijk werd dat de jongen in kwestie niet De Ware was, zag ze geen reden om de relatie voort te zetten alleen maar om een vriendje te hebben.

De enige die wat langer was meegegaan, was Phil geweest, maar zelfs toen had Dan zich geen zorgen gemaakt. Phil leek best een aardige jongen, maar Dan had gewoon geweten dat hij vroeg of laat wel door de mand zou vallen. Dat was dan ook gebeurd, na Nicks dood, toen Phil totaal niet had begrepen waarom Lily meer tijd aan de verdrietige Coral besteedde dan aan hem. Zijn gebrek aan medeleven was het einde geweest van hun relatie, en Dan was daar blij om geweest, want Lily verdiende beter.

Dat ze daarna geen vriend meer had gehad, was omdat ze er totaal geen belangstelling voor leek te hebben, en op de een of andere manier was Dan zo aan die situatie gewend geraakt dat het hem een vals gevoel van veiligheid had gegeven. Hoewel hij met zijn verstand best wist dat ze heus wel weer een keer verliefd zou worden, had hij toch stiekem gehoopt dat dat nooit zou gebeuren.

Die hoop was ineens wreed de bodem ingeslagen. Want hij had het gevoel dat Eddie Tessler wel een bedreiging vormde, in tegenstelling tot Lily's andere vriendjes. Eddie was van een heel ander kaliber, en het was duidelijk dat Lily zich niet alleen gevleid voelde door zijn aandacht, maar ook als een blok voor hem was gevallen.

Dan kreeg een droge mond. Het was niets voor hem om zo van streek te raken. Hoewel hij natuurlijk hoopte dat het allemaal vanzelf zou overwaaien, vreesde hij dat dat deze keer niet zou gebeuren.

Want waarom zou Eddie Tessler Lily, die grappig en origineel en eigenzinnig en lief was, niet leuk blijven vinden? Dan had al van Lily zelf en ook van Patsy gehoord dat ze zich meteen tot elkaar aangetrokken hadden gevoeld, en nu had hij het met eigen ogen kunnen zien.

En het was ook volkomen logisch dat Eddie zich tot Lily aangetrokken voelde, vond Dan. Ze was volmaakt. Zelf had hij jaren geprobeerd om iemand te vinden die hem Lily kon doen vergeten, en dat was hem nooit gelukt.

Dan had geen oog meer voor de film op tv. Hij pakte zijn laptop weer en zette hem aan. Hij leek wel een masochist, want hij kon de foto's van Eddie en Lily samen inmiddels wel dromen.

Toch kon hij het niet laten ze opnieuw te bekijken, onhandig scrollend met zijn linkerhand, en bij iedere foto voelde hij weer een steek van jaloezie. Het was zo duidelijk dat ze een klik hadden. Die stomme camera's hadden dat heel goed weten vast te leggen... Zoals Eddie naar Lily keek, alsof hij zijn geluk niet op kon, en zoals Lily straalde, alsof ze...

Hij hoorde een sleutel in de voordeur en toen de deur die openging. Snel sloeg hij zijn laptop dicht, schuldbewust, alsof hij stiekem porno had zitten kijken.

Aan één blik op Patsy's gezicht had hij genoeg. De avond was geen succes geweest.

'O,' zei hij. 'Op een schaal van één tot tien?'

'Min vierhonderdzesenzeventig.'

Hij leefde met haar mee. 'Dat is echt heel erg.'

'Bij mij heet dat gemiddeld erg. Zo gaat het altijd.' Ze keek even naar de tv. 'Kijk je daarnaar?'

Wat steno was voor: je gaat me toch niet vertellen dat je weer naar die stomme film zit te kijken terwijl ik zo graag *The Holiday* op wil zetten om mezelf op te vrolijken.

'Nee, zet maar op wat jij wilt.' Hij deed zijn laptop uit en hees zich moeizaam omhoog. 'Ik denk dat ik maar even de kroeg in ga, nu ik daar weer mag komen.'

Het was elf uur en Sean riep dat het de laatste ronde was. Dan hield zijn lege glas op. 'Ja, graag.'

Want elf uur was veel te vroeg; hij was pas om halftien gekomen en had nog lang niet genoeg gedronken.

'Zeker weten?' Sean keek hem met die typische kroegbazenblik aan.

'Tuurlijk. En neem er zelf ook eentje.' Toen Dan zijn portefeuille uit zijn zak wilde pakken, glipte die uit zijn hand en viel op de grond. 'Shit.'

'Wacht, ik pak hem wel even voor je.' Sean kwam achter de bar vandaan en raapte de portefeuille op. 'Had je soms al gedronken voordat je hiernaartoe kwam?'

'Nee, nee. Nou, jawel, ik heb wel wat gedronken, maar dat was sinaasappelsap. Verder niks, ik zweer het je.'

'Je hebt hier maar vier drankjes gehad.' Sean begon de glazen te wassen. 'Dus ik snap niet hoe je dan toch zo dronken kunt zijn. Wat heb je nog meer genomen?'

'Alleen maar pijnstillers. O, dat is het natuurlijk. De paracetamol was op, en toen heb ik wat anders genomen dat er nog lag. Medicijnen van Patsy die ze voor haar rugpijn van de huisarts had gekregen.'

'Nou, dat was niet zo slim,' zei Sean droog.

'Ik had geen keus. Ik ging dood van de pijn.' Dan grinnikte. 'Maggie Bennett heeft zichzelf vanmiddag op me geworpen.'

'Dat heb je al verteld.'

Was dat zo? Ha. Toen Dan naar de lampjes achter de bar keek, had hij de indruk dat het er meer waren dan anders. Het duurde even voordat tot hem doordrong dat hij dubbel zag. Wel mooi. Net kerst. 'Die lampjes zijn wel leuk zo,' zei hij.

Geamuseerd vroeg Sean: 'O, vind je?'

'Ja, en jij hebt heel mooie ogen.'

'Dank je.'

'Nog eentje, graag.'

'Je kunt met me flirten tot je een ons weegt, maar ik schenk je geen drank meer.'

'Ik voel me tipsy,' zei Dan. Hij vond het ineens een raar ouderwets woord: typsie? Tipsie? 'Hoe schrijf je dat eigenlijk?'

'Ik spel het s-t-o-m-d-r-o-n-k-e-n.' Sean nam hem meelevend op. 'Je bent jezelf niet vanavond. Wat is er aan de hand?'

'Ik weet het niet. Het is net alsof ik uit mijn lichaam ben getreden. Zweef ik soms? Ik heb het gevoel alsof ik zweef. Je hoeft me niet zo aan te kijken, ik heb echt een klotetijd.'

'Omdat je niet kunt werken, bedoel je?' Sean knikte naar de mitella om zijn nek en naar zijn metalen kruk die aan de bar hing.

'Nee, iets veel ergers.' Hij had echt het gevoel alsof hij zweefde.

'Ah, liefdesproblemen.'

'Zoiets.' Dan had ineens een enorme behoefte om het aan iemand te vertellen. 'Ik ben er echt kapot van, maar ik kan er helemaal niks aan veranderen.'

'Het gaat toch niet om Patsy?' Sean keek ineens oprecht bezorgd.

Dan schudde zijn hoofd – oei, duizelingen – en zei: 'Nee. Die heeft er niks mee te maken. Ik wil het je wel vertellen, maar dat gaat niet. Want dat is het punt,' vervolgde hij hulpeloos. 'Ik kan het er met niemand over hebben. Want het is mijn grootste geheim.'

'We hebben bezoek,' verkondigde Sean een halfuur later.

Dan knikte en wees naar zichzelf. 'Dat ben ik.'

'Dat zie ik.' Geamuseerd schoof Will een stapel tijdschriften over boksen aan de kant, stond toen op en hielp Dan op de bank. 'Hallo, bezoek, hoe gaat het met je? Is er iets?'

'Hoi, Will. Sorry dat ik zo kom binnenvallen, maar Sean denkt dat hij voor reddende engel moet spelen.'

'Hij heeft medicijnen van Patsy ingenomen en is daarna in de pub wat komen drinken. Omdat hij een volslagen idioot is.' Sean schudde opgewekt zijn hoofd. 'En Patsy zal al wel slapen, dus het leek me beter dat wij hem hier een beetje in de gaten houden.'

'Als een straathond.' Dan trok een zielig gezicht.

'Als een straathond die onder de medicijnen zit en ook nog een gebroken schouder en kapotte voet heeft.' Will grinnikte. 'Wat wil je, meteen gaan liggen, of zal ik eerst nog een kop koffie voor je zetten?'

'Ik wil niet slapen. Ik kan niet slapen.' Dan overwoog de beperkte mogelijkheden; het zat er niet echt in dat ze hem nog een glas rode wijn zouden aanbieden. 'Doe maar koffie. Dat is vast lekker. We kunnen toch nog wel gezellig even praten?' Hij was echt in de stemming om te praten.

'Dan nemen we allemaal koffie.' Sean keek Will aan. 'Dan heeft het moeilijk op het ogenblik.'

'Ja, dat is zo.' Toen Dan knikte, begon alles weer te draaien. 'Dat is zo.'

'Ach nee. Liefdesproblemen?' vroeg Will.

'Hij kan ons niet vertellen wat het is,' zei Sean.

'Ik wil het echt wel.' Dan haalde zijn schouders op. 'Au, verdomme.' Hij was vergeten dat schouderophalen pijn deed. Hulpeloos keek hij de twee mannen aan; zij hadden het zelf toch ook moeilijk gehad? Alleen lag het bij hem net even iets anders.

'Dat geeft niks,' zei Will. 'Ik ga koffiezetten.'

'Ik wil er juist heel graag over praten,' zei Dan. 'Maar dat kan ik beter niet doen.' Hij legde zijn wijsvinger op zijn mond om te laten zien hoe discreet hij wel niet was. 'Het is een heel groot geheim.'

# 28

'... en ik weet niet wat ik moet doen, ik wou dat ik het allemaal niet voelde, maar ik kan het gewoon niet tegenhouden.' Dan wreef met zijn goede hand over de stoppeltjes op zijn kaak. 'Ik hou van haar, ik hou gewoon echt van haar. En het punt is dat ik zoveel van haar hou dat ik er niks mee durf te doen uit angst alles te verpesten.'

Zo, hij had het gezegd. Het was net alsof je een spijker in een autoband sloeg en de lucht er dan sissend uit hoorde lopen, alleen was het geen sissende lucht geweest, maar het opbiechten van zijn diepste, duisterste geheim.

Een geheim dat hij al jaren met zich meedroeg.

Sean en Will keken een beetje geschrokken. Nou, dat mocht ook wel.

'Echt waar?' vroeg Sean.

'Anders zou ik het niet zeggen.'

'En dat heb je wanneer precies ontdekt... Vorige week of zo?'

Ha, was dat maar waar. Dan schudde zijn hoofd. 'Veel langer geleden.'

'Hoeveel langer?' wilde Will weten.

'O, negen jaar geleden al.'

'Wat?'

Dan wist zelfs de dag nog, het exacte moment. Hij had dat moment wel duizend keer in zijn hoofd afgespeeld. 'Herinner je je die week in St Ives nog? Toen we met zijn allen op vakantie waren, na mijn eindexamen?'

Dan zag dat Sean knikte. Natuurlijk wist Sean dat nog; hij was toen nog met Patsy getrouwd. Patsy, Sean en hij waren samen met Coral, Nick en Lily naar Cornwall gegaan, waar ze in een fantastisch hotel hadden gezeten met uitzicht op het grootste surfstrand daar. Ze hadden geluk gehad met het weer, warme, zonnige dagen die overgingen in zwoele avonden. Hij had daar een meisje ontmoet en Lily had hem geplaagd, omdat dat meisje hem steeds zo zwijmelend zat aan te kijken, alsof hij een of andere superster was.

En hij had erom moeten lachen, want Lily zat hem altijd en eeuwig te plagen. Dat ze elkaar plaagden hoorde gewoon bij hen.

Op de een-na-laatste avond van de vakantie was alles veranderd voor hem. Zonder enige waarschuwing vooraf. De volwassenen – hij mocht toen al wel achttien zijn geweest, maar hij hoorde nog niet bij de volwassenen – waren met de barbecue op het strand in de weer, en Lily en hij waren naar de rotsen links van de baai gewandeld...

'Eh, hallo, ga je het ons nog vertellen of zit je gewoon bij jezelf herinneringen op te halen?' vroeg Sean.

'Sorry.' Sean had gelijk. 'De avond van de barbecue. Lily droeg een wijde roze katoenen trui en een spijkerbroek. Ik droeg een spijkerhemd en een oranje surfbroek. In een van de poelen tussen de rotsen vond Lily een babykrab. En meteen daarna zag ze een grotere krab in de zee beneden ons en toen zei ze dat dat vast de moeder van de babykrab was. Dus ik pakte de babykrab, klauterde naar beneden en liet hem in het water glijden. Maar vlak daarna kwam er een andere grote krab onder de rotsen vandaan gekropen en toen zei Lily dat we moeder en kind helemaal niet hadden herenigd, maar dat we ze juist uit elkaar hadden gehaald.' Of trad hij nu te veel in detail? Maar voor hem was alles even belangrijk. 'En toen noemde ik haar een watje en ze noemde me een moordenaar, omdat de babykrab waarschijnlijk dood zou gaan zonder zijn moeder. En toen dook ik van de rots in zee.'

'O ja, nu herinner ik het me weer.' Sean knikte.

'Ik kon die babykrab niet meer vinden, maar ik haalde wel mijn knie open aan een rots onder water, dus ik kwam vloekend weer boven. Lily vond het allemaal heel grappig en zei: "Is dat bloed? O, ik zie het al, een haai!" En toen sprong ze zo in het water!'

Will keek hem met grote ogen aan. 'Was er echt een haai dan?'

'Nee.' Dan glimlachte; hij zag het weer helemaal voor zich. 'Ze sprong gewoon voor de lol. Met al haar kleren nog aan. We zwommen om de rots heen en toen terug naar de kust. Mijn knie bloedde nog steeds als een rund en Lily zei dat ik een hopeloos geval was.

Maar eenmaal op het strand spoelde ze al het bloed uit de wond. En ik keek naar haar, zoals ze daar zat, met haar hoofd voorover en haar natte haar over haar schouder, en toen drong opeens tot me door dat ik van haar hield. Met heel mijn hart. En toen draaide ze zich naar me om en zei: "Weet je wat jij bent? Een krabbenmoordenaar met een knie die om aandacht bedelt."'

Een paar seconden bleef het stil in de kamer.

'En toen?' vroeg Will.

'Toen niks. Ik kon niks doen. Niks zeggen. Ik kon het haar niet vertellen. Dan zou ze zich kapot hebben gelachen. Dat had ik echt nooit overleefd. Ik had tijd nodig om aan het idee te wennen, om uit te zoeken wat ik ermee aan moest.'

'Ik weet nog dat ik je toen heb meegenomen naar het hotel om je knie te verbinden,' zei Sean. 'En jij zou die volgende dag, onze laatste vakantiedag, iets leuks gaan doen met dat meisje waar je toen iets mee had. Hoe heette ze ook alweer?'

'Dat weet ik niet meer.'

'Maeve, dat was het. Ze kwam uit Coventry. Maar jij hebt haar toen gebeld om te zeggen dat je niet kon. En wij begrepen er allemaal niets van.'

'Nou, dan weet je nu waarom dat was,' zei Dan.

Hij voelde zich nog steeds een beetje licht in het hoofd, maar ook bevrijd. Eindelijk had hij zijn hart gelucht.

'Aha, dus vandaar al die verwondingen. Je probeert nog steeds Lily's medelijden op te wekken.'

'Geloof het of niet, maar dit was niet expres,' zei Dan, met een blik op zijn mitella en zijn voet in het gips.

'Zo lang al, en je hebt er nooit iets mee gedaan,' verbaasde Will zich hardop.

'Nee.' Dan wist al wat er zou komen.

'Waarom niet?' vroeg Will.

'Ik wilde zeker weten dat mijn gevoelens echt waren. Ik bedoel, echt echt. Bovendien zou ik gaan studeren. Ik had nooit eerder geaarzeld om iemand te versieren, maar dit was Lily. Ik wist dat het belangrijk was. Alles moest precies goed zijn.' Hij haalde een hand door zijn haar. 'Want als het mis zou gaan, was onze hele vriendschap naar de maan. Dus wachtte ik tot 30 augustus.'

'Nicks verjaardag,' zei Sean, zoals Dan al had verwacht.

Hij knikte. 'Hij gaf weer een van zijn grote feesten. Iedereen was er. Ik was van plan het haar die avond te vertellen. Ik vond het doodeng, maar ook spannend. Tot ik later die avond achter in de feesttent stond en een gesprek opving tussen Lily en haar vriendin Amber, die naast de tent stonden te praten. We stonden vlak bij elkaar, alleen maar gescheiden door dat tentdoek, maar zij wisten niet dat ik er was. Amber zei dat ze verliefd op me was – wat ik al tijden wist – en ze zei ook dat ze niet snapte waarom Lily niet op me viel.' Hij zweeg even. Zijn mond was droog. 'En toen zei Lily dat ze nooit op me zou vallen, ik was gewoon haar type niet.'

'Misschien meende ze dat wel niet,' zei Will.

'O, ze meende het echt wel, geloof mij nou maar. Waarom zou ze het anders zeggen? Ze zei tegen Amber dat ik zelfs het tegenovergestelde van haar type was. En ze klonk alsof ze het meende.'

'We zeggen toch allemaal wel eens dingen die we niet menen?' zei Will. 'Toen ik achttien was, heb ik iedereen die het maar wilde horen verteld dat ik Yasmin Le Bon zo leuk vond. Terwijl ik natuurlijk in feite op Simon Le Bon viel.' Hij keek Dan hoofdschuddend aan. 'Ongelooflijk dat je het toen meteen hebt opgegeven. Maar is het nooit in je opgekomen om het nog eens te proberen, om te kijken of ze niet van gedachten was veranderd?' Hij gebaarde naar Sean, die naast hem zat. 'Want soms gebeurt dat.'

'Oké, oké.' Dan stak een hand op om hem het zwijgen op te leggen. 'Je kent de rest van het verhaal nog niet. De tweede klap.' De bewuste avond stond hem nog levendig voor ogen; hij kon zich nog steeds alle details ervan herinneren, alle woorden, alle gevoelens. 'Het was een schok voor me om Lily dat te horen zeggen. Lily en Amber liepen vlak daarna weg, en toen werd er een hand op mijn schouder gelegd. Het was Nick. Ik wist niet eens dat hij al die tijd achter me had gestaan en ook alles had gehoord. Ik dacht eerst nog dat hij er een grapje over zou maken, omdat hij niet wist wat ik voor Lily voelde, maar het bleek dat hij dat wel wist. We gingen ergens zitten en toen vertelde hij me dat hij had gemerkt wat er in Cornwall met me was gebeurd. En hij zei dat hij me duidelijk probeerde te maken waarom het geen goed idee was als ik iets met Lily zou beginnen.'

Sean leek geschokt. 'Hij waarschuwde je? Zoiets als Don Corleone in *The Godfather*?'

'Nee, nee, het was geen dreigement. Eerlijk gezegd was het nog erger.' Als Nick hem had verboden om iets met Lily te beginnen, zou dat toen voor hem, als achttienjarige, waarschijnlijk eerder een aansporing zijn geweest om het toch te proberen. Maar Nick was heel redelijk geweest en had een beroep op zijn verstand gedaan. 'Nick was heel aardig. Hij zei dat het misschien wel een goed idee leek, maar stel dat het iets werd tussen ons, en dat het dan later weer uitging? Die kans was groot, zei hij, want we waren nog zo jong. En hoe moest het dan verder? Iedereen in Stanton Langley was dol op Lily. Als ik haar hart zou breken, zou me dat niet in dank worden afgenomen.' Hij zweeg even en haalde zijn schouders op. 'Nou ja, hij had natuurlijk gelijk. Ik had al niet zo'n beste reputatie, en als ik Lily verdriet zou doen, zouden ze me dat nooit vergeven. Zoals Nick zei, we konden levenslang vrienden zijn, of ik kon iets met haar beginnen en dan het risico lopen dat ik alles kwijtraakte. Niet alleen Lily. Al onze vrienden, familie... iedereen.'

'Wauw,' zei Will. 'Heavy.'

'Maar hij had wel een punt,' zei Sean.

'Ja.' Dan knikte vermoeid.

'Want diezelfde avond nog ben je met Amber naar bed geweest.'

Dan knikte weer. Dat was niet iets waar hij trots op was. Als verdediging kon hij aanvoeren dat zijn hart in duizend stukken was gebroken door Nicks woorden. Bovendien had hij Amber de nacht van haar leven bezorgd. Op dat moment had het allemaal heel logisch geleken.

'En tijdens je studie ben je echt met zo'n beetje alle meisjes het bed in gedoken.'

'Niet alle,' zei Dan, hoewel het er behoorlijk veel waren geweest. 'Dus nu snappen jullie waarom ik het haar nooit heb kunnen vertellen. Het was ik tegen de rest van Stanton Langley.'

Het was nog nooit bij iemand opgekomen dat hij zo'n versierder was omdat hij het enige meisje dat hij echt wilde niet kon krijgen.

Inmiddels, na al die jaren, was hij bijna vergroeid met zijn rol als casanova. Hij had echt zijn best gedaan om op iemand anders verliefd te worden, maar dat was gewoon niet gebeurd. En onderhand wist hij zelf niet meer of hij nog wel te vertrouwen was in een relatie. Dus om nu nog het risico te nemen en het haar te zeggen? Stel je voor dat hij zijn woorden niet kon waarmaken.

Hij kon maar beter zijn mond houden dus.

Sean, die had gezien dat Dan weer helemaal opging in zijn herinneringen, zei: 'Vandaar dus die eeuwige grapjes tussen jullie. Je flirt met haar, zogenaamd voor de grap, omdat het raar zou zijn als je dat niet deed, maar het is een soort dubbele bluf, want eigenlijk meen je het nog ook. En het is ook veilig om het zo te houden, want stel dat je iets zegt, en het valt verkeerd.'

Gewoon eng hoe dicht Sean erbij zat. Kwam het doordat hij homo was dat hij zo gevoelig was en alles doorzag?

'Zo ongeveer,' zei Dan.

'En nu?' vroeg Will. 'Ga je haar nog vertellen wat je voor haar voelt?'

Weer die steek in zijn buik. Hij schudde zijn hoofd. 'Nee, dat kan ik niet. Er is niets veranderd. Ik weet hoe ik ben... Ik ben nu al zo lang zo. Ik kan niet het risico nemen dat ik de boel verknal.'

Stilte. Na een tijdje zei Sean: 'Dan moet dat met Eddie Tessler wel pijnlijk voor je zijn.'

'Laten we het erop houden dat dit niet de leukste dagen van mijn leven zijn.'

'Misschien krijgt hij wel weer genoeg van haar,' zei Sean.

'Of niet,' zei Will, wat niet erg hielp.

Dan was ineens doodmoe; de duizeligheid had zich verspreid, zijn oogleden voelden zwaar aan en zijn hersens leken wel watten.

Onder de toevallige invloed van drank en medicijnen had hij zijn geheim verklapt. En hoewel dat enigszins een opluchting was, konden Sean en Will hem er ook niet mee helpen.

Ze konden niet toveren.

'Jullie mogen het aan niemand doorvertellen.' Met zijn ogen halfdicht keek hij van Sean naar Will. 'Dat moeten jullie zweren. Lily mag het nooit te weten komen.'

Ze knikten allebei meelevend. 'Dat beloven we,' zei Sean. 'Je geheim is veilig bij ons.'

Will glimlachte. 'En als je twee homo's die jarenlang hebben verzwegen dat ze dat zijn al niet kunt vertrouwen, wie dan wel?'

Dan werd de volgende ochtend om halfzeven wakker. Boven lagen Sean en Will nog te slapen. Hij liet een briefje voor hen achter op de tafel: *Maak je geen zorgen. Ik leef nog. Dank voor gisteravond. D. En niet vergeten: dit was tussen ons.*

Toen hij het huis uit ging, bedacht hij ineens dat iemand die hem naar buiten zag komen wel eens kon denken dat ze een triotje hadden gehad.

Hij besloot naar de hoofdstraat te lopen. De tijdschriftenwinkel was vast al wel open, dan kon hij daar een paar kranten kopen. En ze verkochten er ook pijnstillers.

In de winkel bladerde hij onhandig met één hand wat kranten door, zonder zichzelf te willen bekennen waar hij eigenlijk naar op zoek was.

Totdat hij een pagina omsloeg en een enorme foto zag met daarboven de kop: ZIJ KAN WEL EENS DE WARE ZIJN, ZEGT EDDIE.

En toen had Dan er pas echt spijt van dat hij in de krant had willen kijken.

'O mijn god,' zei een blond meisje terwijl ze een tijdschrift uit het rek pakte. Ze lachte naar hem. 'Heb je oorlogje gespeeld?'

Ze was jong, aantrekkelijk, en het was duidelijk dat ze hem wel zag zitten. Er zat een knalroze streep in haar haar. Puur uit gewoonte schonk Dan haar een stralende lach. 'Je zou die andere man eens moeten zien.'

'Dat geloof ik meteen. Wauw, dat is nog eens een blauw oog, zeg. Doet het erg pijn?'

Het was minder pijnlijk dan naar foto's van Lily en Eddie Tessler te moeten kijken.

'Ik overleef het wel.' Vaag vroeg hij zich af wie ze was.

'Ik ben Shaz. Hoi. Ik zag je net naar die foto kijken. Als je hier uit het dorp komt, ken je Lily vast wel.'

Dan begreep meteen wie ze was. Een journaliste. 'Sorry, ik kan je niet helpen.'

'Jammer! Het is zo'n mooi verhaal, een soort Assepoestersprookje.' Haar ogen straalden toen ze hem plagend vroeg: 'Ik begin me af te vragen of ze soms een ex van je is.'

Hij schudde zijn hoofd. 'Nee.' Trekkend met zijn been en met de krant onder zijn arm liep hij naar de toonbank, waar hij Ted Wilson om een doosje paracetamol vroeg. Nadat hij had afgerekend en naar de deur liep, hoorde hij Ted tegen Shaz zeggen: 'Ik kan je alles over Lily vertellen wat je maar weten wilt.'

'Echt?' Shaz fleurde helemaal op. 'Nou, dat is fantastisch.'

'Ik bedoel, ik krijg er toch wel voor betaald, hè?'

'Afhankelijk van de informatie kunnen we wel een bedrag afspreken, ja.' Shaz knikte zo fanatiek dat haar oorbellen rinkelden.

Dan draaide zich nog even om en keek Ted, die pas een paar jaar in het dorp woonde, met opgetrokken wenkbrauwen aan.

Ted schoot meteen in de verdediging. 'Nou en? Als ik het niet doe, doet iemand anders het wel.'

'Precies,' zei Shaz.

# 29

Wie had ooit kunnen denken dat er in een week zoveel kon gebeuren?

Lily stond haar tanden te poetsen in de badkamer van haar hotelkamer. Niet in Londen deze keer, maar in de beste kamer van het

Valentine, waar ze de afgelopen zeven dagen met Eddie Tessler had gezeten. Misschien dat anderen het een beetje raar vonden dat ze in een hotel zat in haar eigen dorp – nou, zelf vond ze het ook wel een beetje raar.

Het ergste was nog wel dat ze het altijd zo leuk had gevonden om uitgebreid te ontbijten in hotels, maar als je de kok en de serveerster kende en als die je aankeken alsof je een heel ander persoon was, dan werd dat erg ongemakkelijk en dus onmogelijk.

Lunch of diner in de Star, opgediend door vrienden, prima.

Ontbijt in het Valentine, te gênant voor woorden.

En om het nou naar je kamer te laten brengen, op zo'n echt zilveren dienblad, terwijl je zelf naast het grote hemelbed stond waarin je de nacht had doorgebracht met een echte vip... Nee, laat maar.

Lily grijnsde tegen haar spiegelbeeld en spuugde tandpastaschuim in de wasbak. Dat woord 'vip' was nog zoiets geks.

'Waarom trek je zo'n raar gezicht?' Eddie kwam de douche achter haar uit zetten en streek zijn natte haren naar achteren.

Ze glimlachte, want het kingsize hotelbed delen met Eddie was iets waar ze wel van genoot. Ze spoelde haar mond met water, spuugde nog een keer en zei: 'Het zou eigenlijk "vfp" moeten zijn.'

'Natuurlijk.' Hij sloeg zijn armen om haar heen. 'Al weet ik dan niet waar je het over hebt.'

'Mensen zeggen vip, *very important person*, maar dat zou moeten zijn *very famous person*, want dat bedoelen ze eigenlijk, toch? Dat iemand beroemd is, niet dat hij belangrijk is.'

'Dat is helemaal waar.' Hij keek haar geamuseerd aan. 'En wat zou ik dan moeten zijn?'

'Een qfp,' zei ze.

'Pardon?'

'Quite Famous, want je bent wel redelijk beroemd, maar niet superberoemd.'

Hij deed alsof hij haar in haar naakte schouder wilde bijten. 'Zo ken ik mijn plaats weer.'

'Zo is dat. En nu moet ik naar mijn werk.' Nou ja, thee en toast thuis en dan aan het werk.

'Moet dat echt?'

'Ja, dat weet je best. We hebben het drukker dan ooit.' Ze schudde haar hoofd. 'En dat komt allemaal door jou.'

'Sorry.'

'Ga je vandaag nog aan je script werken?'

'Ik ga het in elk geval proberen.' Hij keek haar somber aan, hij had haar al verteld dat het schrijven hem deze keer moeite kostte.

'Je komt er vast wel weer in.'

'Het is jouw schuld. Ik kan me niet concentreren als jij er bent. Je leidt me te veel af.'

Ze draaide zich om en gaf hem een kus op de mond. 'En daarom ga ik nu ook weg.'

Toen Lily wat later over de oprijlaan van het hotel liep, hoorde ze achter zich serviesgoed kapotvallen. Iemand riep haar.

Ze draaide zich om en zag dat een van de serveersters haar achterna was gelopen met een vol dienblad. Het was Jessica Raven, een aardig meisje van tegen de twintig dat in het dorp woonde met haar ouders en vele broers en zussen.

'Hé, Jess, alles goed?'

'Jaja.' Jessica keek steels om zich heen, als een inbreker uit een tekenfilm. 'Maar wat ik wilde zeggen, wij mogen van de directie Eddie Tessler niet om zijn handtekening vragen, maar ik wil er echt heel graag eentje, dus ik vroeg me af...'

'Je wilt dat ik het hem vraag?'

'Ja, nou, je hebt seks met hem, dus tegen jou zegt hij vast geen nee.'

Lily knipperde even met haar ogen. 'Nee, waarschijnlijk niet.'

'Wil je het hem dan vragen?'

Aangezien Lily zo gauw geen reden kon bedenken om het te weigeren, zei ze: 'Oké.'

'Te gek! Mag ik er dan tien?'

'Tien handtekeningen?'

'Ja, dat is veel, maar ik heb ook een grote familie. Anders krijgen we er nog heibel over.'

'Oké dan, ik zal Eddie een berichtje sturen en vragen of hij dat voor je wil doen. Dan kun je ze later bij hem ophalen.'

'Maar ik wil niet ontslagen worden. Zou jij ze niet kunnen meenemen naar de zaak, dan vraag ik een van mijn broertjes wel of hij ze later vanmiddag daar wil ophalen. Als iemand van het hotel er dan toch naar vraagt, kun je gewoon zeggen dat ik er niks mee te maken heb.'

'Oké,' zei Lily weer.

'Dank je. Je bent een bofkont, weet je.' Jessica slaakte een diepe zucht. ' Eddie Tessler ziet er goed uit.'

'Eh, ja.'

Het jongere meisje schonk haar een veelbetekenend lachje. 'Ik durf te wedden dat hij fantastisch is in bed.'

Om vier uur 's middags kwam Eddie Lily een envelop brengen met foto's met handtekeningen. 'Alsjeblieft.'

'Dank je. En sorry dat ik het vroeg, maar het is echt een aardig meisje. Ik kon gewoon niet weigeren.'

Hij haalde zijn schouders op. 'Ik durf te wedden dat ze vanavond op eBay staan,' zei hij lachend.

'Nee, dat zou ze nooit doen.' Lily schudde verwoed haar hoofd. 'Nee, zo is Jess niet.'

Eddie plantte een kus op haar voorhoofd. 'Als jij het zegt.'

Ze kuste hem op zijn mond, kort maar liefdevol. Ze vond het heerlijk dat dat kon. Na jaren haar gevoelens voor Dan verborgen houden was het gewoon fijn om openlijk te kunnen laten merken wat ze voor iemand voelde. Eddie was dan wel niet Dan, maar hij was haar vriendje en ze zou van iedere minuut van hun relatie genieten.

Na nog een laatste kus vroeg ze: 'Hoe gaat het met je script?'

'Slecht. Daarom ben ik ook hiernaartoe komen wandelen, met als smoes dat ik je die foto's nog moest geven.'

'En nu kun je weer terugwandelen naar het hotel en een nieuwe poging wagen. Ik zie je om halfacht,' zei Lily. 'Je hebt nog drie uur om wat woorden op papier te krijgen.'

'Slavendrijver.'
'Ja, zo sta ik bekend.'
Hij glimlachte. 'Spannend.'

Toen hij wegliep, zag ze dat een paar klanten stiekem foto's van hem maakten met hun mobieltjes. Ze zag ook een van Jessica's broertjes rondjes rijden op zijn fiets, vlak voor de poort.

Zodra Eddie uit zicht was verdwenen reed de jongen de binnenplaats op, kwam slippend tot stilstand en knikte naar de envelop in haar hand. 'Zijn dat ze?'

'Ja. Alsjeblieft.' Ze gaf hem de foto's met handtekening.

'Bedankt.' De jongen – het was Tim of Tom, dat kon Lily zich niet precies herinneren – liet de envelop in de binnenzak van zijn jack glijden.

'Moet je niet naar school vandaag?'

Hij keek haar geschokt aan. 'Nee, ik heb twee weken geleden eindexamen gedaan.'

'O, oké. Heb je al werk gevonden?'

'Ja.' De jongen had een brutaal grijnsje. 'Ik ben een handeltje begonnen. Een soort freelance ondernemer ben ik.' Na die woorden fietste hij met veel kabaal over het grind weg.

Lily kon niet anders dan hem bewonderen om zijn lef. Eddie had gelijk gehad, vanavond zouden die foto's op eBay staan.

## 30

Over gemengde gevoelens gesproken. Vanuit de beslotenheid van haar keuken kon Coral precies horen wat er buiten gebeurde, geanimeerde gesprekken, rinkelende glazen, gelach. Nick had altijd graag feestjes gegeven in Goldstone House. Na Nicks dood had ze daar geen zin meer in gehad.

Maar de tijd verstreek, ze begon zich weer in het sociale leven onder te dompelen, en het kleine feestje van vanavond voelde heel vertrouwd aan omdat er maar een paar gasten waren: Lily en Eddie,

Patsy, Dan, Declan en Gail. En Gail leek haar een erg aardige vrouw. Ze werkte als inkoopster voor een duur warenhuis in Londen en had Coral al allerlei tips gegeven. Ze had haar verteld waar ze online speciale gloeilampen kon kopen en suggesties gedaan voor het vervangen van de kranen in de wc beneden.

Dus het verliep allemaal even prettig en ontspannen.

Tenminste, het had ontspannen kunnen zijn als ze niet stiekem verliefd was op Declan en doodsbang dat zijn vriendin dat aan haar kon zien.

Ach, ze was gewoon paranoïde. Natuurlijk kon Gail dat niet aan haar zien. Bovendien was dit Lily's avond. Ze straalde helemaal van geluk en zelfs Eddie verbleekte een beetje naast haar. Iedereen leek het naar zijn zin te hebben, Dan maakte als vanouds grapjes en het was zelfs niet gênant geweest toen een van de barmeisjes van de pub even binnen was gewipt om te vragen of ze een selfie met Eddie mocht nemen.

Het had ook niet uitgemaakt dat het uiteindelijk zeven selfies waren geworden, omdat het meisje van de zenuwen zo met haar ogen had staan knipperen dat ze de eerste zes pogingen niet mooi genoeg had gevonden.

Toch had zelfs dat de sfeer niet bedorven. Eddie had alles goedmoedig ondergaan, en het meisje, dat het eindresultaat meteen op de social media had geplaatst, werd nu door al haar vriendinnen op Facebook benijd.

'Zal ik dat ook vast allemaal naar buiten brengen?' Lily kwam de keuken in, met stralende ogen. 'Het ziet er heerlijk uit.'

'Hoe is het met Eddie?'

'Hij vermaakt zich prima.'

Coral bedacht dat Lily al vijfentwintig was, oud genoeg om een gezin te stichten. Voor het geval Lily zich het afvroeg, zei ze: 'Ik mag hem heel graag, weet je. Heel erg graag.'

Lily omhelsde haar even. 'Dat weet ik. Ik ook.'

Samen droegen ze de schalen salade, zalm, kerrie-eieren, gebakken tomaten en Caraïbische rijst naar buiten. Op het terras had

Dan de barbecue onder zijn hoede genomen, hij stond met één hand behendig de steaks, worstjes en gemarineerde kippenpoten om te draaien. Heerlijke geuren stegen op terwijl ze het eten op de lange tafel zetten, tussen de borden, wijnkoelers en glazen.

'Je hebt een prachtige tuin,' zei Gail tegen Coral, terwijl er in de woonkamer muziek werd opgezet en de zwoele stem van Alicia Keys door de openslaande deuren naar buiten kwam. 'Echt heel mooi.'

Het prettige gevoel in Corals buik vermengde zich met het ongemakkelijke idee dat Gail haar zo meteen aan een examen zou onderwerpen waarvoor ze niet had geleerd.

'Dank je. We vinden hem zelf ook heel mooi.' Coral roerde in de aardappelsalade, hoewel dat nergens voor nodig was. 'Hou jij van tuinieren?'

'O god, nee. Al die insecten en wormen.' Gail rilde. 'Maar ik vind het niet erg om vanuit een ligstoel de kunststukjes van anderen te bewonderen.'

Gail was veertig. Haar halflange haar was symmetrisch geknipt, zodat haar slanke hals goed uitkwam. Ze was mooi, nogal gedreven, en ze wist hoe ze zich moest kleden.

'Ja, dat vinden we allemaal leuk,' zei Coral met een glimlach.

'Gelukkig heb ik een appartement zonder tuin.' Gail pakte borden van de stapel en zette ze op tafel, terwijl Dan achter de barbecue als een dirigent met zijn tang stond te zwaaien en meezong met de muziek.

'Dus je gaat Declan zeker niet helpen met de tuin van Weaver's Cottage?'

'Ha, geen sprake van.' Declan had Gail vanmiddag laten zien wat zijn plannen met de cottage waren. 'Er moet nog heel wat gebeuren.'

'Ja, maar dat is het wel waard. En het zal hem geen enkele moeite kosten om het door te verkopen of te verhuren,' zei Coral. Zich bewust van Gails koele blik, voelde ze haar spanning weer toenemen. 'Er is altijd vraag naar gerestaureerde cottages in een mooie omgeving. En de mensen in Stanton Langley zijn vriendelijk. Het is een heerlijk dorp.'

'Ja, dat zegt Declan ook steeds,' zei Gail. Na een korte stilte vervolgde ze op afgemeten toon: 'Eerlijk gezegd vroeg ik me eerst af wat er aan de hand was. Toen hij opeens die brief van Lily kreeg. Ik dacht dat hij misschien wel haar vader was, maar dat niet wilde toegeven.'

Een eindje verderop in de tuin, waar de stralen van de ondergaande zon door de hoge takken schenen, liet Lily Declan zien hoe ze vroeger altijd in de boom was geklommen. Ze hing als een aap aan een hoge tak, met haar hoofd naar beneden.

Een aap in spijkerbroek, op teenslippers en met grote zilveren oorringen in.

'Jezus,' riep Declan, met zijn hand boven zijn ogen tegen de lage zon. 'Doe dat nou niet. Kom eruit!'

'Dat heb ik nou ook jaren tegen haar gezegd,' zei Coral liefdevol. 'Heeft nooit iets uitgehaald. Nick noemde haar altijd half kind, half orang-oetan. En nee, Declan is niet haar vader. Maar ze kunnen het goed met elkaar vinden, hè? Ze hebben echt een band. En voor Lily is het fantastisch om iemand te leren kennen die zoveel voor haar moeder heeft betekend.'

'Dat zal wel.' Gail klonk al wat minder koel.

'Het is zo leuk om ze samen bezig te zien. Volgens mij betekent het ook veel voor Declan, vooral omdat hij zelf geen kinderen heeft.'

'Nog niet tenminste,' zei Gail.

'O!' Corals hart sloeg over. Haar blik gleed naar het glas water in Gails gemanicuurde hand. Naar de bolling van haar borsten onder het perfect zittende lichtpaarse linnen jurkje. Waren haar borsten normaal kleiner? En dat Declan het er niet over had gehad, betekende dat dat hij het nog niet wist?

Ineens werd ze zich ervan bewust dat Gail haar met een scheef hoofd opnam, met in haar ogen een geamuseerde en ook triomfantelijke blik.

'Ik ben niet zwanger, als je dat soms denkt.' Haar glanzende kapsel zwaaide van links naar rechts, en ze ontblootte haar oogverblindend witte tanden in een lach. 'Ik drink water omdat ik straks moet rijden.' Ze pakte een bord en begon eten uit de verschillende schalen op te scheppen. 'Zit er olie in die sla?'

'Eh... ja.'

'O. Oké.'

'Ik kan wel even wat sla zonder olie voor je maken,' bood Coral aan toen ze zag dat Gail teleurgesteld keek.

'Dat zou heel erg fijn zijn. Sorry dat ik zo lastig ben, maar ik let goed op wat ik eet.' Gail liep achter haar aan de keuken in.

'Dat zie ik. Je hebt een prachtig figuur.'

'Dat weet ik. Maar jij ook. Was je man soms te dik?'

Coral was al bezig sla te scheuren en in een schaal te gooien. 'Nick? Nee, hoor.'

'O. Ik vroeg het me gewoon af. Omdat hij zo jong al aan een hartaanval is gestorven. Dat gebeurt meestal met mensen die te dik zijn.'

'Nou, dat ging voor Nick niet op.'

'Sorry, vind je me soms een beetje bot? Dat was niet de bedoeling.' Gail pakte een fles balsamico en sprenkelde er wat van over de sla heen.

Als Gail bot kon zijn, kon zij het ook, dacht Coral. 'Dus Declan en jij willen graag een kind?'

Gail deed nog wat cherrytomaatjes, gekookte asperges en schijfjes komkommer bij de sla. 'Ik zit erover te denken. Ik heb het idee dat Declan het jammer vindt dat hij niet al eerder kinderen heeft gekregen. Hij zou een fantastische vader zijn, denk je ook niet?'

Wat moest ze daar nu weer op zeggen? Coral knikte. 'Dat denk ik ook,' mompelde ze. 'En als dat jullie grote wens is...'

'Ach, ik hou gewoon van Declan.' Gail haalde sierlijk haar schouders op. 'Dat zou de voornaamste reden zijn om het te doen. Ik ben eigenlijk niet zo van de baby's, maar als hij het wil, dan wil ik het wel proberen. Misschien is het ook lang niet zo erg als mensen je wel eens vertellen.'

Coral keek haar geschrokken aan. 'Maar stel dat je het niet leuk vindt?'

'Er zijn wel meer vrouwen die zeggen dat ze geen kinderen willen, maar als het dan eenmaal zover is, verandert dat ineens. Mijn nicht dacht er precies zo over als ik, maar inmiddels heeft ze er al drie! Dus dat kan ook.'

Coral knipperde met haar ogen. 'Oké.'

'Vind jij Declan aantrekkelijk?' vroeg Gail.

Wat? Coral keek haar aan, ervan overtuigd dat ze het verkeerd had verstaan. 'Sorry, wat zei je?'

Gail herhaalde haar vraag. 'Declan. Of je hem aantrekkelijk vindt.'

Gegeneerd schudde Coral haar hoofd. 'Nee! Hoezo?'

'Zomaar. Dat wilde ik gewoon even weten.' Gail keek haar met een vriendelijk lachje aan. 'De meeste mensen zouden zeggen dat Declan een erg aantrekkelijke man is. Dus eigenlijk vraag ik me af waarom jij dat niet vindt.'

Wat allemaal heel plausibel klonk, maar Coral wist dat er meer achter stak. Gail had dus door dat ze stiekem verliefd was op Declan.

En dat wilde ze haar op een subtiele manier laten weten.

Waardoor Coral zich plotseling afvroeg of Declan het zelf misschien ook doorhad. O god.

In de tuin konden ze Lily en Dan vals horen meebrullen met Alicia Keys: '*No one, no one, no one...*'

Toevallig was dat een van Nicks lievelingsnummers geweest. Hij zong het altijd keihard onder de douche. Maar natuurlijk was het geen toeval, verbeterde Coral zichzelf; ze draaiden die cd al sinds ze hem jaren geleden voor Nick had gekocht. *O Nick...*

'Ik heb heel veel van mijn man gehouden,' zei ze tegen Gail. 'Ik hou nog steeds van hem. Waarschijnlijk komt het daardoor dat ik andere mannen niet gauw aantrekkelijk vind.'

*Hoor je dat, Nick? Hoor je hoe ik hier gewoon sta te liegen en jou daarvoor als excuus gebruik? Liefje, het spijt me, ik hoop dat je het niet al te erg vindt.*

Het mooie was dat hij haar zou begrijpen, mocht hij het op de een of andere manier kunnen horen.

Het erge was dat Gail haar aankeek met een blik alsof ze haar niet geloofde.

Wat deden ze heel vroeger ook alweer met een vrouw van wie ze dachten dat ze een heks was? Ze gooiden haar in het water en als ze verdronk, was ze onschuldig. Als ze bleef drijven, was ze schuldig en dan ging ze op de brandstapel.

Terwijl Coral een rilling onderdrukte en hoopte dat Gail deze methode niet op haar zou uitproberen, hield ze de schaal sla voor haar op. 'Wil je nog iets anders?' vroeg ze.

Ja, ik wil dat je ophoudt met je verliefdheid op Declan.

Gelukkig zei Gail dat niet echt, natuurlijk, maar het idee alleen al dat ze het misschien dacht bezorgde Coral kippenvel.

'Nee, dat is perfect. Dank je.' Ze pakte de schaal aan. 'Sorry dat ik zo lastig ben.'

'Dat ben je helemaal niet.'

'O nee?' Met een raadselachtig lachje, waardoor Coral nog onzekerder werd, zei Gail: 'Laten we inderdaad hopen van niet.'

## 31

Ze gingen weer naar de anderen in de tuin. Iedereen was al aan het opscheppen. Dan legde een stapel steaks op een schaal, Patsy peuterde de grotere stukjes Spaanse peper uit haar rijst en gaf ze aan Lily en Gail ging bij Eddie staan en vertelde hem over haar oudere buurman, die een keer met Joanna Lumley op het toneel had gestaan en sindsdien hopeloos verliefd op haar was.

'O, crème fraîche!' Patsy boog zich voor Gail langs en kwakte een flinke dot op haar pittige rijst. Ze vroeg of Declan ook wat wilde.

Gail zei: 'Mensen denken altijd dat de Franse crème fraîche gezonder is dan de Engelse *double cream*, maar dat is gewoon niet zo. Er zitten net zoveel calorieën in.'

'En het is net zo lekker,' zei Patsy vrolijk, terwijl ze een hap nam.

Coral keek even naar Declan. Hij gaf haar een knipoogje van verstandhouding, alsof hij zich net als zij verwonderde over de gektes en zwaktes van andere mensen, maar niet op een nare manier.

O, maar die knipoog en dat lachje... hem daar te zien zitten... Waarom deed haar dat zoveel? Declan maakte haar gelukkig, besefte ze. Echt gelukkig. Ze voelde een kriebel in haar buik en niet voor het eerst wilde ze dat de situatie anders was.

Want je kon jezelf dan wel voorhouden dat je de verliefdheid gewoon onder controle moest houden en als een goede oefening beschouwen, in de praktijk bleek dat toch lastig te zijn.

Terwijl ze een kurkdroge mond kreeg, begreep ze dat ze zichzelf voor de gek had gehouden. Net zoiets als iemand die zegt dat hij best één keertje coke kan snuiven, zolang hij er maar voor zorgt dat hij niet verslaafd raakt.

Onwillekeurig keek ze weer even naar Declan, die nu met Patsy zat te kletsen. Het was al te laat, het was al gebeurd.

Ze was hopeloos verslaafd aan Declan Madison, en afkicken was onmogelijk. Het was doodeng.

'Kip!'

Coral schrok zo dat haar linkerknie tegen de onderkant van de tafel stootte. Een van de bijna lege flessen wijn viel om, en er verschenen rode vlekken op het witte tafelkleed.

Als een soort onderstreping van de puinhoop die ze er in haar hoofd van had gemaakt.

'Oeps.' Lily zette de fles weer rechtop en hield Coral het bord voor dat ze in haar andere hand had. 'Ook wat kip? Links is citroen, rechts whisky.'

Coral wist eigenlijk niet of ze wel een hap door haar keel kon krijgen. 'Een heel klein stukje. Ik zit eigenlijk te wachten tot Dan de garnalen heeft gegrild.'

'U vraagt, wij draaien,' riep Dan. 'Ze zijn net klaar. Kom maar hier met je bord.'

En nu stond hij haar bord vol te scheppen met de gemarineerde reuzengarnalen, terwijl de rook in haar ogen prikte. Ze wreef er even over, zonder erbij stil te staan dat ze mascara ophad.

'Je make-up is uitgelopen.' Dan gaf haar een van de servetten van de stapel naast hem.

Natuurlijk was het uitgerekend Gail die haar met het servet in de weer zag. Ze kwam snel naar haar toe en vroeg: 'Gaat het wel? Ik hoop niet dat je van streek bent omdat ik naar je man heb gevraagd.' Ze klonk oprecht bezorgd. 'Dat spijt me echt. Daar zit nog wat. Wacht, ik help je even.'

Uiteindelijk zaten ze allemaal met volle borden aan tafel. Citronellakaarsen in zilveren houders hielden de muggen op afstand, er stond een cd van Bastille op, en Declan opende een fles Perrier-Jouët.

'Laten we een toost uitbrengen,' zei hij nadat hij de schuimende drank had ingeschonken. Ze hieven allemaal hun glas. 'Op nieuwe vrienden en op oude.' Declan tikte met zijn glas tegen dat van Dan en iedereen volgde hun voorbeeld.

'Vier weken geleden had je zelfs nog nooit van Stanton Langley gehoord,' bracht Lily hem in herinnering. 'Gek, hè?'

'Vier weken geleden had ik nog nooit van jou gehoord.' Hij lachte naar haar.

'Ik liep gisteren langs de cottage,' zei Eddie. 'Ze zijn daar hard aan het werk. Een wonder gewoon wat ze in een week tijd allemaal al voor elkaar hebben gekregen.'

'Ja, het gaat snel. Ik zal de komende tijd wel wat vaker hier zijn om de boel te begeleiden.' Declan doopte een garnaal in de saffraanmayonaise. 'Ik ben van plan volgend weekend weer hiernaartoe te komen en dan een week te blijven om een oogje in het zeil te houden.'

'Waar slaap je dan?' vroeg Patsy.

'In de cottage. Dat gaat prima,' zei Declan schouderophalend. 'Tegen die tijd zitten de nieuwe vloeren er wel in. Geen enkel probleem.'

'Maar dat is toch meer kamperen?' zei Lily. 'Je kunt toch bij ons logeren! Waarom zou je onnodig lijden?'

O nee, alsjeblieft niet. Coral drukte haar knieën onder tafel stijf tegen elkaar aan om het trillen tegen te gaan. Ervan overtuigd dat Gail haar in de gaten hield, en niet in staat wie dan ook aan te kijken, deed ze alsof ze helemaal opging in het wegslaan van een insect boven haar hoofd.

'Toch?' Lily, duidelijk op een missie, had het tegen haar. 'Declan hoeft toch niet in een half af huis op de grond te slapen, terwijl wij hier een logeerkamer hebben?'

'O, maar ik wil jullie niet tot last zijn...'

Vanuit haar ooghoek zag Coral dat Declan zijn hoofd schudde. Naast hem had Gail haar vork met kip neergelegd. O help, als ze niet snel iets zei, zou het allemaal erg ongemakkelijk worden.

Maar ze kon echt geen ja zeggen...

En ze kon ook beslist geen nee zeggen...

'Je zou ons niet tot last zijn,' verklaarde Lily. 'Natuurlijk kom je bij ons logeren!'

'O, die rotmug! Die citronellakaarsen helpen totaal niet!' Terwijl Coral met haar servet naar een niet-bestaand insect wapperde, zei ze: 'Natuurlijk kan hij bij ons logeren! Ik ben zelf helaas weg, maar dat maakt toch niet uit?' Ze schonk Declan een stralende lach. 'Lily zorgt wel voor je.'

Lily keek haar stomverbaasd aan. 'Hoezo ben je weg? Waar ga je dan naartoe?'

Diep ademhalen. 'Naar Zuid-Frankrijk. Grimaud.'

'Hè?' Met grote ogen vroeg Lily: 'Bedoel je vanwege dat artikel in dat tijdschrift dat ik je had laten zien? Echt waar?'

'Echt waar.' Coral knikte, opgelucht dat ze zich er zo behendig uit had weten te redden. 'Nou ja, ik moet natuurlijk nog een keer extra controleren of Marty en zijn broer het hier zolang van me over kunnen nemen. Daarom had ik het je ook nog niet verteld. Maar ze kunnen vast wel. Toen je me dat artikel liet zien, herinnerde ik me ineens weer hoe leuk ik het daar altijd vond... en ik besefte dat ik er heel graag weer eens naartoe zou gaan. Dus heb ik ze vanmiddag gebeld om te vragen of ze nog plek hadden. En dat hadden ze.' Ze haalde even haar schouders op. 'Dus toen heb ik besloten me voor de cursus aan te melden.'

Eerlijk gezegd had ze zich alleen nog maar ingeschreven voor de nieuwsbrief, maar ze hadden haar meteen teruggemaild met aanlokkelijke prijzen voor de volgende week, dus met een beetje geluk kon ze zich nog snel even aanmelden.

'Wat leuk!' Lily klapte verrukt in haar handen. 'Daar ben ik zo blij om!'

'Jullie maken me nieuwsgierig,' zei Gail. 'Wat voor cursus is dat?'

De spanning gleed al wat van Coral af. Nu het gevaar geweken was, vond ze het een stuk gemakkelijker om met Gail te praten. 'Een schilder- en tekencursus. Toen Nick nog leefde, ging ik er regelmatig naartoe. Het is er altijd heel relaxed, met aardige docenten. Overdag schilder je met zijn allen buiten, en 's avonds eet je samen. Sinds Nicks dood ben ik er niet meer geweest, maar toen Lily me dat artikel liet zien, wist ik dat het tijd werd om er weer mee te beginnen.'

En wie weet, dacht ze, nu ze min of meer gedwongen was om te gaan, zou ze het nog leuk vinden ook.

'Dus je bent een kunstenaar,' zei Eddie op belangstellende toon. 'Verborgen talenten.'

'O nee, helemaal niet.' Gegeneerd schudde Coral haar hoofd. 'Zo goed ben ik niet.'

'Jawel hoor,' zei Lily. 'Ze is heel goed.'

'Verkoop je je werk?' vroeg Gail.

'God, nee!'

Gail keek haar verbaasd aan. 'Waarom doe je het dan?'

Naast haar zei Declan: 'Omdat ze het leuk vindt om te doen, neem ik aan.'

'Ze geeft haar schilderijen aan vrienden,' verdedigde Lily haar. 'Ze zijn echt fantastisch.' Terwijl ze zich naar Eddie wendde, vervolgde ze: 'Die tuinscène bij Patsy in de woonkamer... die is van Coral. Vroeger was ze altijd aan het schilderen.'

Eddie was diep onder de indruk. 'Je bent echt goed.'

Coral glimlachte naar hem. 'Het is bijna drie jaar geleden dat ik voor het laatst een penseel heb aangeraakt, dus we moeten maar afwachten of ik het nog kan.'

'O god, kwam ik weer zo bot over? Sorry, let maar niet op mij,' zei Gail. 'Maar ik heb gewoon nooit goed gesnapt waarom mensen uren besteden aan een hobby die verder niets oplevert.' Ze schepte nog wat rijstsalade op. 'Nou ja, ieder zijn ding. We zijn allemaal anders, toch? Als ik ergens niet goed in ben, doe ik het gewoon niet. Ik doe liever mijn best op iets wat ik kan. Maar ja, niet iedereen is hetzelfde.'

Eddies telefoon ging over, en hij keek even op het schermpje. 'Verdomme, dat is mijn manager. Hij belt alleen maar als het belangrijk is. Ik kan maar beter even opnemen.' Hij schoof zijn stoel naar achteren, liep van tafel weg en nam op. Een paar minuten luisterde hij zwijgend, toen mompelde hij wat en verbrak de verbinding. 'Lily?'

Lily draaide zich om op haar stoel. 'Ja?'

Coral had al aan Eddies gezicht gezien dat het geen goed nieuws was en toen ze zag dat Eddie een hand op Lily's blote schouder legde, draaide haar maag zich om van bezorgdheid.

'Heet jouw biologische vader Keir Bourne?'

Lily keek hem even aan. Ze knikte. 'Ja.'

'Sorry, maar hij heeft zijn verhaal aan een van de zondagskranten verkocht.'

Coral sloeg een hand voor haar mond.

Lily was plotseling lijkbleek geworden. Met een strak gezicht zei ze: 'Je bedoelt dat hij heeft verteld dat hij een klootzak is, dat hij mijn moeder heeft gedumpt, dat hij nooit de moeite heeft genomen om me te leren kennen? Nou, dat is inderdaad een fantastisch verhaal.' Het sarcasme droop van haar stem af. 'Hij wil dat de hele wereld weet wat voor klootzak hij is.'

Eddie slaakte een zucht. 'Blijkbaar wil hij je zien en je zijn kant van het verhaal vertellen. Hij zegt dat het tijd wordt dat je de waarheid te horen krijgt.'

'We weten al wat de waarheid is,' zei Lily.

Aan de andere kant van de tafel liet Patsy haar glas uit haar hand glijden. Het viel kapot op de rand van haar bord.

# 32

*Twaalf jaar eerder*

Hoewel Stanton Langley er nog nooit zo kerstachtig had uitgezien, had Patsy zich nog nooit zo weinig feestelijk gevoeld.

Waarom overkwam haar dit soort dingen nou altijd? Was ze in een vorig leven soms een compleet monster geweest?

Want soms kreeg ze wel dat gevoel.

En zoals altijd had ze het totaal niet zien aankomen. Twee weken geleden waren Alex en zij nog een normaal, gelukkig stel geweest, dat zich verheugde op hun vakantie op Tenerife.

Nou ja, Alex verheugde zich daar nog steeds op, want hij was op dit moment op weg naar het vliegveld, met die stomme Alice Sawyer, zijn nieuwe vriendin.

In plaats van met haar, Patsy, die hij twee dagen geleden zonder pardon de bons had gegeven, omdat ze te goed voor hem was. Pff!

Ja, hij had inderdaad het lef gehad om dat te zeggen. Vlak voordat hij had verteld dat hij inmiddels iets met Alice had, die weliswaar veel kleinere hersens had dan Patsy, maar veel grotere tieten.

Dus was ze weer eens single, en dat midden in december. En daarbij was ze ook nog eens behoorlijk wanhopig, gedesillusioneerd en een beetje verbitterd. Want iedereen om haar heen had een relatie, en niets gaf je een eenzamer gevoel dan met Kerstmis als enige single te zijn.

*Ik ben drieëntwintig, ik ben op dieet geweest en bijna zeven kilo afgevallen, en ik heb een prachtige blauwe bikini gekocht.*

*Die nu niemand te zien krijgt.*

Om maar te zwijgen van de kostbare week vakantie die ze voor niets had opgenomen.

Het was twee uur 's middags toen Patsy de man voor het eerst zag. Hij zat in de theesalon aan een tafel voor het raam koffie te drinken en naar buiten te kijken. Hij droeg een grijs overhemd en een mooie rode trui, en ze schatte dat hij ergens in de dertig was. Hij had donker haar en mooie ogen en toen hij Patsy's blik ving, glimlachte hij even. Maar niet op een creepy manier. Gewoon om te laten merken dat hij haar had gezien. Als je in een dorp woonde, was het heel gewoon om naar onbekenden te glimlachen.

In de tijdschriftenzaak kocht ze een pakje kauwgum en een *Cosmopolitan* waar in schreeuwerige letters op de voorkant stond: EEN NIEUW JAAR, EEN NIEUWE JIJ! Een aanlokkelijk idee, vond ze. Toen ze terugliep door de hoofdstraat zag ze dat de man nog steeds in de theesalon zat. Toevallig rammelde op dat moment ook net haar maag, en in de theesalon hadden ze de lekkerste rozijnenbroodjes van de wereld.

Toen ze de deur opende – dat dieet van haar kon de pot op – klingelde de ouderwetse bel, en de man glimlachte weer, maar nu bij zichzelf. O god, was ze zo doorzichtig? Zat hij haar uit te lachen? Blozend liep ze door naar de toonbank en zei: 'Een rozijnenbroodje alsjeblieft, om mee te nemen.'

Ze rekende af en liep naar de uitgang, expres niet naar het tafeltje aan het raam kijkend. Tot hij zei: 'Mag ik je voordat je gaat even vertellen waarom ik lachte?'

'Zeg het maar.' Ze haalde haar schouders op alsof het haar totaal niet interesseerde.

'Ik zag laatst op tv weer eens een van mijn lievelingsfilms. *It's a Wonderful Life*, met James Stewart. Ken je die?'

'Ja.'

Wie kende die film nou niet?

'Toen je de deur opendeed, maakte de bel exact hetzelfde geluid als in de film. Herinner je je dat nog? Iedere keer dat de bel klingelt, krijgt een engel vleugels.'

'O.' Patsy werd al wat minder gespannen. 'Ja, het geluid lijkt er inderdaad wel een beetje op.'

'Nee, exact. En toen kwam jij binnen, in je rode jas en op je glanzende laarzen, heel feestelijk, en het was net alsof je... Nee, laat maar, dat kan ik echt niet hardop zeggen.' Hij schudde zijn hoofd, maar zijn ogen schitterden ondeugend.

'Nou, je hebt het sowieso mis als je denkt dat ik me zo feestelijk voel. Want dat is echt niet zo.'

Hij leunde naar achteren. 'Je glimlachte. Je zag er blij uit.'

'Maar vanbinnen huilde ik.'

'Wat is er dan gebeurd?'

'Wat er altijd gebeurt. Als je mij bent dan.' Ze zei het op droge toon. 'Het is het geval van de verdwenen vriend. Ex-vriend inmiddels.'

'Echt? Nou, jammer voor hem dan. Mag ik je iets vragen?'

'Natuurlijk.' Met ingehouden adem wachtte ze af.

'Die bushalte daar aan de overkant van de straat? Is dat de enige halte in het dorp of is er nog eentje die ik over het hoofd heb gezien?'

Oké, niet meteen de vraag die ze had verwacht, maar wel gemakkelijk te beantwoorden. 'Dat is de enige. Hoezo?'

'Ik zit op iemand te wachten en ik wil haar niet mislopen. Mag ik je nog iets vragen?'

'Over de dienstregeling? Het is hier geen Londen. Er komt maar één bus per uur.'

Hij knikte. 'Eigenlijk wilde ik je vragen of ik je op een kop koffie mag trakteren.'

Patsy kreeg te horen dat hij Kevin Lester heette. Hij was zesendertig, woonde in Slough en had een klein constructiebedrijf. Hij was gescheiden, hield van bergbeklimmen en van uit eten gaan. In zijn vrije tijd hield hij zich bezig met geld inzamelen voor goede doelen die zich bekommerden om dierenwelzijn. Als hij niet zulke lange dagen zou maken, nam hij beslist een hond. En dat hij in Stanton Langley was, kwam door zijn excentrieke tante Ethel die per se hier met hem had willen afspreken.

'Ze is echt knettergek,' legde hij uit. 'Ze verandert steeds van achternaam, dus we weten niet eens waar ze nu woont. Maar om de paar jaar neemt ze contact op en zegt waar ik naartoe moet gaan, zodat we elkaar kunnen bijpraten en ik met eigen ogen kan zien dat het goed met haar gaat. Ze belde me om te zeggen dat ze met de bus zou komen, alleen zei ze niet met welke. Typisch iets voor Ethel.'

'Maar je weet zeker dat ze komt?' vroeg Patsy.

Kevin haalde zijn schouders op. 'Misschien wel, misschien niet. Je weet het nooit met haar. Toen ze een keertje niet was komen opdagen, schreef ze me daarna dat ze in een opwelling naar Longleat was gegaan, om te kijken of Lord Bath niet aan een nieuwe minnares toe was.'

'O god. En was dat zo?'

'Blijkbaar niet. Maar vertel me eens wat over jezelf.'

Wat ze dus deed. Hij kon goed luisteren, hij was oprecht geïnteresseerd en stelde heel veel vragen. Patsy vertelde hem over haar ongelukkige geschiedenis met vriendjes, zonder er al te zielig over te doen, want hij mocht natuurlijk niet denken dat ze een loser was. Ze vertelde dat ze in een kapsalon in Cheltenham werkte en ze vertelde hem over haar collega's en over haar vrienden in het dorp. En terwijl ze zo met elkaar zaten te praten, begon ze Kevin Lester steeds leuker te vinden.

Om vier uur gingen ze op Patsy's aandringen bij de bushalte staan wachten, want ze was bang dat zijn tante misschien gewoon in de bus zou blijven zitten als ze hem niet zag staan.

'Mijn broertje komt ook met deze bus,' zei ze. 'Uit school. Ik zeg het je maar even, want hij gaat vast stomme dingen zeggen als hij ons samen ziet. Gewoon niet op letten.'

Vijf minuten later kwam de bus aanhobbelen. Nadat hij met piepende remmen tot stilstand was gekomen, gingen de deuren open.

'Nou, hopelijk zit ze erin,' zei Patsy, terwijl Kevin een bril met een donker montuur opzette.

Toen hij zag dat ze bevreemd naar hem keek, zei hij: 'Als ik geen bril draag, herkent ze me niet.'

Alleen zat tante Ethel niet in de bus. Patsy was teleurgesteld – ze had wel eens willen zien hoe een afgewezen minnares van ergens in de zeventig eruitzag. Een paar oudere dorpsbewoners, die kerstinkopen in de stad hadden gedaan, stapten voorzichtig uit met hun plastic tassen. Daarna was het de beurt aan de schoolkinderen, allemaal door het dolle heen, omdat de vakantie was begonnen.

'Hoi!' begroette Lily Patsy enthousiast. 'Ga je met de bus? Is je auto kapot?'

Patsy schudde haar hoofd. 'Dit is Kevin, ik heb hem even gezelschap gehouden terwijl hij op zijn tante stond te wachten, maar ze zit niet in deze bus. Maar moet je jullie nou eens zien,' voegde ze eraan toe, terwijl ze Lily en Dan hoofdschuddend opnam. 'Waar zijn jullie jassen?'

'Het is niet koud.' Lily spreidde haar armen om te laten zien hoe warm het wel niet was.

Patsy glimlachte, want zelf was ze op die leeftijd precies zo geweest. Om Lily's woorden te logenstraffen begon het ineens zacht te sneeuwen. 'Jullie zijn hopeloos,' zei ze. Ze wendde zich weer tot Kevin. 'Dat is mijn kleine broertje, Dan.' Dat van dat kleine broertje was een grapje, want op zijn vijftiende was hij al groter dan zij. 'En dat is Lily. Ik was vroeger haar oppas.'

Kevin knikte kort en zei een beetje vaag: 'Hoi.' Terwijl hij zijn bril rechtzette, voegde hij eraan toe: 'Dus jullie zijn naar school geweest?'

Wat zo'n beetje de meest overbodige vraag aller tijden was, maar sommige mannen wisten nu eenmaal niet hoe je met pubers moest omgaan.

'Nee,' zei Dan met een blik op zijn schooluniform. 'Ik ben wezen diepzeeduiken, en Lily heeft net een verkleedfeestje gehad.'

'Gewoon niet op letten,' zei Lily tegen Kevin. 'Hij vindt zichzelf altijd erg grappig.'

'Hallo? Ik bén erg grappig.' Dan griste het open doosje fruitpastilles uit Lily's hand, pakte er eentje uit en hield hem tussen zijn duim en wijsvinger alsof het een dure diamant was. 'O, mijn lievelingssmaak...'

'Niet die! Geef terug. Je mag wel een groene hebben, maar geen rooie!'

Ze renden weg, Lily achter Dan aan, die de straat overstak en haar op de stoep aan de overkant net voor wist te blijven. Lily's blonde krullen dansten op haar schouders toen ze met haar zware rugzak uithaalde en zo de pastilles wist terug te veroveren.

'Help, bel de politie.' Dan lag dubbel van het lachen. 'Ik word aangevallen door een gekkin!'

'Zo doen ze nou de hele tijd. Ze weten echt van geen ophouden,' zei Patsy liefdevol.

Toen Lily en Dan door de poort van Goldstone House waren verdwenen, vroeg ze: 'En wat nu? Blijf je nog op de volgende bus wachten?'

'Ik moet wel. Eentje nog. Echt, ik word knettergek van tante Ethel.' Met een lachje voegde hij eraan toe: 'Maar ik mag niet klagen, want als ze was gekomen, had ik jou niet leren kennen.'

Ze keken elkaar een paar seconden aan terwijl het steeds harder begon te sneeuwen. Het schemerde al, de straatlantaarns gingen aan en in de Star Inn deed iemand net de gekleurde feestverlichting aan.

'Ik geloof dat ik wel genoeg koffie heb gedronken voor vandaag,' zei Kevin. 'Misschien dat ik voor de verandering daar maar ga zitten wachten. Het ziet er wel leuk uit.'

Patsy knikte. Ze had haar koude handen diep in de zakken van haar rode wollen jas gestoken. 'Het is ook een leuke pub.'

'Moet jij ergens naartoe? Ik bedoel, wacht er iemand op je?'

Ze hoefde nergens naartoe en er zat ook niemand op haar te wachten. Ze schudde haar hoofd. 'Nee.'

Er vielen sneeuwvlokken op de glazen van Kevins bril. 'Je kunt hem nu wel weer afzetten,' zei ze.

Hij glimlachte, zette zijn bril af en zei: 'Kom, dan gaan we.'

Toen ze de inmiddels witte straat overstaken, kwam er net een blauwe Fiësta aanrijden waar harde muziek uit schalde. Terwijl ze snel even naar Kevin keek, bedacht Patsy dat het een wel heel toepasselijk nummer was, wat haar betrof. 'All I Want for Christmas Is You.'

Tegen negen uur 's avonds voelde Patsy zich zalig ontspannen. Niet dat ze dronken was, nee, gewoon lekker relaxed. In een gezellig hoekje van de pub hadden Kevin en zij een fles rode wijn opgedronken en gestoofde kip gegeten. En hoewel ze het er niet over hadden, voelden ze zich steeds meer tot elkaar aangetrokken. Dat was te merken aan hun lichaamstaal, aan de onvermijdelijke, niet per se toevallige aanrakingen. Patsy's wangen deden pijn van het glimlachen, onder de oude eikenhouten tafel rustte haar voet tegen die van Kevin en ze had zichzelf inmiddels wijsgemaakt dat hun leeftijdsverschil nou ook weer niet zo groot was.

Want als je keek naar haar ervaringen met jongens van haar eigen leeftijd... Nou, tel uit je winst. Misschien was een wat oudere man precies wat ze nodig had. En Kevin was ook weer niet stokoud. Hij was zesendertig, zij was drieëntwintig... en de tekst van de song van Mariah Carey speelde nog steeds door haar hoofd.

Het enige wat ze voor kerst wilde, zou zomaar eens tegenover haar kunnen zitten.

En natuurlijk had tante Ethel ook niet in de bus van vijf uur gezeten.

Gelukkig niet.

Want anders had Kevin de afgelopen paar uur met zijn maffe tante zitten kletsen in plaats van met haar.

Ze bestelden nog een fles heerlijke barolo, en Patsy zei: 'Je kunt vanavond niet meer rijden.'

Kevin haalde zijn schouders op. 'Dan slaap ik wel in mijn auto.'

Waarschijnlijk maakte hij een grapje, maar toch zei ze: 'Dat kan niet, dan vries je nog dood.'

'Dat is ook weer waar.' Hij keek naar buiten, waar het nog steeds sneeuwde. 'Heb jij niet toevallig een bank waar ik vannacht op kan slapen?'

Ze aarzelde. Ze had wel een bank, maar ook een erg nieuwsgierige moeder. Om maar te zwijgen van een irritant broertje van vijftien. Bovendien verdacht ze Kevin ervan dat hij op meer hoopte.

'Dat is een beetje onhandig. Mijn moeder...'

'O, ik snap het. Oké.'

'Een eindje verderop zit wel een hotel. Het Valentine.'

'Hm. Is dat dat viersterrenhotel waar ik langs ben gekomen? Zoveel geld heb ik ook weer niet. Is er niet ergens een goedkope B&B in de buurt?'

Er zat inderdaad een B&B in het dorp, aan het eind van de hoofdstraat, die werd gerund door de griezeligste vrouw uit de hele Cotswolds, Beatrice. Ze was in de zestig, bazig, kritisch, en keurde seks voor het huwelijk af.

En Kevin zat nu de binnenkant van haar pols te strelen, waardoor haar hele arm begon te tintelen. 'Waar denk je aan?' vroeg hij zacht, terwijl hij haar diep in de ogen keek.

'Er zit hier wel een B&B, maar die is niet zo leuk,' verzon ze snel. God, Beatrice zou woest worden als ze wist dat ze dat had gezegd. 'En de eigenares is nogal... streng.'

'Je bedoelt dat ze geen bezoek op de kamer wil?'

'Ze wil beslist geen bezoek op de kamer.'

Ze zaten in een rustig hoekje van de pub. Niemand keek naar hen. Kevin boog zich over de tafel heen, trok haar een stukje naar zich toe en kuste haar.

O, wauw, nog meer tintelingen.

*All I want for Christmas is you...*

Zonder haar hand los te laten ging hij weer rechtop zitten. 'Dat klinkt niet echt ideaal. Misschien moet ik dan toch maar voor het hotel gaan.' Glimlachend streelde hij haar hand. 'Als je wilt, kun je wel mee. Lijkt je dat wat?'

Patsy had een droge mond. Misschien had het lot hen vandaag wel samengebracht en zou haar leven door de ontmoeting met Kevin wel totaal veranderen. Misschien zou het over twintig jaar een verhaal zijn geworden dat ze af en toe nog aan anderen vertelden.

Ze kon het de oudere versie van Kevin bijna horen zeggen: 'En dan te bedenken dat we elkaar misschien nooit meer hadden gezien als ze toen nee had gezegd.'

Grijp je kans. Doe het. Dit kun je niet laten lopen.

Ze haalde diep adem. 'Oké. Dat lijkt me wel leuk.'

Hij begon te glimlachen. 'Dat is fijn om te horen. Want ik vind het helemaal niet prettig om in mijn eentje in een hotelkamer te slapen.'

Bij de betaaltelefoon in de gang zochten ze in het telefoonboek het nummer van het Valentine op, en daarna belde Kevin het hotel om een kamer te boeken.

Patsy belde haar moeder om te zeggen dat ze bij een kennis bleef slapen. Dus echt liegen was het ook weer niet.

Ze deden de kurk weer op de nog bijna volle fles wijn, lieten hem in Patsy's grote schoudertas glijden en verlieten de pub.

De wandeling door de hoofdstraat was koud, maar sprookjesachtig mooi. Er dwarrelden sneeuwvlokken uit de inktzwarte lucht en in de etalages en in de huizen waar ze langs liepen schitterden versierde kerstbomen. Hun adem vormde ondoorzichtige wolkjes voor hun gezicht en onder hun voeten knisperde de droge sneeuw. Kevin had zijn arm om haar middel geslagen om te voorkomen dat ze zou uitglijden. Hij was een echte heer. En hij had ook zo'n mooie glimlach. Het voelde alsof ze in een film speelde.

'Even voor alle duidelijkheid,' zei Patsy toen ze langs de tijdschriftenwinkel liepen waar ze haar *Cosmo* had gekocht. 'Ik heb dit nog nooit eerder gedaan. Ik bedoel, niet meteen de eerste avond al. Zo ben ik niet.'

'Dat weet ik.' Kevin gaf haar een kus, zijn neus koud tegen haar wang. 'Dat merk ik. Maar dit is anders. Dit is speciaal.'

Dus hij voelde het ook; het lag niet alleen aan haar. Haar hart maakte een sprongetje toen ze zei: 'Volgens mij heb je gelijk.'

Om twee uur 's nachts werd Patsy wakker van een wc die werd doorgetrokken in de kamer naast die van hen. Heel even vroeg ze zich af waar ze was. Toen wist ze het weer, en ze kroop lekker tegen Kevin aan, die met zijn rug naar haar toe lag.

Ze hadden zo'n heerlijke avond gehad. Mocht ze al bedenkingen hebben gehad, dan waren die nu helemaal weggenomen. Ze hadden nog een glas wijn gedronken, de liefde bedreven, nog wat gepraat, de rest van de barolo opgedronken en nog een keer de liefde bedreven. Hij was echt een heel aardige man. En hij leek ook helemaal niet ouder meer dan zij; hij was gewoon... Kevin.

Kevin Lester.

Patsy Lester.

Dat klonk precies goed. Veel beter dan de achternaam van Alex. Hoe leuk ze Alex ook had gevonden, als ze zouden zijn getrouwd, had ze Patsy Bacon geheten. Wat niet echt ideaal was. De grapjes die ze dan zou moeten aanhoren...

Maar Patsy Lester was prima, dat was een mooie naam. En oké, misschien liep ze op de feiten vooruit, maar niemand zou ooit te weten komen dat ze dit soort dingen dacht.

Ze streelde zijn rug, zachtjes, om hem niet wakker te maken. Ze wilde alleen maar zijn lichaamswarmte voelen. Daar lagen ze dan, naakt, in de eerste nacht van hun relatie. Ze zou echt nooit vergeten hoe...

Op de verdieping boven hen sloeg een deur dicht, en Kevin trok even met zijn arm. Hij hief kort zijn hoofd en liet het toen weer op het kussen vallen. 'Ga terug naar je bed,' mompelde hij.

In het donker grinnikte Patsy. Mensen die in hun slaap praatten waren altijd erg grappig. Ze wachtte een paar seconden en klopte toen op het houten hoofdeinde van het bed.

Kevin kreunde. 'Tan, ze probeert binnen te komen... Breng jij haar even terug naar bed.'

Patsy stopte met grinniken. Wat?

Kevin ging anders liggen en begon te snurken.

Nee, echt.

Wat?

Want soms kraamden mensen onzin uit in hun slaap, dan hadden ze het over aardappels vangen of met draken vliegen, maar Kevins woorden waren aardser.

Wie was Tan?

En wie moest ze weer naar bed brengen?

Doof voor het snurken staarde Patsy naar het plafond. Oké, Tan kon natuurlijk zijn ex-vriendin zijn, iemand die een dochtertje had. Dat was heel goed mogelijk.

Natuurlijk.

Toch?

Haar tenen stonden zo strak gespannen dat ze bang was kramp te krijgen. Nu ze hem die dingen had horen zeggen, kon ze echt niet meer slapen. Tenminste niet totdat ze wist wat die woorden betekenden.

Voorzichtig stapte ze uit bed. Ze trok een van de witte badjassen aan die aan de deur hingen, liep naar de stoel waar Kevins broek lag en pakte zijn portefeuille uit zijn kontzak.

Niks aan de hand, niks aan de hand. Gewoon rustig blijven...

Nadat ze zich in de badkamer had opgesloten, keek ze even naar zichzelf in de spiegel boven de wasbak. Verwarde haren, uitgelopen make-up en bezorgde wenkbrauwen.

Niet zo bezorgd kijken. Er is vast een heel logische verklaring voor wat je hem hebt horen zeggen.

Ze ging op de rand van het bad zitten, staarde naar de bruine leren portefeuille in haar hand, haalde een keer diep adem en maakte hem toen open.

'Wakker worden.'

'Hè?'

'Wakker worden.' Patsy trilde van woede. Ze gaf zo'n harde schop tegen het bed dat ze bijna haar teen brak.

'Hè, wat?' Kevin ging op zijn rug liggen en knipperde een beetje verward met zijn ogen.

Alleen heette hij dus geen Kevin.

'Wakker worden en de telefoon opnemen,' zei ze. 'Je vrouw wil weten waarom je vannacht niet bent thuisgekomen.'

Dat werkte wel.

'Wat?' Hij schoot overeind, keek om zich heen en zag toen het telefoontoestel op het nachtkastje staan, met de hoorn gewoon op de haak.

'Zo te zien heb je een portefeuille gejat.' Nog steeds trillend van woede hield ze hem op. 'Van iemand die Keir heet.' Ze pakte de creditcard eruit en smeet hem op het bed. 'Keir Bourne. En weet je, die man lijkt zelfs wel een beetje op je!' Ze gooide zijn rijbewijs naar zijn hoofd, gevolgd door een kleine kleurenfoto van hem samen met een mooie, roodharige vrouw en een meisje van een jaar of drie met staartjes. 'En hij heeft ook een vrouw en een kind. Goh. Klootzak!'

'Hou op. Je had het recht niet om in mijn portefeuille te snuffelen.'

'En jij had het recht niet om te zeggen dat je Kevin Lester heette.' Hoewel het warm was in de kamer begon ze te klappertanden. 'Je hebt tegen me gelogen. Je hebt al die tijd tegen me gelogen.'

'Luister, ik ben inderdaad getrouwd, maar dat is een ramp. We blijven alleen maar bij elkaar tot Sasha wat ouder is. Zodra ze op school zit, gaan we uit elkaar...'

'En je woont niet in Slough,' wees ze hem erop. 'Je woont in Milton Keynes. Dat staat op je rijbewijs.'

'Het spijt me echt.'

'Wie is Kevin Lester?'

Hij zuchtte. 'Gewoon iemand die bij mij op school zat.'

'En bestaat die gekke tante Ethel van je eigenlijk wel?' Patsy zweeg even. 'Nee, natuurlijk niet. Je hebt haar verzonnen.'

Stilte. Keir Bourne wendde zijn blik af.

'En voor het geval je je dat afvraagt... Ik weet wie je bent,' vervolgde ze. 'Dus ik weet ook waarom je in Stanton Langley bent.'

Nog meer stilte. Ze hoorde alleen haar eigen onregelmatige ademhaling.

'En nu haat ik mezelf. Ik voel me zo stom.' Haar ogen vulden zich met tranen. Ze rolden over haar wangen en druppelden op haar blote voeten. 'Ik voel me smerig en onnozel en gebruikt.'

'Dat is nergens voor nodig,' zei Keir. 'Want dit was helemaal niet mijn bedoeling. Dit tussen jou en mij. Ik kwam hier maar met één reden... een compleet andere reden... en ik kon niet weten dat ik jou zou leren kennen, maar dat is nu eenmaal gebeurd. En wat ik voor je voel en wat jij voor mij voelt... dat was echt.' Hij slikte, alsof hij ook bijna moest huilen. 'Het is echt.'

Met gebroken stem zei ze: 'Je bent Lily's vader.'

'Ja.'

'Je hebt Jo gedumpt. Ze was alleen en zwanger, en je hebt haar laten stikken.'

Hij schudde bedroefd zijn hoofd. 'Nee, nee, je hebt het helemaal mis. Ik kon er niets aan doen.'

'Nou lieg je alweer.' Snikkend streek ze met de mouw van haar badjas langs haar ogen.

'Echt niet. Luister alsjeblieft,' zei hij met een verdrietige blik in zijn ogen. 'Laat me het uitleggen.'

# 33

Twaalf jaar na die avond, de allerergste avond van haar leven, vroeg Patsy zich af of het vanavond niet nog erger zou worden.

Om haar heen, aan de tafel in de tuin van Goldstone House, werd de situatie besproken, door sommigen boos, door anderen vol afschuw. Ze zaten te wachten op de online editie van de zondagskrant die over een uur of zo zou verschijnen. En wie weet wat daar allemaal in zou staan.

Patsy voelde zich hondsberoerd. Al die jaren had ze haar mond gehouden over die voor haar zo beschamende nacht. In het begin was ze continu bang geweest dat haar geheim op de een of andere manier zou uitkomen, maar naarmate de tijd verstreek was die angst weggeëbd. En Lily had gelukkig nooit enige belangstelling getoond voor haar biologische vader.

Maar nu... Nu wilde Keir contact opnemen met zijn dochter, en in plaats van haar gewoon een brief te schrijven, had hij ervoor gekozen om het via de media te doen, via een landelijke krant. En God mocht weten wat hij allemaal te melden had.

'Gaat het?' Coral keek haar bezorgd aan.

'Ik... Nou, niet echt. Ik voel me een beetje... ziek.' Patsy's hand beefde toen ze een slok water nam, en de rand van het glas kletterde tegen haar tanden.

'Je bent inderdaad heel bleek,' zei Eddie.

'Waag het niet om de schuld te geven aan mijn barbecuekunsten,' zei Dan. 'Voor voedselvergiftiging is het nog te vroeg.'

'Misschien heb je iets onder de leden,' zei Coral.

'Ik denk het.' Patsy knikte zwakjes. 'Ik voel me al een paar uur niet zo lekker, maar het wordt steeds erger.'

'Dus je hebt de hele tijd gedaan alsof er niets aan de hand is?' riep Lily uit. 'Wat zielig! Wil je niet liever naar huis?'

Patsy zette haar glas neer. 'Ja, dat is waarschijnlijk beter. Sorry.'

'Doe niet zo raar. Daar kun je toch niks aan doen? Zal ik even met je meelopen?'

'Nee, dat hoeft niet,' zei Patsy. 'Blijf jij maar lekker hier.' Door Lily's aardigheid voelde ze zich nog beroerder. 'Ik ben net zo lief alleen.' Ze maakte een gebaar alsof ze wilde zeggen: blijf zitten, maar het was al te laat, Lily stond al.

'Niet doen...' protesteerde Patsy toen Lily haar even omhelsde. 'Anders word jij ook nog ziek.'

'Vast niet. Maar ik hoop echt dat je snel weer beter bent.'

Patsy voelde zich een echte judas. Met een dichtgeknepen keel van schaamte en zelfhaat mompelde ze: 'Dat hoop ik ook. Sorry.'

Lily glimlachte. 'Hou eens op met steeds sorry zeggen! Je hebt het toch niet expres gedaan?'

Je moest eens weten, schoot er door Patsy heen.

Vlak na middernacht verscheen de online versie van de krant. Meteen nadat Dan op zijn telefoon had gekeken en had gezegd dat hij er was, stond Lily op.

'Ik ga het binnen wel even lezen. Ik ben zo terug.'

'Liefje, kan er niet beter even iemand met je meegaan?' Coral maakte zich zorgen.

Lily gaf haar een geruststellend kneepje in haar hand. 'Nee, dat hoeft niet. Ik red me wel.'

In de keuken ging Lily aan de eikenhouten tafel zitten en opende de pagina op haar iPad. Ze wilde alleen zijn om het artikel in alle rust te kunnen lezen, niet omdat ze bang was dat ze misschien in huilen zou uitbarsten.

Lily was er altijd trots op geweest dat ze de naam Keir Bourne zelfs nog nooit had gegoogeld; voor haar was dat hét bewijs dat de man niets voor haar betekende. Hij had nooit enige belangstelling voor haar getoond, dus bestond hij wat haar betrof niet. Zelfs zijn naam intypen op Google zou te veel eer zijn. Hij was het minste van het minste, en dat was dat.

Maar was ze niet nieuwsgierig geweest dan? Natuurlijk wel. En nu hij de eerste stap had gezet, wilde ze weten ook wat hij te zeggen had.

Een gewaarschuwd mens telt voor twee, zoiets.

Terwijl ze zichzelf dwong om kalm en afstandelijk te blijven, keek ze naar de foto die op het scherm verscheen, de foto van de man die haar biologische vader was.

Keir Bourne was gefotografeerd met een ernstige en bedrukte uitdrukking op zijn gezicht. Hij zat in een stoel, met in zijn hand de foto's die vorige week van haar in de krant waren verschenen.

Hij had kort bruin haar dat bij de slapen al een beetje begon te grijzen. Scherp getekende wenkbrauwen, donkere ogen en het begin van een onderkin. Hij was niet lelijk; je kon nog zien dat hij vroeger aantrekkelijk moest zijn geweest. En hoewel ze niet echt op hem leek, moest ze toegeven dat iets aan zijn voorhoofd en aan zijn kaaklijn aan die van haar deden denken.

Maar gelukkig zag ze geen overweldigende gelijkenis. En voelde ze ook geen enkele behoefte om hem te leren kennen.

Ze slaakte een zucht. Het drong ineens tot haar door dat ze de hele tijd aan haar moeders armband had zitten draaien. Van Coral wist ze dat Keir Bourne het nooit leuk had gevonden om gefotografeerd te worden. Wanneer haar moeder een foto van hem had proberen te maken, had hij altijd zijn gezicht afgewend of was hij weggedoken. Ze had maar twee of drie kiekjes van hem gezien, van slechte kwaliteit, genomen met zo'n wegwerpcamera. Dus in het echt zou ze hem nooit hebben herkend.

Bovendien dateerden die foto's van voor haar geboorte, toen hij begin twintig was geweest. Inmiddels was er meer dan een kwarteeuw verstreken.

Eens een klootzak, altijd een klootzak.

Zo, de eerste horde had ze genomen. Ze zette zich schrap en begon het artikel te lezen.

Een week geleden heeft het grote publiek kennis kunnen maken met Lily Harper toen ze een muis redde van de beroemde filmster Mira Knowles... of Mira Knowles redde van een ontsnapte muis. Vandaag spreken we Keir Bourne, die Lily herkende als de dochter die hij nooit mocht kennen, dankzij de onbezonnen acties van Lily's moeder, Jo.

'Maar je moet haar moeder er niet de schuld van geven, hoor,' zegt Keir meteen wanneer we elkaar treffen in een café vlak bij zijn huis in Milton Keynes. 'Het was niet haar bedoeling om me al die jaren van hartzeer te bezorgen. Ik weet zeker dat ze dacht dat ze er goed aan deed. We hielden heel veel van elkaar; ik geloof niet dat ze besefte hoe diep mijn gevoelens voor haar waren. Toen ze zei dat ze me niet langer in haar leven en dat van onze dochter wilde hebben, dacht ik dat ik doodging.'

Hij stopt even om naar de foto van Lily in zijn hand te kijken en gaat dan weer verder. 'In de jaren daarna heb ik geprobeerd een nieuw leven voor mezelf op te bouwen. Ik ben getrouwd en heb nog een dochter gekregen, maar Lily ben ik nooit vergeten. Natuurlijk niet. Ze was mijn eerste kind.'

Keirs stem breekt terwijl hij verdergaat. 'Ik heb me iedere dag afgevraagd hoe het met haar zou gaan en of ze me miste. En toen Lily zeven was, kreeg ik een brief van Jo waarin ze me vertelde dat ze binnenkort zou sterven aan kanker en dat onze dochter zou worden opgevoed door vrienden van haar. Ik was er natuurlijk kapot van, maar ze wilde per se niet dat ik verder nog contact zou opnemen. En hoewel het me verscheurde, had ik geen andere keus dan te accepteren wat Jo had besloten.

Toen ik Lily op de voorpagina's van de kranten zag staan en ontdekte dat ze een relatie heeft met een beroemde filmster, voelde ik me enorm trots, maar tegelijkertijd besef ik opnieuw verdrietig dat ik zoveel jaren van haar leven heb moeten missen. Ik zou haar zo graag willen leren kennen.'

Overmand door emoties droogt Keir zijn ogen en vraagt om een glas water. Het is pijnlijk duidelijk hoeveel zijn dochter voor hem betekent. Als doorgewinterde journalist ben ik wel wat gewend, maar zelfs mijn hart gaat uit naar deze aardige man. Wanneer ik voorzichtig opper dat Lily zich misschien wel afvraagt waarom hij nu pas contact zoekt, schudt Keir zijn hoofd en legt me uit dat dit niet de eerste keer is dat hij het probeert. Hij heeft Lily zelfs al een keer gezien en gesproken.

Wat? Wat!

'Hoewel ze toen niet wist dat ik haar vader was,' legt hij uit. 'Ik wilde graag discreet te werk gaan. Ik had een dagje vrij genomen van mijn werk en ben naar Stanton Langley gegaan, op zoek naar mijn dochter. Daar ontmoette ik toevallig iemand die haar erg goed kende. Deze persoon heeft me veel over haar verteld en benadrukte dat Lily gelukkig was bij de mensen die ze als haar ouders beschouwde en dat ze was gehersenspoeld om slecht over mij te denken. Ik heb Lily zelf toen ook even gezien, en het viel me meteen op dat ze het naar haar zin had. Ze was mooi, spraakzaam en vriendelijk, alles wat je maar van je dochter kunt wensen. Maar dertien is een lastige leeftijd, en omdat ik haar geen trauma wilde bezorgen, nam ik de moeilijke beslissing om haar niet te vertellen wie ik was. Het was de moeilijkste beslissing uit mijn leven.

Maar nu, twaalf jaar later, vind ik dat ze het verdient om te weten dat ik altijd van haar heb gehouden, dat ik haar altijd heb gemist en dat ik alleen maar het beste met haar voor heb gehad. Ik zal de gelukkigste man ter wereld zijn als ze contact met me zou willen hebben.'

Lily las het allemaal nog snel een keertje door. Toen de keukendeur achter haar openging, kon ze aan het geluid horen wie het was. Ze rilde even toen Dan een hand op haar blote schouder legde. En toen stond hij naast haar, met zijn goede arm op haar rug. 'Hoe je je nu ook voelt, het is oké.' Hij gaf haar een geruststellend kneepje.

'Ik heb geen idee hoe ik me voel, dat is het maffe.' Ze haalde haar schouders op en verstrengelde gedachteloos haar vingers met de zijne. 'Het is net alsof ik niet meer kan denken.' Het was bovendien raar dat ze elkaar op deze manier aanraakten, want hun vriendschap was nooit van het kleffe soort geweest. Elkaar een stomp tegen de arm geven was meer hun idee van aanraken.

'Herinner je je nog dat je hem hebt ontmoet?' vroeg hij.

Ze schudde haar hoofd. 'Nee. Maar dat kan ook niet – geen idee wanneer dat moet zijn geweest. Toen ik dertien was hielp ik al veel op de zaak als ik niet op school zat, dus ik denk dat hij me daar heeft aangesproken.'

'En met wie heeft hij hier gepraat? Wie heeft hem al die persoonlijke informatie verschaft?'

'Geen idee. Het is gewoon onvoorstelbaar dat iemand hem zoveel over mij heeft verteld en daar dan al die jaren nooit iets over heeft gezegd.' Ze keek hem aan. 'Denk je dat Coral ervan wist?'

'Geen sprake van. Ze is net zo geschokt als jij.' Hij schudde zijn hoofd. 'Nee, die wist echt nergens van.'

'Ze zullen zich allemaal wel afvragen hoe het met me gaat.' Lily stond op. 'Laten we maar weer naar buiten gaan. En dank je dat je even bij me bent komen kijken.'

'Logisch toch?'

Ze keken elkaar aan, de voor hem zo karakteristieke geamuseerde blik ontbrak in zijn ogen. Hun band ging jaren terug; hij maakte zich net zoveel zorgen als zij over wat er allemaal gebeurde. Lily werd ineens overspoeld door dankbaarheid, en geëmotioneerd sloeg ze haar armen om hem heen en begroef haar gezicht tegen zijn goede schouder. Dan verstevigde zijn greep, en ze voelde zijn warme adem langs haar oor strijken.

'Maak je maar geen zorgen,' fluisterde hij in haar haar. 'Wat er ook gebeurt, we overleven het wel.'

En hoewel Dan een gebroken voet had en zijn arm in een mitella zat, wist Lily dat hij haar altijd zou verdedigen. Desnoods met gevaar voor eigen leven.

Al zou het hopelijk niet zover hoeven komen.

Voordat er iemand binnen kon komen die hun omhelzing misschien verkeerd zou opvatten, maakte ze zich van hem los. 'Ik weet het. Dank je. Kom, dan gaan we weer naar de anderen.'

## 34

Het was bijna acht uur. Dan, die nauwelijks een oog had dichtgedaan, lag in bed naar de wekker te kijken, die zo meteen met een oorverdovend kabaal zou afgaan.

Hij had gisteravond zijn eigen strenge regel overtreden, en nu wist hij zeker dat hij gelijk had gehad toen hij die regel jaren geleden had ingesteld. De regel luidde: wat de omstandigheden ook zijn, altijd lichamelijk afstand houden.

De omhelzing van gisteravond was tegelijkertijd de mooiste en ergste ervaring uit zijn leven geweest, en het mocht nooit meer gebeuren. Hij had op het punt gestaan om zijn zelfbeheersing te verliezen en haar te kussen zoals hij haar in gedachten al vele malen had gekust, vaker dan hij ooit zou toegeven.

Eén minuut voor acht. Zich schrap zettend voor de herrie van de wekker dwong hij zichzelf er niet meer aan te denken dat hij Lily bijna had gekust. Er waren vandaag belangrijker zaken. De kans was groot dat haar biologische vader ineens op de stoep zou staan.

Ook Patsy had nauwelijks geslapen. In bed had ze het artikel online gelezen, en zowel wat Keir Bourne had gezegd als zijn foto had haar pijn in de buik bezorgd.

Hij had haar naam niet genoemd. Dat was natuurlijk een hele opluchting geweest, maar ze wist maar al te goed dat het gevaar nog niet geweken was.

Arme Lily.

Arme ik.

Alleen verdien ik geen medelijden.

Nee, dat verdien je niet. Helemaal niet zelfs.

Het liefst zou ze de hele dag in bed blijven liggen, met haar hoofd onder het dekbed.

In het Valentine was Eddie zijn koffers aan het pakken. Een auto zou hem zo komen ophalen en naar Heathrow rijden.

'Ik wou dat ik je nu niet alleen hoefde te laten.' Hij gaf Lily een kus. Ze zat met haar kleren al aan in kleermakerszit op het bed en las op haar iPad de commentaren van de lezers van de krant.

'Ik red me wel, ik ben een volwassen vrouw.' Ze kuste hem terug. Hij moest naar New York voor besprekingen, en ze waren allebei niet van het slag dat met hese stem afbelde als er iets was. 'Jij hebt jouw werk, ik heb het mijne.'

'Moet je echt werken vandaag? Wat als die man ineens opduikt?'

Die man. Zo spraken ze nu steeds over Keir Bourne.

Ze haalde haar schouders op. 'Dat zien we dan wel weer. Ik ga me niet voor hem verstoppen. Trouwens, je zou de berichtjes van die mensen eens moeten lezen.' Gefascineerd scrolde ze verder.

'Regel nummer één, nooit de commentaren op internet lezen,' zei Eddie. 'Dan word je gek.'

'"Denkt die griet soms dat ze nu een beroemdheid is, alleen maar omdat ze een muis heeft gevangen? Heel zielig dat ze zo om aandacht verlegen zit dat ze dit soort verhalen verzint!" Wauw!' zei Lily. 'En zo'n beetje alles is verkeerd gespeld ook nog.'

Iemand anders schreef: 'Waarom krijgen altijd de vaders overal de schuld van? Misschien was dat meisje wel een lelijke baby. Doe effe normaal!'

Het volgende commentaar luidde: 'Had die vrouw de pil maar moeten slikken.'

Daaronder had iemand geantwoord: 'Vuile seksist!'

Iemand anders schreef: 'Waarom is dit in godsnaam nieuws? Wie zijn die mensen? Ze interesseren me niet!'

Zo was dat. Even had Lily zin om dat terug te schrijven.

Maar nee, beter van niet. Dat was hét recept om gek te worden.

Ze legde haar iPad neer en leunde tegen het kussen. Ze wist donders goed dat ze de commentaren alleen maar las om niet te hoeven denken aan wat er vandaag misschien zou gebeuren. Ze kreeg gewoon pijn in haar buik bij het idee dat ze Keir Bourne misschien te zien zou krijgen.

Haar telefoon ging en Dans naam flitste op. Ze drukte op Beantwoorden. 'Ha, je bent wakker.'

'Ja. Het is een godswonder. Maar hoe gaat het met je?'

De manier waarop hij het vroeg, de klank van zijn stem, maakte dat ze zich al een beetje beter voelde. 'Het gaat wel.'

'Fijn om te horen,' zei hij. 'Ga je nog werken?'

'Natuurlijk.'

'Zal ik je gezelschap komen houden?'

Ontroerd zei ze: 'Dat zou fijn zijn. Dank je.'

'Geen dank. Dan zie ik je zo.'

'Hoe gaat het eigenlijk met Patsy?'

'Ze voelt zich nog steeds niet lekker. Ze blijft een dagje thuis.'

'Wat zielig voor haar,' zei Lily meelevend. 'Wens haar maar beterschap van me.'

Rond de middag was Lily tot de ontdekking gekomen dat het wachten nog het ergste was. Zoals op je examenuitslag wachten, of bij de tandarts in de wachtkamer zitten in de wetenschap dat hij zo meteen je verstandskiezen zou trekken.

Hoewel dat soort lichamelijke pijn eigenlijk gemakkelijker te verwerken was; het deed even heel erg zeer, maar dan ebde de pijn weer weg en wist je dat je het ergste achter de rug had. Maar de angst die ze nu voelde voor wat er allemaal zou kunnen gebeuren was anders, vooral omdat ze niet wist of ze er wel zonder kleerscheuren van af zou komen. Want ze mocht dan wel heel stoer doen en tegen iedereen zeggen dat het prima met haar ging, eigenlijk gierden de zenuwen haar door de keel.

'Gaat het nog?' vroeg Dan, toen ze het kantoor in liep om wat bubbeltjesplastic te pakken.

Hij wist het natuurlijk wel. Misschien dat ze andere mensen voor de gek kon houden met haar luchtige houding, Dan trapte daar niet in. Zijn goede hand raakte de hare toen hij haar de rol plastic aangaf, en weer voelde ze die vertrouwde tintelingen door haar heen schieten. In een moment van zwakte deed ze alsof ze het plastic bijna liet vallen, zodat ze hem nog een keer kon aanraken. *Zinnggg*. Stom, maar het was precies wat ze nu nodig had. Alle kleine beetjes hielpen.

'Ik ben bij je,' zei hij op geruststellende toon. 'Het komt wel goed.'

'Dat weet ik.' Toen ze hem aankeek, zag ze de bezorgdheid in zijn donkere ogen. 'Ik wou alleen dat er eindelijk eens iets gebeurde.'

Veertig minuten later was het zover. Lily was bezig een stapel lichtblauwe stenen plantenbakken in de gammele oude Jaguar van een klant te tillen toen opeens tot haar doordrong dat er een aantrekkelijk blond meisje naar haar stond te kijken.

Toen het meisje even opzijkeek en Lily de roze streep in haar haar zag, wist ze meteen wie ze was. Dan had haar verteld over zijn ontmoeting met de journaliste in de winkel van Ted Wilson. Nadat ze de laatste plantenbak in de kofferbak van de Jaguar had geladen en de bestuurder had uitgewuifd, draaide ze zich weer naar het meisje om. Het was bijna een opluchting dat het wachten nu eindelijk voorbij was.

'Hoi, ik ben Shaz. Zo te zien weet je al waarom ik hier ben.' Het meisje kwam stralend naar haar toe en schudde enthousiast haar hand. 'Leuk om je eindelijk te leren kennen.'

'Is hij er ook?'

'Je vader?'

'Keir Bourne,' zei Lily.

'Ja.' Shaz knikte. 'O, Lily, hij verheugt zich er zo op om je weer te zien. Maar dan deze keer echt. Je moest eens weten hoeveel dat voor hem betekent.'

Lily slikte; ze hoefde dit natuurlijk niet te doen. Ze kon gewoon weglopen, zichzelf in huis opsluiten en weigeren nog naar buiten te komen. Niemand kon haar dwingen om met hem te praten.

Maar dat zou hem belangrijker maken dan hij was. Het beste kon ze gewoon even een afstandelijk gesprekje met hem voeren om hem te laten merken dat hij voor haar in feite lucht was.

Bovendien was ze er dan vanaf. Het beetje nieuwsgierigheid dat ze ondanks alles voelde was dan bevredigd, en dan kon ze verder weer doen alsof hij niet bestond.

Nog terwijl deze gedachten door haar heen schoten – voor de duizendste keer ongeveer – werd ze zich ervan bewust dat ergens vlakbij een portier werd dichtgeslagen, gevolgd door het geluid van voetstappen die de weg overstaken. Haar hart sloeg op hol.

Uiterlijk bleef ze echter kalm. Ze draaide zich om. Daar had je hem dan, de man wiens foto ze gisteravond in de krant had zien staan. De man die dezelfde genen had als zij.

Zonder hem zou ze er niet zijn.

En nu kwam hij naar haar toe lopen, en voelde ze...

Niets.

Helemaal niets.

Mooi, dat was mooi. Ze had ook gehoopt dat ze niets zou voelen.

Onverschilligheid was het beste.

'O Lily, mijn schatje...' Terwijl Keir Bourne dat zei, stak hij aarzelend zijn handen uit om haar te omhelzen, maar Lily deed snel een stapje naar achteren. Iets aan die woorden voelde verkeerd, alsof iemand anders ze hem had ingefluisterd. Ze werd zich bewust van een kleine man met een enorme Nikon die vanaf de overkant van de straat foto's stond te maken. Ondertussen keek Shaz toe met haar telefoon in haar hand en een gretige glimlach op haar gezicht.

Lily gaf Keir Bourne snel een hand en zei: 'Ik kan me niet herinneren dat ik je al eens eerder heb gezien.'

'Het was ook maar een paar minuten. En het is twaalf jaar geleden, dus waarom zou je je dat nog herinneren? Maar ik vind het zo fijn om je nu weer te zien. Het was een kwelling voor me om te weten dat ik zoveel van je leven miste. Er is geen dag voorbijgegaan dat ik niet aan je heb gedacht, Lily. Al die jaren heb ik ervan gedroomd om je beter te leren kennen. Per slot van rekening ben je mijn vlees en bloed...'

Lily vond het eigenlijk wel ironisch dat ze meer – heel veel meer – had gevoeld toen ze een paar weken geleden Declan had leren kennen. Misschien dat Declan en zij geen vlees en bloed van elkaar waren, het had meteen geklikt tussen hen.

Er bleven wat mensen staan kijken naar de familiereünie die zo ijverig werd vastgelegd door de fotograaf.

'Zullen we ergens naartoe gaan waar geen pottenkijkers zijn?'

Toen Lily Dans stem hoorde, vergezeld van het ritmische getik van zijn kruk over de stoep, begreep ze dat het nieuws van de ontmoeting zich al had verspreid en dat hij haar te hulp schoot. Ze keek hem even dankbaar aan en zei toen tegen Keir: 'Loop maar even mee.'

'Mag ik ook mee?' Shaz had haar vrolijke, maar meelevende gezicht opgezet.

Lily schudde haar hoofd. 'Nee.'

'Lieverd, als je wilt dat ik er ook bij ben, zeg het maar,' zei Coral, toen Lily met Keir de binnenplaats van Goldstone House op liep. Met haar koele knikje naar Keir gaf ze te kennen hoe ze over hem dacht.

Lily waardeerde het aanbod, maar er waren te veel klanten; iemand moest ze helpen. 'Dan gaat al met me mee.'

Shaz zei: 'Nou, als jij Dan meeneemt, dan kan ik toch wel met Keir mee? Ik zal mijn mond houden, dat beloof ik!'

Ondertussen klikte de fotograaf er nog steeds lustig op los, steeds *ja ja* prevelend als hij vond dat hij een goede foto had gemaakt.

Shaz keek Dan hoopvol aan.

'Ik vind het rot om te moeten zeggen, maar het blijft nee,' zei Lily.

# 35

'Je voelt je gekwetst,' zei Keir, zodra ze met zijn drieën in de keuken van Goldstone House zaten. 'Dat snap ik. Je hebt alleen je moeders versie van de gebeurtenissen gehoord, nooit die van mij.'

'Nou, vertel maar.' Lily ging aan de keukentafel zitten om enige afstand tussen hen te houden. Keir ging goed gekleed, hij droeg een donkerblauwe trui met ronde hals, een wit overhemd en een donkergrijze broek die er nieuw uitzag. Had hij al die moeite speciaal voor haar gedaan?

'Luister, je moet niet vergeten hoe jong we waren. Ik woonde nog bij mijn ouders en werkte bij mijn vader in het bedrijf. Mijn ouders werden woest toen ze hoorden dat Jo zwanger was. En het was Jo's beslissing om het geld dat ze haar gaven te accepteren en toen te verdwijnen. Ze heeft mij in de steek gelaten, niet andersom,' zei Keir. 'Als ze bij me was gebleven, hadden we het wel gered samen, dat weet ik zeker.'

'Dat is niet wat ze Coral heeft verteld,' zei Lily kalm.

'Maar Coral was er zelf niet bij. Luister, ik vind het erg voor je dat je moeder dood is, maar misschien was het voor haar gemakkelijker om tegen iedereen te zeggen dat zij in de steek was gelaten. Misschien was het haar manier om medelijden op te wekken... O god, dat bedoel ik niet gemeen, hoor, maar misschien dacht ze dat dat de beste manier was om met die lastige situatie om te gaan. Maar ze was echt een fantastische meid, en ik hield van haar.' Hij maakte een hulpeloos gebaar. 'Ik probeer je duidelijk te maken dat ik weet dat je denkt dat ik de kwaaie pier ben... maar misschien ben ik wel niet zo slecht als je denkt.'

Zou het? Lily geloofde hem niet. Ze wilde dat hij wegging. Maar nu hij er toch was, wilde ze van hem nog wat meer over haar moeder te weten zien te komen.

'Vertel me eens hoe jullie elkaar hebben leren kennen.' Dat was iets wat ze wel aankon; het was zo leuk geweest om Declan te horen vertellen over zijn avonturen met Jo in Barcelona, ze had op die manier allerlei nieuwe herinneringen aan haar moeder gekregen die ze voor altijd kon koesteren. En hoewel de relatie van haar moeder met deze man slecht was geëindigd, hun eerste maanden samen moesten toch wel gelukkig zijn geweest?

'Eh... nou, dat was in een kroeg, geloof ik.'

'En?' vroeg ze.

Keir leek een beetje van zijn stuk gebracht. Na een poosje zei hij schouderophalend: 'Op de een of andere manier zullen we wel aan de praat zijn geraakt. En toen zal ik haar iets te drinken hebben aangeboden... En daarna zullen we nog wat gepraat hebben.'

'Herinner je je dat?' vroeg Lily. 'Of verzin je nou maar wat?'

'Ik herinner het me vaag. Het is zevenentwintig jaar geleden,' protesteerde hij. 'Maar meestal gaat dat toch op die manier?'

'Wat had ze aan?'

Hij fronste. 'Spijkerbroek? En... een of ander topje?'

'Nou, laten we het hopen,' zei Lily.

Hij begon te glimlachen, maar zag toen dat ze niet teruglachte. 'Sorry, maar ik let nooit zo op kleren. Maar ik weet wel dat we elkaar meteen leuk vonden. En aan het eind van de avond maakten we een afspraak, en zo is het begonnen.'

'Wat heb je haar voor haar verjaardag gegeven?' wilde Lily weten.

'Ik wist niet dat het een quiz zou worden.' Hij lachte een beetje en maakte een wegwerpgebaar. 'Eh... een doos bonbons, denk ik. En een bos bloemen.'

'Wat waren haar lievelingsbonbons?' Lily wist dat haar moeder een hekel had gehad aan pure chocolade.

'Hoe heette dat merk ook alweer, van die pure bonbons... Black Magic?'

Het was alsof ze herinneringen uit een stenen muur probeerde te trekken. Lily wierp een ongelovige blik op Dan. Hij mompelde: 'Heel romantisch allemaal.'

'Sorry, het spijt me als ik de verkeerde dingen zeg, maar ik doe mijn best. En ik ben nog steeds je vader.' Keir haalde een keer diep adem. 'Ik wil alleen maar zeggen dat ik blij ben dat je een goed leven hebt gehad. Het spijt me dat je moeder dood is. En ik ben heel trots op je. Dat ik je samen met Eddie Tessler in de krant zag staan, dat was... Is hij er ook, trouwens? Ik zou hem zo graag leren kennen. Het lijkt Shaz een leuk idee om wat foto's te maken van jou, mij en Eddie samen, dus...'

'O mijn god.' Lily werd woest. 'Ben je daarom soms hier? Is dat het enige wat je interesseert, Eddie ontmoeten?'

Snel schudde hij zijn hoofd. 'Nee, nee... dat was Shaz' idee. Zij wilde dat ik dat vroeg.'

'Vast,' zei Lily kortaf.

'Dat is niet eerlijk. Je bent mijn dochter. Ik wilde al jaren geleden contact met je.'

'Daar heb ik anders nooit iets van gemerkt,' diende ze hem van repliek.

'Omdat je moeder dat beter vond. Daarom heb ik me hier nooit laten zien, omdat dat beter zou zijn voor jou! Je moeder had besloten dat ik geen deel zou uitmaken van jouw leven. Maar daar kon ik niks aan doen... Ik wilde je juist heel graag leren kennen.'

'Ik geloof er niets van.'

'Nou, toch is het zo.'

Koeltjes zei ze: 'Nou, het komt jou wel goed uit zo. Als je me echt zo graag had leren kennen, had je wel meer moeite gedaan.' Het kon haar niet eens schelen, ze wist niet eens waarom ze erop doorging. Hoe eerder hij weer weg was, hoe beter.

'Ik heb het wel geprobeerd,' zei hij met strakke kaken. 'Ik ben hier toch al een keer eerder geweest, twaalf jaar geleden?'

'Dat zeg jij,' zei Lily. Voor hetzelfde geld loog hij ook daarover.

'Het is echt waar. Het was in december. Ik heb je toen heel even gezien.' Hij wierp een blik op Dan. 'En jou ook.'

Dan trok een wenkbrauw op.

'Hier? In de zaak?' vroeg Lily.

'Nee. Jullie kwamen net uit school, met de bus. Jij deed heel sarcastisch,' zei Keir tegen Dan. 'En toen liepen jullie weg, en daarna heb ik nog heel veel verhalen over je gehoord van dat meisje dat ik in de theesalon had leren kennen.'

'Je hebt haar van alles gevraagd, en zij heeft je overal antwoord op gegeven. Waarom zou ze dat doen?'

Er verscheen een glimlach op zijn gezicht. 'Nou, als je het dan per se wilt weten... Omdat ze me leuk vond. Heel erg leuk zelfs.'

'Maar dat meisje heeft me nooit verteld dat je hier bent geweest,' zei Lily. 'Dat slaat nergens op. Zoiets vertel je toch?'

'Misschien schaamde ze zich wel. Misschien had ze er wel spijt van.'

'Wat een onzin allemaal,' bemoeide Dan zich ermee. 'Er klopt niks van. Hij bluft, hij verzint het gewoon.'

'Nee hoor,' zei Keir. 'We hebben die nacht samen doorgebracht in het Valentine Hotel.' Er was nog maar weinig over van zijn dunne laagje charme. 'En ik heb me goed met haar vermaakt, als je snapt wat ik bedoel.'

Wat een klootzak.

'Hoe heette ze dan?' vroeg Lily.

'Dat weet ik niet meer.'

'Komt dat even goed uit,' zei Dan. 'Het is bijna alsof je die mysterieuze vrouw uit je duim hebt gezogen.'

'Nee, ik heb haar niet uit mijn duim gezogen.' Keir Bourne klonk triomfantelijk en om zijn mond verscheen een vals grijnsje. 'Misschien dat ik niet meer weet hoe ze heet, maar ik weet nog heel goed dat ze jouw zus was,' vervolgde hij, terwijl hij Dan recht aankeek.

Er viel een verbaasde stilte. Lily kon haar eigen hartslag horen. Ze verwachtte eigenlijk dat Keir zou zeggen: 'Ha, grapje!'

Dat gebeurde echter niet. Hij leek juist erg met zichzelf in zijn nopjes.

Aan de andere kant van de keuken zei Dan, bijna trillend van woede: 'Je bent een walgelijke man.'

'En een leugenaar,' zei Lily.

'Ja, jullie zouden wel willen dat het niet waar was.' Keir Bourne verschoof wat op zijn stoel. 'Maar het is echt zo.'

'Je weet niet eens hoe ze heet,' zei Dan.

'Toe zeg. Als ik zo naar jou kijk, denk ik dat jij ook niet van ieder meisje met wie je naar bed bent geweest weet hoe ze heet.'

'Val dood,' zei Dan. 'Hoe durf je? Patsy zou je nog met geen tang willen aanraken.'

'Patsy. Ja, zo heette ze. Zij heeft me toen bij de bushalte aan jullie voorgesteld. Ik droeg een bril met een donker montuur,' vertelde Keir. 'En zij had een rode jas aan. Het begon net te sneeuwen.'

Lily zat met ingehouden adem te luisteren. Heel vaag begon ze zich weer wat van die middag te herinneren. Patsy, die bij de bushalte stond met een onbekende man... een man met een bril op die iets onbeduidends tegen hen zei... Dan die brutaal tegen hem deed. Het was koud geweest, en Patsy had hun een standje gegeven omdat ze geen jas aanhadden. Dat was alles wat ze er nog van wist. Dan en zij waren weggerend. En ze had nooit meer aan de ontmoeting met die man gedacht.

Blijkbaar herinnerde Dan zich die middag ook weer. Hij zei ineens: 'Je stond bij de bushalte op iemand te wachten. Maar diegene zat niet in de bus.'

Tevreden zei Keir: 'Heel goed. Zie je nou wel?'

'Dus dat was gelogen. En tegen Patsy heb je ook gelogen. Ze had geen idee wie je was.'

Lily werd misselijk. Het was al walgelijk genoeg te bedenken dat deze man met Patsy had zitten flirten, maar dat er nog meer tussen hen was gebeurd... God, die arme Patsy... Misschien konden ze haar maar beter helemaal niets vertellen. Als ze zou ontdekken met wat voor smeerlap ze naar bed was geweest, zou ze zich doodschamen.

'Dus jullie beginnen het hele plaatje een beetje te zien? Zoals ik al zei, we hebben de nacht samen in het Valentine doorgebracht. Mooi hotel, duur ook. Maar jullie kunnen me er dus niet meer van beschuldigen dat ik heb gelogen. Want dat is niet zo.'

Dan had het al gezegd, nu was het haar beurt. Op ijzige toon zei Lily tegen hem: 'Alleen wist Patsy niet wie je was.'

'Kijk, daar heb je het alweer mis,' zei Keir Bourne. 'Je moet niet zo snel conclusies trekken. Ze wist het wel.'

'Hoe durf je, klootzak?' Dans gezicht was strak van woede.

'Geloof je me alweer niet?' Keir leek er wel van te genieten. 'Vraag het haar dan zelf maar.'

# 36

Dat heette nou: wie zijn billen brandt, moet op de blaren zitten.

Patsy wist dat dit de allerergste dag van haar leven was en dat ze nu de consequenties onder ogen moest zien van wat ze al die jaren geleden had gedaan.

Ze had meteen geweten wat er aan de hand was toen Dan haar had gebeld en gezegd: 'Hij is er. We zitten in de keuken van Goldstone House. Kun je even komen?'

Dan op zijn beurt moest hebben geweten dat ze meteen begreep waar het over ging.

En nu liep ze naar Goldstone House, waar ze zo meteen moest

gaan uitleggen waarom ze iets had gedaan waarvoor geen excuus bestond.

Hoe vaak had ze haar beslissing van toen voor zichzelf al niet proberen te rechtvaardigen? Wanneer ze aan het moment dacht waarop ze zijn ware identiteit had ontdekt, werd ze weer net zo kwaad als toen. Haar afschuw en woede waren toen puur lichamelijk geweest. Hij had haar voorgelogen, haar verleid met zijn charme en haar overgehaald om met hem naar bed te gaan omdat ze dacht dat hij haar echt leuk vond.

En voor de zoveelste keer in haar leven had ze het mis gehad.

Maar wat had ze dan moeten doen? Het had hevig gesneeuwd. Ze wist dat haar moeder, altijd beducht op inbrekers, de voordeur zou hebben vergrendeld en diep in slaap zou zijn. En ze kon moeilijk om drie uur 's nachts bij iemand anders op de deur gaan staan bonzen.

Hoewel Patsy nu wilde dat ze dat toen wel had gedaan. Of dat ze anders gewoon op de bank naast de bushalte was gaan liggen. Dat ze dan zou zijn ondergesneeuwd, was altijd nog beter geweest dan in die kamer blijven, in dat grote hemelbed.

Met een overspelige man die Keir Bourne bleek te zijn.

Toch was ze die nacht uiteindelijk uitgeput in dat bed in slaap gevallen, gewoon omdat ze geen andere oplossing zag.

Om zeven uur de volgende ochtend was ze stilletjes opgestaan en had ze zich gewassen en aangekleed. Keir Bourne had al die tijd doorgeslapen, maar ze had hem vlak voordat ze wegging, wakker gemaakt.

Toen hij haar had zien staan in haar rode jas, had hij op nonchalante toon gezegd: 'O, je gaat?'

'Je moet hier weg en je mag nooit meer terugkomen. Ik meen het.' Haar knokkels werden wit toen ze de hengsels van haar tas wat steviger vastgreep. 'Nooit niet. Lily wil je niet kennen, ze is gelukkig met wat ze heeft. Coral en Nick zijn nu haar ouders.'

'Prima. Maakt mij niet uit,' zei Keir, een gaap onderdrukkend.

'Beloof me dat je hier nooit meer terugkomt.'

‘Gaat dit om Lily of om jou?’

‘Om ons allebei.’ Het zweet stond haar onder haar oksels, ze schaamde zich verschrikkelijk. Alsof het al niet erg genoeg was dat ze met een volslagen onbekende naar bed was geweest, bleek die onbekende ook nog eens Lily’s vader te zijn. ‘Dat moet je me echt beloven. Ik wil niet dat iemand ooit te weten komt dat je hier bent geweest, en ook niet dat... dit is gebeurd.’

Hij schonk haar een onbezorgde glimlach. ‘Dat we met elkaar naar bed zijn geweest, bedoel je?’

Patsy wist haar tranen te bedwingen. Ze voelde zich vies. Ze had Lily verraden en zichzelf verraden. Ze was een walgelijk mens.

‘Ik meen het, hoor,’ zei ze. ‘Anders vertel ik het aan je vrouw.’

Niet dat ze dat echt zou doen, maar dat kon hij niet weten.

Hij had niet geweten hoe snel hij haar moest beloven dat hij zou doen wat ze zei. Het sneeuwde ook niet meer en er was al een strooiwagen langsgereden, dus de weg was begaanbaar. Keir zou Stanton Langley verlaten en nooit meer terugkomen. Dat had hij haar beloofd.

Twaalf jaar later had hij die belofte verbroken.

O god, ze was er. Patsy zette zich schrap voor wat komen ging.

Lily wist het meteen toen de keukendeur openging en ze Patsy’s gezicht zag. Ze was lijkbleek, en dat was niet omdat ze ziek was.

Want natuurlijk was Patsy gisteravond niet ziek geworden; ze had gewoon de schok van haar leven gehad.

Nou, ze was niet de enige.

Eerst Keir Bourne die zomaar ineens opdook nadat hij zijn verhaal aan de krant had verkocht. En nu dit.

Dit.

‘Hij zegt dat jullie samen de nacht hebben doorgebracht in het Valentine.’ Dan wond er geen doekjes om.

‘Dat klopt.’ Patsy zag eruit alsof ze elk moment kon gaan overgeven.

‘En je wist wie hij was.’

'In het begin niet. Pas nadat we...'

'Ja, maar daarna ben je toch nog bij hem gebleven,' vervolgde Dan.

Patsy deed haar mond open om te protesteren, maar sloot hem toen weer. Ze knikte ongelukkig.

'Zelfs terwijl je wist wie hij was.' De walging droop van Dans stem af.

'Het spijt me. Het sneeuwde en het was te laat om nog naar huis te gaan. Maar je hebt gelijk, ik had daar niet moeten blijven.'

'Zie je nou wel?' zei Keir Bourne. 'Ik zei toch dat ik niet loog? En ik heb haar toen moeten beloven om nooit meer terug te komen en nooit meer te proberen contact met je op te nemen. En het ging haar niet om jou, maar om haarzelf,' zei hij wraakzuchtig tegen Lily. 'Ze was gewoon bang dat haar geheimpje zou uitkomen.'

'O god,' zei Lily. 'Je wist dat hij hier voor mij was. Je wist dat hij dus genoeg belangstelling voor me had om hiernaartoe te komen, om te kijken hoe het met me ging, en toch heb je me dat nooit verteld. Je vond blijkbaar dat ik dat niet hoefde te weten.'

'Je zult me wel haten,' zei Patsy doodongelukkig.

Lily keek Patsy aan. Het was alsof ze naar een vreemde keek. Maar oké, aangezien iedereen dan toch plotseling zo eerlijk was, en aangezien ze zich nog nooit zo gekwetst en verraden had gevoeld...

'Of ik je haat? Nu, op dit moment?' Ineens moest ze het zeggen. 'Ja, ik haat je.'

Er viel een gespannen stilte.

Toen zei Patsy: 'Je kunt me niet erger haten dan ik mezelf haat.'

Dan keek Patsy na die, een snik onderdrukkend, de keuken uit liep.

Lily zag het kleine lachje op het gezicht van Keir Bourne. 'Je bent echt een akelig mannetje, hè? Ga je nog steeds vreemd?' Haar donkere ogen spogen vuur. 'Ach, ik wil het niet eens weten. Hoe dan ook, ik wil je nooit meer zien. Je betekent helemaal niets voor me. Je hebt nooit iets voor me betekend, je zult nooit iets voor me betekenen.'

Het was haar beurt om op te staan en weg te lopen.

'En toen waren er nog twee,' merkte Dan op. 'En mocht je willen weten wat ik ervan vind, ik veracht je nog meer dan Lily al doet.'

Keir Bourne haalde alleen zijn schouders op.

'Maar even serieus, waarom doe je dit, verdomme? Je geeft niks om Lily, dus waar gaat het dan wel om?'

'Ik had geld nodig.'

'O, fijn.'

'Mensen als jij zullen dat nooit snappen. Mijn huwelijk is een paar maanden geleden op de klippen gelopen, mijn vrouw heeft me eruit geschopt, ik woon op een armoedig kamertje. En ik kan je vertellen, het is behoorlijk deprimerend om niet genoeg geld te hebben om leuke dingen te doen,' zei Keir. 'Toen ik die foto's van Lily in de krant zag en tot me doordrong wie ze was, was ik alleen maar blij dat het zo goed met haar ging. Maar toen ik het later in de kroeg aan een vriend van me vertelde, zei hij dat ik de krant moest bellen, vragen hoeveel ze overhadden voor een verhaal. Dat heb ik toen niet gedaan, want dat vond ik beneden mijn stand.' Hij staarde even naar de tafel.

'Hoe zijn ze dan bij je terechtgekomen? Hebben ze iemand in een glazen bol laten kijken?'

'Die vriend van me heeft zelf de krant gebeld en ze over me verteld. Shaz kwam diezelfde avond nog naar de kroeg. Ze was heel overtuigend,' vertelde Keir. 'Het is moeilijk om nee tegen haar te zeggen. En ze deed me een aanbod dat ik niet kon weigeren.'

'Hoeveel?'

'Duizend pond.'

'Wat? Dat meen je niet. Dat is het aanbod dat je niet kon weigeren?'

'Voor iemand zonder een rooie duit is dat veel geld.'

'Dus nu is iedereen hier in alle staten voor een miezerige duizend pond? Lily is je biologische dochter en toch doe je haar dit aan. Wauw, je bent een echte held.'

'Heb jij nooit fouten gemaakt dan?' diende Keir hem van repliek.

Dan besefte dat hij volwassen werd. Een paar jaar geleden zou hij, kreupel of niet, Keir meteen te lijf zijn gegaan. Hij had nog steeds één goed been en één goede arm waarmee hij een flinke dreun zou kunnen uitdelen.

Maar hoe verleidelijk ook, hij zou niet aan die opwelling toegeven. Er was al genoeg schade aangericht. Keir Bournes kaak breken zou niet zo'n slimme zet zijn met die journaliste in de buurt.

Maar wat zou het een heerlijk gevoel zijn geweest.

'Ik ga maar eens naar Shaz, haar vertellen hoe het is gegaan,' zei Keir Bourne op vermoeide toon. 'Ik neem aan dat er geen kans is op nog wat foto's?'

O, de verleiding om te gaan slaan werd nu wel erg groot...

'Blijf nog even zitten,' zei Dan, toen de oudere man zijn stoel achteruitschoof. 'Ik wil je nog wat zeggen.'

Sean en Will zaten in de achtertuin in het zonnetje; ze zaten onschuldig kranten te lezen, zich niet bewust van wat er allemaal was gebeurd.

Nou, ze zouden het gauw genoeg te horen krijgen, dacht Patsy toen ze naar hen toe liep. Morgen om deze tijd zou iedereen het wel weten. Stanton Langley stond er niet echt om bekend dat geheimen er lang geheim bleven.

'Ik heb iets ergs gedaan en ik ga een poosje weg. Sorry dat ik jullie ermee lastigval.' Ze gaf Will de sleutel van de kapsalon. 'Wil je mijn vaste klanten mijn excuses aanbieden en tegen ze zeggen dat ik over een week weer terug ben?' Als ze dan tenminste nog door haar geknipt wilden worden. 'Ik heb Jenna al gebeld, zij vervangt me zolang.'

'Wacht eens even, wat is er gebeurd?' Sean zette zijn zonnebril af.

'Ik ben een heel slecht mens en nu weet iedereen dat. Ik moet weg, want ik ben een lafaard en ik durf voorlopig niemand onder ogen te komen. Vraag het maar aan Lily of Dan, als jullie per se willen weten wat ik heb gedaan.'

'Och, Pats.' Sean keek haar bezorgd aan met die mooie grijze ogen van hem, ogen die ze een paar maanden na haar rendez-vous in het Valentine voor het eerst had gezien. Ze was zo blij geweest toen ze hem had leren kennen, ze had gedacht dat ze eindelijk eens geluk had in de liefde... Ha, ze had zelfs gedacht dat hun ontmoeting betekende dat het heelal of wat dan ook haar het beschamende incident met Keir Bourne had vergeven.

Maar blijkbaar was het spel voor het heelal nog niet uit geweest en had het nu zijn laatste troef uitgespeeld.

Het huilen stond haar weer nader dan het lachen.

Sean vroeg: 'Heeft het met een man te maken?'

'Moet je dat nog vragen?' Ze kreeg haar woorden nauwelijks langs de brok in haar keel.

'Och, schat.' Hij sloeg een arm om haar heen om haar te troosten. Patsy liet het maar gebeuren, want zodra hij ontdekte wat ze had gedaan, zou ze nooit meer een knuffel van hem krijgen.

Van niemand.

# 37

Toen Declan op vrijdagmiddag thuiskwam, was Gail er. Ze had zich met haar eigen sleutel binnengelaten en was nu met het eten bezig.

'Ik ben wat vroeger naar huis gegaan.' Ze kuste hem kort op de mond en ging toen weer verder met de zalmfilets en broccoli. 'Ik wilde je verrassen.'

Fish-and-chips, dat zou pas een verrassing zijn geweest. 'Ik moet even naar boven, wat contracten doornemen in mijn werkkamer.' Hij trok zijn jasje uit en liet zijn mobieltje en autosleutels op het aanrecht liggen.

'Ben je daar lang mee bezig?'

'Hooguit twintig minuten.' Hij legde een hand op zijn hart. 'Beloofd.'

In zijn werkkamer schopte hij zijn schoenen uit. Hij wachtte een paar minuten en liep toen weer naar beneden, waar Gail in de keuken als een ware spion zijn mobieltje aan het doorzoeken was. Zijn voorgevoel was dus juist geweest. Hij bleef in de deuropening naar Gail staan kijken, die razendsnel langs zijn mailtjes en recente gesprekken scrolde.

Omdat ze totaal opging in wat ze aan het doen was, schrok ze zich wild toen hij vroeg: 'Wat doe je daar?'

Ze liet het toestel op het aanrecht vallen.

Aha, ze was dus al bij de foto's aanbeland. Hij pakte zijn mobieltje op. 'Zoek je iets speciaals? Misschien kan ik je daarbij helpen.'

Nu ze toch was betrapt, ging ze frontaal in de aanval. 'Je hebt vanochtend drieëntwintig minuten met Lily gebeld.'

'Dat weet ik.'

'Je hebt haar deze week vier keer gesproken.'

'Ja, en? Je weet dat ze het op dit moment moeilijk heeft.' Het waren vreselijke dagen geweest voor Lily, eerst Keir Bourne die ineens was opgedoken en daarna Patsy's bekentenis.

Ze stak haar kin naar voren. 'Dus je bent nog steeds van plan om er morgen naartoe te rijden en daar dan de hele week te blijven.'

'Ja, en dat wist je. Dat had ik je al verteld.'

'Je kunt niet bij Lily gaan logeren. Dat kan gewoon niet.' Ze schudde verwoed haar hoofd. 'Absoluut niet.'

Hij keek haar ongelovig aan. 'Je denkt toch niet echt dat Lily en ik samen iets hebben, hè?'

'Ík denk dat niet, maar misschien dat andere mensen dat wel gaan denken. En je kunt mij niet wijsmaken dat er niets vreemds aan de hand is. Je hebt vanochtend nog een nummer in Stanton Langley gebeld. Dat zag ik aan het kengetal. Wie was dat?'

'Dat weet ik niet, misschien de loodgieter die in de cottage aan het werk is.'

'Maar het was een vast nummer,' beet ze hem toe. 'Nadat je het gesprek met Lily had beëindigd, heb je dat nummer gebeld.'

Declan wist het ineens weer. 'O ja, toen heb ik Coral gebeld.'

'Aha. Waarover?'

Omdat Declans besluit toch al vaststond, vond hij het niet erg om die vraag te beantwoorden. Kalm zei hij: 'Coral wilde haar vakantie in Zuid-Frankrijk afzeggen, omdat ze Lily niet alleen wilde laten, na alles wat er is gebeurd. Lily vroeg me of ik haar niet kon overhalen om toch te gaan.'

'En, is je dat gelukt?'

'Ja.' Het was eerlijk gezegd nogal een verwarrend scenario voor hem geweest, omdat hij het natuurlijk leuker had gevonden als Coral thuis was wanneer hij de hele week in Stanton Langley zat. Maar hij had gedaan wat Lily hem had gevraagd en Coral ervan verzekerd dat hij een oogje in het zeil zou houden. Omdat hij wist hoeveel die vakantie in Grimaud voor haar betekende. Dat had Lily hem verteld. En uiteindelijk had hij haar zover weten te krijgen dat ze gewoon ging.

Hoewel dat niet was wat hij wilde.

Nou ja.

'Je ziet Coral wel zitten, hè?' Gail zei het luchtig, maar haar stem had een scherp randje.

'Nee,' zei hij.

'Weet je dat zeker?'

Hij had nooit goed tegen jaloezie gekund. Gelukkig kon hij heel goed een pokerface opzetten, dat had al dat bieden op veilingen hem wel geleerd. 'Ja,' antwoordde hij kalm. 'Hoelang controleer jij mijn mobieltje eigenlijk al?'

'Niet zo lang.'

Hoe was ze eigenlijk achter zijn code gekomen? Waarschijnlijk door hem stiekem in de gaten te houden, want hij had het nummer nooit ergens opgeschreven. De afgelopen weken had hij ook een paar keer het idee gehad dat er iemand in zijn bureau had zitten snuffelen. 'Heb je soms ook in mijn bureaulades gekeken?'

Ze aarzelde net lang genoeg om zijn vermoedens te bevestigen. Hij schudde zijn hoofd. 'Nou, dat was het dan.'

'Hoe bedoel je?'

'Dit hier.' Hij wees naar hen beiden. 'Wij. Sorry, maar ik kan er niet tegen als iemand stiekem in mijn spullen rondneust.'

'Maar ik wilde gewoon zeker...'

'Het was nergens voor nodig. En ik had het ook nooit van je verwacht. Ik had nooit gedacht dat je daar het type voor was.'

'O, allemachtig, zeg.' Haar stem schoot omhoog. 'Dat is het nou juist. Ik ben daar ook helemaal het type niet voor. Ik heb dit nog nooit eerder gedaan, maar jij hebt me er met je gedrag gewoon toe gedwongen.'

'Wat wil je daar nou weer mee zeggen?'

'Toe zeg, dat weet je best... Dat dorp daar. Alles wat met Stanton Langley te maken heeft... De cottage die je daar hebt gekocht, de mensen daar... En als je het mij vraagt, durf ik te wedden dat...'

'Nou, ik vraag je helemaal niets,' onderbrak hij haar. 'Ik wil het niet weten.' Hij meende het. Gail kon keihard zijn als ze wilde, en hij had geen zin om haar neerbuigend over Stanton Langley of wat dan ook te horen praten. 'Dit werkt zo niet. Ik denk dat je beter kunt gaan.'

Ze knipperde met haar ogen. 'Je wilt zeggen dat het uit is? Het is echt uit tussen ons?'

'Ja.'

'Echt?'

'Echt.'

'En dat dan?' Ze wees naar de zalmfilets en de broccoli die treurig in een witte ovenschaal in een plasje rijstwijnazijn met wasabi lagen.

Zou er echt iemand zijn die wasabi lekker vond?

'Neem maar mee als je wilt,' zei hij. Persoonlijk was hij van plan om de eerstkomende maanden geen zalm en broccoli meer te eten.

Gail herstelde zich. 'Dan ga ik mijn spullen even pakken,' zei ze koeltjes.

Na een paar minuten was ze alweer terug; het kostte niet veel tijd om haar tandenborstel, toilettas en dure zijden nachthemd te pakken. Toen ze de keuken in kwam, was ze weer volkomen beheerst. ‘Ik hoop dat je het zeker weet, anders zul je er nog spijt van krijgen.’

‘Dat zou kunnen,’ zei hij, want hij gunde haar haar trots.

‘Want als ik nu wegga, is het voorgoed.’

Gelukkig, dacht hij. Hardop zei hij: ‘Dat weet ik.’

‘Nou, dan ga ik maar.’ Ze legde de reservesleutel op het aanrecht. ‘Ik hoop dat we er allebei volwassen mee om kunnen gaan en er geen toestand van maken.’

Opgelucht zei hij: ‘Nee, dat lijkt me nergens voor nodig.’

‘En aangezien we zoveel dezelfde mensen kennen, hoop ik dat je het met me eens bent dat we ze maar het beste kunnen vertellen dat het onze gezamenlijke beslissing is.’

Ah, zoals altijd bang om gezichtsverlies te lijden. Hij knikte ernstig. ‘Dat is verreweg de beste oplossing.’

‘Maar mag ik je nog één ding vragen? Speelt er iets tussen jou en een van de vrouwen in Stanton Langley?’

Hij schudde zijn hoofd. ‘Heb je iets gevonden toen je mijn mobieltje doorzocht?’

‘Nee,’ gaf ze toe.

‘Dat is omdat er niets te vinden valt.’ Hij spreidde zijn handen. ‘En dat is de waarheid.’

‘Oké, ik geloof je.’ Blijkbaar opgelucht dat ze niet was bedonderd, knikte ze en zei nog een keer: ‘Ik geloof je.’

‘Dank je.’ Waarom bedankte hij haar eigenlijk? Hij zou het echt niet weten.

Ze gaf hem beleefd een kus op iedere wang, alsof ze goede kennissen waren die elkaar toevallig op straat tegenkwamen. ‘Dan ga ik maar. Je hoeft er alleen nog maar folie op te doen. En hem er dan na twintig minuten uit halen.’

‘Sorry?’ Hij had geen flauw idee waar ze het over had.

‘De zalm,’ zei ze.

‘O, ja. Natuurlijk.’ Hij vroeg zich af of de kat van de buren wasabi lustte.

Blij dat ze niet was gaan huilen, liep hij met haar mee naar de voordeur.

'Nog even dit.' Ze bleef in de deuropening staan. 'Het zou kunnen dat het met jou en Coral een beetje ongemakkelijk wordt.'

Zijn nekhaartjes gingen rechtovereind staan. 'Hè?'

'Ik bereid je maar vast even voor.' Ze keek hem geamuseerd aan.

'Ik weet niet waar je het over hebt.'

'Heb je het dan niet gemerkt? Ze is een beetje verliefd op je.'

Er trok een scheut adrenaline door hem heen. Gelukkig was zijn verbaasde blik niet gespeeld. Hij slikte moeizaam. 'Hoe kom je daar nou bij?'

'Gewoon.' Gail haalde haar schouders op. 'Ik heb het haar gevraagd.'

Wat?

Hij haalde een hand door zijn haar. 'Dat meen je niet. Wanneer?'

'Afgelopen weekend. Je kent me toch?' zei ze. 'Als ik iets wil weten, vraag ik het gewoon.'

Of scrol je door een telefoon.

Maar dat met zijn mobieltje deed er niet meer toe. 'Wacht eens, je wilt toch niet beweren dat je Coral hebt gevraagd of ze verliefd op me is en dat ze toen ja zei?'

Weer die geamuseerde blik. 'O nee. Ze zei nee.'

Hij keek haar aan. 'Ik snap het niet. Dus ze is niet verliefd op me.'

'Declan, wel een beetje opletten, hè? Ik ben een vrouw, vergeet dat niet. Ik heb aan alles gemerkt dat ze verliefd op je is. Dus dat bedoelde ik met dat het wel eens ongemakkelijk kon worden. Ik dacht, ik waarschuw je even, dan kun je haar op een vriendelijke manier laten weten dat het niet wederzijds is. Een gewaarschuwd mens telt voor twee, toch?'

'Ja,' zei hij langzaam.

'Hoe dan ook, ik ga. Dag.'

'Dag.' Nog steeds een beetje in de war hoorde hij zichzelf zeggen: 'Het spijt me.'

Blijkbaar erg in haar nopjes omdat ze hem Corals geheim had verklapt, zei ze zelfgenoegzaam: 'Zie je wel, je hebt nu al spijt.'

# 38

Toen Declan op zaterdagochtend naar Stanton Langley vertrok, was het zijn bedoeling om daar tussen de middag aan te komen. Hij wist dat Coral om één uur een taxi had besteld die haar naar het vliegveld zou brengen. Natuurlijk was hij niet van plan om iets te zeggen over wat Gail hem had verteld, maar van het vooruitzicht haar nog even te kunnen zien voordat haar vakantie begon ging zijn hart sneller kloppen.

Hij had die nacht bijna geen oog dichtgedaan, omdat hij steeds aan Gails woorden had moeten denken. Gail was ook zo zeker van haar zaak geweest. En als ze gelijk had, nou, dat zou zijn leven behoorlijk op zijn kop zetten.

Vanwege wegwerkzaamheden was één rijbaan afgesloten, en bovendien leek half Londen de stad voor het weekend te willen ontvluchten, dus het schoot niet echt op. Declan maakte zich echter nog geen zorgen, hij had al rekening gehouden met extra reistijd.

Waar hij geen rekening mee had gehouden, was een omgevallen caravan die voor een tien kilometer lange file zorgde.

Tegen de tijd dat hij in Stanton Langley aankwam en zijn auto voor Goldstone House tot stilstand bracht, was het kwart over één.

'Hoi!' Lily gaf hem een kus. 'Je bent Coral net misgelopen, ze is echt net een minuutje weg. De taxi was te laat, en ze was al bang dat ze het vliegtuig zou missen. Waarschijnlijk ben je haar onderweg nog tegengekomen!'

Dus in de zilverkleurige taxi die hij bij het stoplicht had zien staan, had Coral gezeten. Even voelde Declan zich net een klein kind dat te horen heeft gekregen dat hij de Kerstman net is misgelopen.

Nou ja, van een weekje wachten zou hij niet doodgaan. Toch?

'Ze zal het daar vast heerlijk hebben,' zei hij.

Lily keek hem stralend aan. 'Ja, het is echt goed voor haar. Ze hield altijd zoveel van schilderen. Het wordt vast een fantastische week voor haar.'

Omdat hij niet wilde denken aan de fantastische week die Coral in Zuid-Frankrijk zou hebben, vroeg hij: 'En hoe gaat het met jou?'

'Wel goed. Ik zorg dat ik bezig blijf. Maar luister, je hoeft echt niet in Weaver's Cottage te slapen als...'

'Ik vind het niet erg.' Ze hadden het er aan de telefoon al over gehad. Gail had gelijk gehad toen ze had gezegd dat sommige mensen het misschien ongepast zouden vinden als hij in Goldstone House logeerde.

'Maar we hebben een nieuw plan,' zei Lily. 'Dan kreeg vanochtend een berichtje van Patsy. Ze zei dat ze nog een weekje langer wegblijft. Dus dan kun je mooi bij Dan logeren.'

'Blijft ze nog een week weg? Gaat het wel goed met haar?'

'Vast wel. Maar ik heb haar niet gebeld om het haar te vragen, als je dat soms wilt weten.' Lily deed expres nonchalant. 'We weten niet waar ze is. Maar Jenna, die voor haar invalt in de kapsalon, schijnt haar wel gesproken te hebben.' Ze zweeg even en veranderde toen van onderwerp. 'Maar lijkt het je wat om bij Dan te logeren?'

Het zou beslist comfortabeler zijn dan op de vloer van de cottage te moeten slapen. 'Hoe denkt Dan erover?'

'Hé, hij is invalide. Hij kan nog niet eens een kop thee van de keuken naar de kamer dragen zonder als een soort Mr. Bean te struikelen,' zei Lily lachend. 'Nee, maar even serieus, het was Dans idee.'

'Dan lijkt het me een perfecte oplossing.'

'Hoera!' Ze gaf hem nog een kus op de wang. 'O, ik ben zo blij dat je er weer bent!'

Het artikel in de zondagseditie van die week stond vlak voor middernacht online. Het was een stuk kleiner dan het artikel van de week ervoor, toen er twee pagina's aan waren besteed. Dan draaide zijn laptop om zodat Lily en Declan mee konden lezen.

Lily, die zich de hele avond op het ergste had voorbereid – nee, de hele week, eerlijk gezegd – zag dat het in feite nergens over ging. Nadat ze snel had gelezen wat Keir Bourne te melden had, voelde ze alle opgekropte spanning uit haar lichaam wegebben.

'O, gelukkig. Ik dacht dat hij allemaal rotdingen over mij zou vertellen.' Ze nam een slok van Dans wijn, want haar eigen glas was leeg. 'Maar dat is helemaal niet zo.'

Ze voelde zich bijna schuldig dat ze dat van hem had gedacht.

'Maar dan zou hij toch zelf een rare indruk hebben gemaakt? Hoe dan ook, het is goed nieuws.' Declan hief zijn glas. 'Op jou.'

'Proost.' Lily nam nog een slok uit Dans glas.

'Ik zou ook wel willen proosten, maar iemand heeft mijn drankje gestolen,' zei Dan spijtig.

Lily bekeek de foto's die bij het artikel stonden wat aandachtiger. De eerste, van hun hernieuwde kennismaking, zag er net zo ongemakkelijk uit als het toen had gevoeld: twee mensen die elkaar niet kennen en dan ineens verplicht zijn om iets tegen elkaar te zeggen, in het openbaar. De tweede, die blijkbaar later was genomen, liet een bedroefde Keir zien, en in de begeleidende tekst werd hij geciteerd: 'Het is anders gelopen dan ik hoopte, maar ik respecteer Lily's beslissing. Als ze niets met me te maken wil hebben, dan heb ik dat te respecteren. Ik kan haar en Eddie Tessler alleen maar veel geluk wensen.'

De derde en laatste foto was van Keir Bournes ex-vrouw en tienerdochter, die geen van beiden nog contact met hem wilden. De ex-vrouw, Tanya, had tegen Shaz gezegd: 'Wil je echt weten wat ik denk? Nou, dan kun je het krijgen. Keir Bourne was een waardeloze echtgenoot en vader. Hij was een charmeur die continu vreemdging. We zijn veel beter af zonder hem, en ik kan het Lily niet kwalijk nemen dat ze niets met hem te maken wil hebben. Dat soort gedoe kun je missen als kiespijn.'

De dochter, Sasha, was minstens zo hard in haar oordeel. Ze zei:

'Lily hoeft nergens spijt van te hebben, ze heeft niks aan hem gemist. Ik ben vijftien, en vorig jaar kerst kreeg ik een teddybeer van hem die hij in een tankstation had gekocht. Dat weet ik omdat het bonnetje nog in het plastic tasje zat.' Toen haar werd gevraagd of ze haar oudere halfzus zou willen ontmoeten, had het meisje geantwoord: 'Het kan me eerlijk gezegd weinig schelen. Ik bedoel, Lily is wel mooi en zo, maar we lijken totaal niet op elkaar. En dat we dezelfde biologische vader hebben, wil toch niet zeggen dat ik haar ineens moet leren kennen? Vooral niet omdat we allebei liever een andere vader hadden gehad. Maar ze lijkt me wel aardig, dus ik hoop dat ze gelukkig wordt. En mocht ze dit lezen, dan kan ik haar dit zeggen: Hoi, Lily, wees blij dat je hem niet als vader hebt gehad!'

Toen Lily klaar was met lezen, zei ze: 'Arm kind. Maar ze klinkt wel leuk.'

Dan glimlachte. 'Ze klinkt precies als jij.'

Hoewel ze dat zelf niet zo had beseft, wist ze dat hij gelijk had. Ze bekeek de foto wat beter. Sasha had een hoekig gezicht, een uitdagende blik in haar blauwe ogen, en keek vastberaden de camera in. Ze was klein en bleek en had steil donker haar. Misschien dat ze uiterlijk niet op elkaar leken, maar wat Sasha had gezegd, zou ze zelf op die leeftijd precies zo hebben gezegd.

'Goed van haar,' zei ze vertederd. 'Die komt er wel.'

'Als je wilt, kun je toch contact met haar opnemen?' zei Declan. 'Schrijf haar een brief, zeg dat je haar graag zou leren kennen.'

Lily schudde al van nee. 'Nee, ze hoeft niks als ze dat niet wil. Dat soort dingen kun je niet forceren. Mocht ze van mening veranderen, dan weet ze waar ze me kan vinden. En het heeft geen haast. Misschien dat ze over een jaar of zo contact met me opneemt, of over tien jaar. Ze is pas vijftien. Laat haar het maar op haar eigen tijd doen.'

Declan liep even met Lily mee naar Goldstone House en ging toen terug naar Dan. Samen ruimden ze de eettafel in de woonkamer af.

'Nog bedankt dat ik hier mag logeren,' zei hij, terwijl Dan in de keuken nog een afzakkertje voor hen allebei inschonk.

'Graag gedaan. Ik vind het leuk dat je er bent.' Dan hief zijn glas whisky. 'Je hebt het de hele avond nog niet over Gail gehad. Komt ze deze week nog?'

Declan reageerde niet meteen; hij had Lily nog niet verteld dat het uit was. Maar dat was deels omdat hij haar er niet mee wilde belasten, ze had al genoeg aan haar hoofd. 'Ze komt niet,' zei hij. 'We hebben er een punt achter gezet.'

'O?' vroeg Dan belangstellend. 'Waarom?'

Nou, dat ging hij hem dus echt niet vertellen. Schouderophalend zei hij: 'Het werkte gewoon niet. Als het goed zit, dan weet je dat gewoon...'

'En het zat niet goed,' concludeerde Dan met een knikje. 'Dat had ik met Anna.'

'Ik heb het Lily nog niet verteld. Ze heeft genoeg aan haar hoofd.' Dat was slechts één reden, de andere, minder altruïstische reden was dat hij het zelf aan Coral wilde vertellen, om haar gezicht te kunnen zien wanneer ze het hoorde.

'Prima, dan blijft het tussen ons.'

Toen Declan heet water in de afwasbak liet lopen en er wat afwasmiddel bij deed, zei Dan: 'Ik ben niet echt goed in afwassen, maar ik kan alles wel opruimen.'

'Geen probleem, dan was ik af. Kun je me die borden even aangeven?'

Dan kwam hinkend door de keuken aanlopen met de borden in zijn goede hand. 'We lijken Jack Lemmon en Walter Matthau in *The Odd Couple* wel. Twee alleenstaande mannen die samenwonen. Mag ik Walter Matthau zijn?'

'Tuurlijk.' Terwijl Declan de borden begon af te wassen, kon hij het toch niet laten om te vragen: 'Waarom zijn jij en Anna eigenlijk uit elkaar gegaan?' Niet dat hij Anna kende, maar Lily had hem alles verteld over de vele vriendinnen van Dan.

Dan keek hem even aan, haalde zijn schouders op en wendde zijn blik af. 'Ach, zoals ik al zei, het was net zoiets als bij jou. Vroeger hoefde ik een vrouw maar een beetje leuk te vinden of ik begon wat met haar. Maar nu ik wat ouder word, moet het meer zijn dan dat. Als je niet het idee hebt dat je de rest van je leven bij zo'n vrouw wilt blijven, dan... Nou ja, dan wordt het een beetje zinloos allemaal.'

Declan kon aan Dans gezicht zien dat hij zelf verrast was door zijn ontboezeming. Waarschijnlijk was het niet iets wat hij gemakkelijk tegen collega's of vrienden van zijn eigen leeftijd zou zeggen.

'Ik denk dat je gelijk hebt. Ik vind het heel verstandig van je.' Declan knikte. 'Ooit zul je de ware wel tegenkomen. Maar hoe moet het verder met Lily?' ging hij verder, want hij wilde het gesprek weer op het onderwerp brengen dat hem vanavond het meest dwarszat. 'Hoe denk je dat het zal gaan als Patsy weer terugkomt? Denk je dat ze het zullen bijleggen?'

Omdat er geen antwoord kwam, draaide hij zich om naar Dan en zag dat hij een kleur had gekregen. Toen zei Dan: 'Dat mag ik hopen, verdomme. Maar ik zou het echt niet weten.'

# 39

'Hoi, hoe gaat-ie?'

Lily's schuldgevoel werd nog groter toen ze Eddies stem hoorde. 'Eh, goed, maar ik heb het nogal... eh...'

'Druk.' Hij klonk vriendelijk, maar gelaten.

Wat niet zo raar was, want dit was al de derde keer vandaag dat hij belde en iedere keer had ze moeten zeggen dat ze geen tijd had.

'Sorry, maar het is hier zo'n chaos. Ik vlieg van hot naar her. En nu staat er ook nog een rij voor de kassa... Kan ik je straks terugbellen?'

'Dat zei je drie uur geleden ook al.'

'Ik weet het, maar het is nog geen moment rustig geweest. Ik bel je echt, om zes uur.'

'Prima,' zei hij. 'Hopelijk heb ik dan tijd.'

'Sorry.' Lily streek haar haar uit haar nek. Alles plakte.

'Geeft niet. Ik weet hoe het is.'

'Pardon,' riep een lange vrouw die twee gietijzeren deurkloppers en wat deurkrukken in haar handen had. 'Kan ik deze ook afrekenen, of zal ik ze maar gewoon in mijn tas stoppen en weggaan?'

'Ik moet echt ophangen,' zei Lily tegen Eddie.

'Niet te hard werken, hè?' hoorde ze hem nog net zeggen voordat ze de verbinding verbrak.

Heel grappig.

Om halfzes deed Lily de zaak dicht. Nadat ze het kantoor had afgesloten en Marty gedag gezegd liep ze naar het huis, waar Dan op de stoep stond te wachten.

Hij grijnsde. 'Wat zie jij eruit!'

'Moet ik dat als compliment of als belediging opvatten?' Aangezien haar haar weer aan haar nek plakte en haar T-shirt stoffig en klam was, wist ze het antwoord op die vraag eigenlijk al.

'Wil je zo graag een complimentje horen dan?'

Zijn vraag negerend wees ze naar de koelbox naast zijn voeten. 'Wat is dat?'

'Dat is een ambulance.'

'Ha ha. Ik bedoel, wat zit erin?'

'Verandering van plannen.' Dan, die had beloofd vanavond thuis voor hen alle drie te koken, tilde de koelbox op en liep achter haar aan naar binnen. 'Declan werkt nog even door in Weaver's Cottage, hij wil de keuken klaar hebben, want morgen komt het aanrechtblad. Hij zei dat het laat zou worden. Dus heb ik besloten met jou te gaan picknicken.' Trots knikte hij naar de koelbox.

'Leuk. En dan moet ik rijden zeker?'

'Ja, logisch, ik kan je moeilijk op mijn rug nemen.'

'En waar gaan we picknicken?'

Hij keek haar ondeugend aan. 'Dat is nog een verrassing. Maar je vindt het vast leuk.'

'Geef me een halfuurtje.' Ze schopte haar teenslippers uit en liep naar de trap. 'Ik wil me eerst even douchen en omkleden.'

Onder het lauwe water masseerde Lily haar pijnlijke slapen en liet het schuim over haar gezicht lopen. Het was een lange week geweest. Ze had hard gewerkt, ook om maar niet aan Patsy te hoeven denken. De temperatuur was in de loop van de week behoorlijk opgelopen en vandaag was het op de binnenplaats net een oven geweest.

Nadat ze een paars katoenen zomerjurkje had aangetrokken, ging ze languit op bed liggen en belde Eddie, die in Nieuw-Zeeland zat.

'Hoi. Sorry, maar nu heb ik het druk.'

'O nee,' zei ze teleurgesteld.

'Grapje.' Ze hoorde dat hij glimlachte. 'Ik heb alle tijd om met je te praten. Hoe gaat het?'

'Ik ben kapot. Heb ik je wakker gebeld?'

'Dat geeft niet, ik kon toch niet slapen. Heerlijk zo'n jetlag. Schiet Declan al op met zijn cottage?'

'O, hij is daar continu bezig. Vanavond moet de keuken klaar zijn. En jij? Wat ga jij vandaag doen?'

'Interviews geven... O nee, eerst de opnames voor een talkshow, en daarna vier uur lang journalisten te woord staan.'

'En, ben je omringd door mooie vrouwen daar?' vroeg ze plagerig.

'Dat zou me niet eens opvallen. En jij, nog onweerstaanbare klanten gehad?'

'O, zoveel.'

Hij lachte. 'Ik mis je.'

'Ik jou ook.' Eddie deed een rondje Nieuw-Zeeland, Australië en Singapore, en vloog dan weer terug naar New York; ze zouden elkaar pas over twee weken weer zien. 'Sorry van vandaag.'

'Ach, dat kan gebeuren. Dat hoort erbij. We halen het wel weer in als ik terug ben.'

Lily wriemelde met haar tenen en glimlachte naar het plafond. 'Ja, zeker weten.'

'Je zei een halfuur!' zei Dan toen Lily weer beneden kwam. Hij deed alsof hij afkeurend keek, maar bij haar aanblik maakte zijn hart een sprongetje. Ze droeg een kort paars jurkje, zilverkleurige teenslippers, en ze had zijn lievelingsparfum op.

'Ik was met Eddie aan het bellen,' zei ze, een mededeling waarvan zijn hart beslist geen sprongetje maakte, maar dat liet hij haar natuurlijk niet merken.

Hij pakte de koelbox – hij had een ingenieus systeem bedacht om hem met het handvat van zijn kruk te kunnen optillen – en zei: 'Kom, dan gaan we.'

'Lekker bazig ben je, zeg.' Ze gaf hem een por.

'Nee hoor, gewoon uitgehongerd,' zei hij terwijl ze naar de auto liepen.

Twintig minuten later wist ze opeens waar ze naartoe gingen. 'Gaan we naar De Sprong?'

'Zou kunnen.' Hij keek haar grijnzend aan. 'Nou, je weet de weg.'

Ze waren bijna in Hestacombe, een dorp ten westen van Stanton Langley. Lily sloeg links af een onverhard pad op.

'O mijn god, niet te geloven dat we daarnaartoe gaan,' zei ze. 'Ik heb al heel lang niet meer aan die plek gedacht. Weet je nog die zomer? Zou er nog steeds een stier in het weiland staan? Als dat zo is doe ik het niet, hoor.' Ze keek even met opgetrokken wenkbrauwen naar Dans voet in het gips. 'En jij al helemaal niet.'

'Er is geen stier. Dat heb ik gecontroleerd.' Twee dagen geleden, in een taxi op weg naar de fysiotherapeut in Cheltenham, had hij in een opwelling de taxichauffeur gevraagd om even het onverharde pad op te rijden. Het weiland was leeg geweest.

Gelukkig maar.

Aan het eind van het overwoekerde pad bracht Lily de auto in de berm tot stilstand. Ze pakte de koelbox uit de kofferbak, maakte het hek open om Dan erdoor te laten en sloot het weer achter hen.

'Spannend,' zei ze grijnzend, terwijl ze langs de rand van het weiland liepen.

'Ik dacht wel dat je het leuk zou vinden.' Dan was blij dat hij haar had meegenomen. 'En je hebt wel iets leuks verdiend na al die drukte van deze week.'

Hoewel hij nog steeds langzaam liep, ging het al iets beter met hem nu het bot in zijn voet begon te helen. Ze deden er tien minuten over om via het smalle, rotsige pad door het bos de oever van Hestacombe Lake te bereiken.

'Wauw,' zei Lily, met een blik op het meer dat zich voor hen uitstrekte.

'Ja, het blijft mooi, hè?' Hij kwam naast haar staan.

Samen bewonderden ze het prachtige uitzicht. De stralend blauwe hemel werd weerspiegeld in het water, dat daardoor een tinachtige glans kreeg. Aan de overkant van het meer lag het pittoreske Hestacombe, met daaromheen, tussen de bomen, de vakantiehuisjes, en aan de oever het kleine opgespoten strandje dat de eigenaar van Hestacombe House had laten aanleggen. Dat was de populaire kant van het meer, bereikbaar via de weg, en ze zagen dan ook wat mensen op het strand en in het water.

Waar zij stonden was de geheime oever, die de meeste mensen niet eens wisten te vinden. Op een kille dag in de paasvakantie hadden ze het plekje met een groepje vrienden van school ontdekt, en toen de dagen langer en warmer werden waren ze er elk weekend naartoe gefietst, ze hadden muziek gedraaid, stiekem cider gedronken en spelletjes bedacht. En toen de zomervakantie eenmaal was aangebroken was het hun tweede thuis geworden.

'Er is helemaal niks veranderd,' zei Lily een beetje verbaasd. Ze zette de koelbox in het gras, maakte hem open en pakte het picknickkleed eruit. Nadat ze het eten hadden uitgestald, gingen ze zitten. Dan draaide de fles wijn open die hij had meegebracht en schonk twee plastic glazen in.

'Hier, je mag één glas,' zei hij.

'Proost. Dit is een luxe die we toen niet hadden. Echte wijn in nepglazen.'

Hij grijnsde. 'Toen namen we om de beurt een slok uit een plastic fles cider.'

'Ja, ik was altijd al erg van de nette manieren.' Lily gooide een cherrytomaatje op, ving het met haar mond op en begon erop te kauwen.

'Nog steeds, zo te zien.'

'Zo is dat. Door en door netjes.'

God, wat hield hij veel van haar. Even kon hij geen woord uitbrengen. Hij vond echt alles aan haar even leuk, haar ondeugende donkere ogen, de manier waarop haar blonde krullen op haar gladde, bruine schouders dansten, haar gave om om zichzelf te kunnen lachen.

Hij leunde achterover met zijn benen uitgestrekt voor zich en keek naar het water dat schitterde in de zon terwijl libellen af en aan vlogen. Hij kon zich nog heel goed die keer herinneren dat Lily op haar rug in het water had liggen drijven, met haar ogen dicht, en dat hij toen stilletjes naar haar toe was gezwommen. Maar net toen hij haar aan het schrikken had willen maken, was er een libelle tegen zijn gezicht gevlogen, waardoor hij zelf zo was geschrokken dat hij was gaan gillen. Lily had hem natuurlijk uitgelachen en ze had hem er daarna ook nog vaak aan herinnerd. Sindsdien was het een soort standaardgrapje tussen hen geworden om ineens te gaan gillen: 'Libelle!'

Ook nu weer. Ze draaide zich half naar hem om, met een gevuld ei in haar hand, en vroeg: 'Weet je nog die keer dat je...'

'Ja, dat weet ik.' Hij rolde met zijn ogen.

'Man, wat was dat grappig.' Ze wapperde met haar armen om zijn paniek uit te beelden. 'Je was echt een watje.'

'Dat heb je me al vaker verteld. Zo'n driehonderd keer.'

Ze lachte. 'Sommige dingen kunnen niet vaak genoeg herhaald worden. O mijn god, kijk! Niet te geloven dat dat er nog hangt...'

Lily lag inmiddels op haar rug en wees naar de takken van de grote plataan achter hen. Toen Dan haar vinger volgde, zag hij de restanten van het oude touw hangen dat ze ooit aan een van de dikkere takken hoog in de boom hadden gebonden. Toen was het touw wel vijf meter lang geweest, nu was er nog maar een kort, rafelig stukje van over.

'Toen leek het een goed idee.' Hij zei het op berouwvolle toon; per slot van rekening was het zijn idee geweest.

'Het was een fantastisch idee.' Lily keek hem aan. 'Wat er toen met Kyle is gebeurd, was zijn eigen schuld. Daar kon jij niks aan doen.'

# 40

O nee? Dan kreeg een droge mond. Hij was toch echt degene geweest die het touw had gekocht en die in de boom was geklommen om het vast te binden aan een tak. Het was de bedoeling dat ze een aanloop namen, het touw beetgrepen, als Tarzan over het water zeilden en zich dan in het meer stortten. Hij had het als eerste geprobeerd, daarna hadden de anderen zijn voorbeeld gevolgd. Het was het hoogtepunt van die lange, warme zomer geweest. Ze hadden er vele uren plezier aan beleefd en hun ontmoetingsplek had er ook zijn naam aan te danken: De Sprong.

En ze zouden het zijn blijven doen als Kyle geen ongeluk had gehad toen hij een dubbele salto wilde maken. Hij had het touw te vroeg losgelaten en was op de rand van de oever terechtgekomen, half in het water.

Het geluid van die landing was iets wat Dan nooit zou vergeten.

'Het was een ongeluk,' zei Lily. 'Arme Kyle. Maar het was wel doodeng toen.'

Dat mocht ze wel zeggen. Kyle was doodsbleek op zijn zij blijven liggen, en het was duidelijk dat hij ontzettend veel pijn had. De ambulance had er vijfentwintig minuten over gedaan om hen te bereiken, maar het had gevoeld als uren. Dan had de hele tijd geknield naast Kyle gezeten. Omdat hij Kyles lichaam niet durfde te verplaatsen, had hij zijn hoofd iets omhooggehouden om te voorkomen dat hij water in zijn mond zou krijgen.

Het ambulancepersoneel had Kyle op een brancard gelegd en met enige moeite de helling op gedragen naar de wachtende ambulance. De volgende dag hoorden ze dat zijn bekken op meerdere plaatsen was gebroken.

Kyle had een paar weken in het ziekenhuis gelegen en had daarna thuis moeten herstellen. Na de zomervakantie waren zijn ouders naar het noorden van Engeland verhuisd, en ze hadden hem nooit meer gezien.

'Ik vraag me af wat hij tegenwoordig doet,' zei Lily peinzend. 'Zou hij volledig hersteld zijn?'

'Tuurlijk.'

'Dat kun je niet weten. Misschien hobbelt hij wel op krukken rond. Of zit hij in een rolstoel.'

'Zeg dat nou niet.' Dan voelde zich beroerd worden.

'Maar dat zou toch kunnen? We weten het gewoon niet. Arme Kyle, hij was wel grappig, hè? Hij wilde er altijd zo graag bij horen, maar op de een of andere manier paste hij niet echt bij ons. En god, die enge moeder van hem!'

'Kende jij zijn moeder dan?' Kyle had pas een halfjaar bij hen op school gezeten toen het ongeluk was gebeurd, en hij woonde een paar kilometer van Stanton Langley, in een dorp dat Compton Drew heette. Voor zover Dan wist, had niemand van hen zijn ouders ooit ontmoet.

Lily pakte het bakje frambozen, ging weer liggen en zette het bakje op haar maag. 'Dat is geheim.'

Hij keek haar aan. 'Wat?'

Ze stopte een framboos in haar mond. 'Oké, het wás geheim. Hij vindt het vast niet erg als ik het je nu vertel. Hij heeft me een keertje uitgenodigd om bij hem thuis te komen eten.'

'O ja? En is dat het geheim? Weet je wel zeker dat je bij de geheime dienst wilt gaan werken?'

'Doe niet zo sarcastisch.' Ze schopte hem zacht tegen zijn enkel. 'Hij vroeg of ik wilde doen alsof ik zijn vriendin was, als je het dan per se wilt weten.'

'Echt? Waarom?'

'Omdat zijn moeder hem continu vroeg waarom hij nooit met

een meisje uitging. Die arme Kyle. Toen hij me dat vertelde, kon ik gewoon niet geloven dat ze echt zo erg was. Maar toen ik haar ontmoette, bleek ze nog veel erger te zijn. Het eerste wat ze aan me vroeg, was: "Dus jij bent Kyles vriendin? Gelukkig maar, we begonnen al te denken dat hij homo was."'

'Wat een trut. En ze meende het echt?' vroeg Dan ongelovig.

'O ja. Ze was echt vreselijk.'

Nu voelde hij zich nog beroerder. Die arme jongen. 'En waarschijnlijk was hij nog echt homo ook.'

'Nee. Hij zei van niet. Hij zei dat hij gewoon verlegen was. En jemig, zeg, hij was pas zestien. Wat erg, hè, om zo'n moeder te hebben?'

'Dus toen ben je bij hem gaan eten en dat was dat? Jullie hebben zijn moeder overtuigd?'

'Ik ben er vier of vijf keer geweest. Zijn moeder begon me zelfs erg aardig te vinden.'

'Maar jij en Kyle hebben nooit iets gehad?'

'Natuurlijk niet. We hielden gewoon elkaars hand vast en hebben een paar weken vriendje en vriendinnetje gespeeld. En toen maakten we het uit.'

'Niet te geloven dat je dat voor hem hebt gedaan,' zei hij.

Lily haalde haar schouders op. 'Ach, dat stelt toch niks voor? Ik had medelijden met hem, dus daarom heb ik hem geholpen.'

'Diep vanbinnen ben je eigenlijk heel aardig.'

'En jij loopt het risico het water in geduwd te worden.' Ze gaf hem een speels zetje.

'Het verbaast me dat je me dat nooit hebt verteld. Je hebt daar al die jaren je mond over gehouden.'

'Het ging toch niemand anders wat aan? En als jij het had ontdekt, had je hem er waarschijnlijk enorm mee gepest.'

Dan glimlachte. Echt iets voor Lily om zoiets geheim te houden, terwijl ze ook had kunnen opscheppen over haar goede daad. Bovendien had ze gelijk, hij zou Kyle er ongenadig mee hebben gepest. Tenminste, vóór dat ongeluk wel.

Na die bewuste dag had de boer van wie het land aan die kant van het meer was een VERBODEN TOEGANG-bordje geplaatst. En om er helemaal zeker van te zijn dat er geen mensen naar de oever zouden komen, had hij ook nog eens een stier in het weiland gezet. Blijkbaar had hij ook het touw afgesneden.

Ze waren er geen van allen ooit nog naartoe gegaan. Tot vandaag dan.

'O, Coral belde vandaag,' zei Lily. 'Ze klonk heel gelukkig, daar was ik zo blij om. Ze heeft het heerlijk in Grimaud.'

'Dat is fijn om te horen.'

'Ik ben echt blij dat we haar hebben weten over te halen om te gaan. Ze is eindelijk weer aan het schilderen... Waar kijk je naar?'

Hij glimlachte. 'Naar jou.' Terwijl Lily naar de lucht had liggen staren, had hij van de gelegenheid gebruikgemaakt om haar gezicht te bestuderen, haar scherpe jukbeenderen, de sproetjes op haar neus, de donkere wimpers met hun gouden puntje boven het heldere wit van haar ogen.

'Hoezo? Zit er iets op mijn gezicht?' Ze begon verwoed over haar mond te vegen. 'Zitten er kruimels?'

'Nee, hoor. Niks aan de hand.' Het was iets wat hij niet hardop kon zeggen, maar persoonlijk vond hij Lily's mond de mooiste mond ter wereld.

'Heb je nog wat van Patsy gehoord?' Ze keek nog steeds naar het zonlicht dat door de takken scheen. Haar haar lag uitgespreid om haar hoofd en op haar roze behabandje was net een lieveheersbeestje geland. Was het een goed teken dat ze naar Patsy informeerde?

'Ze heeft me vanmiddag nog geappt. Ze vroeg of ik dacht dat je haar miste.'

Stilte. Dan begreep dat ze Patsy inderdaad miste, maar dat ze dat niet wilde toegeven. 'Ze vroeg ook of ik wist of je ooit nog met haar wilde praten.'

Lily slikte. 'En wat heb je toen gezegd?'

'Ik heb gezegd dat ik het niet wist, maar dat ik het je zou vragen.'

'Hm.'

'Wat betekent "hm"?'

Ze zuchtte. 'O Dan, je weet toch hoe ik ben? Ik ben niet het type om lang kwaad op iemand te blijven. Maar ik vind het nog steeds ongelooflijk dat ze dat heeft gedaan. Dat ze me in al die jaren nooit heeft verteld dat hij hier is geweest. Ze had het recht niet om dat te verzwijgen. Als ze niet met hem naar bed was geweest, had ze me het wel verteld, dat weet ik zeker. Maar omdat ze zich schaamde, zei ze niks. Iedere keer als ik eraan denk, dan...' Ze balde haar vuist. 'Dan word ik gewoon misselijk.'

'Ik weet het.'

'Ik kan er niks aan doen. Het was echt fout van haar.'

Hij knikte. 'Heb jij nooit iets gedaan dan wat echt fout was?'

'Tuurlijk wel, maar lang niet zo erg als dat.'

'Noem eens een paar van die wat minder foute dingen van je?'

'Oké.' Het begin van een glimlach. 'Nou, ik had een keer een geroosterde boterham met gesmolten kaas voor je gemaakt en die liet ik toen op de grond vallen, met de kaas naar beneden. Omdat het brood op was, heb ik hem gewoon opgeraapt, de kaas er met een mes weer een beetje op gesmeerd en er toen heel veel zwarte peper over gestrooid zodat je niks zou merken.'

'Heb je er ook op gespuugd?'

'Wat? Nee!'

'In dat geval vergeef ik het je.' Zelfs al had ze erop gespuugd, dan had hij het nog niet erg gevonden.

'Nou, dat is een pak van mijn hart.' Ze keek hem even van opzij aan. 'Is dit soms jouw manier om me zover te krijgen dat ik me weer met Patsy verzoen? Ik denk niet dat dat gaat werken.'

'Maar is dat met die boterham echt het allerergste wat je ooit hebt gedaan?'

'Laat me even denken.' Nadat ze even had nagedacht, zei ze: 'Oké, ik heb een keer twee kussens gekocht en toen sloeg de kassajuffrouw er maar eentje aan. Daar heb ik toen niks van gezegd.'

'O mijn god, daar zul je je wel heel beroerd over hebben gevoeld,' zei hij.

‘Nou en of! O...’ Het drong ineens tot haar door dat hij een grapje maakte. ‘Hou je mond. Ik vond dat echt rot.’

‘Maar vertel me nu eens wat echt het allerallerergste is wat je ooit hebt gedaan. En zeg alsjeblieft niet dat het die keer was dat je een lege chipszak in de bak voor groenafval gooide.’

Ze kneep hem even in zijn pols en dacht toen weer na. ‘O ja,’ zei ze. ‘Vlak nadat ik mijn rijbewijs had gehaald, ben ik met de bestelbus achteruit tegen een brievenbus gereden. En toen heb ik tegen Coral en Nick gezegd dat ik er een rode auto tegenaan had zien rijden op de oprit.’

‘En hebben ze ooit ontdekt dat dat niet zo was?’

‘Nee.’

‘Dus ik zou dat aan Coral kunnen vertellen als ze terug is uit Frankrijk.’

Ze keek hem aan. ‘Dat zou kunnen. Maar het is niet echt iets wat haar hele leven op zijn kop zal zetten, hè? Gaat het je soms daarom?’

Dan wist eigenlijk niet waar het hem precies om ging; hij was gewoon een beetje aan het improviseren en zag wel waar hij uitkwam.

‘Jouw erge dingen zijn niet erg genoeg.’ Hij schonk nog wat wijn in zijn glas. ‘Jij hebt bijvoorbeeld nooit leugen op leugen gestapeld en het hart van een man gebroken.’

Behalve het mijne dan. Maar dat telt niet.

‘Sorry,’ zei ze. ‘Had ik maar een geheim dubbelleven als seriemoordenaar. Maar wat is het ergste wat jij ooit hebt gedaan?’

Hij keek haar aan. Daar had je het; dit was wat hij haar eigenlijk wilde vertellen.

‘Och hemel. Te veel keuze zeker,’ zei ze toen hij bleef zwijgen.

‘Het was mijn schuld dat Kyle zijn bekken heeft gebroken.’ Nu was het Dans beurt om een beetje misselijk te worden; hij had het hardop gezegd. Eindelijk.

# 41

'Wat? Nee, ik was er toch zelf bij?' zei Lily. 'Ik heb het zien gebeuren. Hij liet gewoon op het verkeerde moment los, meer niet.'

Oké, tijd om de waarheid te vertellen. Dan haalde diep adem en zei toen: 'Hij liet op het verkeerde moment los omdat hij doodsbang was. Ik had tegen hem gezegd dat hij een dubbele salto moest maken, dat hij anders niet meer met ons mee mocht. Ik zei dat we geen watjes in de groep wilden hebben. En ik zag dat hij bang was, maar ik heb het hem toch laten doen. Dus zo kwam het. Het was allemaal mijn schuld.'

'Wauw.' Lily keek hem ongelovig aan. 'Waarom zei je dat tegen hem?'

Hij schaamde zich dood. Niet alleen voor wat hij had gedaan, maar ook omdat hij het nu moest opbiechten.

'Ik weet het niet precies. Ik geloof dat ik hem gewoon niet zo mocht. Hij was stil en onhandig en ik merkte dat hij af en toe naar me zat te staren. Ook naar jou trouwens, de hele tijd. Dat werkte me behoorlijk op de zenuwen.' Dat was niet gelogen, het had hem vreselijk op de zenuwen gewerkt. 'Waarschijnlijk dacht ik dat hij er interessanter door zou worden als hij het deed, of dat hij, als hij niet durfde, zelf wel tot de conclusie zou komen dat hij niks bij ons te zoeken had. Niemand van ons had het erg gevonden als hij niet meer meeging.'

Lily fronste. 'Maar... maar ik heb je nooit iets gemeens tegen hem horen zeggen.'

'Behalve die keer dan. Ik wilde hem uitdagen, en eigenlijk dacht ik dat hij er toch te laf voor zou zijn. Maar het liep anders dan ik had verwacht.'

'Kyle heeft me daar nooit iets van verteld. Ook niet toen ik hem in het ziekenhuis opzocht.'

'Nee, hij heeft het aan niemand verteld. Maar ik wist dat het mijn schuld was. En hij wist dat ook. En daar voel ik me nog altijd schuldig over.'

'Arme Kyle. Ik vraag me af wat er van hem terecht is gekomen.'

'Ik ook.'

'Maar het is inderdaad heel erg dat je dat hebt gedaan,' zei ze. 'Daar kan ik niet tegenop.'

'Dat blijkt. Anders had je wel gesnapt hoe het voor mij voelt.'

'Oké. Zie je dat stuk touw daar hangen? Als je nou eens in de boom klimt, het touw vastpakt en dan een zweefduik neemt en boven die rotsblokken daar loslaat. Doe het voor mij.'

'Je maakt er een grapje van. Maar ik meen het. Ik vind dat je echt eens een keer iets moet doen waar je je later flink schuldig over voelt.'

Lily beet in een rijpe framboos en dacht even na. 'Als ik maar niet iets uit een winkel hoef te jatten. Dat doe ik echt niet. God, stel je voor dat ik word gearresteerd.'

'Wacht, er zit een...' Hij maakte zijn zin niet af, omdat hij opeens een ingeving had. Hij had willen zeggen dat er een lieveheersbeestje op haar behabandje zat, maar nu kon hij alleen nog maar aan zijn fantastische idee denken. Oké, hij had dit dus echt niet gepland, maar zou Lily hem geloven? En zou hij het überhaupt wel moeten doen?

Nee, de vraag was: zou hij het durven? En als hij het deed, wat zou het dan met hem doen?

'Wat wilde je zeggen?' Lily wachtte nog steeds tot hij zijn zin zou afmaken. Ze keek naar haar jurk en veegde toen voor de zekerheid haar mond nog een keertje af.

'Laat mij maar.' Dan kwam half overeind en schoof het lieveheersbeestje met zijn duim voorzichtig in zijn handpalm.

'Dat meen je niet!' Lily schudde haar hoofd. 'Ik ga geen lieveheersbeestje doodmaken. Dat kun je niet van me verlangen.'

Hij begon te lachen. Het was altijd weer amusant om te merken hoe haar hersens werkten. 'Dat wilde ik helemaal niet vragen.'

'O. Nou, gelukkig dan maar.'

Alsof het lieveheersbeestje toch onraad rook, spreidde het zijn vleugeltjes en vloog weg.

Dan lachte al niet meer. Zijn hart bonkte hem in de keel bij het vooruitzicht van wat hij wilde doen. Hij kende Lily lang genoeg om te weten dat ze nooit een vriendje zou bedriegen.

Ten eerste had ze helemaal niet zoveel vriendjes gehad.

Ten tweede zat het gewoon niet in haar om iets stiekems te doen.

'Wat denk je nu?' vroeg Lily. Ze lag nog steeds op haar rug.

Dan zat naast haar en snoof de vage frisse geur van haar shampoo op. 'Wat als ik je nou eens iets zou vragen waarvoor je niet gearresteerd kon worden?'

'Zoals?'

'Hoe gaat het eigenlijk met jou en Eddie?'

'Hartstikke goed,' zei ze.

'Waar is hij nu?'

'Wat een stomme vraag. Je weet best dat hij in Nieuw-Zeeland zit.'

'En je zou hem nooit bedriegen. Dat weet ik gewoon.'

Lily keek hem niet-begrijpend aan. 'Nee, natuurlijk niet.'

'Oké, dus... Wat als je nou eens een andere man zou kussen? Zou je je dan schuldig voelen?'

'Ja.'

'Maar het zou niet het einde van jullie relatie hoeven zijn. Hij hoeft het nooit te weten te komen. Jij zou het hem niet vertellen, en die ander, iemand van wie je weet dat je hem compleet kunt vertrouwen, zou het hem ook niet vertellen. Het zou gewoon iets tussen jullie tweeën zijn.'

Hij zag dat ze moeizaam slikte. Toen keek ze hem recht in de ogen en zei: 'Dus je wilt zeggen dat dat iets is waar ik me later vreselijk voor zal schamen, en dat ik dan pas zal begrijpen hoe het voelt om iets heel ergs te hebben gedaan.'

'Zo ongeveer, ja. Het lijkt mij wel een logisch plan,' zei hij met een klein lachje.

De stilte strekte zich tussen hen uit. In de bomen zongen vogels en aan de overkant van het meer reed een auto door het dorp. Wat dichterbij vloog een zoemende bij tussen de stinkende gouwe en de hondsroos.

Na een tijdje zei Lily met hese stem: 'Het is niet alleen Eddie die het niet mag weten. Je moet me beloven dat je het echt aan niemand vertelt.' Ze slikte weer. 'Echt helemaal niemand.'

O god, het ging gebeuren.

'Dat beloof ik.' Hij knikte. 'En je weet dat je me kunt vertrouwen.'

'Oké, doe dan maar.' Lily legde haar hand op zijn wang. 'Kom op.'

Hij bracht zijn mond naar de hare, aarzelde een fractie van een seconde, sloot zijn ogen, en toen raakten hun lippen elkaar. Hij voelde dat ze trilde... Het mocht een wonder heten dat hij dat merkte, want in zijn lichaam gebeurde ook van alles.

O, maar dit was iets waar hij al zo lang, al zoveel jaar, naar had verlangd. Logisch dat zijn hormonen op hol sloegen. Eindelijk kuste hij Lily en het was net zo'n duizelingwekkende ervaring als hij had gehoopt. Haar lippen waren zacht, ze smaakte naar zomer en frambozen, en haar vingers lagen om zijn nek...

Dan wist dat hij dit moment nooit meer zou vergeten. Twee weken geleden had hij haar in de keuken van Goldstone House in zijn armen gehouden en getroost en dat had fantastisch gevoeld, maar dit was van een geheel andere orde. Het was natuurlijk niet volmaakt, omdat zijn ene arm nog steeds in een mitella zat, maar stel je voor hoe het zou zijn als hij beide handen vrij had...

Oké, hoewel hij er nog lang niet genoeg van had, moest hij het er voorlopig mee doen, want de hele bedoeling van de kus was dat Lily leerde hoe een schuldgevoel voelde, en dat zou ze nu toch wel hebben.

Nadat hij zich met grote moeite van haar had losgemaakt, leek het alsof de lucht tussen hen nog even natrilde. Hij keek naar Lily, van haar mooie mond naar haar nog mooiere ogen, wachtend tot zij de stilte zou verbreken. Wat hij natuurlijk wilde, was dat ze zou zeggen: 'Oké, nu weet ik het. Ik ga het uitmaken met Eddie... Jij bent de ware... dat ben je altijd al geweest...'

Met ingehouden adem wachtte hij af.

O god, ze keek hem nog steeds aan met die ogen van haar. Wat zou er nu door haar heen gaan?

'Nou, het heeft gewerkt,' zei ze. Haar stem beefde een beetje.

'O ja? Hoe voel je je nu?'

'Verschrikkelijk.' Ze zuchtte en keek hem met een berouwvol lachje aan. 'Echt verschrikkelijk.'

'Waarom?' Wat hij wilde, was dat ze zou zeggen: 'Omdat ik nu weet hoeveel ik van je hou.'

Ze deed even haar ogen dicht en keek hem toen weer aan. 'Precies wat je zei. Nu heb ik iets gedaan wat ik niet had moeten doen. En het is niet eerlijk tegenover Eddie. Ik heb hem bedrogen. Dat verdient hij niet.'

Het was niet het antwoord waarop hij had gehoopt, maar waarschijnlijk wel het antwoord dat hij had verwacht. Nou ja, de fantasie was leuk geweest.

'Mooi zo. Missie geslaagd dus. Het was de bedoeling dat je je schuldig zou voelen en dat is gelukt.' Hoewel het was alsof hij haar warme mond nog steeds op de zijne voelde, wist hij dat het tijd was om terug te schakelen naar de vriendschapsmodus. 'Een prima resultaat.'

'Nou, bedankt dan maar.'

'Graag gedaan.' Hij glimlachte kort, alsof ze zomaar een meisje was dat helemaal niets voor hem betekende. 'Service van de zaak.'

Ze knikte. Toen ging ze rechtop zitten en pakte nog een framboos uit het bakje. 'En je vertelt het echt niet verder, hè?'

'Dat heb ik toch al gezegd?' Het kwam behoorlijk hard aan dat ze hem kennelijk toch niet helemaal vertrouwde. 'Je weet toch dat ik te vertrouwen ben?'

'Dat dacht ik ook van andere mensen. Maar dat klopte ook niet. Ik denk dat ik... Au!'

Dan had naar haar ogen gekeken. Als hij wat beter had opgelet, zou hij hebben gezien dat er een wesp op de framboos zat die ze in haar mond stopte. Tegen de tijd dat hij hem wegsloeg, was het al te laat. Lily was in haar onderlip gestoken.

'Klotebeest!' Ze sloeg een hand voor haar mond en slaakte een kreet van pijn. 'Dat doet echt pijn!'

'Laat me eens kijken.' Hij wist dat ze niet allergisch was voor wespensteken; hij nam aan dat hij gewoon een excuus nodig had om haar nog een keer te kunnen aanraken. Nadat hij haar hand had weggeduwd, hield hij de zijkant van haar gezicht vast en bestudeerde de plek waar ze was gestoken.

Eerlijk gezegd viel er bar weinig te zien.

De plek was een beetje rood en misschien ook een heel klein beetje opgezet.

'Als het een slangenbeet was geweest, zou ik hebben aangeboden om het gif eruit te zuigen,' zei hij.

'Nou, je bent echt een grote hulp. Als mijn lip er straks uitziet als een ballon, loop ik mooi voor schut.' Precies op dat moment ging haar mobieltje, en een beetje wanhopig zei ze: 'O nee, dat is Eddie.'

Dan schoof bij haar weg, Lily wapperde met haar hand om hem het zwijgen op te leggen en hij luisterde naar haar terwijl ze Eddie vertelde dat ze net door een wesp was gestoken, zonder te zeggen waar ze was en met wie.

Tegen de tijd dat ze het gesprek beëindigde, was haar onderlip duidelijk al wat dikker. En Lily was zichtbaar van streek.

'Wat is er?' vroeg hij.

'Je weet best wat er is. We hebben... dat... dat gedaan,' zei ze met een hulpeloos gebaar. 'En nog geen minuut later word ik door een wesp gestoken. In mijn lip,' voegde ze er met nadruk aan toe.

'Ja, en?'

'Als dat geen karma is, dan weet ik het niet meer.'

## 42

Er was een dag verstreken sinds De Kus, en Lily was er nog steeds zo van ondersteboven dat ze zich begon af te vragen of ze zich ooit weer normaal zou voelen.

O god, het was zo extatisch geweest. Ze had wel verwacht dat het een bijzondere kus zou zijn, omdat ze Dan stiekem al jaren had willen kussen, maar dat het zo overweldigend zou zijn, nee, dat had ze niet gedacht. Het was alsof er een geest bezit van haar had genomen. Ze kon aan niets anders meer denken, en het voelde alsof haar lichaam een overdosis aan adrenaline produceerde.

En dan zat ze nog met de kwestie van het schuldgevoel. Natuurlijk was dat er, maar ze had sterk de indruk dat ze zich lang niet schuldig genoeg voelde.

Ze slaakte een zucht terwijl ze naar haar reflectie in de kaptafelspiegel keek. Wat een puinhoop. Wat had ze in godsnaam gedaan? Nou ja, dat wist ze wel, ze had het zichzelf behoorlijk moeilijk gemaakt.

Want voor Dan had die kus blijkbaar niets betekend. Hij had opeens een ingeving gehad waar hij meteen naar had gehandeld, zonder aan de consequenties te denken. Boem, kus uitgevoerd, klus geklaard. Ze had natuurlijk kunnen weten dat die kus haar niet in de kouwe kleren zou gaan zitten. Ze had gewoon meteen nee moeten zeggen.

Een stomkop, dat was ze. Eigenlijk had ze gewoon haar verdiende loon gekregen.

*Tinnnngggg*, deed haar mobieltje, en Lily schrok, gewoon omdat ze vandaag overal van schrok. En ze schrok nog een keer toen ze de tekst van Eddie op het schermpje las.

*Skypen?*

O god, dat kon ze niet. Dat kon ze echt niet. Niet nu ze zo in de war was. Ze vond het al lastig genoeg om hem telefonisch te woord te staan, maar hem ook nog in de ogen te moeten kijken en doen alsof er niks aan de hand was? Nee, dat ging niet.

Snel appte ze terug: *Je zou je doodschrikken als je me zag – mijn lip is zo groot als een voetbal. Ik zie er vreselijk uit.*

Zelfs dat was gelogen. Zo diep was ze nou gezonken. Ze loog om haar schuldgevoel te verbergen, maar dat schuldgevoel had met iets heel anders te maken dan Dan dacht.

Wat hem betrof was het de bedoeling van zijn plan dat ze zich rot zou voelen omdat ze een andere man had gekust.

Wat hij goddank niet wist, was dat ze zich rot voelde omdat het de allerbeste kus, de allerbeste minuut van haar leven was geweest.

Een nieuw tekstje van Eddie.

*Maakt me niet uit hoe eng je eruitziet. Xxx*

Ze appte terug: *Maar mij wel! Heb nu geen tijd, bel je later. Hoop dat je tv-ding goed gaat. Xxx*

Hij antwoordde: *Oké. Hou van je. X*

Pardon? Lily las het berichtje nog een keer. Er stond echt *Hou van je.*

Dat was heel bizar. Hij had dat nooit hardop tegen haar gezegd, dus waarom zou hij dat nu appen?

Meende hij dat?

Appte hij haar dat soms omdat hij het eng vond om het haar in levenden lijve te zeggen?

Wilde ze überhaupt wel dat hij dat zei, gezien de situatie?

Ze sloot haar ogen, deed ze weer open en bestudeerde haar spiegelbeeld eens goed.

Want het was ook weer niet zo dat er gewoon twee leuke mannen achter haar aan zaten en dat ze alleen maar hoefde te kiezen. Eddie Tessler was heel aardig, maar hij kwam uit een parallel showbizzuniversum en ze vermoedde dat ze voor hem meer een tussendoortje was, iets nieuws, een gewoon meisje! Dat vond ze best, want diep vanbinnen had ze altijd al geweten dat hun relatie geen toekomst had. Daarvoor waren ze veel te verschillend.

Terwijl Dan simpelweg Dan was, haar oudste vriend, de laatste met wie je een relatie zou moeten willen beginnen, want Dan deed daar gewoon niet aan. Als ze hem haar hart zou schenken, zou hij het breken.

En dan zou het heel ongemakkelijk worden in Stanton Langley.

Dus moest ze zich over die kus heen zien te zetten.

Haar mobieltje ging, en ze zag dat het Eddie was die haar nu belde.

'Hoi,' zei ze. 'Ik ga echt niet skypen, hoor.'

'Dat weet ik. Maakt niet uit. Maar wat ik je wilde zeggen, dat laatste appje had ik al verzonden voordat ik besefte wat ik had gedaan.'

Lily begon te lachen. 'Gelukkig. Je meende het niet!'

'Precies.' Eddie klonk opgelucht. 'Ik eindigde mijn appjes aan mijn laatste vriendin altijd zo. En deze keer dus ook, zonder nadenken. Maar ik wilde niet dat je je zou gaan afvragen wat het te betekenen had...'

'Dat vroeg ik me inderdaad af,' zei ze. 'Ik vond het een beetje raar. Maar hoe dan ook, raadsel opgelost. Ik ben blij dat je belde om het me uit te leggen.'

'En ik ben blij dat je zo reageert. Ik bedoel, ik vind je echt wel leuk, dat weet je...'

'Maar het is veel te vroeg voor dat liefdesgedoe. Vind ik ook.'

'Fijn. Dag,' zei Eddie.

'Dag. Ik hou van je,' eindigde ze plagend.

'Ha ha, erg grappig.'

Nog geen vijf seconden na het telefoontje kreeg ze weer een berichtje. Deze keer van Dan.

*Waar ben je? Ben je in slaap gevallen? Het eten is klaar en we zitten op je te wachten, slome. Als je niet snel komt, eet ik jouw portie gebakken aardappels op. X*

Lily deed wat poeder op de sproetjes op haar neus en wat lipgloss op haar lippen en kwam in actie. Ze moest gewoon doen alsof er niks aan de hand was, alsof ze alleen maar vrienden waren. Dat kon ze best.

Ze moest wel, want dat waren ze ook.

Snel appte ze terug: *Blijf van mijn aardappels af, anders vermoord ik je. Kom eraan.*

Toen dacht ze even na en zette er een kusje bij, eentje, net zoals hij had gedaan.

Een klein elektronisch kusje. Wie had ooit kunnen denken dat ze daar in het echte leven zo door geraakt zou worden?

Declan had nog nooit zo hard gewerkt en ook nog nooit zo lang. Oké, misschien ook wel, maar niet met zoveel toewijding. De afgelopen week was het een gekkenhuis geweest. Hij had per se alles af willen hebben wanneer Coral terugkwam uit Zuid-Frankrijk. Op de een of andere rare manier had hij het in zijn hoofd gehaald dat dan alles goed zou komen. En dat terwijl hij nog nooit van zijn leven bijgelovig was geweest.

Ook had hij nagedacht over de vraag wat hij met het huis ging doen als het klaar was. Als alles liep zoals hij graag wilde, zou hij het misschien helemaal niet hoeven verkopen of verhuren. Hij kon het zich veroorloven om het aan te houden, als weekendhuis, een plek waar hij kon ontsnappen aan de drukte van de grote stad...

En nu was het zaterdagmiddag. Weaver's Cottage was af en Coral was onderweg van het vliegveld naar huis.

Declan stond in de doorgebroken eetkeuken met het prachtige uitzicht over de vallei en de heuvels daarachter. De keukenkasten waren wit, het aanrecht donkergroen, en alles glansde in het licht van de strategisch onder de bovenkastjes opgehangen spotjes. Met de witte vloer, de zilverkleurige keukenspullen en hier en daar een rood accent leek de ruimte in niets meer op de volle, smerige, doorrookte keuken waar de oude Malcolm meer dan zeventig jaar zijn dagen had gesleten.

Lily had hem een uur geleden gebeld. 'Coral is onderweg naar huis. Ben je vanmiddag in de cottage? Want ik heb haar verteld wat je allemaal hebt gedaan en ze is zo nieuwsgierig dat ze meteen wil komen kijken. Ze zei dat ze de taxi even bij je huis zou laten stoppen als ze je auto ziet staan.'

Declan, die eigenlijk van plan was geweest naar Chipping Norton te rijden om zijn kettingzaag te laten repareren, had nonchalant geantwoord: 'O, ik ben er gewoon.'

Toen hij twintig minuten later een taxi hoorde stoppen, vergat hij zijn coole houding meteen, en hij vloog naar de deur om open te doen, nog voordat ze de kans kreeg om aan te bellen. 'Hallo!'

Ze zag er fantastisch uit. Gelukkig. O god, wat was het fijn om haar te zien.

'Hallo! Ik ben zo benieuwd naar wat je allemaal hebt gedaan.' Ze omhelsde hem even en maakte zich toen weer los, terwijl de taxichauffeur haar blauwe koffer uit de kofferbak pakte. 'Dank u.' Ze rekende met hem af en wendde zich toen weer tot Declan. 'Je vindt het toch niet erg om me straks even naar huis te brengen?'

'Natuurlijk niet. Ik had je ook best van het vliegveld willen ophalen,' zei hij. 'Dat zou geen enkele moeite zijn geweest.'

Ha, dat was wel het understatement van het jaar.

'O nee. Dat wil ik nooit. Ik denk dan altijd dat het vliegtuig vast vertraging krijgt. En het idee dat er dan iemand op je zit te wachten...'

'Dus je neemt een taxi. De garantie om nooit meer een vertraagde vlucht te hebben.'

'Je snapt het helemaal.' Ze keek hem grijnzend aan. 'Werkt heel goed.'

Declan pakte haar koffer. 'Kom, dan gaan we naar binnen.'

'Ik ben zo benieuwd. Ik heb me hier zo op verheugd,' zei ze.

Hij nog meer, dacht hij, terwijl hij haar met bonkend hart mee het huis in nam. Hij zou haar eerst alles laten zien en haar dan vertellen dat het uit was met Gail. Ontelbare keren had hij zich al voorgesteld hoe ze zou reageren... Natuurlijk zou ze eerst verbaasd zijn, dan zou ze iets zeggen als dat het haar speet... maar met een beetje geluk zou er ook een sprankje opluchting en hoop in haar ogen te zien zijn. En dan zou hij vertellen waarom hij het had uitgemaakt, en haar ongeloof om zijn woorden zou zich vermengen met vreugde als ze eindelijk begreep wat hij...

'O mijn god, wat een verschil!' riep Coral uit toen ze de eetkeuken in liep. 'Prachtig gewoon!'

Terwijl ze bewonderend om zich heen keek, keek hij stiekem bewonderend naar haar. Ze droeg een roze-wit gestreepte blouse en haar lievelingsjeans. Ze was wat bruiner geworden, waardoor haar blauwe ogen nog beter uitkwamen, en ze had haar haar met witte schuifjes aan de zijkanten vastgezet, zodat haar slanke hals goed te zien was. Het idee om die hals te kussen was...

'Dus je hebt naar me geluisterd.' Glimlachend draaide ze zich naar hem om.

'Sorry?' Hij was zo met zijn gedachten bij haar hals geweest dat niet goed tot hem was doorgedrongen wat ze had gezegd.

'Die rode accenten.' Ze wees naar de fluwelen kussens op de vensterbank, naar de rolgordijnen en naar de glanzende tegels boven het aanrecht. 'Goh, dat je dat nog wist.'

Declan wist alles nog wat ze had gezegd. Toen hij haar op de dag van de veiling had verteld dat hij bij een renovatie altijd neutrale kleuren gebruikte, had ze gezegd: 'Maar met een beetje kleur hier en daar kun je de boel zo oppeppen! Dat maakt echt zo'n verschil!'

'Ik dacht, ik probeer het maar eens. En je had gelijk.'

'Het is hartstikke mooi geworden.' Coral inspecteerde de keukenkasten, ze trok lades open en schoof ze weer dicht en bewonderde het uitzicht uit het raam. 'Ik zou hier zo kunnen wonen.'

Voordat hij kon reageren was ze de woonkamer al in gelopen, die hij had ingericht in ivoorwit, met donkerroze en paarse accenten. Daarna nam ze de trap naar boven, waar hij haar de badkamer liet zien, de kleine logeerkamer en, als laatste, de grote slaapkamer met zijn zonnige gele muren en het dikke beige tapijt. De inbouwkasten waren wit en de kleuraccenten werden deze keer verzorgd door het uitzicht op de vallei die zich onder hen uitstrekte.

'Het is je gelukt,' zei ze simpelweg. 'Het is gewoon volmaakt.'

Wat Declan nu eigenlijk wilde zeggen was: net als jij.

Maar dat was te snel. Dus knikte hij maar en zei: 'Dank je. Ja, het is mooi geworden. Ik ben er blij mee.'

Ze keek hem stralend aan. 'Terecht.'

Hopelijk zou ze hem zo meteen nog blijer maken.

'Zullen we beneden een kop koffie gaan drinken? Dan kun je me alles over je vakantie vertellen. Heb je het leuk gehad?'

'O ja, zo leuk. Ik ben zo blij dat ik ben gegaan.' Toen ze langs hem heen liep, rook hij een onbekend parfum.

'Je ruikt anders,' zei hij, terwijl hij achter haar aan de trap af liep.

'Ja, ik heb een nieuw geurtje gekocht in een klein winkeltje in Saint-Tropez. Ik had zin in iets anders. Vind je het lekker?'

'Ja hoor,' zei hij, hoewel hij dat eigenlijk niet zo zeker wist; het parfum was zwaarder en kruidiger dan de geur die ze daarvoor altijd had opgehad. Om van onderwerp te veranderen, zei hij: 'Je ziet er goed uit.'

Want dat was echt zo.

'Dank je.' In de keuken ging Coral op een van de met rood beklede krukken aan het kookeiland zitten, terwijl hij het koffieapparaat aanzette. 'Ik voel me ook fantastisch. Iedereen was zo aardig. En ik ben weer aan het schilderen! Een wonder gewoon.'

'Ja, dat hoorde ik al van Lily.' Hij glimlachte, want ze gloeide van geluk, en haar blijdschap werkte aanstekelijk. 'Ik ben heel benieuwd naar je werk. En mocht je iets willen doneren aan een goed doel...' Hij gebaarde naar de kale muren om hem heen. 'Dan houd ik me aanbevolen.'

'Je hebt ze nog niet eens gezien.' Haar ogen glinsterden. 'Maar hoe gaat het trouwens met Gail?'

Nou, als dat geen perfecte openingszin was. Het zweet brak hem ineens uit nu het grote moment was aangebroken. 'Nou, om je de waarheid te zeggen...'

'O, ik schrok me wild!' Coral pakte haar mobieltje uit haar spijkerbroek toen er muziek uit opsteeg die klonk alsof ze was gemaakt door een zooitje dronken jazzmuzikanten. Dat was ook nieuw voor hem. Toen ze zag wie er belde, zei ze: 'Sorry, maar ik moet echt even opnemen.'

'Tuurlijk.' Declan pakte twee roestvrijstalen kopjes en schotels uit het glazen kastje boven het koffieapparaat. Als je een vrouw koffie in een kop mét schotel gaf, dan wist je dat je het zwaar te pakken had.

'Hoi. Ja! God, dat was snel!' Onder het praten zwaaide Coral wat met haar benen. Was het Lily? Of iemand van het personeel? Ze luisterde nog even en zei toen: 'Maar dat is perfect. Vlak voordat je in Stanton Langley bent, zie je aan je linkerhand het Valentine Hotel en zo'n vijfhonderd meter verderop staat een cottage, met een donkergroene Audi ervoor. Declan heeft me net het huis laten zien... Echt, het is prachtig geworden. Ja, ik zal op de uitkijk staan. Tot zo!'

# 43

Declan kreeg een raar gevoel in zijn maag, alsof hij in een lift vijftig verdiepingen daalde. De klank van haar stem en de glans in haar ogen... Het werd hem opeens, een beetje aan de late kant, duidelijk dat ze iets ging zeggen wat hij niet wilde horen.

Alleen zou hij wel moeten.

'Laat die koffie maar.' Coral liet zich al van de kruk glijden en pakte haar schoudertas. 'En je hoeft me ook niet naar het dorp te brengen. Dat was een vriend van me die belde.'

Beleefd zei hij: 'O ja?'

Ik wil het niet weten ik wil het niet weten, dacht hij.

'Ik heb hem bij de schildercursus leren kennen. Hij heet Trent. En zo toevallig, hij woont maar twintig kilometer hiervandaan, in Cirencester!' Ze schudde ongelovig haar hoofd. 'Gek, hè? En we konden het meteen zo goed met elkaar vinden! Het... O god, het voelt zo stom om te zeggen, maar het is net alsof het lot ons heeft samengebracht,' ratelde ze. 'Alsof het zo heeft moeten zijn. De jaren na Nicks dood waren zo moeilijk en eenzaam, ik had echt nooit gedacht dat ik dit weer zou voelen. Alsof ik mijn portie geluk had gehad. Alsof het op was. Maar toen dit. Precies zoals iedereen altijd zegt, op een moment dat je het totaal niet verwacht. Ik ging naar Zuid-Frankrijk om het schilderen weer op te pakken, en daar was hij. Trent. Zijn vrouw is vijf jaar geleden gestorven, en hij voelde zich net zoals ik. Maar al meteen die eerste avond voelden we allebei dat er iets bijzonders gebeurde. Het was een soort... magie!'

Declan knikte. Hoewel hij eigenlijk geen woord kon uitbrengen, zag hij aan haar dat ze een reactie van hem verwachtte.

'Dat is... heel fijn om te horen.' Hij dwong zichzelf te glimlachen en te doen alsof hij blij voor haar was. 'Echt fantastisch. Ik ben heel blij voor je.'

En ik sta ook te liegen.

'Dank je. Het is bijna niet te beschrijven hoe heerlijk het voelt.'

Ze lachte. 'Het is net of ik weer een tiener ben. Met vlinders in mijn buik en zo!'

Het werd almaar erger. En nu hoorde hij ook nog een auto stoppen. Tien minuten geleden was dat het mooiste geluid ter wereld geweest, een taxi die Coral naar hem terug had gebracht. Nu was het compleet het tegenovergestelde.

'Daar heb je hem.' Coral pakte haar koffer. 'Kom, dan stel ik je even aan hem voor.'

Ja, daar keek hij echt naar uit. Maar hij had geen keus. Declan liep achter haar aan naar buiten.

'Je hebt ons gevonden!' riep Coral blij uit.

'O mijn god. Je bent nog mooier dan ik me je herinner!' Trent was lang, hij had blond haar en was net zo bruin als Coral. Hij droeg een groengeruit overhemd, een blauwe linnen broek en sneakers. 'Kom hier,' zei hij terwijl hij zijn armen spreidde. 'Ik heb je zo gemist!'

Ze omhelsden elkaar. Trent kuste haar op de mond. Declan wendde zijn blik af tot Coral zich losmaakte en lachend zei: 'Hij maakt een grapje. Zijn vlucht ging maar twee uur eerder dan die van mij.'

'Maar toch heb ik je gemist.' Hij gaf een kneepje in haar middel en begroette daarna Declan. 'Hallo, Dec, ik heb al zoveel over je gehoord. En over je vriendin natuurlijk. Grace was het toch?'

'Gail,' zei Coral. 'Ze is zo'n schat!'

Trent schudde hem enthousiast de hand. Declan begreep dat dit niet het moment was om te vertellen dat het uit was tussen hem en Gail. 'Ze is er niet,' zei hij alleen maar.

'Nou, het lijkt me heel leuk om haar te leren kennen. Al Corals vrienden. Heeft ze je al verteld hoe heerlijk we het hebben gehad in Grimaud?'

'Eh, ja... zo'n beetje.'

'Ha! Niet alles natuurlijk! Nee, maar het was te gek. De beste week van mijn leven. Echt fantastisch.' Hij knipoogde vrolijk. 'Wat een bofkont ben ik, hè? Oké, ik zal even die koffer in de kofferbak leggen.'

Hij legde de koffer achter in zijn akelig schone groene Vauxhall Vectra en hield toen het portier voor Coral open. Toen Coral even later haar autogordel vastmaakte, zei ze tegen Declan: 'We gaan vanavond met zijn allen eten in de Star. Jij komt toch ook? Ik zal een tafel reserveren voor halfacht.'

'Leuk.' Zou hij het aankunnen? Misschien wel, misschien niet.

'Tot straks dan maar,' zei ze.

Trent startte de auto en stak nog even zijn hand op. 'Tot later!'

Ze reden weg in een wolk van stof, en Declan wist meteen dat hij met geen mogelijkheid met hen uit eten kon gaan. Dat zou gewoon te moeilijk zijn na al zijn fantasieën over Coral.

Blijkbaar had Gail het toch bij het verkeerde eind gehad toen ze had gezegd dat Coral een oogje op hem had. Of misschien was Coral alleen maar een heel klein beetje verliefd op hem geweest en viel dat helemaal in het niet bij wat ze nu met Trent beleefde.

Declan slaakte een zucht. Hoe dan ook, hij had het verknald en was de boot misgelopen.

Terwijl ze wegreden bij Weaver's Cottage, bedacht Coral tevreden dat ze het goed had aangepakt. Ze had zichzelf niet voor schut gezet en ze had ook beslist geen verliefde blikken op Declan geworpen, waar Gail haar min of meer van had beschuldigd. Ze had van haar fouten geleerd en had haar waardigheid behouden. Gelukkig.

Hoewel dat natuurlijk ook weer niet zo moeilijk was als je een afleiding had in de vorm van Trent.

'Alles goed?' Toen ze voor het stoplicht moesten stoppen, legde hij even zijn hand op haar knie. 'Waar denk je aan?'

Coral bewonderde zijn profiel. 'Aan dat we zo'n fijne vakantie hebben gehad.'

'Zeg dat wel. En nu zijn we weer thuis. Op naar de volgende fase. Ik hoop alleen dat Lily me aardig vindt.'

'Natuurlijk vindt ze je aardig,' stelde ze hem gerust.

Maar echt, wat kon er in een week tijd veel veranderen. Trent was een openbaring geweest. Hij beweerde dat hij meteen op haar was gevallen. Voor haar was dat nogal verbazingwekkend, maar zoals hij zelf zei, zo zat hij nu eenmaal in elkaar. Bij hem was het een kwestie van: wat je zag, dat was het. Als je wist wat je wilde, zei hij, hoefde je daar verder niet moeilijk over te doen. Gewoon je kans grijpen.

Hij had Coral voor zich gewonnen met zijn enthousiasme, zijn openheid, zijn eerlijkheid. En omdat hij zelf weduwnaar was, wist hij wat ze had doorgemaakt. Hij kon met haar meeleven. Maar het belangrijkste was dat hij dol op haar was en dat niet onder stoelen of banken stak, én dat hij beschikbaar was. Dat was een opluchting geweest na haar geheime verliefdheid op Declan, die zo totaal niet beschikbaar was geweest. En nu had ze iemand op wie ze zomaar verliefd mocht worden.

Goed, het was nog te vroeg om het liefde of zelfs maar verliefdheid te noemen, maar tot nu toe had ze ervan genoten. Ze had een ontzettend leuke week met hem gehad, vol zon en plezier en goede gesprekken en wijn en het heerlijke gevoel dat ze bij een man was die zomaar eens heel speciaal voor haar kon worden.

Ironisch genoeg had ze het allemaal aan Declan en Gail te danken. Als ze niet in paniek was geraakt door Gails scherpzinnige opmerkingen, zou ze nooit naar Grimaud zijn gegaan en dan had ze Trent nooit ontmoet.

Gek hoe het leven soms in elkaar stak. Trent was natuurlijk Declan niet – als ze heel eerlijk was, moest ze bekennen dat hij niet eens bij hem in de buurt kwam – maar hij was single en bood haar een toekomst.

Haar hart sloeg een keertje over bij die gedachte; ze was onverwacht een nieuwe richting ingeslagen en misschien was het wel de goede.

Dit kon wel eens het begin van een heel nieuw leven zijn.

Patsy was op zaterdagavond om tien uur weer terug in Stanton Langley. Het was onverwacht netjes in huis. En stil ook. Ze stuurde snel een appje en kreeg nog geen twee minuten later al antwoord.

Oké. Het was natuurlijk niet ideaal, maar wat moest dat moest.

Misselijk van angst liep ze door de hoofdstraat naar de Star. De lucht was pikzwart, met alleen de sikkel van de maan boven de bomen. De witte feestverlichting van de pub glinsterde in de duisternis, haar uitnodigend om binnen te komen. Maar of ze ook echt zo feestelijk onthaald zou worden was nog maar de vraag.

Patsy wist dat ze er waren. Ze kon muziek horen, en stemmen en gelach. Zou het er ineens doodstil worden als ze binnenkwam, net als in *High Noon*?

Haar mond was droog, en ze voelde haar knieën niet meer. Haar laatste ontmoeting met Lily was slecht verlopen.

Ze zette zich schrap. Het werd tijd om te kijken of deze ontmoeting wat beter zou uitpakken.

'Nou?' vroeg Coral gretig toen Trent naar de bar was gelopen om nog een rondje te bestellen. 'Vind je hem aardig?'

Dat was nu echt zo'n vraag die je onmogelijk met nee kon beantwoorden.

Gelukkig hoefde dat ook niet. Lily knikte en zei: 'Hij is heel aardig.' Want het was wel duidelijk dat Coral dat graag wilde horen. En Trent leek inderdaad een aardige man; er was niks mis met hem of zo. Maar het was allemaal een beetje plotseling en onverwacht. Hij was net als Coral achter in de veertig en hij had zijn vrouw verloren. Hij was bedrijfsleider van een elektronicazaak in Cirencester en was dol op jazzmuziek en aquarelleren. Hij had een open gezicht, goede manieren, en was vrolijk en vriendelijk. En hij was duidelijk ook helemaal weg van Coral.

Toch, als Lily eerlijk was, vond ze het behoorlijk raar om te zien dat hij Corals hand vasthield, haar vingers streelde, haar rug, maar dat kwam ongetwijfeld doordat ze niet gewend was dat een vreemde zo vertrouwelijk met Coral omging.

Hoewel hij voor Coral natuurlijk geen vreemde was. Ze had eindelijk iemand ontmoet die ze leuk vond, en dat was het belangrijkste. Het was echt fijn voor haar.

Toen Trent terugkwam met de drankjes speelde 'Suspicious Minds', en een paar vaste klanten begonnen het refrein mee te zingen.

'Ah, Elvis Presley. Altijd goed, Elvis the Pelvis,' zei Trent, terwijl hij ging zitten en een slok bier nam. Hij knipoogde naar Coral. 'Love Me Tender. Can't Help Falling in Love.' Hij kneep even in haar hand. 'The Wonder of You.'

Getver, en nu staarde hij Coral ook nog dromerig in haar ogen. Lily keek paniekerig naar Dan, die haar meteen te hulp schoot.

'Over *pelvis* gesproken...'

O god, wat ging hij nu weer zeggen?

'Sorry, wat?' Coral leek ook stomverbaasd.

'Herinner je je Kyle nog, de jongen die bij ons op school zat? Die toen dat ongeluk kreeg bij het meer en zijn bekken brak?'

'Natuurlijk herinner ik me hem nog,' riep Coral uit. 'Die arme jongen, heeft hij toen niet weken in het ziekenhuis gelegen? En die boer heeft toen een stier in het weiland gezet zodat jullie niet meer bij het meer konden komen.'

Dan knikte. 'Lily en ik vroegen ons laatst af hoe het met hem zou gaan. We wilden hem opzoeken op internet, maar we weten zijn achternaam niet meer.'

'Mc-nog wat. Of Mac-nog wat,' zei Lily. 'Ik weet eigenlijk niet eens of ik zijn achternaam toen wel wist. Het was zoiets als MacLanan of McLanan, of McClannon... of MacAllen...' Ze haalde haar schouders op. 'We hebben geprobeerd hem te googelen, maar dat was hopeloos.'

'Ik kan jullie ook niet helpen,' zei Coral. 'Ik heb hem zelfs nooit ontmoet. Dus geen flauw idee. Sorry. O...'

Ze zette zulke grote ogen op dat Lily een fractie van een seconde dacht dat Coral zich ineens Kyles achternaam herinnerde. Maar meteen daarna wist ze dat dat het niet was; Coral keek langs haar heen naar iemand die de pub binnen was gekomen.

Toen Lily een snelle blik op Dan wierp, zag ze dat hij in tegenstelling tot Coral totaal niet verbaasd keek. Wel bezorgd. Op dat moment begreep ze wie er net was binnengekomen en wie hem tien minuten geleden een sms'je had gestuurd.

Nou ja, het moest er toch een keertje van komen. Patsy kon niet eeuwig wegblijven.

## 44

Het was puur toeval dat het vorige Elvis-nummer net was afgelopen en dat nu de eerste tonen van 'Devil in Disguise' door de zaak klonken. De vaste klanten, zich niet bewust van de ongemakkelijke situatie, begroetten Patsy juichend en gingen toen weer verder met zingen.

Lily keek Patsy aan en Patsy keek terug. Aan haar gezicht was niets te zien toen ze langzaam naar hun tafel liep.

'Hoe gaat het?' vroeg Dan zacht aan Lily.

'Ik weet het niet.'

Aan de andere kant van de tafel legde Coral aan Trent uit wat er aan de hand was.

Dan fluisterde in Lily's oor: 'Zal ik je nog een keer kussen? Want dat doe ik zo, hoor. Waar iedereen bij is.'

Lily kon zich niet bewegen; zijn mond was vlak bij haar oor, dat knetterde als vuurwerk. Ze was zich superbewust van zijn nabijheid. 'Sst, hou op.'

'Oké. Maar je weet nooit, misschien helpt het wel.'

Natuurlijk zou het niet helpen. Maar het erge was dat ze wel wilde dat hij haar kuste. Niet hier en niet nu natuurlijk. Als ze alleen waren.

O god, dat mag je helemaal niet denken.

Ze wist echter wat Dan deed en waarom hij het deed. Patsy was zijn grote zus, de enige familie die hij nog had, en hij wilde gewoon dat er een eind aan hun ruzie kwam. Hoewel hij haar niet had gevraagd om Patsy te vergeven, was dat wel wat hij wilde.

En nu stond Patsy al voor haar, moeizaam slikkend en met haar vingers stevig verstrengeld. Haar knokkels waren spierwit.

'Lily, het spijt me. Ik weet het, ik kan dat blijven zeggen tot ik een ons weeg, het zal nooit genoeg zijn, maar ik weet niet wat ik anders moet zeggen.' Patsy was lijkbleek en ze had wallen onder haar ogen. 'Ik wou dat er iets was wat...'

'Hou op.' Lily schoof haar stoel naar achteren en stond onhandig op. Ze sloeg haar armen om Patsy heen. 'Het is al goed, je hoeft niks te doen. Je hebt een fout gemaakt, dat is alles. Maar ik hou nog steeds van je.'

'O god.' Patsy snikte even. Ze klonk als een gakkende gans. 'Meen je dat?'

'Natuurlijk meen ik dat.' Lily kreeg ook tranen in haar ogen. 'Je bent twee weken weg geweest, ik heb je zo gemist.' Dat was ook zo. Ze had Patsy willen straffen, maar uiteindelijk had ze daar alleen zichzelf mee gestraft. Ze hadden zich allebei vreselijk gevoeld. Patsy vergeven betekende dat ze haar woede kon laten wegebben, dat ze haar verdriet en verontwaardiging kon laten oplossen in de lucht. 'Mij spijt het ook,' fluisterde ze.

'O Lily, jij hebt toch niks verkeerds gedaan.'

Nou, dus wel, maar dat had niets met Patsy te maken.

Lily slaakte een zucht van verlichting, Toen ze naar Dan keek, zag ze dat hij glimlachte. Dat ze het Patsy had vergeven, betekende dat ze zichzelf kon vergeven dat ze hem had gekust. Om precies te zijn, dat ze hem had gekust en er zo van had genoten dat ze bijna aan niets anders meer had kunnen denken.

Het bleek eigenlijk heel gemakkelijk om jezelf te vergeven. Het enige wat ze nu nog hoefde te doen, was de herinnering aan De Kus uit haar geheugen wissen...

Toen was het Corals beurt om Patsy te omhelzen. 'We hebben je allemaal gemist. Waar ben je in godsnaam geweest?'

Er werd nog een stoel bij de tafel getrokken. Sean, die bardienst had, kwam Patsy iets te drinken brengen. Hij kneep haar in haar schouder. 'Welkom terug.'

Patsy legde haar hand even op de zijne en keek hem dankbaar aan. 'Dank je.'

Elvis had inmiddels plaatsgemaakt voor Queen en iedereen brulde mee met 'Bohemian Rhapsody'. Patsy zei hoofdschuddend: 'Ze letten niet eens op me. Ik dacht dat de hele zaak stil zou vallen en dat ze me allemaal kwaad zouden aankijken.'

'Ze weten het niet,' zei Lily.

'Nee?' Patsy greep opgelucht naar haar borst. 'Je hebt het ze niet verteld?'

'Dat was toch nergens voor nodig?' zei Coral.

'O, godzijdank. Ik was daar zo bang voor. Waar denken ze dan dat ik geweest ben?'

'We hebben ze verteld dat je naar Londen was, om Rosa in haar zaak te helpen, omdat twee van haar kapsters ziek waren.'

Patsy knikte, het was een heel aannemelijk verhaal. 'Oké.'

'Maar waar was je echt?' wilde Lily weten.

'In Norfolk, een kanaal uitbaggeren.'

Stilte.

'Wat?'

'Bij zo'n vrijwilligersproject om de waterwegen schoon te maken. Je bent de hele dag bezig met modder en wier en roestige fietsen uit een stuk kanaal vissen, en in ruil daarvoor mag je in een caravan slapen en zetten ze je drie maaltijden per dag voor.'

Het was alsof ze vertelde dat ze in een riool had gewerkt, of in een mijn. 'Een kanaal uitbaggeren? Jij? Maar dat is helemaal niets voor jou! Zulke dingen vind jij verschrikkelijk.'

'Ik weet het. Misschien dat ik het daarom heb gedaan. Ik had geen geld voor leuke dingen, dus besloot ik om dan maar iets heel vervelends te gaan doen. Ik denk dat ik mezelf daarmee wilde straffen.'

'O Patsy. Maar was het ook net zo erg als je had verwacht? Of viel het mee?'

'Het viel helemaal niet mee. Het was walgelijk. Modder en ratten en duizenden muggen. En de stank...'

'Maar waren de andere vrijwilligers dan niet leuk?'

'God nee, die waren ook vreselijk. Ik moest een muffe caravan delen met een oude hippie die Rain heette. Mensen zeggen toch altijd dat luizen het liefst in schoon haar gaan zitten? Nou, daar klopt dus niks van, want Rain had een hoofd vol luizen en ze vertelde dat ze haar haar al drieëntwintig jaar niet had gewassen.'

Lily keek zo vies dat Patsy begon te lachen. Lily barstte ook in lachen uit. Het was zo fijn dat alles weer als vanouds tussen hen was.

'Waar is Declan eigenlijk?' vroeg Patsy aan Dan. 'Je zei in je berichtje dat hij bij ons logeerde. Ik had hem hier eigenlijk wel verwacht.'

'Hij zou eerst ook komen,' legde Lily uit. 'Maar er kwam vanmiddag iets tussen, iets met een van zijn huizen in Londen, dus toen is hij teruggegaan.' Ze was diep teleurgesteld geweest toen hij had gebeld om dat te vertellen; ze had enorm van zijn aanwezigheid genoten. Ze hoopte maar dat het probleem meeviel; hij had een beetje somber geklonken door de telefoon.

'Weaver's Cottage is af,' zei Coral. 'Het is ontzettend mooi geworden.' Ze schudde haar hoofd. 'Hij had wel gezegd dat hij snel was, maar zo snel...'

'Wat is er veel gebeurd terwijl ik weg was.' Patsy keek naar Coral en toen naar Trent, die zijn arm om haar middel had geslagen. 'Zo te zien ging het bij jou ook snel.'

'Hoi. Trent Barrett.' Met zijn vrije hand schudde Trent over de tafel heen enthousiast die van Patsy. 'En ja, het ging heel snel. Een week geleden ging ik op vakantie, om een schildercursus te volgen, en toen heb ik de meest fantastische vrouw ter wereld leren kennen.'

'Doe niet zo raar!' zei Coral lachend en blozend tegelijk.

'Niet zo bescheiden. Het is gewoon zo.' Trent trok haar wat dichter naar zich toe. 'Het was gewoon liefde op het eerste gezicht.' Hij keek Coral diep in de ogen. 'En daarom ben ik nu de gelukkigste man ter wereld.'

'Dat mag je wel zeggen,' zei Patsy met een warme glimlach.

Lily gunde Coral haar geluk van harte, maar ze kon heel slecht tegen dit soort klef gedoe. Ze wierp een blik op Dan, die haar voor de zoveelste keer te hulp schoot door van onderwerp te veranderen.

'Wacht eens even, was Kyle niet naar Liverpool verhuisd? Op een of andere manier moet ik ineens aan Merseyside denken.'

Dat loog hij; ze hadden het er al over gehad en waren tot de conclusie gekomen dat ze gewoon geen flauw idee hadden waar de familie toen naartoe was verhuisd. Toch zei Lily: 'O, misschien heb je wel gelijk.'

'Over wie hebben jullie het?' vroeg Patsy.

'We hadden het net over hem voordat jij binnenkwam,' legde Dan uit. 'Kyle, die jongen van school die na dat ongeluk bij De Sprong in het ziekenhuis was beland.'

'O ja, dat herinner ik me nog. Kyle McLinehan. Arme jongen. Weten jullie hoe het nu met hem gaat?'

'Kende jij hem dan?' vroeg Lily.

'Nee.'

'Maar je weet wel dat hij McLenehan heette,' zei Dan.

'Niet McLenehan. McLinehan,' verbeterde Patsy hem. 'Ik heb zijn moeder een keer in de kapsalon gehad, niet lang na dat ongeluk.'

'Maar dat is tien jaar geleden en dan weet je nog hoe ze heet?' Dan keek haar ongelovig aan. 'En je weet zelfs nog hoe je haar naam spelt?'

'Ze was een beetje eng,' bekende Patsy. 'Ze zag dat ik haar naam verkeerd had gespeld in het afsprakenboek en daar wees ze me toen op. Alsof ik een kind was en zij de schooljuf. Ik moest de naam opnieuw opschrijven en hardop voorlezen. Maar daarom ben ik hem dus nooit meer vergeten. McLinehan.'

Dan had zijn telefoon al gepakt. Hij tikte de naam in en zei: 'Allemachtig.'

'Wat? Laat zien, laat zien.' Lily boog zich naar hem toe. Hopelijk was het geen akelig verhaal over een boze jongen die zijn enge moeder had vermoord.

Dan lachte opgelucht. 'Godzijdank,' mompelde hij. Hij draaide zijn toestel iets zodat ze kon meekijken.

Op het schermpje stond een foto van Kyle McLinehan, wat ouder natuurlijk, maar onmiddellijk te herkennen. Hij had een jockeyhelm op en een bemodderde rijbroek aan en vierde met uitgestoken armen zijn overwinning op Ascot.

'Hij is steeplechasejockey geworden,' zei Lily verbaasd, terwijl Dan verder scrolde. 'Hij zit helemaal niet in een rolstoel!'

'Nog niet,' zei Dan droog. 'Maar moet je horen...' Hij maakte de tekst wat groter en begon hardop te lezen: '"In de afgelopen tien jaar heeft hij spectaculaire overwinningen afgewisseld met dramatische ongelukken; McLinehan heeft in de loop van zijn carrière al diverse botbreuken gehad, en vorig jaar kwam hij onder een paard terecht, met als gevolg inwendige verwondingen en een gebroken schedel. Hij herstelde echter goed en kon na een paar maanden alweer meedoen aan wedstrijden. Begin dit jaar kregen zijn vrouw en hij hun vijfde kind."'

'Al die verwondingen,' zei Lily.

'En vijf kinderen. Onze Kyle weet van wanten.'

'Als we verstand hadden gehad van paardenrennen, hadden we vast wel eerder van hem gehoord,' zei Lily. Ze viel bijna van haar stoel toen Dan, buiten het zicht van de anderen, haar onder de tafel even in haar hand kneep.

Hij deed dat natuurlijk alleen maar om haar te laten merken dat hij opgelucht was, maar toch schrok ze ervan. En wat nog erger was, ze kreeg bovendien zin om hem te kussen.

Help!

'Zo te zien is hij dus goed terechtgekomen,' zei Patsy. 'Vijf kinderen! Toen ik zijn moeder sprak, leek ze ervan overtuigd dat hij homo was.'

'Hij heeft heel veel wedstrijden gewonnen.' Lily zat nog steeds de informatie op Dans schermpje te lezen. 'Ha, weten jullie nog dat Gail bij de barbecue zo trots vertelde dat die Italiaanse jockey, Frankie Dettori, een vriend van haar was? Nou, als ze hier weer eens is, kunnen wij lekker opscheppen over Kyle McLinehan.'

'Dan kun je lang wachten, want ze komt hier niet meer terug.'

Dan stopte abrupt. 'O sorry. Dat had ik niet moeten zeggen.'

'Waarom niet?' vroeg Lily verbaasd. 'Wat is er gebeurd dan?'

Na een korte aarzeling zei Dan: 'Nou ja, zo geheim is het nou ook weer niet.'

Het was geen prettige gedachte dat hij blijkbaar zo slecht een geheim kon bewaren, vond Lily. Alsof ze al niet vaak genoeg aan hun geheime kus moest denken. Nou ja, dat was van later zorg. 'Wat is er dan?'

'Declan heeft het je nog niet verteld omdat je al genoeg te verstouwen had, met Keir en Patsy en zo. Maar vorige week vertelde hij me dat het uit was tussen hem en Gail. Dus die zien we hier niet meer terug.'

'Wauw,' zei Lily. 'Weet je ook waarom het uit is?' Ze had de afgelopen week helemaal niets aan Declan gemerkt. Ze had zelfs de indruk gehad dat hij vrolijker was dan anders, tot het moment dan waarop hij haar had verteld dat hij onverwacht terug moest naar Londen.

'Hij heeft het zelf uitgemaakt,' vertelde Dan. 'Hij zag gewoon geen toekomst in de relatie.'

'Nou, Gail zal zich wel doodgeschrokken zijn.' Lily zag haar reactie al helemaal voor zich. 'Ze is niet iemand die verwacht dat een ander haar niet meer ziet zitten.'

'Dat verwacht niemand echt van zijn vriend of vriendin,' zei Dan.

'Ik wel,' zei Patsy. 'En ik heb altijd gelijk.'

'We vinden wel een leuke man voor je.' Dat had Lily al bedacht toen ze Patsy had omhelsd. Ze wendde zich tot Coral: 'Toch? Samen lukt ons dat wel.' Want Patsy mocht dan fouten hebben gemaakt, ze verdiende het om gelukkig te worden.

Coral knipperde met haar ogen. 'Sorry. Wat zei je? Ik lette even niet op.'

'Ze was met haar gedachten ergens anders, hè, honnepon?' zei Trent. 'Wakker worden, liefje. Je zat zeker te dagdromen over onze laatste nacht in Grimaud, hè?'

Jakkes.

Coral leek gegeneerd, ze glimlachte verontschuldigend en schoof wat heen en weer op haar stoel. En Trent was zo te zien weer erg in zijn nopjes met zichzelf.

Dus misschien had hij wel gelijk.

'Oké, één ding, ik was echt niet nieuwsgierig.' Patsy flapte het eruit toen Dan veel later die avond weer de woonkamer in kwam lopen.

'Waar heb je het over?' Fronsend zette Dan de schaal met toastjes met kaas neer die hij net in de keuken voor zichzelf had klaargemaakt; waarom keek Patsy hem zo aan?

Toen zag hij dat ze naar zijn laptop wees, die open op de salontafel tussen hen in stond.

'Ik keek toevallig op het scherm toen ik de afstandsbediening wilde pakken. Toen tot me doordrong dat het een bankafschrift was, was het al te laat. Toen had ik zijn naam al zien staan.'

'Van wie?' Hij wist natuurlijk best op wie ze doelde. En Patsy wist dat hij het wist.

Ze wierp hem een grotezusblik toe. 'Kom op, zeg, je bent veel dingen, maar je bent niet dom.'

Behalve dan dat hij zo dom was om verliefd te zijn op Lily. Maar dat wist Patsy gelukkig niet.

Ze wees naar de overschrijving op het scherm. 'Daar. Op zondag 29 juni heb je drieduizend pond overgemaakt aan Keir Bourne.'

Zoals zij het zei, klonk het ineens als heel veel geld.

Oké, het was ook heel veel geld. Maar op dat moment had het hem een goed idee geleken.

Dan slaakte een zucht. 'Ik vond dat Lily al genoeg had meegemaakt.'

Patsy keek hem aan alsof ze wel beter wist. 'Alleen Lily?'

'Jij ook,' gaf hij toe. 'Jullie allebei.'

'Dus daarom stond er de zondag daarna geen groot vervolgartikel in de krant. Geen nieuwe gênante details.'

Hij knikte.

'Je hebt hem omgekocht.'

Dat was zo, en hij wist best dat het slecht was, net zoiets als losgeld betalen aan ontvoerders. Maar hij had gewoon een eind aan de hele toestand willen maken, hij wilde dat Keir Bourne hen verder met rust zou laten. De krant had Bourne duizend geboden voor een vervolgverhaal, had hij gezegd. Toen Dan hem vervolgens tweeduizend had geboden om zijn mond te houden, had hij nog geaarzeld.

Drieduizend had de zaak beklonken. In de keuken van Goldstone House had Dan het bedrag via internet meteen op Bournes rekening gestort.

Zijn laatste woorden tegen Bourne waren geweest: 'En waag het niet om nog meer te komen vragen. Want ik ken genoeg mensen die jou dan op andere gedachten willen brengen. Als je snapt wat ik bedoel.'

Natuurlijk kende hij zulke mensen helemaal niet, maar hopelijk had hij het dreigend genoeg gezegd.

Keir Bourne had alleen maar geknikt en had hem kennelijk ook geloofd. Hij was er als een gek vandoor gegaan, de vuile rat.

'Nou, dat was heel stom van je,' zei Patsy geëmotioneerd. 'Maar toch bedankt.'

'Ach, het stelt niks voor. Maar laten we het maar niet aan Lily vertellen, hè?'

'Oké.' Met een beverig lachje stond ze op om hem te omhelzen. 'Je bent geen slechte broer, weet je.'

'Dat weet ik.'

'Het is fijn om weer thuis te zijn.'

'Ik ben ook blij dat je er weer bent.'

Patsy veegde langs haar ogen. 'Mag ik ook zo'n toastje met kaas?'

'Nou ga je wel heel ver,' zei hij.

# 45

Patsy was jarig.

*Happy birthday to meeee*, zong ze stilletjes in haar hoofd.

Niet hardop natuurlijk, dat zou gênant zijn. Iedereen zou haar aanstaren.

Vanochtend, in de kapsalon, was er taart en champagne geweest. Er waren de hele ochtend door mensen binnengewipt om haar te feliciteren en bloemen te geven. Van Sean en Will had ze een prachtige rode leren tas van Vivienne Westwood gekregen, van Lily en Coral een heel mooie Venetiaanse spiegel en van Dan twee kaartjes voor een concert van Beyoncé in Londen, met daarbij een overnachting in een chic viersterrenhotel in Canary Wharf.

Ze hield zo ontzettend veel van haar vrienden en familie. En ze wist ook dat ze hun liefde eigenlijk niet verdiende.

Tussen de middag was echter Kath van Derring's Farm langsgekomen om hun over haar kleinzoon te vertellen, die in een ziekenhuis in Baltimore lag en dringend geld nodig had voor een levensreddende operatie. Die arme Kath was in alle staten geweest; ze vond het vreselijk om om hulp te moeten vragen, maar ze waren een veiling op eBay begonnen om het benodigde geld bij elkaar te brengen, en de familie was blij met iedere gift.

Patsy was snel even naar huis gegaan, had Dan uitgelegd wat er aan de hand was en was toen met de kaartjes voor Beyoncé en de hotelreservering teruggegaan naar de salon. Hoewel Kath het eerst niet had willen aannemen omdat ze het te veel vond, had Patsy voet bij stuk gehouden. Hoe graag ze Beyoncé ook een keer live wilde zien, het gaf haar een nog beter gevoel om haar verjaardagscadeau aan een goed doel te schenken, want ze liep nog steeds met een enorm schuldgevoel rond.

Het goede nieuws was dat er nu al een bod van vijfhonderdvijftig pond voor de kaartjes lag en dat het einde nog niet in zicht leek.

Patsy wist dus dat ze er goed aan had gedaan.

En inmiddels was het vijf voor acht en kon haar date elk moment arriveren. Ze probeerde zich maar niet af te vragen of haar goede daad van vanmiddag er op een of andere karma-manier voor zou zorgen dat haar avond goed zou verlopen...

Niet dat ze het daarom had gedaan.

Ze was zelfs niet eens van plan geweest om ooit nog te gaan internetdaten. De afgelopen weken had ze eens goed nagedacht, en ze had zich voorgenomen om haar leven te veranderen en niet meer zo wanhopig op zoek te gaan naar een man. Ze had ook Sean en Will bedankt voor hun aanbod en gezegd dat ze er niet op in zou gaan. Natuurlijk wilde ze nog steeds graag een kind, maar dan met iemand van wie ze oprecht hield. En mocht het haar lot zijn om nooit de ware te ontmoeten en daardoor kinderloos te blijven... Nou ja, dan moest dat maar zo zijn. Ze was niet de enige vrouw die dat overkwam, en al die andere vrouwen hadden er ook mee leren leven. Het was niet het einde van de wereld.

Gelukkig hadden Sean en Will er fantastisch op gereageerd. Ze waren het met haar eens dat het een goede beslissing was. Toen ze had gezegd dat ze zich schuldig voelde omdat ze hun hoop de grond in had geboord, hadden ze geantwoord dat dat helemaal niets uitmaakte, dat ze nu ze wisten dat ze graag een gezin zouden hebben wel een andere manier zouden vinden om hun doel te bereiken.

Voorlopig had Patsy besloten dat ze er gewoon niet meer aan zou denken. Ze zag wel hoe het liep.

Toen de deur van de wijnbar openging, maakte Patsy's hart zoals altijd even een sprongetje. Maar hij was het niet; het waren twee blonde meisje in strakke jurkjes en op hoge hakken.

Haar date heette Rick, hij was zevenendertig, architect, en hij woonde in Cheltenham. Ze had in de twee weken dat ze weg was geweest geen enkele keer op de datingsite gekeken. Pas toen ze weer thuis was had ze Ricks berichten gezien. Meerdere zelfs, maar niet op een enge manier, alsof hij een stalker was of zo; hij had zich gewoon afgevraagd waarom ze niet op zijn mailtjes had gereageerd.

Patsy had teruggemaild om hem uit te leggen dat ze was gestopt met internetdaten, en toen had hij geantwoord dat hij dat jammer vond en of ze voor deze ene keer geen uitzondering wilde maken... Daarna hadden ze elkaar zo'n beetje elke dag wel een grappig berichtje gestuurd. Uiteindelijk was ze gezwicht, omdat hij leuk en ook oprecht leek. En toen hij had voorgesteld om elkaar deze avond te ontmoeten, had ze hem niet verteld dat ze jarig was. Dat deed er niet toe; dat hoefde hij niet te weten.

Misschien werd het vanavond wel heel leuk en zouden ze nog een afspraakje maken, en nog eentje, en dan zou ze hem uiteindelijk wel vertellen dat hun eerste date op haar verjaardag was geweest.

Oké, ze liep weer eens op de zaken vooruit. De kans was natuurlijk groot dat Rick helemaal niet zo leuk was, dat hij allerlei irritante trekjes vertoonde en dat ze om tien uur weer thuis was. Dan kon ze eindelijk aan haar nieuwe, verbeterde manloze leven beginnen.

Om acht uur precies ging de deur open; het was een echtpaar van middelbare leeftijd.

Om drie minuten over acht kwam een man zijn vrouw afhalen, die een borrel met wat vrienden had gehad.

Om tien over acht ging de deur weer open, en kwam er weer een stel binnen. Patsy verstijfde van schrik. De vrouw was lang en elegant, ze had steil donker haar en een opvallende arendsneus die goed bij haar hoge jukbeenderen paste.

De man was Derek.

Derek, van de tandem en de blauwe lycra wielerbroek, die ze voor het laatst had gezien toen hij in zijn eentje op de tweepersoonsfiets beledigd de straat uit was gereden.

Vanavond droeg hij echter gewone kleren.

O god, als hij me maar niet ziet...

God werkte echter niet mee. Derek bleef als door een wesp gestoken staan, hoewel Patsy zich nog achter de wijnkaart probeerde te verschuilen.

'Kijk eens wie we daar hebben! Hallo Patsy, wat doe jij hier? Weer een blind date?' Hij keek op het horloge om zijn knokige pols en deed alsof hij zich zorgen maakte. 'Och, hadden jullie soms om acht uur afgesproken? Dat ziet er dan niet al te best uit, hè? Ik hoop niet dat hij je laat stikken!'

En hij had ook zo'n luide, dragende stem.

De andere mensen in de bar begonnen met elkaar te fluisteren. Sommigen keken meelevend, maar anderen genoten er zichtbaar van. En het ergste was nog dat Patsy wist dat het haar verdiende loon was.

'Dat hoop ik ook.' Ze dwong zichzelf beheerst te blijven. 'Hallo Derek, je ziet er goed uit. En nog sorry voor onze date.'

'Geen probleem.' Hij sloeg zijn arm bezitterig om het middel van de vrouw die bij hem was. 'Ik kan achteraf alleen maar blij zijn dat je van mijn tandem bent gestapt. Als je dat niet had gedaan, had ik Andrea niet leren kennen. Ze is dol op fietsen. We passen perfect bij elkaar.'

'Dat is fijn. Ik ben blij voor je,' zei Patsy. Ze meende het, hoewel ze zich nog steeds doodschaamde.

'Dank je. Een mens oogst wat hij zaait. Misschien verdiende ik het wel om een aardig iemand tegen te komen... en jij niet.'

Patsy knikte. 'Daar zou je zomaar eens gelijk in kunnen hebben.'

'Kom.' Andrea stootte Derek even aan. 'Zullen we aan de andere bar gaan zitten?' Ze wendde zich tot Patsy. 'Nog even dit: ik ben blij dat je je kans niet hebt gegrepen toen, want ik kan je wel zeggen dat er niet veel mannen zoals hij zijn. En hij is nu van mij.'

'Laat haar maar. Ze zit op iemand te wachten.' Derek wierp nog een keer een overdreven blik op zijn horloge en vervolgde: 'Als hij tenminste komt.'

Ze liepen door naar de bar in de serre achter in de zaak. Patsy was het liefst door de grond gezakt. De andere klanten wierpen nog steeds steelse blikken op elkaar en dachten waarschijnlijk dat ze het verdiende om een blauwtje te lopen.

Want Derek zag er vanavond heel normaal uit met zijn modieuze kapsel en zijn mooie overhemd en goed passende spijkerbroek.

Ze kreeg bijna de neiging om op te staan en te zeggen: 'Luister, op onze eerste date droeg hij een blauwe lycra wielerbroek. En een fietshelm.'

Maar dat ging niet; ze moest het gewoon in stilte ondergaan. En inmiddels was het al bijna kwart over acht. Waarom was Rick er nog niet?

De tijd verstreek in slow motion, zoals altijd wanneer je wilde dat hij wat sneller ging. De deur ging een paar keer open voor nieuwe klanten, maar geen ervan was Rick. Kwart over werd tien voor half, en Patsy voelde zich compleet afgewezen. Nog vijf minuten, dan zou ze gaan. Nog drie misschien. Ze werd omringd door mensen die gniffelend vaststelden dat haar date niet kwam opdagen. Als ze nu wegging, zouden ze allemaal in lachen uitbarsten en het samen over de vernedering hebben die haar was aangedaan. Want voor hen was het alleen maar grappig.

Oké, nog één minuut, dan ging ze echt. Ze had geen appje van Rick gekregen en ook geen reactie op het bericht dat ze hem acht minuten geleden had gestuurd. Genoeg was genoeg; zelfs het barpersoneel hield haar nu stiekem in de gaten, in afwachting van wat ze zou gaan doen. Ja, het was beslist tijd om te...

'Sorry, maar ben jij Patsy?'

Patsy draaide zich zo snel om dat ze bijna haar nek verrekte. Maar hij was het niet. Ze had een paar foto's van Rick gezien, hij was lang en mager en had kort donker haar en een litteken door zijn linkerwenkbrauw.

'Ja, ik ben Patsy.' De man die voor haar stond was van gemiddelde lengte, hij had brede schouders, warrig blond haar en een paar verdwaalde stoppeltjes op zijn kin. Hij droeg een geruit overhemd en een nogal foute donkerrode broek. 'Gaat het over Rick soms?'

De andere klanten deden niet eens meer alsof ze niet meeluisterden; ze keken openlijk naar hen.

'Eh... ja.' De man stond er nogal ongemakkelijk bij.

Oké, dat hij daar zo aarzelend aan haar tafeltje bleef staan, maakte het allemaal nog gênanter. 'Ga zitten,' zei ze, terwijl ze naar de andere stoel wees. 'Komt hij niet?'

Natuurlijk wist ze het antwoord op die vraag al.

De man ging heel voorzichtig zitten, alsof hij bang was dat er punaises op de stoel lagen. 'Nee, hij komt niet. Sorry.'

# 46

'Is hij soms dood?'

De man schudde zijn hoofd. 'Nee.'

Oké.

'Ligt hij soms zwaargewond in een ravijn en kan hij er niet uit komen?'

'Nee.'

'O, jammer,' zei ze. 'Misschien moet je hem maar waarschuwen. Hij kan de komende tijd beter niet in de buurt van een ravijn komen.' Om Rick toch nog het voordeel van de twijfel te gunnen, voegde ze eraan toe: 'Is hij ziek?'

De man schudde opnieuw vermoeid zijn hoofd. 'Hij is niet ziek. Hij is gewoon een klootzak.'

Goh, dat zou ze nou nooit hebben gedacht.

'En jij bent... Zijn beste vriend, zijn broer?'

Nog zo'n klootzak?

'Geen van beide. Ik ken hem nauwelijks. Maar hij heeft de hele middag zitten drinken op de cricketclub. Zijn vrienden zeiden steeds tegen hem dat hij zijn date niet moest vergeten, maar hij zei dat hij geen zin had om te gaan. Dat leek niemand wat te kunnen schelen, ze begonnen allemaal te lachen en grapjes te maken. Eerlijk gezegd zijn ze gewoon zo. Maar het leek mij voor jou niet leuk om voor niets op hem te zitten wachten, dus toen heb ik hem gevraagd waar hij met je had afgesproken.'

'Nou, dat was heel aardig van je, eh... Sorry, maar ik weet niet hoe je heet. Klootzak. Ik bedoel hem, niet jou...'

'Ik heet Oliver.'

'Oké. Patsy. O, maar dat wist je al. Nogmaals sorry.' Ze bleef strak naar haar handen kijken, om de andere klanten maar niet te hoeven zien. 'Zit iedereen naar me te kijken?'

'Nee, natuurlijk niet.' Stilte. 'Nou ja, een beetje maar. O god, je gaat toch niet huilen?'

'Echt niet.'

'Gelukkig maar.' Hij klonk opgelucht. 'Dus eh... dat kwam ik je even vertellen.'

Arme Oliver, het was wel duidelijk dat hij niet wist hoe snel hij hier weg kon komen. 'Nou, nogmaals bedankt. Ik vind het echt heel aardig van...' O shit, daar had je Derek en Andrea weer, op weg naar de uitgang. Net toen Oliver wilde opstaan, pakte Patsy zijn hand beet en beet hem toe: 'Zit!'

Alsof hij een stoute hond was.

Van schrik ging hij gehoorzaam weer zitten, vlak voordat Derek een blik op haar tafeltje wierp. 'Nou, de wonderen zijn de wereld nog niet uit,' zei hij. 'Haar date is eindelijk komen opdagen. Beter laat dan nooit, hè?'

Patsy dacht razendsnel na. 'Er was een ongeluk op Lansdown Road.'

'Tussen een busje en een Vauxhall Corsa, Ik heb geluk gehad dat ze is blijven wachten,' zei Oliver, terwijl hij even naar Patsy glimlachte. 'Nogmaals sorry. Ik heb er een hekel aan om te laat te komen.'

'Nou, hou haar maar goed in de gaten,' zei Derek. 'En mocht je haar straks met de auto naar huis brengen, pas dan op dat ze niet uit het autoraampje springt.'

'O, dat zal ik bij hem echt niet doen,' zei Patsy.

Toen de deur achter Derek en Andrea was dichtgevallen, vroeg Oliver: 'Hoe deed ik het?'

'Heel erg goed. Fantastisch.'

Hij grijnsde. 'Wat was dat over dat autoraampje?'

Patsy aarzelde even, maar besloot toen dat ze het hem net zo goed kon vertellen. Van haar waardigheid was toch al niets meer over. 'Hij was ook een internetdate van me. Hij kwam met een tandem naar onze date en hij had het continu over fietstochten maken, dus toen ben ik bij een stoplicht afgestapt en is hij doorgereden zonder te merken dat ik niet meer achterop zat.'

Oliver barstte in lachen uit. 'Te gek. Heel goed.'

'Misschien was dat van vanavond mijn straf,' zei Patsy op spijtige toon, hoewel ze aan Rick blijkbaar niet veel was misgelopen. Toen merkte ze ineens dat Oliver haar aandachtig aankeek.

'Wat is er?'

'Ik had steeds al het gevoel dat ik je eerder had gezien, maar nu je over internetdaten begint, weet ik het geloof ik weer.' Hij dacht nog even na en vroeg toen: 'Had je een paar weken geleden soms een date met een man die jou continu onderbrak?'

Patsy keek hem stomverbaasd aan. 'James, bedoel je. Dat meen je niet! Ken je die ook al?'

'Die ken ik helemaal niet. Maar ik was daar toen ook, in The Greengage in Nailsworth. Wij zaten aan het tafeltje naast dat van jullie.'

Patsy sloeg een hand voor haar mond. Ze was zich toen wel bewust geweest van het stel naast hen, maar ze had er verder weinig acht op geslagen. 'Zo te horen ben ik een bron van vermaak voor iedereen om me heen.'

'Sorry, we konden er niks aan doen. Steeds als je je mond opendeed om iets te zeggen, praatte hij dwars door je heen. Voornamelijk over zijn ex-vrouw.'

'Hij was echt een ramp.' Ze slaakte een diepe zucht. 'Wat gek dat jij daar toen ook was.'

'Gelukkig maar dat je broer toen dat ongeluk had, zodat je meteen weg kon,' zei hij met een lachje.

Ze knikte. 'Ja, de timing was erg goed.'

Hij wees naar haar toestel op tafel. 'Heb je het nu ook weer zo geregeld dat je vanavond gebeld wordt?'

'Ja, maar voor die tijd ben ik alweer thuis.' Terwijl ze haar tas pakte en haar autosleutel zocht, zei ze: 'Nogmaals bedankt dat je bent gekomen om me dat van Rick te vertellen. Ik ga er maar eens vandoor. Ben je met de auto of kan ik je een lift geven?'

Hij keek naar haar bijna lege glas jus d'orange. 'Ik hoef nog niet per se weg. Als je wilt, kunnen we samen nog wel iets drinken. Ik bedoel, ik heb geen haast. Maar jij misschien wel. O god, hoor mij nou, sorry, alsof je avond al niet erg genoeg is begonnen...'

'Waar is je vrouw?' vroeg ze koeltjes. 'Of is het je vriendin? Die vrouw met wie je toen in dat restaurant was.'

'O, die. Heb je ons zien kussen, knuffelen? Handje vasthouden?'

'Daar heb ik niet echt op gelet. Ik geloof van niet.'

'Nou, gelukkig maar. Want ik heb geen vrouw of vriendin. Dat was Nadine, mijn zus.'

Het daaropvolgende uur vloog het gesprek alle kanten uit. Hij vroeg haar naar haar familie, en ze vertelde hem dat Dan, haar broer, al zijn hele leven piloot had willen worden en dat hem dat ook was gelukt.

'Nou, dat is beter dan mijn broer. Weet je wat zijn grote passie is? Nee, laat maar, dat raad je toch nooit. Stoomtreinen. Daar kan hij gewoon niet genoeg van krijgen. Hij heeft mij zelfs wel eens zover weten te krijgen dat ik met hem ben meegegaan naar een paar van die evenementen.'

Patsy moest ineens aan Tess denken, die in de kapsalon had gezegd dat ze wel een date voor haar wilde regelen met iemand uit het clubje stoomtreinfanaten van haar man. Ze glimlachte toen ze bedacht dat ze zich die mannen toen had voorgesteld met onverzorgde baarden en petten.

Dat kon ze misschien beter niet tegen Oliver zeggen.

Twintig minuten later echter, toen hij het had over een vriend van hem die in Chipping Norton woonde, riep Patsy uit: 'O, dat vind ik zo'n mooi stadje! Met dat prachtige kleine theater vlak bij de hoofdstraat. Een vriendin van me, Finola, woont daar ook, en met kerst gaan we altijd naar een kerstvoorstelling daar.'

'Finola?' Oliver keek haar verbaasd aan. 'Die getrouwd is met

Will? Maar Will is die vriend over wie ik het had! Ze hebben laatst een tuinfeest gegeven... Het was zo'n fantastische avond. Ik heb nog nooit zoveel gelachen.'

Patsy's nekhaartjes stonden rechtovereind. Dat was de avond van die rampzalige date met die krentenkakker van een Marcus. Ze had toen nog even overwogen om naar de barbecue van Finola in Chipping Norton te gaan, maar had er uiteindelijk van afgezien.

Dus als ze wel was gegaan, had ze Oliver daar leren kennen...

'Finola had mij toen ook uitgenodigd,' zei ze.

'Maar je was er niet, anders had ik je echt wel gezien.'

Ze vroeg zich af hoe die avond zou zijn verlopen als ze wel was gegaan. Bijna eng om te bedenken. 'Nee, dat klopt, ik was er niet.'

Om elf uur riep de barman dat het tijd was voor de laatste ronde, net toen Oliver haar vertelde dat hij vorig jaar op kerstavond zijn huissleutels was verloren.

'En het was net twaalf uur 's nachts geweest, dus dan vraagt zo'n slotenmaker handenvol geld.' Hij lachte bij de herinnering. 'Niet de beste manier om kerst te beginnen, en mijn verjaardag.'

'Ben je op eerste kerstdag jarig? Wauw,' zei ze. 'Dat voelt vast heel raar.'

'Ach, ik ben er inmiddels wel aan gewend. Wanneer ben jij jarig?'

'Eh... in juli.'

'Aha, een zomerbaby. Welke datum?'

Oeps, een beetje gênant. 'De tweede helft van juli.'

'Mijn zus ook,' zei hij stralend. 'Wanneer precies?'

'De vierentwintigste. Maar toen je zus en jij klein waren, speelde ze toen altijd de baas over je omdat...'

'Wacht eens even,' onderbrak Oliver haar. 'Zei je de vierentwintigste?'

Ze kreeg een rood hoofd en knikte.

'Juli?'

Ze knikte weer.

'Maar... dat is vandaag!'

'Ik weet het.' Ze schaamde zich echt dood, hoewel ze zelf niet goed snapte waarom.

'O Patsy.' Hij keek haar in de ogen. 'Waarom heb je dat niet gezegd?'

'Ach, het is niet belangrijk.' Ze glimlachte. 'De avond is misschien niet zo goed begonnen, maar de rest was fantastisch.'

Achter de bar werd geroepen: 'We gaan sluiten!'

'Wacht!' Oliver haastte zich naar de bar. Blijkbaar wist hij de barman om te praten, want even later kwam hij terug met een kleine fles prosecco en twee glazen.

'Zo. Beter laat dan nooit.' Hij verdeelde de bubbeltjeswijn over hun glazen. 'Proost. Op je verjaardag.'

Ze proostten.

'Dank je,' zei Patsy.

'Rick weet niet wat hij mist.' Olivers ogen hadden een ondeugende glans. 'De klootzak.'

'Ik ben blij dat het zo is gelopen,' zei ze.

Heel gedurfd.

Oliver keek tevreden. 'Ik ook.'

Om halftwaalf was het echt tijd om weg te gaan, want het personeel begon op te ruimen. Toen Oliver nog even naar de wc was, werd Patsy aangeklampt door de vrouwelijke helft van de enige twee andere resterende klanten. Ze was in de vijftig, goedgekleed, en wankelde een beetje op haar hoge hakken.

'Hallo, hallo! Sorry, ik ben een heel klein beetje aangeschoten, maar we hebben hier de hele avond gezeten en hebben gezien wat er is gebeurd. Maar deze man lijkt me echt heel aardig. Ik bedoel, het is geen Ryan Reynolds, maar je kunt niet alles hebben, toch? Ik bedoel, ik wil niet beweren dat hij lelijk is, maar hij is een beetje gewoontjes. Maar dat geeft niets, hoor! En aan die kleren en dat kapsel kun jij nog wel wat doen, toch? Het belangrijkste is dat hij me een erg aardige man lijkt, en jullie kunnen het ook zo goed met elkaar vinden!'

'Eh... Hij staat achter u.'

'Inderdaad,' zei Oliver, terug van de wc, met een beleefd knikje.

De man van de vrouw pakte haar hand beet. 'Sorry, staat ze weer te bazelen? Als ze eenmaal begint, weet ze van geen ophouden. Gewoon niet op letten. Ze bedoelt het niet verkeerd.'

'Het geeft niets,' zei Oliver. 'Ik ben het eens met alles wat ze zei.'

Toen Patsy zijn blik ving, was het alsof er binnen in haar iets op zijn plaats viel, als het laatste stukje van een puzzel. Glimlachend zei ze: 'Ik ook.'

# 47

Lily had een victoriaanse marmeren schoorsteenmantel en een stenen vogelbadje afgeleverd bij een klant in Stow-on-the-Wold. Toen ze om zes uur terug was in Stanton Langley, zag ze Eddie en Dan samen aan een tafel voor de Star zitten.

Haar hart maakte een sprongetje toen ze haar kant uit keken. Ze parkeerde het busje en stapte uit. Dan zei: 'Ik zal jullie maar even alleen laten, dan kunnen jullie samen jullie weerzien vieren. Dag.'

Lily was er nog steeds niet aan gewend om hem weer normaal te zien lopen, zonder te hinken en zonder kruk. Ze keek hem na terwijl hij naar zijn auto liep. Want hij kon ook weer rijden, en volgende week moest hij naar de bedrijfsarts en een test doen op een vluchtsimulator, om te kijken of hij weer aan het werk kon.

Toen hoorde ze Eddie zeggen: 'Hé, kom eens hier jij, ik heb je zo gemist.' Hij nam haar in zijn armen om haar te kussen.

Precies op dat moment kwamen er drie jongens langsfietsen, die schel begonnen te fluiten.

Het was heel moeilijk kussen wanneer je opeens moest lachen.

'Sorry,' zei Lily. 'Stomme kinderen. Die ene links is Tim, of Tom, de jongen aan wie ik die gesigneerde foto's van jou heb gegeven. Hij heeft ze inderdaad op eBay verkocht.'

Gelukkig was Eddie niet echt kwaad, hij vond het vooral grappig. 'O, daar heb ik geen moment aan getwijfeld.' Met zijn handen op haar blote schouders keek hij haar glimlachend aan. 'Maar ik heb je echt gemist.'

'Ik jou ook. Hoe gaat het met je script?' Ze wist dat hij er de afgelopen paar weken mee had geworsteld.

'Vraag maar niks. Hoe meer ik mijn best doe, hoe minder ideeën ik lijk te hebben. Kom, dan gaan we.' Hij nam haar mee naar zijn auto, die een eindje verderop stond geparkeerd.

'Waar gaan we naartoe?' vroeg ze toen hij wegreed.

'Dat is een verrassing.'

Ze had eigenlijk verwacht dat hij weer een kamer in het Valentine had genomen, maar hij stopte al voor Weaver's Cottage.

Hij wees naar het TE HUUR-bord in de voortuin. 'Weet je, ik dacht echt dat Declan het zelf als weekendhuis zou gaan gebruiken.'

'Ja, ik ook,' zei ze. 'Hij heeft er zoveel tijd en moeite in gestopt. Maar ja, dat is zijn werk natuurlijk. Hoe dan ook, gisteren is hij even langs geweest om te vertellen dat hij heeft besloten het te verhuren. Maar hij kon niet blijven, hij heeft het ontzettend druk, zei hij.'

'Hoe gaat het met hem?'

'Ik geloof wel goed,' zei ze aarzelend.

'Denk je dat hij Gail mist?'

'Hij maakte de laatste tijd geen gelukkige indruk,' zei ze. 'Misschien dat hij haar inderdaad mist.'

'Nou ja, misschien komt het wel weer goed. Maar in de tussentijd staat het huis dus leeg.' Eddie gooide het portier open. 'Wil je me het laten zien?'

'Het zit op slot. Ik heb geen sleutel.'

Eddie pakte een sleutel met een label eraan uit zijn zak. 'Maar ik wel.'

Hij zei het met een ondeugende blik, en Lily vroeg zich af wat hij in vredesnaam bedoelde. Want als dit zijn idee van een geintje was, stiekem naar binnen gaan en dan woeste seks hebben, nou, dan kon hij het schudden.

'O god, als je echt denkt wat ik denk dat je denkt...'

Waarschijnlijk had ze er heel verschrikt bij gekeken, want Eddie zei snel: 'Nee, nee! Dat zou wel heel bizar zijn. Het zit zo, toen ik hier vanmiddag langsreed, zag ik dat de cottage te huur stond en toen heb ik Dan ernaar gevraagd. Hij vertelde me wat er aan de hand was. En toen heb ik vlak voor sluitingstijd de makelaar nog gebeld. Hij vond het geen enkel probleem om me de sleutel mee te geven, want hij kon natuurlijk geen nee zeggen tegen zo'n beroemde filmster,' eindigde hij lachend. Hij pakte Lily's hand beet. 'Wat zou je ervan vinden als ik het huis voor een jaartje huur? Lijkt dat je wat?'

Lily slikte en vroeg zich af of hij kon zien dat het hart haar in de keel klopte. Het klonk als een fantastisch plan.

In theorie.

Jezus, dit was wel heel ongemakkelijk. Ze probeerde blij verrast te kijken, maar het was alsof haar lachspieren bij haar mond niet meer werkten, en ondertussen strekte de stilte zich uit.

Eddie begreep het meteen. Hij was niet dom.

'Nou, dan weet ik genoeg.' Voorzichtig liet hij de sleutel weer in zijn zak glijden.

'Sorry,' zei ze. O god, was het soms erger om gedumpt te worden als je een beroemde filmster was? Miljoenen vrouwen zouden denken dat ze niet goed snik was. Hoeveel gewone meisjes zouden zo'n kans nou laten lopen?

'Het geeft niet. Ik had al zo mijn vermoedens. Ik deed het eigenlijk ook een beetje om te kijken of ik gelijk had.' Na een korte stilte voegde hij er droog aan toe: 'En dat had ik.'

'Je bent echt fantastisch,' zei Lily. 'Het ligt niet aan jou, het ligt aan mij. Ik moet haast wel gek zijn.'

'Dat spreekt voor zich,' zei hij met een klein lachje.

'Waardoor vermoedde je het al?'

'Weet je nog dat berichtje dat ik afsloot met *Hou van je*? Dat was echt een vergissing, en daarom moest ik je wel bellen om het je uit te leggen. Ik had eigenlijk verwacht dat je teleurgesteld zou zijn, maar dat was helemaal niet zo.' Hij keek haar onderzoekend aan.

'Integendeel zelfs. Je was opgelucht.'

Dat was waar. Lily herinnerde zich haar paniek nog toen ze die woorden had gelezen. En toen hij daarna had gebeld om te zeggen dat het een vergissing was, had ze het gevoel gehad alsof ze aan een ramp was ontsnapt.

'Misschien deed ik wel alsof ik opgelucht was,' zei ze.

'Nee, dat was niet zo.'

'Nee.'

'Nou ja, in elk geval weten we het nu.'

'Maar ik vind je echt heel leuk.'

'Dank je. Ik vind jou ook heel leuk, een beetje meer dan jij mij leuk vindt, maar dat geeft niets. Dat kan mijn ego denk ik wel aan.'

'Dat denk ik ook. De meisjes staan voor je in de rij.'

'Tja. Ik overleef het wel. Hoewel het niet makkelijk zal zijn om weer iemand zoals jij te vinden. Ik weet dat je jezelf helemaal niet bijzonder vindt, maar dat ben je wel,' zei hij. 'Je bent grappig en moedig en principieel en eerlijk. En ik hoop ook echt dat we vrienden kunnen blijven.'

Ze voelde zich vreselijk. Om haar schuldbewuste gezicht te verbergen, omhelsde ze hem even. Toen ze door zijn dure lichtblauwe overhemd heen zijn geur opsnoof, wist ze dat die haar de rest van haar leven zou bijblijven. 'Dat hoop ik ook,' zei ze zacht.

Ze maakte zich weer van hem los, want ze wist dat ze hem nog iets moest opbiechten. 'Oké, er is iets wat ik je moet vertellen. En dat is jouw schuld, want ik was het helemaal niet van plan, maar je zei net dat ik zo eerlijk was, dus nu moet ik het wel zeggen.'

'Ik ben benieuwd.' Hij keek haar geamuseerd aan. 'Wat is het, ben je me soms ontrouw geweest?'

Hij zei het voor de grap, omdat hij dat natuurlijk nooit van haar verwachtte. Met een misselijk gevoel knikte ze. 'Ja.'

'Wat? Echt waar?'

Snel zei ze: 'Geen seks, hoor.'

'O. Oké. Op welke manier dan wel?'

'Het was een kus. Een tongzoen. Meer niet, maar het voelde wel alsof ik je ontrouw was.' Ze wist dat ze hem meer uitleg was verschuldigd. 'Ik had het met een vriend over die toestand met Patsy. Hij vroeg of ik zelf dan nooit iets had gedaan waar ik spijt van had, waar ik me voor schaamde. Maar ik kon niks bedenken wat erg genoeg was. En toen zei die vriend dat ik dan maar eens iets ergs moest doen... en dat was die kus.'

'Oké. En werkte het?'

Ze knikte. Haar mond was kurkdroog. 'Ja.'

'Je voelde je echt heel schuldig dus,' drong hij aan.

'Ja.' O god, alles kwam weer boven...

'Maar daardoor wist je hoe Patsy zich moest voelen en toen kon je haar vergeven.'

Ze knikte weer.

'Ik vroeg me al af hoe dat was gegaan,' zei hij bedachtzaam.

'Nou ja, dat is er dus gebeurd. Nu weet je het. Het spijt me.'

Met een scheef lachje om zijn mond trok hij haar tegen zich aan en gaf haar een kus op haar voorhoofd. 'Geen probleem. Oké, dan breng ik je nu naar huis en dan ga ik weer terug naar Londen. Maar ik meende het, hoor, dat ik graag wil dat we vrienden blijven.'

'Oké.' Blij dat hij haar niet haatte, voegde ze eraan toe: 'Dank je.'

Bij Goldstone House omhelsde ze hem nog een keer. 'Over vijftig jaar krijg jij je Oscar voor je levenslange bijdrage aan de filmindustrie en dan zit ik in een verzorgingshuis op te scheppen over onze romantische zomer samen. En niemand zal me dan geloven. Heel irritant.'

'Als dat gebeurt, kom ik je daar opzoeken,' zei hij. 'Dan zullen ze je wel moeten geloven.'

'Daar houd ik je aan. En vergeet je dan niet je Oscar mee te nemen?'

'Natuurlijk niet. En het had langer kunnen duren dan één zomer. Jij hebt het zo gewild, niet ik, vergeet dat niet.'

Schouderophalend zei ze: 'Nou ja.' Ze had eigenlijk verwacht dat hij meer vragen zou stellen, maar dat was niet gebeurd. Wat waarschijnlijk maar beter was ook.

'Maar één ding moet ik nog even kwijt,' zei Eddie, terwijl ze uitstapte. 'Die kus... dat moet wel wat geweest zijn, zeg.'

# 48

Het klopte gewoon niet. Coral had echt haar best gedaan om er iets van te maken, maar het werd gewoon niets. Allerlei kleine voorvallen in de afgelopen weken hadden haar aan het denken gezet.

Ze onderdrukte haar lach en wendde haar gezicht af zodat Trent niet kon zien dat ze het gewoon erg grappig vond. Want dat kon gezien de omstandigheden natuurlijk niet. Misschien was ze wel hysterisch van opluchting, omdat ze ineens besefte dat ze het gewoon uit kon maken, dat dat heus wel mocht.

Maar hoeveel stellen zouden nu kunnen zeggen dat ze het hadden uitgemaakt om een boterham met een minuscuul beetje schimmel erop?

'Wat is er?' vroeg Trent achterdochtig. 'Draai je om en kijk me aan. Zit je soms te lachen?'

O god, hij had gezien dat haar schouders schokten. Het spel was uit.

'Je zit echt te lachen,' verklaarde hij.

'Ja, omdat ik gewoon niet kan geloven dat je zo moeilijk doet over een beetje schimmel.' Ze hadden de boterhammen 's ochtends gesmeerd, nadat Trent had aangekondigd dat ze een wandeling van twaalf kilometer over de Cotswolds Way zouden maken en dus mondvoorraad mee moesten nemen. Toen Coral had voorgesteld om onderweg ergens in een pub wat te gaan eten en drinken, had hij gezegd: 'O nee, het is daar schreeuwend duur allemaal. We nemen ons eigen eten wel mee.'

Maar het brood was blijkbaar niet erg vers meer geweest. In de loop van de ochtend was de temperatuur behoorlijk opgelopen en tegen de tijd dat ze stopten om te lunchen, bleek de boterham de hitte niet goed te hebben overleefd. Trent had vol afschuw naar het blauwe stipje op zijn boterham met kaas zitten kijken. 'O god! Wat nu?'

Het duurde een paar seconden voordat tot Coral was doorgedrongen dat hij geen grapje maakte. Kalm had ze zijn boterham gepakt en het plekje er met haar duim en wijsvinger uit gewipt. 'Zo, opgelost.'

Waarna hij haar had aangekeken met een blik alsof ze net een jong poesje had vermoord. 'Wat doe je nou?'

'Dat zie je toch? Wat is daar mis mee?'

'Je verwacht toch niet dat ik die boterham nu nog opeet?'

Was hij drie of zo? Was dit zo'n programma met een verborgen camera? Op toegeeflijke toon zei ze: 'Weet je, geef mij die van jou maar, dan mag jij die van mij hebben.'

'En dan ga jij een beschimmelde boterham opeten?'

'Het is geen beschimmelde boterham. Ik heb de schimmel er al af gehaald. Maar dan nog, ik ga er echt niet dood aan, hoor. Het is geen verrotte rat.'

Ze gaf hem haar boterham en Trent bekeek hem nauwkeurig van alle kanten. Als hij een vergrootglas had gehad, zou hij dat er ook nog bij hebben gepakt. Uiteindelijk wees hij op een miniem stipje en zei: 'Deze is ook beschimmeld.' Vol afschuw gooide hij de boterham op de grond. En dat was het moment geweest waarop Coral de lachkriebels had gekregen.

'Antonia zou me nooit hebben uitgelachen,' zei hij op beschuldigende toon. 'En ze zou ook geen beschimmelde boterham hebben opgegeten.'

Die laatste opmerking was een van die irritante gewoontes van hem die haar behoorlijk tegen begonnen te staan. Zijn overleden vrouw kwam steeds vaker ter sprake. Wat natuurlijk helemaal niet erg was, behalve dat hij Antonia als het toppunt van perfectie afschilderde en als voorbeeld voor alle vrouwen. Antonia had nog nooit een parkeerboete gehad. Antonia vond het fijn om naar zijn mooiste jazzalbums te luisteren. Antonia poetste altijd haar schoenen voordat ze de deur uit ging. Antonia had nog nooit vergeten de timer van de oven aan te zetten en er was bij haar dus nooit iets aangebrand. En Antonia had ook nooit, echt nooit, het hoekje van een bladzijde in een boek omgevouwen, dat deden alleen complete cultuurbarbaren.

Al die dingen schoten door Coral heen, samen met alle andere trekjes die ze zo frustrerend aan hem vond. Dat babystemmetje dat hij opzette wanneer hij wilde dat ze thee voor hem maakte. Zoals hij eeuwig accenten van mensen op tv probeerde te imiteren, echt bij ieder programma waar ze samen naar keken. Zijn voorkeur om steeds weer dezelfde woordgrapjes te maken en dan nog te denken dat hij komisch uit de hoek kwam ook.

Om maar te zwijgen van zijn gewoonte om haar 'honnepon' te noemen.

Omdat Coral honger had, wist ze haar lach heldhaftig te onderdrukken en at de boterham op.

Trent zei: 'Dat is bijzonder smerig.'

'Dan kijk je toch gewoon niet naar me?' Ze slikte haar laatste hap weg. Echt lekker was het niet geweest. In plaats van boter had Trent altijd alleen maar goedkope margarine in huis. Ze zei: 'Luister, ik geloof eigenlijk niet dat we bij elkaar passen, vind je wel? Niet echt.'

Hij keek haar geschrokken aan. 'Maar honnepon...'

'We hebben een vakantieromance beleefd, en dat was leuk. En ik ben je dankbaar, want daardoor ben ik me weer normaal gaan voelen, maar volgens mij is het beter om er een punt achter te zetten.'

'Honnepon...'

'En noem me alsjeblieft geen honnepon. Dat vind ik heel vervelend.'

Verward zei hij: 'Maar Antonia vond het altijd fijn als ik haar zo noemde.'

O god.

'Maar ik ben Antonia niet. We zijn twee heel verschillende mensen.'

'Zeg dat wel. Ze genoot ervan als ik haar honnepon noemde. En ik genoot ervan als ze me knuffel noemde. Ik heb je gevraagd om me zo te noemen, maar dat heb je niet één keer gedaan,' eindigde hij verbolgen.

Bah, alleen het idee al dat ze dat woord hardop zou moeten uitspreken bezorgde haar de rillingen. 'Ik ben niet zo van de koosnamen,' zei ze.

Hij straalde een en al teleurstelling uit toen hij zei: 'Antonia wel.'

Ach, ze waren natuurlijk allebei teleurgesteld. Hij had gedacht dat hij iemand had gevonden die hem over het verdriet over zijn geliefde vrouw heen kon helpen. En voor haar was het net zo geweest. Nick was ze natuurlijk niet vergeten, maar ze moest toegeven dat ze had gehoopt dat een relatie met Trent haar over haar verliefdheid op Declan heen zou helpen.

Alleen was dat niet gebeurd. Die gênante verliefdheid was er nog steeds. Maar goed, dat deed er niet toe. De verhuurmakelaar zocht nog steeds naar huurders die Weaver's Cottage voor minimaal een jaar wilden huren, en Declan zat weer in Londen. Hij was al in geen weken in Stanton Langley geweest. Hij was gewoon uit beeld verdwenen. Niet dat hij ooit echt in beeld was geweest trouwens. Het enige waar ze zich nu druk om moest maken was déze mislukte relatie.

Géén relatie was beter dan een relatie die niet goed voelde. En die vreselijke jazzmuziek waar ze van Trent altijd naar moest luisteren zou ze ook geen seconde missen. Zie je nou wel? Er was altijd nog ergens een lichtpuntje te vinden.

'Dus dat was het dan,' zei hij. 'Het is uit.'

'Dat lijkt me wel.' Ze wist het natuurlijk zeker, maar dat klonk zo onbeleefd, vond ze.

'Goed dan. Ik hoop alleen dat je niet ziek wordt van die boterham.'

Ze glimlachte. 'Volgens mij hoop je stiekem dat ik er wel ziek van word. Zodat jij kunt zeggen dat je me had gewaarschuwd.'

Zoals meestal kon hij niet lachen om haar woorden. Hij keek haar strak aan. 'Je bent echt niet perfect, hoor. Mocht je dat soms denken.'

O god, nu wilde hij haar straffen omdat ze hem had uitgelachen. Ze had net zo goed niet beleefd kunnen zijn. 'Ik denk helemaal niet dat ik perfect ben,' zei ze.

'Mijn Antonia liet iedere week haar nagels doen. Ze had altijd prachtige nagels.' Met een spottend lachje wees hij naar haar handen. 'Die van jou zien er gewoon niet uit.'

## 49

De afgelopen zeven dagen waren Declan zwaar gevallen. Het was alsof de tijd had stilgestaan, ieder uur had als een week gevoeld.

Het was begonnen met een normaal telefoongesprek met Lily terwijl hij lopend onderweg was naar een afspraak op Pall Mall. Ze hadden het gehad over een spionageserie op tv die ze allebei heerlijk vonden, over wat hij allemaal had gedaan en over hoe het in Stanton Langley ging. Lily had ineens gezegd: 'O ja, het is uit tussen Coral en Trent. Hij bleek toch niet de ware voor haar.'

Twee terloopse zinnen maar, en toch was Declan abrupt midden op Trafalgar Square stil blijven staan. Er waren zelfs nog twee toeristen tegen hem op gebotst, en een stel duiven was geschrokken opgefladderd.

Op de een of andere manier was hij erin geslaagd het gesprek met Lily voort te zetten zonder haar het idee te geven dat hij zijn verstand had verloren. Hopelijk had hij min of meer normaal geklonken. In de echte wereld was het hem de dagen daarna ook gelukt om gewoon zijn werk te doen, om vergaderingen bij te wonen en alles wat al gepland stond uit te voeren.

In zijn hoofd had hij zich echter weer een tiener gevoeld. Hij was opgewonden en wilde alleen maar dat de tijd sneller ging, want hij kon Coral natuurlijk niet meteen zijn liefde verklaren, terwijl ze het net had uitgemaakt met Trent.

En het was nog best ingewikkeld ook. De tijd die hij haar gunde moest lang genoeg zijn om haar niet het gevoel te geven dat ze voor het blok werd gezet, maar ook weer niet zo lang dat ze de kans kreeg om een andere man te leren kennen.

Zijn originele plan was geweest om de zaak twee weken te laten rusten, maar hij had al snel ontdekt dat hij niet zo lang kon wachten. Gisteren had hij al zijn afspraken voor vandaag afgezegd en Lily gebeld om te zeggen dat hij naar Stanton Langley kwam.

'O, wat leuk.' Lily was dolblij geweest. 'We hebben je weken niet gezien. Ik heb je zo gemist!'

'Ik heb jou ook gemist.' Jullie allemaal, dacht hij erachteraan.

En nu was morgen vandaag en was hij er bijna. De laatste keer was alles verkeerd gelopen, en hij wist dat hij erop voorbereid moest zijn dat dat nu ook kon gebeuren. Maar hij wist ook dat hij het moest proberen. Hij zou zijn uiterste best doen om uit te zoeken of Gail gelijk had gehad.

En mocht ze zich toch hebben vergist... Nou ja, dan wist hij dat tenminste. Dan had hij zijn antwoord.

'Ha, daar ben je! Perfecte timing!' begroette Lily hem enthousiast. 'Ik moet nog even afsluiten en dan gaan we wat drinken. Ik heb vanmiddag trouwens die preekstoel verkocht... O, en een ontzettend leuke oude dame heeft de rode fluwelen doodskist gekocht... Ze zei dat het haar zo gezellig leek om daarin begraven te worden!'

'Fantastisch. Is Coral er ook?' Als een meesterspion had Declan al gezien dat ze niet op de binnenplaats was en ook niet in het kantoor. 'Is ze thuis? Dan ga ik haar even gedag zeggen.'

'Nee, ze is er niet.'

Hij kreeg een steek in zijn maag. Niet weer, hè, dacht hij.

'De balsamico en de chocoladebiscuitjes waren op, dus ze is even naar de supermarkt,' vervolgde ze.

Hij herademde. De grote supermarkt lag aan de weg naar Cheltenham, zo'n acht kilometer van Stanton Langley. Opeens kon hij geen minuut langer meer wachten; hij moest Coral zo snel mogelijk zien.

'Hè, verdomme, ik had daar onderweg ook even willen stoppen

voor een fles champagne... Het is me totaal ontschoten. Ik rij meteen even terug.'

'Dat is toch nergens voor nodig?' Lily pakte haar toestel al uit haar zak. 'Ik bel Coral wel even, dan kan zij een fles voor je meenemen.'

Nee, nee, nee.

Declan was vastbesloten. Al werd het zijn dood, hij moest erheen. 'Nee, ik moet ook nog een paar andere dingen hebben.' Toen hij zag dat Lily hem verward aankeek, zei hij snel: 'Iets voor jou... een verrassing. Ik ben zo terug... O, en niet Coral bellen, hoor! Ik wil haar ook verrassen!'

'Oké.' Verwonderd haalde Lily haar schouders op. Toen hij op weg was naar zijn auto riep ze hem na: 'Als je soms chocoladetruffels voor me wilt kopen, dan melk graag, geen puur.'

Zoals altijd als je je voornam om maar een paar boodschappen te doen, bleek je ineens van alles nodig te hebben zodra je met je winkelwagen door de gangpaden liep.

Maar ja, daarom was ze toch ook hier? Toen Lily haar vrolijk had verteld dat Declan onderweg was naar Stanton Langley, was Coral bloednerveus geworden van het idee dat ze hem weer zou zien.

En wat doet een volwassen, verstandige vrouw van achtenveertig dan? Die loopt weg.

Nou ja, ze was weggereden. Compleet in paniek.

Wat behoorlijk zielig en belachelijk was, want wanneer ze thuiskwam met haar boodschappen zou hij er nog steeds zijn. Maar in elk geval had ze zo een uur extra om zich geestelijk voor te bereiden op zijn komst.

Coral gooide een megaverpakking van zestien rollen wc-papier in haar kar. O god, haar handen... Ze had ze afgelopen week, na Trents opmerking, eens goed bekeken. Omdat haar nagels te lijden hadden onder haar werk, hield ze ze kort en lakte ze ze ook nooit.

Zou iedereen altijd al met afschuw naar haar onverzorgde nagels hebben gekeken? Misschien moest ze maar even naar de toiletartikelen lopen en een flesje nagellak uitzoeken.

Aangezien van uitstel meestal afstel kwam, duwde ze haar kar meteen naar het gangpad met shampoo en douchegel, scheerbenodigdheden, geneesmiddelen en cosmetica. Meestal had ze haast, dus het was best leuk dat ze voor de verandering eens alle tijd had om alles rustig te bekijken. Maar god, wat waren er veel soorten nagellak.

Een eindje verderop in het gangpad stonden twee vrouwen lippenstift uit te zoeken. Ze vergeleken de kleuren die ze op de rug van hun hand hadden gesmeerd. Terwijl Coral onwillekeurig luisterde naar wat de vrouwen tegen elkaar zeiden, vroeg ze zich af of ze zelf ook lippenstift zou kopen.

'Beigeachtig roze, dat is jouw kleur,' zei de donkerharige vrouw op autoritaire toon tegen haar blonde vriendin. 'Die paarse moet je echt niet nemen, hoor.'

Coral lette goed op; de vrouw leek er verstand van te hebben. Zodra de vrouwen weg waren, zou ze zelf ook een beigeachtig roze lippenstift uitkiezen.

'O mijn god, waarom koop je dat?' De blondine slaakte een kreetje en wees naar het smalle kartonnen doosje dat haar vriendin in haar hand had. 'Smerig, zeg.'

'Rustig maar.' De brunette lachte. 'Ik heb echt geen aambeien, hoor. Je gebruikt de crème onder je ogen, daar wordt de huid strakker van en dan heb je minder last van wallen. Het is echt een wondermiddel. Een facelift uit een tube! Alle beauty-experts zweren erbij.'

De blonde vrouw keek haar vriendin even ongelovig aan en liep toen naar het einde van het gangpad. Toen ze terugkwam met net zo'n tube, zwaaide ze ermee naar haar vriendin. 'Oké, omdat jij het zegt. Maar ik mag hopen dat je me niet in de maling neemt.'

Toen de vrouwen op weg gingen naar de kassa's, liep Coral door naar de make-up en pakte de meest beigeachtig roze lippenstift die ze kon vinden. Daarna zocht ze er een bijpassende nagellak bij. Misschien kreeg ze wel een heel nieuw leven als niemand meer van haar nagels zou gruwen.

Vervolgens pakte ze ook nog een tube van het spul dat de twee vrouwen hadden gekocht. Als dat echt zo goed werkte als die ene had gezegd, dan moest ze het maar eens proberen. Ze verstopte het kartonnen doosje onder wat zakken groente en fruit.

Zo, ze kon maar beter gaan afrekenen; de supermarkt was dan wel tot tien uur 's avonds open, maar ze kon echt niet zo lang wegblijven, alleen maar om Declan te...

'Hoi,' klonk Declans pijnlijk vertrouwde stem in haar hoofd.

Nee, niet in haar hoofd, achter haar hoofd.

Terwijl ze zich snel omdraaide, slaakte ze een rare kreet, zoiets als die Nieuw-Zeelandse rugbyers altijd voor een wedstrijd deden. O god.

'Sorry, ik wilde je niet aan het schrikken maken. Waar zat je met je gedachten?' Hij glimlachte. 'Nogmaals sorry.'

Ze sloeg haar hand voor haar borst. 'Het geeft niet. Je overviel me een beetje. Maar wat doe jij hier?'

Wat een vrij domme vraag was, aangezien hij in elke hand een fles champagne had.

'Dat pand in Kensington is net klaar. Ik vond dat we dat maar moesten vieren.' Hij hield de drank op, alsof hij dacht dat ze te stom was om een fles champagne te herkennen. 'Maar hoe gaat het met je? Je ziet er goed uit! Leuk om je weer te zien.' Hij boog zich naar haar toe om haar een kus op haar wang te geven, maar de winkelwagen stond in de weg en botste tegen een schap, zodat er een hele stapel kartonnen verpakkingen van het een of ander in de wagen en op de grond vielen.

Geen pijnstillers. Geen maagtabletten. Geen vitaminepillen. O nee.

Het moesten natuurlijk uitgerekend tientallen doosjes condooms zijn.

'God, nogmaals sorry.' Declan begon ze gehaast uit haar kar te pakken.

'Laat maar, ik doe het wel...' zei ze snel, als de dood dat hij Dat Andere Kartonnen Doosje zou zien liggen. 'Ga jij die champagne maar vast afrekenen.'

'We kunnen toch samen naar de kassa lopen? Dan kan ik je helpen met de boodschappen. Heb je alles?'

Met het zweet in haar handen liep ze met hem mee naar de kassa's. Terwijl ze in de rij stonden te wachten, zei hij: 'Het spijt me dat het niks is geworden met jou en Trent.'

'Ach, die dingen gebeuren. Nou ja, dat weet je, het is jou ook overkomen. Ga jij maar eerst.' Ze gebaarde naar de lopende band, want de klant voor hen had al afgerekend.

'Toe maar!' De caissière, een vrouw van middelbare leeftijd, keek Declan stralend aan terwijl ze de flessen scande. 'Er valt zeker wat te vieren!'

Op hetzelfde moment dat Declan zei: 'Ik hoop het,' zei Coral: 'Hij wel!'

Wat voor enige verwarring zorgde.

'O sorry,' zei Coral. 'Maar ik dacht dat je zei...'

'O ja, dat. Ja. Maar er is nog iets anders waarvan ik hoop dat het...'

'Nou, dan had ik het mis,' onderbrak de caissière hen. 'Als mensen champagne kopen, probeer ik altijd te raden waarom. En toen ik jullie zag, dacht ik eigenlijk dat jullie je zoveelste huwelijksdag wilden vieren...'

'We zijn niet getrouwd!' riep Coral meteen.

'Maar toen zag ik dat jullie geen trouwringen droegen, dus toen dacht ik dat u jarig was en dat hij u zo meteen op een etentje zou trakteren.'

'Ik ben ook niet jarig! En we zijn gewoon vrienden.'

De caissière liet zich niet van de wijs brengen. 'O. Nou, jammer dan.'

'Zal ik de boodschappen voor je op de band leggen?' bood Declan aan.

'Nee, dat doe ik zelf wel! Maar als je wilt, kun je wel helpen met inpakken.' Coral legde de boodschappen op de lopende band en de vriendelijke caissière begon ze te scannen. Declan deed alles in plastic tassen. Terwijl hij daar druk mee bezig was, verstopte Coral de tube aambeienzalf snel tussen het snoep op het snoeprek naast de kassa. Oef, gelukt. Ze liep met de lege winkelwagen naar Declan en hielp hem de plastic tassen erin te zetten.

'Pardon? Is dit van u?'

De stem was afgemeten, autoritair en ontzettend hard. Toen Coral zich omdraaide zag ze een lange vrouw van achter in de zestig staan die het doosje met de tube aambeienzalf ophield.

'Nee, hoor, dat is niet van mij.' Ze schudde haar hoofd.

'Nou, volgens mij wel,' hield de vrouw vol. 'Want ik heb zelf gezien dat u het uit uw kar pakte.'

De vriendelijke caissière hield haar hand al op. 'Geef maar. Dan zal ik het even voor u scannen.'

'Nee, nee.' Corals stem schoot een beetje uit. 'Dat is niet van mij. En ik weet ook niet wat het is, want ik heb dat doosje nog nooit eerder gezien.'

Ze had het gevoel dat iedereen in de winkel meeluisterde. Met een rood hoofd zette ze een plastic tas in de winkelwagen.

'Dat liegt u,' zei de vrouw, die blijkbaar niet van plan was de strijd te staken. 'En ik ben huisarts, dus zal ik u eens vertellen waarom ik zo boos word wanneer u ontkent dat die tube zalf van u is? Omdat u zich blijkbaar schaamt voor uw lichaam! U durft niet toe te geven dat u een intieme lichamelijke klacht heeft uit angst dat u zult worden uitgelachen.'

O god, ze was het liefst door de grond gezakt. 'Maar...' begon ze.

'Meneer!' De luidruchtige vrouw wees nu naar Declan. 'Zou u nog steeds van haar houden als ze aambeien had?'

'Ja, natuurlijk zou ik dan nog van haar houden.'

Coral ging bijna dood van schaamte.

'Maar ze zijn geen stel, hoor,' zei de caissière tegen de luidruchtige vrouw. 'Ze zijn gewoon vrienden.'

'En ik heb geen aambeien,' protesteerde Coral.

'Ik geef het op. Sommige mensen willen gewoon niet geholpen worden.' De luidruchtige vrouw zette haar mandje met een klap op de grond en beende weg.

'Schattig van hem, hè?' zei de caissière, met een knikje naar Declan. 'Dat hij zei dat hij ook van u zou houden als u aambeien had. Echt een lieverd!'

'Maar ik heb geen aambeien,' zei Coral zwakjes. 'Echt niet.'

Ze zag dat iedereen om haar heen stond te grijnzen. En ze wist ook dat ze haar totaal niet geloofden.

Declan, die inmiddels had afgerekend, haalde zijn creditcard uit de kaartlezer en zei bruusk: 'Kom, we gaan. Nu.'

Coral merkte dat ze alweer bloosde. Och hemel, hij had er blijkbaar echt genoeg van.

Terwijl ze de winkel uit liepen zei ze: 'Het spijt me echt... Hè bah, wat gênant allemaal. Maar oké, ik hoorde dus iemand zeggen dat die zalf heel goed is tegen wallen onder je ogen... Meer niet. Dat had ik meteen moeten zeggen... Ik dacht, ik probeer het gewoon, maar toen dook jij ineens op en...'

'Ik meende het, hoor,' onderbrak hij haar.

'O sorry. Natuurlijk.' Ineens drong tot haar door dat hij helemaal geen zin had om naar haar geratel te luisteren; hij wilde hier gewoon weg, weg van de supermarkt, weg van het parkeerterrein, en waarschijnlijk ook weg van haar. 'Oké, ga jij maar vast dan. Ik doe de boodschappen zelf wel in de kofferbak. Mijn auto staat daar.'

'Waar heb je het over?' vroeg hij.

'Je zei dat je wilde gaan,' zei ze met een nogal hysterisch lachje, terwijl ze de kar naar haar auto duwde. 'En ik kan het je niet kwalijk nemen.'

'Oké, stop.' Hij legde zijn hand op de kar om hem tot stilstand te brengen. 'We praten langs elkaar heen. Toen dat malle mens me vroeg of ik dan nog steeds van je zou houden, zei ik ja. En dat meende ik.'

Ze staarde hem aan. Wat?

O. O!

Declan zweeg ook, alsof hij zelf verbaasd was over de woorden die net uit zijn mond waren gekomen. Hij haalde een hand door zijn haar. 'Oké, ik had niet verwacht dat het op deze manier zou gaan, maar dan zeg ik het je nu maar. Ik zou nog steeds van je houden. Gewoon omdat... omdat ik al van je hou.'

Coral stond te trillen op haar benen. Ze wilde vragen of hij een grapje maakte, maar ze wist al dat dat niet zo was. Het enige wat ze kon uitbrengen, met een piepje in haar stem, was: 'Echt?'

Hij knikte. 'O ja. Echt. Ik vind je fantastisch. De enige reden waarom ik die cottage heb gekocht was om een excuus te hebben om vaak hiernaartoe te kunnen.'

O god.

'Ik had geen flauw idee. Je hebt niks gezegd.'

Hij haalde zijn schouders op. 'Ik wist niet of je ook iets voor mij voelde. Ik dacht dat je misschien nog niet toe was aan een nieuwe relatie.'

'En je had Gail...' bracht ze hem in herinnering.

'Ik weet het. Daar voelde ik me ook beroerd over. Maar zij was degene die me vertelde dat je me leuk vond.'

'Heeft Gail dat gezegd? O mijn god! Hoe kon zij dat nou weten?' Blozend vervolgde ze: 'Ik bedoel... Ze heeft het me wel gevraagd, maar toen zei ik dat dat niet waar was.'

Hij nam haar aandachtig op. 'En was het niet waar?'

'Ben je gek? Natuurlijk was het waar! Maar ik schaamde me dood!'

'Dus toen heb ik het uitgemaakt met Gail en verdween jij ondertussen naar Grimaud.'

'Ja, hallo? Ik zei toch dat ik me doodschaamde.'

'En daar leerde je Trent kennen...'

'Omdat ik probeerde om over jou heen te komen! En omdat ik me nog steeds doodschaamde.'

'Nou, ik denk dat je daar nu wel eens mee kunt ophouden.' Hij trok haar tegen zich aan en vervolgde wat zachter: 'Ik wil je kussen, maar ik weet niet of ik dat hier wel kan doen.'

'Waarom niet?'

'Nou, ik weet niet of je het hebt gemerkt, maar we staan midden op het parkeerterrein van een supermarkt. Niet echt wat je noemt romantisch.'

'O, dat weet ik niet, hoor,' fluisterde ze. 'Ik voel me behoorlijk romantisch hier.'

Hij lachte. 'En bovendien staan er mensen naar ons te kijken.'

Toen ze haar armen om hem heen sloeg, was het alsof er maanden van angst en verdriet van haar af vielen. Hier had ze al die tijd op gewacht. Met haar mond vlak voor de zijne zei ze glimlachend: 'Mooi zo.'

En het bleek dat het parkeerterrein van een supermarkt een bijzonder romantische plek kon zijn als je dat wilde, en als je met de juiste persoon was.

# 50

Het was de laatste week van oktober en de herfst was nu echt begonnen. Vandaag was het echter een onbewolkte, zonnige dag en Lily kon alles goed zien. Beneden haar gloeiden de bomen rood en geel op, alsof ze in brand stonden.

'Kijk.' Dan boog zich voor haar langs en wees door het raampje aan haar kant. 'Waterskiërs op het meer.'

Lily duwde zijn arm weg. 'Wil je niet steeds naar buiten kijken? Let nou maar op waar je heen gaat!'

'Rustig maar.' Voor de lol liet hij de vleugels even wiebelen. 'Dit is geen auto. Ik kan niet van de weg raken of zo.'

'Nou, let dan maar op dat instrumentenpaneel voor je. Ik vind het nog steeds ongelooflijk dat je in zo'n ding mag rijden. En dat ik nog mee ben gegaan ook,' zei ze.

'Ja, dat is heel moedig van je. Trouwens, als het een vliegtuig is, noemen we het meestal vliegen en niet rijden. Dat is nu eenmaal de technische term voor in de lucht zijn.'

Het zag er inderdaad allemaal vreselijk technisch uit. Het stikte van de schakelaars, hendels en ronde en vierkante knoppen in verschillende kleuren. Dan had haar al verteld waar ze allemaal voor dienden, verticale snelheidsmeters, luchtsnelheidsmeters, het magnetische kompas en de hoogtemeter. Hij leek te weten waar hij het over had, wat enigszins een geruststelling was. Lily, die hem nog nooit als piloot in actie had gezien, keek stiekem steeds even opzij naar deze professionele versie van Dan in zijn smetteloze witte overhemd en donkere broek, met zijn haar achterovergekamd en een pilotenbril op. Geen wonder dat er altijd vrouwen achter hem aan zaten.

Ze had het nog niet gedacht, of ze moest haar stoel met beide handen beetgrijpen. 'Wat gebeurt er? Storten we neer? O god…'

'Wind je niet steeds zo op. We hebben de landing ingezet. Zie je die rivier daar? Dat is de Tamar.' Dan wees weer naar buiten. 'We vliegen nu boven Cornwall. Nog even, en dan worden jullie weer herenigd.' Hij klonk geamuseerd. 'En zet jezelf alsjeblieft niet voor schut.'

'Ik zal mijn best doen.' Lily was er inmiddels aan gewend dat hij er grapjes over maakte. Volgens de media was het natuurlijk Eddie Tessler geweest die de relatie had beëindigd, en aangezien ze geen van beiden commentaar hadden willen geven, speelde Dan hun spel mee. Of hij het ook geloofde was een ander verhaal.

'Een beetje waardigheid, graag,' zei hij. 'Niet huilen en hem ook niet smeken om het alsjeblieft nog een keertje met je te proberen.'

'Oké. En wil jij dan dit vliegtuig een beetje voorzichtig aan de grond zetten?'

'Aan de grond zetten? Oei, dat is een lastige. Eens even kijken of er nog ergens een gebruiksaanwijzing ligt…'

Het was Eddies idee geweest om Dan voor een dag in te huren. Hij draaide op het ogenblik een film in het noorden van Cornwall en moest even op en neer naar Parijs voor een afspraak met een Australische producer. Meteen na de afspraak zou hij terugvliegen naar Cornwall. Omdat Eddie wist dat Dan weer volledig was hersteld, had hij hem gevraagd of hij op die datum vrij was en zo ja, of hij dan een klein vliegtuig kon huren om hem naar Frankrijk en terug te brengen.

Wat Dan, die er altijd al van had gedroomd om ooit zijn eigen chartermaatschappij te beginnen, maar al te graag had gedaan.

En toen Eddie had geopperd dat Lily het misschien wel leuk zou vinden om mee te komen en de filmset te bekijken, had ze die kans met beide handen aangegrepen.

Ze glimlachte toen ze Eddie naar hen toe zag komen lopen. Het was te gek om hem weer te zien na die ongemakkelijke laatste middag in juli. Terwijl Dan naar het kantoortje liep om de benodigde paperassen in te vullen, omhelsde Lily Eddie. 'Wat hebben ze met jou gedaan?'

'Zeg maar niks.' Hij haalde een hand door zijn haar, dat voor zijn rol ontzettend kort was geknipt en witblond geverfd. 'Als ik in een spiegel kijk, schrik ik me steeds dood. Nog een reden waarom scenario's schrijven beter is dan acteur zijn.'

Hoewel ze elkaar regelmatig hadden geappt, had Eddie weinig losgelaten over zijn script. Dus vroeg ze: 'Heb je dat script eigenlijk ooit nog afgekregen?'

Hij schudde zijn hoofd. 'Het was een ramp. Uiteindelijk heb ik het opgegeven. Hoe is het met iedereen?'

'Prima.' Lily had hem op de hoogte gehouden van het wel en wee van iedereen in Stanton Langley. 'O ja, dat wilde ik je nog vertellen! In de afgelopen paar weken heb ik al drie mensen iets horen zeggen als: "toen Eddie hier was", of "vlak nadat Eddie weg was". Alsof je een of andere belangrijke datum op de kalender bent, zoiets als kerst of zo.'

Dat leek hem wel te bevallen. 'Een mooi eerbetoon.'

'Ja, maar je bent ook de enige vip die we ooit in het dorp hebben gehad. Misschien gaan ze nog wel eens een groot standbeeld voor je oprichten, vlak voor de pub,' zei ze. 'Je kunt nooit weten.'

Dan kwam het kantoortje uit lopen. 'Alles geregeld. Kunnen we?'

'Absoluut.' Eddie hield zijn paspoort, telefoon en portefeuille al klaar; verder had hij niets nodig. Terwijl hij naar het parkeerterrein wees, zei hij tegen Lily: 'Mijn chauffeur zal je naar de set brengen en daar zal Mira verder voor je zorgen. We zijn rond halfzes terug.'

'Ik vermaak me wel.' Lily verheugde zich erop om Mira Knowles weer te zien. 'Ik vind het zo spannend dat ik bij de opnames mag zijn!'

'O.' Eddie draaide zich nog even om toen hij met Dan naar het kleine vliegtuigje liep. 'In de auto ligt iets voor je.'

'Wat dan?'

Met een raadselachtig lachje antwoordde hij: 'Iets.'

'Een foto?' vroeg ze.

'Nee.'

'Een python?'

'Nee, gek genoeg ook geen python.'

'Denk je dat ik het leuk vind?'

'Geen idee. Ik hoop het.' Hij liep weer verder. Over zijn schouder riep hij nog even: 'Ik hoor het wel als ik terug ben.'

De auto was een verlengde zwarte Mercedes. De chauffeur die op haar stond te wachten droeg een mooi grijs pak met een das. Hij leek in niets op de slungelachtige Dave met zijn spijkerbroek en truien met gaten erin van Dave's Cars in Stanton Langley, die eeuwig chips zat te eten achter het stuur.

Maar dat was in het echte leven. Vandaag zat Lily in het sprookjesleven dat ze grappig vond om te bezoeken, maar dat haar nog steeds totaal vreemd was.

Nadat ze het vliegtuig met Dan en Eddie erin had zien opstijgen, op weg naar Parijs, stapte ze achter in de limo, waar een grote envelop met haar naam erop op haar lag te wachten.

In de envelop zat een dik pak papier met daaraan vast een handgeschreven briefje van Eddie:

> Dat script waar je me naar vroeg? Het was vreselijk, en ik heb het al weken geleden opgegeven. In plaats daarvan heb ik dit geschreven. Lees het en laat me weten wat je ervan vindt. En wel eerlijk zijn.
>
> E xx
>
> PS Ja, ik weet het, je bent altijd eerlijk!

Met verbazing las ze de titel, want die luidde: *Five Days Away*. Zo sprak hij altijd over de vijf dagen die hij zich in Stanton Langley had schuilgehouden, vijf dagen weg.

Ze merkte nauwelijks iets van de veertig minuten durende rit naar de filmset, want ze was totaal verdiept in wat ze las. Eddie had blijkbaar de aloude raad ter harte genomen dat je moest schrijven over wat je kende. Lily liet haar blik vliegensvlug over de tekst gaan, een beetje beducht voor het einde. Toen ze zag wat hij daarvan had gemaakt, sloot ze haar ogen en leunde met haar hoofd tegen de crèmekleurige bekleding van de achterbank. Tot haar eigen verbazing biggelden er een paar tranen over haar wangen.

Het was natuurlijk niet het echte leven. Want in het echte leven kwamen alle losse draadjes nooit zo netjes bij elkaar. Maar ze herkende veel ervan. In de openingsscène zat Eddie in een hotel in het centrum van Londen, waar hij werd belaagd door paparazzi. Hij was aan het eind van zijn Latijn, en zijn manager en pr-assistente waren kwaad op hem en hij moest gewoon ontsnappen.

Volgende scène: In het holst van de nacht nam hij zijn intrek in een kleine cottage in de Cotswolds. Het huis was van iemand die hij niet eens kende. De bewoonster beloofde hem dat ze niemand zou vertellen dat hij zich daar schuilhield.

Volgende scène: Eddie was alleen in de cottage toen er iemand via de voordeur probeerde in te breken. Hij kwam oog in oog te staan met Lily, een jonge vrouw die in het dorp woonde en die zelf ook een emotionele dag achter de rug had. Ze was die dag vijfentwintig geworden en had net een brief gelezen die haar leven op zijn kop zette, een brief geschreven door haar moeder, die was gestorven toen Lily acht was...

Lily's ogen vlogen open toen het raampje openging en ze een bekende stem hoorde zeggen: 'Zit ze te slapen? Lily! Ik ben het! Wakker worden!'

Nou ja, eerlijk was eerlijk, ongeveer de helft van de wereldbevolking zou die stem bekend in de oren klinken.

'Ik slaap niet... O god...' Snel veegde ze haar tranen weg. 'Hij had niet gezegd dat je er zo zou uitzien!'

Mira grinnikte. Ze droeg een habijt, haar neus was gigantisch, en ze had ook nog een harige wrat op haar wang. Hopelijk was het allemaal nep.

'Sorry! Maar het is wel te gek eigenlijk. Ik kan zo de straat op en geen hond die naar me kijkt.'

'O nee?' vroeg Lily met opgetrokken wenkbrauwen.

'Nou ja, als ik dit habijt aanheb wel. Maar als ik een spijkerbroek en een trui aantrek, kan ik door St Carys rondwandelen en niemand die me herkent. Zo cool! Maar hoe gaat het met jou?' Mira omhelsde Lily uitbundig. 'Pas op dat je mijn neus en wrat er niet af slaat!'

Mira liet Lily zien waar ze filmden en stelde haar voor aan de rest van de cast en de crew. Het verhaal speelde zich af in een hotel boven op een klif, met uitzicht over een baai aan de noordkust van Cornwall. Het was een miljoenenproductie, een soort actiecomedy met in de hoofdrollen een vijfenzeventigjarige grootmoeder en haar nichtje, gespeeld door Mira, die zich voordeed als non. Eddie speelde de rechercheur die hen probeerde te ontmaskeren.

Lily keek vanaf de top van het klif naar Mira die in haar habijt en op rubberlaarzen een steil pad af rende en zich achter een uitgebleekte blauwe roeiboot in het zand wierp.

Het duurde allemaal een eeuwigheid. De regisseur wilde steeds dat de scène werd overgedaan, wat betekende dat ze Mira na iedere opname weer helemaal zandvrij moesten maken.

'Ik word al moe als ik ernaar kijk,' zei Lily tegen het meisje naast haar, dat Sophie heette en getrouwd was met de hoteleigenaar.

Sophie, die de hele tijd foto's nam met een indrukwekkend uitziende Nikon, zei: 'En je kunt ook zomaar uitglijden. Ik heb een keer een kinderwagen proberen tegen te houden die het pad af dreigde te hobbelen. Het is veel steiler dan je zou denken.'

'En, heb je hem weten tegen te houden?'

'Op het nippertje. Maar het was geen zachte landing. Ik was behoorlijk gehavend.'

'Oef.' Lily knikte naar Sophies buik. 'Was je toen...'

'Nee, gelukkig niet.' Sophie legde haar vrije hand op haar dikke buik. 'Dat met die kinderwagen was twee jaar geleden. En nu ik zwanger ben, kijk ik wel uit op dat pad.'

Om drie uur 's middags moesten er andere scènes, met andere acteurs, worden gefilmd, en zat Mira's werk er voor die dag op. Nadat ze haar habijt had uitgetrokken en haar neus en wrat eraf gepeuterd, ging ze samen met Lily in een rustig hoekje van het hotelterras zitten voor koffie en taart.

'Is het je niet opgevallen hoe oneindig geduldig ik ben?' Mira, die net een stuk citroentaart ophad, likte haar vingers af. 'Ik heb het je de hele middag al willen vragen, maar ik heb me ingehouden!'

Lily hield haar gezicht in de plooi; Mira was zo doorzichtig als een klein kind. 'O, wilde je Word Squares spelen?'

'Ja, natuurlijk wil ik Word Squares spelen. Ik ben verslaafd aan Word Squares. Maar eerst wil ik weten wat je van Eddies script vindt.'

'Heb jij het al gelezen?'

'Natuurlijk heb ik het gelezen!'

'En? Wat vind jij ervan?'

'Nou, ik vind het echt prachtig. Maar ik wil weten wat jij ervan vindt!' zei Mira.

Lily deed nog een schepje suiker in haar koffie en keek Mira bedachtzaam aan. 'Volgens mij heb je het helemaal niet gelezen.'

'Hoezo niet? Waarom zeg je dat?'

'Ik ben heel erg slim.'

'Nou, dus niet, want je hebt het mis.'

'O, maar Eddie had erbij geschreven: "Trouwens, niks verklappen aan Mira voordat ik terug ben. Ze wil heel graag weten waar het over gaat, maar ik heb het haar nog niet laten lezen. Ik wilde dat jij het als eerste las.' Lily lachte toen ze zag hoe verontwaardigd Mira keek. 'Sorry.'

'Wat een smeerlap, zeg.'

'Maar hij kent je wel goed,' zei Lily.

'Ik word echt knettergek van die man. Echt, ik ken niemand die zo irritant is. Maar kun je me niet een paar hints geven? Ik wil gewoon weten waar het over gaat!'

'Ik mag niks zeggen. Hij wil het er eerst met mij over hebben.'

Smekend keek Mira haar aan. 'O, alsjeblieft, gewoon een heel klein hintje.'

'Nee.'

'Maar het is wel goed?'

Na een korte aarzeling knikte Lily. 'Ja, het is goed. En meer krijg je van mij niet te horen. We gaan het nu ergens anders over hebben.'

'Oké, oké.' Mira pakte een kladblok en twee balpennen uit haar smaragdgroene leren schoudertas. 'Dan gaan we maar Word Squares spelen.'

## 51

'Nou?' vroeg Eddie.

De chauffeur had Lily om vijf uur afgehaald in St Carys, en ze waren precies op tijd bij het vliegveld om Dan en Eddie te zien landen. Onderweg in de auto had ze het script nog een keer doorgenomen en nagedacht over wat hij had geschreven.

En nu zaten ze tegenover elkaar smerige thee te drinken uit een automaat. Het script lag op de rode formicatafel tussen hen in.

'Je lijkt Mira wel,' zei Lily.

'Ha. Heeft ze je proberen uit te horen?'

'Ja, natuurlijk.'

'En heb je haar wat verteld?'

'Nee. Maar dat zul jij straks wel moeten als je weer in het hotel bent, anders ploft ze letterlijk uit elkaar van nieuwsgierigheid.'

'En nu doe je tegen mij zoals je ook tegen Mira deed.'

'Wat zou je doen als ik zei dat ik het verschrikkelijk vond?'

'Dan zou ik het vernietigen,' zei hij zonder enige aarzeling. 'Alles deleten. Niemand heeft er nog iets van gelezen. Dus als jij het niet ziet zitten, dan gaat het niet door.'

Gelukkig zou ze hem dat niet hoeven aandoen.

'Ik vind het prachtig,' zei ze.

De opluchting straalde van hem af. 'Echt waar?'

'God, ja. Ik bedoel, ik heb er geen verstand van, maar zoals je het allemaal hebt opgeschreven... Maar vind je het zelf ook goed?'

Om zijn lippen verscheen een klein lachje. 'Ik wil niet onbescheiden overkomen, maar ja, volgens mij is het het beste wat ik ooit heb geschreven.'

'Wauw. En hoe voelt dat?'

'Een stuk beter nu ik weet dat ik het niet hoef te deleten.' Hij zakte wat onderuit op de grijze plastic stoel en haalde opgelucht adem. 'Dus je vindt het niet erg als ik het aan een paar mensen laat lezen?'

'Nee hoor.'

'Het is natuurlijk niet gezegd dat er echt een film van komt.' Eddie, die even was vergeten hoe vies de thee was, nam nog een slok en trok meteen een vies gezicht. 'Andere mensen moeten het ook goed vinden.'

'Ja, dat snap ik. Maar ik weet zeker dat dat zo is.'

'God, wat is dit walgelijk.' Hij schoof het plastic bekertje opzij. 'En het einde, zit je daar ook niet mee?'

Lily kreeg een steek in haar maag; ze had die vraag al verwacht. 'Nee hoor, waarom zou ik? Het is fictie, toch? Het is natuurlijk gebaseerd op ons verhaal, maar jij moest er een mooi einde aan breien. Daarvoor gaan mensen naar de bioscoop.'

'Dat noemen ze dichterlijke vrijheid,' zei Eddie.

'Precies.' Ze knikte verwoed. 'Het publiek zit echt niet op een saai einde te wachten. En Dan vindt het vast ook niet erg. Hij zal de grap er wel van inzien.'

Stilte. Eddie nam haar aandachtig op. 'En wat als het geen dichterlijke vrijheid is?' vroeg hij na een tijdje.

Haar hart sloeg een keer over. 'Maar het is toch niet echt? Want zo is het niet gegaan. Dat is alleen maar wat je hebt geschreven.'

In het script had de mannelijke hoofdpersoon er uiteindelijk vrede mee dat hij beroemd was en koesterde hij zijn herinneringen aan het meisje dat hem tijdens zijn 'vijf dagen weg' had geholpen. En Lily's personage kreeg een gelukkige relatie met de vriend die ze al haar hele leven kende en die alleen maar deed alsof hij een vrouwenversierder was om zijn ware gevoelens voor haar te verbergen.

Eddie keek haar nog steeds aan. 'Maar wat als ik dat zo heb opgeschreven omdat het wel eens zo zou kunnen gaan?'

'In een film misschien, maar niet in het echte leven.' Het zweet stond haar in de handen.

'Dat kun je niet weten, toch? Niet als je het niet probeert.' Hij haalde zijn schouders op. 'Dat wilde ik er alleen maar mee zeggen.'

Hij wist het. Ze wist niet hoe hij het wist, maar hij wist het. Omdat het geen zin had om nog langer te doen alsof ze hem niet begreep, zei ze: 'Toen ik je vertelde dat ik iemand anders had gekust, heb je niet gevraagd wie het was.'

Eddie schonk haar een van zijn filmsterrenlachjes, zo'n lachje waar miljoenen meisjes van gingen kwijlen. 'O, Lily. Dat hoefde ik niet te vragen, ik wist het al.'

Het gedreun van de vliegtuigmotor klonk aangenaam regelmatig, terwijl ze in het donker terugvlogen naar Oxfordshire. Lily keek naar de zilveren sterren boven hen, naar de bijna volle maan rechts van hen en de kronkelende lijnen van de koplampen, straatlantaarns en verlichte gebouwen onder hen.

Gelukkig wist Dan niet wat zich allemaal in haar hoofd afspeelde. Eddie had haar verteld dat Dan van niets wist.

Dan verbrak de stilte. 'Trouwens, toen Eddie tegen je zei dat hij me niks had verteld, loog hij.'

Lily's maag maakte een duikeling, alsof ze opeens in een luchtzak zaten. Omdat ze hem niet durfde aan te kijken, bleef ze strak voor zich uit staren. 'Wat heeft hij je dan verteld?'

'Alles. De hele mikmak,' zei hij op kalme toon.

En dat vertelde hij haar nu, terwijl ze geen kant uit kon. Heel fijn. Ze schraapte haar keel en verschoof haar headset wat. 'Waarom zeg je me dat nu?'

'Omdat dat moet. En omdat ik dacht dat het misschien wat gemakkelijker was, hierboven. Wil je iets voor me doen?'

'Zoals?'

Uit het vliegtuig springen, zonder parachute? Graag zelfs.

'Doe je ogen dicht,' beval hij haar. 'Ik ga je een verhaal vertellen.'

Hoorde ze iets afwijzends in zijn stem? Zou hij haar zo meteen vriendelijk maar beslist vertellen dat het niets kon worden tussen hen, dat hij natuurlijk hoopte dat ze altijd goede vrienden zouden blijven, maar dat het nooit meer zou zijn dan dat?

Dat was per slot van rekening precies wat ze met Eddie had gedaan.

Hoe noemden ze dat ook alweer? O ja, je verdiende loon krijgen.

'Wat voor verhaal?' vroeg ze.

'Een waargebeurd verhaal. En hou je ogen dicht. Ik weet dat het moeilijk voor je is, maar als het je zou lukken om gewoon te luisteren en me niet te onderbreken, dan zou dat heel fijn zijn.'

Lily balde haar vuisten. Ze had een droge mond en was een beetje misselijk.

'Oké dan. Zit je lekker?' Dan zweeg even, en toen ze knikte, vervolgde hij: 'Dan ga ik nu beginnen. Er was eens een jongen die het leuk vond om een meisje te plagen. Toen ze jong waren, deed hij dat zo'n beetje de hele tijd, het waren de hoogtepunten van zijn leven. Maar toen ze ouder werden, drong tot hem door dat hij haar op een heel andere manier ook erg leuk vond. Het meisje voelde alleen niet hetzelfde voor hem, dus er veranderde niets. Om over zijn verdriet heen te komen, deed de jongen er alles aan om iemand te vinden die nog leuker was dan dat meisje, maar dat bleek onmogelijk, want zo iemand bestond gewoonweg niet. Ondertussen bleef hij bevriend met het meisje, en hoewel hij bleef hopen dat ze op een goede dag van gedachten zou veranderen, geloofde hij daar eigenlijk al niet meer in.'

Lily had haar ogen nog steeds dicht. Dans stem sijpelde zacht en intiem door haar headset haar hoofd in.

'Oké, dat was het verhaal,' vervolgde hij. 'Nu gaan we verder met dat script. Eddie vertelde me erover toen we naar Parijs vlogen. Ik wist niet dat je hem had verteld van onze kus. Hij zei dat hij meteen had geweten dat ik het was en vroeg me of hij gelijk had. Ik zei ja. En toen vroeg hij of het niet eens tijd werd dat ik jou de waarheid vertelde. Hij had natuurlijk gelijk. Maar blijkbaar ben ik een lafaard in dit soort dingen, en daarom doe ik het hier, hoog in de lucht, op een plek waar jij niet kunt weglopen. Ik hou van je, Lily. Ik heb altijd van je gehouden en zal dat ook altijd blijven doen. Maar als je dit allemaal niet wilt horen, dan kun je me gewoon negeren en dan doen we alsof dit nooit is gebeurd. Nou ja, dat kan natuurlijk niet,' verbeterde hij zichzelf. 'Maar we zullen het er dan gewoon nooit meer over hebben. Als je dat liever hebt, hoef je alleen maar je ogen open te doen en ergens anders over te beginnen. Je wijst gewoon uit het raam en zegt dan zoiets als: "O, is dat een ufo daar?" En dan weet ik genoeg.'

Lily deed haar ogen open. Ze had een brok in haar keel en kon geen woord uitbrengen. Maar toen ze opeens een bol felrood licht door de lucht zag schieten, slaakte ze een kreet en piepte: 'O mijn god, dat is een...'

De rode bol ontplofte en veranderde in een reusachtige paarse bol, waaruit meteen daarna blauwe, witte en oranje lichtbollen barstten, vlak onder hen, alsof er op megasnelheid bloemen begonnen te bloeien.

'Dat is een vuurwerkshow!' Plotseling drong tot haar door dat Dan misschien dacht dat ze een creatieve manier had gevonden om van onderwerp te veranderen. 'Het was vuurwerk dat ik zag, geen ufo!' riep ze. 'En ik hou ook van jou!'

Hij keek naar haar terwijl ze over het kleurige tapijt van vuurwerk onder hen vlogen. 'Echt waar?'

'Echt waar!'

'Op de goedevriendenmanier, bedoel je?'

Lily begreep dat hij zich lang niet zo kalm voelde als hij zich voordeed. Hij wilde het echt zeker weten, had bevestiging nodig, en dat was voor haar een reden om nog meer van hem te houden.

'Helemaal niet op de goedevriendenmanier. Integendeel zelfs.' Ze begon te glimlachen, eindelijk hoefde ze haar ware gevoelens niet meer verborgen te houden, eindelijk kon ze eerlijk zijn. 'Jij bent altijd al mijn grote liefde geweest.'

'Ik kan het bijna niet geloven.' Dan pakte haar hand beet. 'Ik kan gewoon niet geloven dat dit echt gebeurt. Ik wil je graag kussen, maar...'

'Je moet op de weg letten.' Haar hele lichaam tintelde van voorpret. 'Zijn we er al bijna?'

Hij kneep even in haar vingers. 'Ach, we hebben al vijftien jaar gewacht, dus dan gaan we vast niet dood van nog eens vijftien minuten wachten. Tenzij... Heb je wel eens seks gehad in een cockpit?'

'Misschien dat we niet doodgaan van wachten, maar van seks in een cockpit vast wel,' zei ze. 'Laten we eerst maar eens veilig aan de grond zien te komen.'

Hij keek haar grijnzend aan. 'Jij bent de baas.'

## 52

*Een jaar later*

Omdat je jezelf niet iedere dag op een gigantische filmposter zag staan, kon Lily haar ogen er niet van afhouden.

Oké, het was natuurlijk niet echt haar gezicht op de poster, maar het gezicht van de actrice die haar personage op het scherm tot leven bracht. En dat jouw personage werd gespeeld door Mira Knowles was nogal verbazingwekkend, om niet te zeggen surrealistisch.

'Nou?' zei Dan, die naast haar stond. 'Hoe voelt het?'

'Gek.' Ze leunde tegen hem aan. Ze hadden de poster al online gezien, maar dit was de eerste keer dat ze hem zogezegd in levenden lijve zagen; fullsize en in het openbaar, waar iedereen hem kon zien.

'Wacht maar tot miljoenen mensen de film hebben gezien. Dat zal nog gekker zijn.' Hij streek met zijn warme mond over haar wang. 'We kunnen maar beter naar het hotel gaan. Heb jij trouwens nog wat van Patsy gehoord? Ze heeft mijn berichtje niet beantwoord.'

Precies op dat moment ging Lily's telefoon over. Ze keek naar het schermpje. 'Daar heb je haar. Hoi, waar ben je? Zijn jullie al onderweg?'

'We komen niet.' De lijn kraakte en Patsy klonk ver weg en buiten adem. 'Mijn weeën zijn begonnen. O Lily, het gaat gebeuren!'

Lily's mond viel open. 'Wat? O mijn god, echt waar? Nu? Ben je in het ziekenhuis?'

'We zijn onderweg... o... au... au... au... Wacht even.'

'De baby komt eraan,' zei Lily tegen Dan. 'Ze zijn nu onderweg naar het ziekenhuis!'

Dan keek haar geamuseerd aan. 'Daar hoef je toch niet zo verbaasd over te zijn? Ze is al negenendertig weken zwanger, hoor. Vroeg of laat moest het er toch uit.'

Ze stompte hem tegen zijn arm. 'Ja, maar het is zo spannend! Pats, kun je me horen? Wil je dat we terugkomen?'

'Oké, de wee is weer voorbij, daar ben ik al. O nee, jullie moeten niet terugkomen, hoor,' riep Patsy uit. 'Die première gaat voor. Doen jullie nou maar gewoon jullie ding, dan doe ik het mijne. We zien jullie morgen wel... O, wat een weer! Regent het in Londen ook zo?'

'Hier schijnt de zon.' Lily keek naar de strakblauwe lucht. 'Het heeft hier nog helemaal niet geregend. Hoe gaat het met Oliver?'

'Hij probeert zich groot te houden, maar volgens mij is hij compleet in paniek... Au au au!'

'Nou, zeg maar tegen hem dat hij voorzichtig moet rijden,' zei Lily. Ze was dol op Oliver, dat waren ze allemaal. De avond dat Patsy haar zoveelste blauwtje had gelopen werd uiteindelijk de mooiste avond van haar leven.

'O...' Patsy hapte naar adem. 'Zal ik doen.'

Patsy's laatste 'O...' was geen wee geweest, maar de ontdekking dat de overstroomde weg waarover ze reden erger overstroomd was dan ze in eerste instantie hadden gedacht.

Het lag niet aan Oliver, hij had heel voorzichtig door het paar centimeter hoge water gereden en had op geen enkele manier kunnen voorzien dat de weg plotseling zou dalen, zodat het water dieper werd. Die arme Oliver, hij kon er echt niets aan doen; hij kende deze kortere route die hij van haar had moeten nemen niet.

Patsy, die de route en de plotselinge daling wel kende, was zo druk aan het praten geweest met Lily dat ze niet had opgelet. De regen kletterde op de auto, op de radio zeiden ze dat er in heel Gloucestershire en Oxfordshire sprake was van overstromingen en er werd gewaarschuwd dat de nooddiensten overuren draaiden. Patsy keek naar Oliver, de man die het afgelopen jaar tot het gelukkigste jaar van haar leven had gemaakt, en zag dat zijn hand trilde toen hij de auto weer wilde starten.

*Rrrr-rrr-rrr...*

Er gebeurde helemaal niets. De motor wilde gewoon niet starten. Het was alsof je een slapende puber uit bed probeerde te wippen met een plastic lepel.

Patsy merkte aan Oliver dat hij doodsbang was bij het idee dat ze hier vast zouden komen te zitten. En haar lichaam reageerde op zijn spanning door opnieuw te verkrampen. Net als bij de andere weeën leek het eerst wel mee te vallen, tot ze door zo'n heftige golf van pijn werd overvallen dat ze bijna geen adem meer kreeg. Au. Au!

*Rrr-rrr-rrr...*

'Oké.' Oliver deed het portier open en stapte uit. Hij stond meteen tot aan zijn enkels in modderig bruin water. 'Ik probeer even te duwen, misschien dat hij dan weer aanslaat.'

Hij was sterk, maar nou ook weer niet zo sterk. Onder deze omstandigheden zou zelfs Rambo het moeilijk hebben gehad. Terwijl Patsy haar enorme buik beetgreep en zich door de wee heen probeerde te puffen, probeerde Oliver tevergeefs de auto in beweging te krijgen. Hij stapte weer in, als een verdronken rat, nee, meer een verdronken beer eigenlijk, en zei op gespannen toon: 'We kunnen maar beter een ambulance bellen.'

Hopelijk was er eentje beschikbaar.

Patsy's toestel, dat tijdens de laatste wee op de grond was gevallen, ging over.

In hun hotel in Londen lag Dan languit op bed naar Lily te kijken, die zich klaarmaakte voor de avond. Ze had zich net gedoucht, en er vielen druppels water uit haar natte haar op haar witte badjas. Haar jurk hing in de dampige badkamer om de laatste kreukels uit de blauwe zijde te krijgen. Het was nog vroeg, pas vier uur, maar ze hadden afgesproken met Eddie en Mira elkaar voor de première te treffen om even bij te praten.

'Waar kijk je naar?' Lily nam hem via de spiegel op terwijl ze foundation op haar gezicht smeerde.

'Naar een meisje dat ik heel erg leuk vind.'

'En waarom kijk je dan op die manier?'

'Ik vroeg me af of ik haar zou kunnen overhalen om nog weer even in bed te komen.'

'Je hebt je kans al gehad. En gegrepen.' Lily's ogen straalden terwijl ze haar potje rouge pakte.

Dan vond het altijd heerlijk om naar haar te kijken als ze zich opmaakte. Ze deed het heel snel, maar het resultaat was steeds weer verbluffend. Hij vond het mooi zoals ze haar ogen opensperde als ze mascara op haar lange wimpers aanbracht en zoals ze haar wenkbrauwen optrok om wat donkere oogschaduw op te doen. En zoals ze lippenstift opdeed... dan tuitte ze eerst haar mond en daarna klemde ze haar lippen even op elkaar. Het ritueel eindigde er steevast mee dat ze parfum achter haar oren spoot, waarbij ze haar hoofd even schuin hield, eerst naar de ene kant, dan naar de andere, en dan, om het helemaal af te maken, spoot ze nog een laatste dotje parfum in haar decolleté. Hij wist dat hij er nooit genoeg van zou krijgen om naar haar te kijken.

Het kwam er gewoon op neer dat hij alles aan haar even aantrekkelijk vond, nog meer dan hij zich ooit had kunnen voorstellen. Zijn vrienden en collega's plaagden hem ermee dat hij zo'n trouwe hond was geworden, maar ze snapten het nog niet half. Als ze wisten wat hij allemaal dacht, zouden ze niet geloven dat hij dezelfde man was. Maar dat was hij wel, hij was eindelijk de man die hij altijd al had willen zijn. Zijn leven was vervuld nu hij met Lily was, en hij wist dat hij altijd bij haar wilde blijven.

Vandaar zijn plannen voor vanavond...

Het telefoontje op Patsy's toestel kwam van Sean, die haar even wilde laten weten dat ze zo meteen op weg zouden gaan naar Londen, voor de première. Toen ze hem vertelde waar ze waren, had Sean meteen gezegd: 'Je hoeft geen ambulance te bellen. Blijf waar je bent. We komen eraan.'

Twintig minuten later arriveerden ze, in de stortregen, als twee ridders op een glanzend wit paard.

Oké, in een bemodderde grijze Range Rover, maar dat kon Patsy niets schelen. Haar weeën kwamen inmiddels om de vier à vijf minuten, en ze ging echt bijna dood van de pijn.

'Is het er al?' Sean stapte uit. Hij stond meteen tot aan zijn knieën in het water. Binnen een paar seconden zat zijn haar aan zijn schedel geplakt en waren zijn sweatshirt en spijkerbroek doorweekt. 'Nee? Nou, gelukkig maar. Oké, laten we haar er dan maar uit halen.'

'Au au.' Patsy klemde haar kiezen op elkaar toen ze weer een wee voelde.

Will reed de Range Rover iets naar achteren, waarbij er golven modderig water werden opgeworpen. Oliver en Sean droegen Patsy samen naar de Range Rover en zetten haar op de achterbank. Oliver waadde terug door het water, pakte Patsy's koffertje en sloot zijn auto af. Met zijn vieren gingen ze door de slagregens op weg naar het ziekenhuis.

Een halfuur later bracht Will de auto tot stilstand voor de ingang van de afdeling Verloskunde. Sean stoof meteen naar binnen om een rolstoel te gaan halen.

'Ik voel me net een zak aardappels,' zei Patsy toen ze haar naar de balie reden.

'Zo voel je ook aan,' zei Sean. 'Maar dan zwaarder.'

Ondanks de pijn moest Patsy lachen. Ze probeerde hem een klap te geven.

De receptioniste zei vrolijk tegen Sean: 'Dus u bent de vader, neem ik aan?'

'Nee.' Sean schudde zijn hoofd. 'Ik ben haar ex-man.'

'O. Oké. Sorry. U dan?' De receptioniste keek stralend naar de indrukwekkende gestalte van Will.

'Au... au... Nee, weer verkeerd.' Patsy pufte zich door een nieuwe wee heen. 'Hij is de vriend van mijn ex-man.'

'Maar wie weet ziet u ons hier over een jaar of twee wel weer verschijnen als we zelf een kind krijgen,' zei Will opgewekt. Ze waren op het ogenblik in gesprek met potentiële draagmoeders.

'O. Oké.' De receptioniste, die blijkbaar wel raardere combinaties had meegemaakt, wendde zich tot Oliver. 'En u dan? Is het driemaal scheepsrecht of bent u alleen maar de taxichauffeur die haar heeft opgepikt?'

'Au!' zei Oliver, want Patsy kneep zo hard in zijn hand dat zijn vingers helemaal blauw aanliepen. Toen lachte hij trots. 'Ik heb haar al vijftien maanden geleden opgepikt. En ja, ik ben de vader.'

'Nou, dat is fantastisch,' zei de receptioniste. 'En wie van jullie willen allemaal bij de bevalling aanwezig zijn?'

'Ik niet!' zei Will geschrokken.

'Ik ook niet.' Sean pakte de autosleutels uit Wills hand. 'Wij moeten naar de film.'

Oliver wreef over zijn geplette vingers. 'Nou, zo te zien blijf ik als enige over.' Hij legde zijn hand op Patsy's schouder en schudde verwonderd zijn hoofd. 'Ik word vader. Niet te geloven.'

'En ik word moeder.' Patsy keek hem stralend aan.

'En jullie kind hoeft dankzij ons niet op de achterbank van een kapotte auto ter wereld te komen,' verkondigde Sean. 'Wij zijn gay superhelden.'

'Oké, de vroedvrouw komt zo naar u toe,' zei de receptioniste. Daarna vroeg ze aan Sean en Will: 'Naar welke film gaan jullie?'

'Hij heet *Five Days Away*,' vertelde Will.

'O, is die al uit dan? Goh. Dat wist ik niet. Wisten jullie dat hij hier vlakbij is opgenomen? Met Eddie Tessler en Mira Knowles in de hoofdrollen... O, ik ben dol op die twee,' riep de receptioniste uit. 'Ik heb gehoord dat hij heel goed is...'

Voorafgaand aan de première had iedereen zich verzameld in een privézaal in het hotel waar ze verbleven. Er werd champagne geschonken, de cast en crew konden opnieuw even praten met de mensen op wie Eddie zijn personages had gebaseerd, en de producer en regisseur hielden allebei een korte speech waarin ze zeiden dat ze enorm trots waren op het eindresultaat.

'Hebben jullie al wat van Patsy gehoord?' Nadat de speeches waren afgelopen kwam Eddie naar Lily toe, die meteen op haar mobieltje keek om te zien of er berichtjes waren gekomen in de tijd dat het uit had gestaan.

'Nee, nog niet. Oliver zei dat ze bellen zodra alles achter de rug is. We mogen hen niet bellen, omdat dat zo afleidt. Dus geen idee wanneer we iets horen. Misschien zo meteen, maar het kan net zo goed morgenvroeg zijn,' zei Lily.

'Dat is het probleem met baby's,' zei Eddie. 'Het zijn echte diva's. Egoïstisch en onvoorspelbaar.'

'Nou is het mijn beurt om iets te vragen,' zei Lily. 'Heb jij nog nieuws?'

'Waarover?'

'Waarover je maar wilt. Maar ik vroeg me af of je me niet iets over jou en Mira te vertellen hebt.'

Stilte. Eddie keek haar aan. Toen zei hij: 'Ben je soms een heks?'

Lily grinnikte. 'Voor een goede acteur ben je erg slecht in dingen verborgen houden. Zelfs Dan zag dat er iets aan de hand was. En hij is een man.'

Eddie gaf zich gewonnen. 'Nou ja, we proberen het zo lang mogelijk uit de media te houden. Maar vroeg of laat zal het wel bekend worden. We kennen elkaar nu twee jaar, we hebben samen drie films gedraaid, en al die tijd zijn we alleen maar goed bevriend geweest. Tot we elkaar een paar weken geleden in New York zagen en alles veranderde.'

'Ik vind het fantastisch,' zei Lily welgemeend. 'Ik ben heel blij voor jullie.'

'Ach, ik weet niet of het blijvend is, maar op het ogenblik gaat het heel goed.' Terwijl Eddie dat zei, keek hij naar Mira die aan de andere kant van het zaaltje met Will en Sean stond te praten. 'Maar je weet nooit hoe het uitpakt, toch? Vooral niet in ons vak. Vergeet niet dat het voor mij allemaal nog vrij nieuw is, maar Mira was een kindsterretje. Ze is al haar hele leven beroemd. Ze is echt te gek, en ik vind het heerlijk om bij haar te zijn, maar ze heeft nou niet echt een normale jeugd gehad.'

Mira, die op zo'n negen meter afstand van hen stond, draaide zich om en knipoogde naar Lily. 'Maar ik heb wel ontzettend goede oren!'

De obers begonnen de glazen te verzamelen; het was tijd om naar Leicester Square te gaan.

'Heb je al iets gehoord?' Coral kwam even bij Lily en Eddie staan, terwijl Dan en Declan gingen kijken of hun auto's er al waren.

'Nee, nog niets. Je ziet er trouwens prachtig uit,' zei Lily.

'Echt? Vind je?' Coral streek even met haar hand over haar bruine zijden jurk. 'Maar die hoge hakken zijn een ramp! Ongelooflijk dat ik zo meteen over een echte rode loper zal lopen!'

Declan gebaarde naar hen vanuit de deuropening.

'Gewoon snel doorlopen, en als we eenmaal binnen zijn kun je je schoenen gewoon uittrekken,' zei Lily tegen Coral.

'Maar ik ga me niet haasten, hoor,' protesteerde Coral. 'Het is de enige keer in mijn hele leven dat ik over een rode loper zal lopen. Daar wil ik zo lang mogelijk van genieten.'

# 53

'Rrrrraaaggggghhhh.'

Patsy brulde het uit. O god, wat een vreselijk geluid stootte ze uit; ze leek wel een wild dier, en zo voelde ze zich ook. Fanatiek puffend en zich bewust van het zweet dat over haar voorhoofd droop, deed ze haar ogen open en vroeg hijgend: 'Sorry... sorry... Vind je me nu heel erg walgelijk?'

Oliver depte haar hoofd met een uitgewrongen nat washandje en glimlachte naar haar. 'Nee, ik vind je niet walgelijk.'

'Weet je dat wel zeker? Want stel dat je dit echt heel vreselijk vindt en dat je niet tegen dat dat... wolvengehuil van me kan en dat je weg... au... au... o, zorg dat het ophoudt... waaah!'

'Luister,' zei Oliver toen de wee weer iets was afgenomen. 'Je ziet er prachtig uit en je krijgt mijn kind en ik ga helemaal nergens heen. Ik hou nu al van jullie allebei en dat terwijl er eentje van jullie nog niet eens geboren is.'

De liefde die uit zijn troostende woorden opklonk, stroomde door haar heen. Ze voelde haar angst al wat wegebben. Deze prachtige man was het mooiste wat haar ooit was overkomen; met Oliver aan haar zijde kon ze alles, inclusief een kind op de wereld zetten dat ongeveer zo groot was als een kampioenspompoen.

'Oké, Patsy,' verkondigde de vroedvrouw vanaf haar positie aan het voeteneinde. 'Tien centimeter ontsluiting. Persen maar!'

Lily en Declan stonden van een afstandje te kijken naar de sterren van *Five Days Away* die op de rode loper hun kunstjes vertoonden voor de verzamelde fotografen.

'Vind je het leuk?' vroeg Declan.

'Nou, ik heb vanavond nog geen ontsnapte muis gezien, wat een meevaller is. Het is veel gemakkelijker om niet in het middelpunt van de belangstelling te staan. Hoewel sommige mensen zich erg lijken te vermaken.' Lily draaide aan haar armband en keek lachend naar Coral die werd gefotografeerd, samen met de actrices die in de film haar en Patsy speelden. Coral genoot met volle teugen, van het geflits van camera's, van het opgewonden geroep, van de opwinding die...

Wauw.

Lily's blik bleef ineens hangen bij het gezicht van een meisje dat ze nog nooit in levenden lijve had ontmoet, maar wel meteen herkende.

Ja, het kon niet anders. Ze was het.

Het meisje was klein en mager en had een bleek, hartvormig gezicht, steil donker haar tot op haar schouders en felblauwe ogen die Lily strak aankeken. Onder haar roze donsjack droeg ze een gestreepte grijze trui, en ze had een mobieltje in haar hand.

Ze zag eruit als alle andere fans, maar ze verraadde zichzelf door totaal geen oog te hebben voor de sterren op de rode loper en alleen maar naar Lily te staren.

'Alles goed?' Declan raakte haar arm even aan.

'Ja.' Ze knikte. 'Ik zie mijn halfzusje daar staan.'

'Waar?'

'Vlak achter het hek. Roze donsjack.' Terwijl Lily het zei, stak het meisje met een aarzelend lachje haar hand op.

'Ja, ik zie haar ook. Wat ga je nu doen?'

'Haar negeren.' Lily wachtte even en stootte Declan toen lachend aan. 'Hé, ze is mijn halfzusje. Ik ga haar begroeten.'

'Persen, Patsy! Haal diep adem en dan zo hard mogelijk persen!'

'Hmmmmpppleurghhhh!'

'En nog een keer! Toe, Patsy, je kunt het,' riep de vroedvrouw.

'Grrruhhhhfff!'

'Zo gaat-ie goed!' Oliver stond haar ook aan te moedigen, ze mocht zijn handen fijnknijpen zonder dat hij zich beklaagde.

'Nog een laatste keer. Ik kan het hoofdje al zien,' zei de vroedvrouw. 'Even doorzetten nog, oké? Daar gaan we dan...'

‘Hoi.’ Sasha keek haar met een heldere blik aan. ‘Weet je wie ik ben?’

‘Natuurlijk weet ik dat. Ik herkende je meteen van de foto in de krant.’

‘En je vindt het niet erg? Dat ik zomaar ben gekomen?’

‘O, nee!’

Hoewel Lily het er met niemand over had gehad, had ze toch een beetje gehoopt dat dit op een dag zou gebeuren.

‘Ik wist niet eens zeker of je wel zou komen,’ zei Sasha.

Van dichtbij zag Lily dat ze sproetjes op haar neus had en een klein kuiltje in haar wang.

‘Ik weet dat ik vorig jaar zei dat ik je niet per se hoefde te leren kennen, maar... Nou ja, dat was toen,’ vervolgde Sasha. ‘Ik ben nu ouder. Volwassener. Ik dacht dat het misschien toch wel leuk zou zijn.’

Ze was zestien en straalde een en al levenslust uit. Gecharmeerd zei Lily: ‘Daar ben ik blij om.’

‘En voor het geval je je dat afvraagt, ik ben stukken aardiger dan mijn vader. Onze vader,’ verbeterde Sasha zichzelf.

‘Nou, dat is fijn om te horen. Hopelijk geldt dat ook voor mij.’

Het meisje lachte. ‘Nou, slechter kan ook bijna niet. Echt, je hebt helemaal niks aan hem gemist.’ Na een korte aarzeling vroeg ze: ‘Mag ik een foto van ons samen nemen? Vind je dat goed?’

‘Dat zou ik heel leuk vinden.’

Nadat de foto was gemaakt, zei Lily: ‘Ik moet zo naar binnen. Kunnen we iets voor daarna afspreken?’

Op spijtige toon zei Sasha: ‘Ik moet de trein nog halen. Morgen is het een gewone schooldag voor me. Ik zit in mijn eindexamenjaar en ik wil wel graag slagen.’ Na een korte stilte voegde ze eraan toe: ‘Misschien kunnen we iets afspreken na de tentamens. Als je me je nummer geeft, kan ik je een berichtje sturen. Ik zal je echt niet lastigvallen, hoor.’

Lily pakte de telefoon van het meisje en toetste haar nummer in. ‘Jij zult me nooit tot last zijn.’ Ze gaf het toestel terug. ‘Ik ben nog nooit iemands grote zus geweest. App me maar wanneer je wilt. Dat zou ik heel erg leuk vinden.'

De rode loper was leeg en de fotografen waren verdwenen. Lily liep samen met de anderen van haar gezelschap door de foyer van de bioscoop toen Dans mobieltje overging.

'Wacht.' Hij bleef abrupt staan en stak zijn hand op. 'Het is Patsy.'

Iedereen in de foyer viel stil. De cast en de crew hadden Patsy allemaal leren kennen tijdens de weken dat ze in Stanton Langley hadden gefilmd. Ze hadden ook een weddenschap lopen op het gewicht van de pasgeborene.

'Hé,' zei Dan. 'Hoe gaat het?'

Dan praatte altijd op een speciale, zachte toon tegen Patsy, wat Lily steeds weer ontroerde.

Hij luisterde een paar seconden en begon toen breeduit te grijnzen. 'Ja? Fantastisch. Te gek. Gefeliciteerd! Luister, zit je er een beetje decent bij? Oké, dan bel ik je terug op FaceTime, dan kun je het iedereen zelf vertellen.'

Een paar seconden later, met het geluid op zijn hardst, zagen Lily en Coral en de anderen die om Dan heen stonden Patsy's blozende, blije gezicht op het schermpje verschijnen.

'Hoi!' Ze zwaaide vanuit haar ziekenhuisbed. 'Sorry dat ik jullie stoor bij jullie première, maar ik heb hier iemand die ik jullie graag wil laten zien. Hij weegt acht pond en twee ons en we houden ontzettend veel van hem!'

Toen Patsy haar pasgeboren zoontje, gewikkeld in een wit dekentje, ophield voor de camera, begon iedereen te juichen.

'Voor degenen achteraan die het niet kunnen zien, het ziet eruit als een baby,' verkondigde Dan.

'Wat is hij mooi!' riep Lily uit. 'Goed gedaan!'

'Ja, hè,' zei Patsy stralend. 'Ik ben zo gelukkig.'

'Niet te geloven. Acht pond en twee ons.' Dan schudde gelaten zijn hoofd. 'Ik had twintig pond ingezet op achtenhalf pond. Shit.

Hé, Pats, kun je hem niet een paar daagjes terugstoppen, zodat hij...'

'Nee, Dan,' bemoeide Lily zich ermee. 'Ik denk niet dat ze dat wil.'

'Dan?' zei Patsy. 'Lily heeft helemaal gelijk.'

'Kijk, zo'n zus heb ik nou,' zei Dan op sombere toon. 'Puur egoïstisch.'

'Maak je maar niet druk,' zei Lily tegen Patsy. 'Ik reken straks wel met hem af. Ga jij maar lekker rusten, dat heb je wel verdiend. Hebben jullie al een naam?'

'Nog niet.' Patsy keek trots naar haar zoontje. 'We wilden wachten tot hij er was, we wilden eerst weten hoe hij eruitzag.'

'Riskant,' zei Dan. 'Stel dat hij op ET had geleken?'

'Nou, dan hadden we hem gewoon naar jou vernoemd,' zei Patsy.

In de donkere bioscoopzaal ging Lily volledig op in de film. Ze had het script gelezen, ze was bij een paar opnames geweest, en Eddie had hun zelfs de ruwe versie van de film getoond, maar het eindresultaat op een groot doek zien was toch wel een heel bijzondere ervaring. Eddie had een prachtig scenario geschreven, gebaseerd op het echte leven, en de regisseur had het op film weten vast te leggen op een manier die grappig en droevig en eigenzinnig en emotioneel tegelijk was. Eddie speelde zichzelf, Lily's personage werd gespeeld door Mira. Een veelbelovende acteur die Ronan Morrell heette speelde Dan en had hem precies weten te treffen.

De werkelijkheid was omgezet in fictie, maar was toch nog steeds zo herkenbaar dat Lily het gevoel had dat ze in de film zat, zelfs tijdens de scènes die Eddie gewoon had verzonnen.

En nu was de film bijna afgelopen. Lily voelde dat Dan haar hand vastpakte en zoals altijd kreeg ze vlinders in haar buik. Op het doek kreeg Eddie, nadat hem een prijs voor een of andere rol was toegekend, een staande ovatie. Daarna kwam meteen de volgende scène, waarin hij door de heuvels van Hollywood werd teruggereden naar zijn kapitale huis, waar hij, met de prijs in zijn hand en op blote voeten, door de grote, lege kamers dwaalde om uiteindelijk op het terras te blijven staan kijken naar het uitzicht vol lichtjes onder hem...

Cut naar de cottage in de Cotswolds waar hij Lily had leren kennen. Maar dat was toen, en dit was nu. Door het raam was te zien dat het buiten sneeuwde. Binnen brandde de open haard, en op de blauwe bank zaten Mira en Ronan, die Lily en Dan speelden. Ze zaten knus tegen elkaar aan en speelden lachend met een luidruchtig jong hondje met grote zachte poten en een kwispelende staart.

Lily wist dat ze deze scène een paar keer opnieuw hadden moeten doen, omdat de puppy van opwinding steeds op Mira's spijkerbroek had geplast.

In de zaal boog Dan zich naar haar toe en fluisterde: 'Als je wilt, kunnen we wel een puppy nemen.'

Op het doek zoemde de camera in op het Lily-personage, en je kon zien dat ze een ring aan haar linkerhand droeg. Het Dan-personage zei iets wat haar nog harder aan het lachen maakte.

In de bioscoop zei de echte Dan zacht: 'Wat denk je, zou je willen trouwen?'

Lily's hart sloeg over. 'Lijkt me best leuk,' zei ze zacht. 'Maar met wie dan?'

Ze voelde dat Dan wat verschoof en haar hand even losliet. Vlak daarna werd er iets om haar ringvinger geschoven, en hij fluisterde in haar oor: 'Sorry, ik had voor je willen knielen, maar daar is geen ruimte voor.'

In de bijna totale duisternis van de zaal hield Lily haar linkerhand op en keek ongelovig naar de rechthoekige diamant die schitterde in het licht van de film.

'O mijn god, is hij echt?'

Dan glimlachte. 'Nee, ik heb hem op de markt gekocht, nou goed?'

Ze hield zoveel van hem. Zo ontzettend veel. 'Weet je?' zei ze met een stem die trilde van emotie. 'Ik denk dat ik het heel leuk vind om met je te trouwen.'

'Mooi zo,' zei hij. 'Ik denk dat ik het ook leuk vind.'

Het eind van de film misten ze, maar dat maakte niet uit. Toen de aftiteling op het doek verscheen, begon het publiek enthousiast te klappen. Voor Lily was het slechts achtergrondgeluid. Ze keek naar Dan, die haar in zijn armen nam. 'Jij en ik...'

Dan kuste haar en zei toen: 'O ja, jij en ik. Voor altijd.'

# Woord van dank

Ik dank Ossie Hickman, die zei dat ik eens een piloot als personage moest nemen, en die later al mijn vragen over piloten- en vliegtuigdingen heeft beantwoord.